Littérature d'Amérique

Le Musée des introuvables

Du même auteur chez Québec Amérique

Le Grand Roman de Flemmar, coll. Littérature d'Amérique, 2001.

Fabien Ménar

Le Musée des introuvables

roman

QUÉBEC AMÉRIQUE

Catalogage avant publication de Bibliothèque et Archives Canada

Ménar, Fabien

Le Musée des introuvables

(Littérature d'Amérique)

ISBN 2-7644-0415-8

I. Titre. II. Collection : Collection Littérature d'Amérique.

PS8576.E498B92 2005   C843'.6   C2005-940832-4

PS9576.E498B92 2005

Conseil des Arts
du Canada

Canada Council
for the Arts

SODEC
Québec

Nous reconnaissons l'aide financière du gouvernement du Canada par l'entremise du Programme d'aide au développement de l'industrie de l'édition (PADIÉ) pour nos activités d'édition.

Gouvernement du Québec – Programme de crédit d'impôt pour l'édition de livres – Gestion SODEC.

Les Éditions Québec Amérique bénéficient du programme de subvention globale du Conseil des Arts du Canada. Elles tiennent également à remercier la SODEC pour son appui financier.

Québec Amérique

329, rue de la Commune Ouest, 3ᵉ étage

Montréal (Québec) Canada H2Y 2E1

Téléphone : (514) 499-3000, télécopieur : (514) 499-3010

Dépôt légal : 3ᵉ trimestre 2005

Bibliothèque nationale du Québec

Bibliothèque nationale du Canada

Mise en pages : Andréa Joseph [PageXpress]

Révision linguistique : Diane Martin

À mon père
pour l'amitié

À Julie
pour l'amour

tel Quel

Remerciements de l'auteur

*Qu'il adresse chaleureusement à ses trois vaillants lecteurs :
son père, Micheline, Carmen.*

« Les plus beaux livres sont ceux qu'on n'écrit pas. »

F. S.

Prologue

Il n'est pas rare que l'on surprenne Édouard Masson, dressé derrière la baie vitrée, là-haut, dans son bureau en surplomb, en train de contempler la vie qui s'agite sous ses yeux. Quant aux pensées qui lui traversent le crâne, nul ne saurait les décrire. Peut-être savoure-t-il simplement ce qu'il appelle sa «clairvoyance mercantile».

De fait, les deux immenses étages de sa librairie ne désemplissent guère, forts de leurs meubles anciens, de leurs banquettes moelleuses, et de leur lumière tamisée qui tombe des magnifiques suspensions à branches de cuivre. Il faut dire que le cerveau d'Édouard Masson est une pépinière de trouvailles grâce auxquelles il fidélise la clientèle. D'où le bar *lounge* avec ses petites tables rondes d'un marbre jaspé où l'on sirote porto et espresso. D'où les nocturnes de Chopin ou de Fauré qui montent d'un piano à queue où officie, trois soirs par semaine, un petit musicien chauve et rondouillard. Le fait est que personne ne se défend d'une certaine fascination, et ne se représente flânant ailleurs qu'entre les travées de la librairie Masson.

D'une froide élégance – pas un jour ne voit sa longue silhouette autrement que vêtue de noir –, et sévère du visage – coincé entre des cheveux gominés et une moustache lustrée –, Édouard Masson appartient à cette race d'employeurs qui placent leur autorité dans la crainte qu'ils suscitent et le silence qu'ils répandent sur leur passage. De mémoire d'employé, jamais ne l'a-t-on vu seulement commettre un sourire, alors même qu'il exige de son personnel la plus inébranlable bonne humeur, service à la clientèle oblige.

Bien qu'il jouisse d'un prestige considérable dans le milieu des lettres, il y aurait malentendu à lui supposer le moindre amour pour la littérature. Il est de notoriété publique que sa passion des livres est plus chiffrée que littéraire : rien ne vaut la peine d'être lu qui ne se soit hissé au sommet des ventes.

C'est selon une telle logique qu'il dirige depuis plus de vingt ans sa librairie, dont la prospérité est en voie d'asphyxier toute concurrence.

~

On gratta à la porte.

— Oui !

Sur ce ton qui vous dissuade d'aller plus avant, aussi seule une voix franchit-elle l'entrebâillement.

— Vous devriez descendre, monsieur Masson.

En ce matin de septembre 2005, alors que la frénésie littéraire était sur le point de s'emparer de l'automne, une anomalie dérouta tellement les commis qu'ils crurent préférable de s'en remettre à leur patron. À peine avaient-ils éventré les boîtes pleines de nouveautés qu'ils découvraient que pas un ni deux mais bien dix éditeurs, d'importance et de renom variables, publiaient, cette semaine-là, un roman dont la première de couverture arborait un titre identique dans les dix cas : *Notre pain quotidien.*

Le premier geste d'Édouard Masson fut de sauter sur le téléphone pour s'enquérir de la situation auprès des dix éditeurs concernés : pas un ne dissimula son plus vif embarras, chacun affirmant avec énergie avoir agi en dehors de toute collusion.

Puis un bref examen le rassura un peu : les dix romans ne présentaient rien de commun dans leur contenu. Il n'y avait donc pas lieu de s'alarmer. Édouard Masson se plut à entrevoir, l'espace d'une songerie, la pagaille juridique qu'aurait semée le fait qu'un auteur signe un contrat pour le même manuscrit avec dix éditeurs. Vraiment, cela aurait été une inutile supercherie tout juste bonne à exciter l'imagination d'un romancier. Mais il s'agissait bien d'œuvres distinctes ne possédant aucune parenté entre elles, excepté ce titre qu'une coïncidence aussi fâcheuse qu'improbable avait répandu sur chacune de leur couverture.

Coïncidence? Rien ne parut moins sûr quand un détail d'importance sauta enfin aux yeux d'Édouard Masson et qui devait fournir tant d'émotions à tout le milieu littéraire : les dix romans étaient signés des mêmes initiales : F. S.

~

Il n'en fallut pas plus pour que *Notre pain quotidien* devînt, en un rien de temps, un phénomène littéraire dont se repurent tous les médias.

On fit un tel battage autour de ces dix romans qu'ils furent tous illico sacrés chefs-d'œuvre. Les mots de la langue ne suffirent pas à la tâche pour décrire ce qui allait, aux dires d'un critique en verve, «traverser le siècle comme une momie incorruptible». Il y avait de quoi s'extasier : c'était, prétendait-on, tout à la fois «grave», «métaphysique», «lumineux», «lyrique», «déchiré», «désespéré», «onirique», «gracieux», «poétique», et, bien entendu, dans un ultime cri de ravissement médiatique : «visionnaire». Le plus influent des journalistes fut l'auteur d'une formule percutante qui résumait l'effet général que procuraient les dix romans de F. S. : «Wagner mis en mots par Rimbaud assisté de Lao-tseu, Walt Disney et d'Aubigné.» Confrères et consœurs saluèrent d'emblée la justesse du mot.

Une telle mixture paraissait en tous points adaptée aux plus hautes exigences du lecteur sérieux. On ne tenait pas entre ses mains l'un de ces amuse-gueule littéraires qui pêche par sa légèreté, et qu'il convient de toiser avec la condescendance qu'autorise la sûreté du goût. Les yeux du véritable lecteur ne se déposent que sur des romans entre les pages desquels ledit lecteur peut remettre avec assurance son âme avide d'élévation. Et on ne retrouve pas d'âmes plus affamées que chez les journalistes et chroniqueurs dont l'urgence spirituelle n'est pas la moindre qualité. D'ailleurs, il leur avait suffi de lire quelques passages, attrapés au vol, au hasard des pages tournées, pour se convaincre de la valeur des dix romans de F. S. Pressés par le temps, ils ne s'étaient pas embarrassés de les lire de bout en bout.

Le concert médiatique se fit d'autant plus bruyant que F. S. s'était résolu à se taire. Des piles de *Notre pain quotidien* s'entassaient dans les vitrines des librairies, pendant que l'auteur restait sourd aux invitations, se refusait aux caméras, ne foulait aucun plateau de télévision. Et alors que des dizaines d'écrivains, bien visibles et tout ce qu'il y a de disponibles, attendaient l'aumône d'un petit papier ou le clin d'œil d'un flash, la presse, excitée par le mystère, n'en avait que pour ce F. S., déployant tous les efforts pour ajouter aux initiales au moins quelques lettres. Mais le tourbillon de recherches lancées par tous les chefs de rubriques culturelles ne rapporta pas le moindre indice. Personne n'était en mesure d'identifier l'écrivain, pas même les éditeurs qui jurèrent leurs grands dieux qu'ils ne lui avaient jamais vu le bout du doigt avec lequel il avait bien fallu qu'il signe le contrat. Sur le roman éblouissant qu'ils avaient reçu s'était greffé le silence d'un auteur fantôme. Certes, c'était d'un déjà-vu navrant. Mais si d'autres avaient avant lui joué la carte du mystère ou monté un canular pour se payer la tête des critiques, rien ne laissait prévoir qu'un écrivain pût faire paraître simultanément, à l'insu de tous, dix romans en un même automne littéraire.

L'ampleur de cette affaire, que les journaux désignaient désormais par «l'énigme F. S.», frappait tant l'imagination fertile des journalistes qu'elle déchaîna une foule d'hypothèses et d'extrapolations quant à l'identité de l'écrivain. On en faisait un vieil homme menant une vie recluse, anciennement humble employé d'une maison de commerce, dénué de toute préoccupation de réussite sociale mais plutôt réfugié dans le rêve et l'introspection. La timidité ou la modestie l'aurait poussé à produire en secret, nuitamment, tout au long d'une existence sans heurt ni éclat, une œuvre magistrale qu'il se serait résolu à montrer avant de pousser son dernier souffle. D'autres le présentaient, à l'inverse, sous les traits d'un artiste expatrié dont on ne fixait pas de limite à la vie aventureuse partagée entre des pérégrinations en Asie et en Afrique, d'innombrables métiers qu'il aurait pratiqués et quelques débordements criminels qui le contraignaient à se dérober au bras de la justice. Mais la meilleure consistait à l'accuser d'être un espion à la solde d'al-Qaïda, *F. S.* n'étant qu'un code pour les services de renseignements américains.

Aucune invention n'échappait à leur conjecture, et ces légendes que l'on faisait courir sur le compte de F. S. relevaient davantage de l'auréole dont on aimait à parer un grand génie que d'une véritable enquête menée avec diligence. Il parut même légitime d'interroger jusqu'à l'existence de F. S. : si l'état civil d'Homère n'avait pas été établi, si l'on s'était interrogé pendant des années sur l'identité de Shakespeare, n'était-il pas naturel de mettre en doute la paternité de *Notre pain quotidien*? Car rien ne prouvait que ce F. S. existât ou ait existé, et certains chroniqueurs, ne reculant devant aucune audace, avancèrent que ce roman provenait de plusieurs auteurs différents et anonymes.

Vraiment, tout se passait comme si les journalistes avaient trouvé matière à distraction dans ces échafaudages de scénarios en lesquels ils se perdaient.

Le coup littéraire asséné par F. S. était d'autant plus retentissant que les spécialistes universitaires devaient se rendre à une évidence stupéfiante qui offensait le sens commun : une lecture, cette fois attentive, avait montré hors de tout doute que ces dix *Notre pain quotidien* formaient, en vérité, les dix tomes d'un seul et unique roman. Un roman qui couvrait quelque trois mille pages!

~

Il fut convenu entre les dix éditeurs concernés par «l'énigme F. S.» qu'une réunion privée s'imposait. Pour toute la soirée, l'étage d'un chic restaurant fut retenu pour les préserver des oreilles indiscrètes. Une longue table tendue d'une nappe blanche fut dressée où tenaient quelques bouteilles dont le grand millésime révélait le goût sûr de Robert Bouillon, un effrayant obèse au teint violacé dont la maison d'édition, qu'il dirige avec l'irascibilité d'un chef cuistot parisien, consacre une collection à la bonne chère et au bon vin.

Le silence dans lequel prirent place les sept hommes et les trois femmes avait la lourdeur mafieuse des règlements de compte.

— Mesdames, messieurs, avant d'ouvrir cette réunion, je voudrais vous rappeler...

Avec une solennité qui empestait la vanité, Pierrette Darrieq s'était redressée de sa longiligne taille osseuse qu'épousait dans tous ses angles un tailleur de lin. Qu'elle ait estimé qu'il lui revenait de plein droit de lancer la discussion n'alla pas sans gratter l'épiderme à vif des neuf autres éditeurs. L'arrogance que lui inspire le prestige de sa maison d'édition l'exposait à une sourde colère que tous remâchent à son endroit depuis maintes années.

— ... je voudrais vous rappeler que j'ai daigné me joindre à cette réunion à la seule condition qu'il n'y soit pas question d'autre chose que l'affaire qui nous occupe actuellement, le cas F. S.

Oui, elle avait toutes les raisons de craindre une bordée d'insultes. On digérait assez mal d'avoir été détroussés de ses meilleures plumes par la «Darrieq». Combien de fois, ne rêvant que de gains et de gloire, les écrivains avaient-ils tourné le dos aux clauses qui les liaient à leur éditeur pour refluer vers les éditions Darrieq, appâtés qu'ils étaient par d'alléchants contrats contrevenant à la norme? De scandales en procès juridiques, Pierrette Darrieq s'était taillé une solide écurie qui alignait best-sellers et prix littéraires, autant d'honneurs qui s'agitaient sous le nez des neuf autres. Lesquels avaient consenti malgré tout à ravaler leurs frustrations et leurs gros mots en échange de sa présence à cette réunion jugée prioritaire.

— Ceci étant dit, enchaîna-t-elle, il semble que nous ayons un problème sur les bras.

Ce que confirma l'explosion de huit voix indignées. Seul le vieux Edgar Muno sut tenir son quant-à-soi, moins par un tempérament timide ou réservé, moins encore par une tranquillité d'esprit que lui aurait transmise une existence remplie, que par une forme de narcolepsie, rapportée, dit-on, d'un séjour au Mozambique, qui le plonge dans une somnolence irrésistible à la première seconde d'inattention. Ainsi ronflait-il déjà, bien au chaud dans son douillet costume en velours côtelé vert à boutons de cuivre.

Une voix perforante parvint à se creuser un trou dans ce charivari, celle de Didier Leroux à qui le visage, fin et luisant, donne sous certains angles un air intelligent que dément sa conversation.

— Mais ce F. S. n'est peut-être qu'un stupide farceur et tout ça n'est peut-être qu'un canular, hasarda-t-il.

— Un farceur? s'exclama Robert Bouillon tout en contemplant la robe brillante du vin. Il a tout de même bien fallu qu'il le ponde, ce chef-d'œuvre, non?

— Et qui nous dit qu'il s'agit vraiment d'un chef-d'œuvre, hein! objecta Didier Leroux qui crut lâcher au milieu de l'assemblée une bombe d'une pétrifiante lucidité. Vous m'avez déjà vu publier un chef-d'œuvre en vingt ans de métier? Pourquoi commencerais-je aujourd'hui? Non, je le dis, il y a quelque chose qui cloche.

On leva les yeux au ciel, puis, d'un air entendu, on abandonna Didier Leroux à la gravité de sa suspicion.

— Il me semble que la vraie difficulté se trouve ailleurs.

Là, l'air s'immobilisa net. Danièla Fallaci est une Italienne dont la sensualité, fixée dans une plantureuse adolescence malgré la quarantaine avancée, affole le regard de tous les hommes, et, en l'occurrence, autour de cette table, celui des six mâles dont la cervelle tomba en capilotade à la seule caresse de cette voix doucement éraillée. (Même le ronronnement régulier d'Edgar Muno eut un soubresaut chaotique.) Mais aucun n'aurait reconnu que sa collection de littérature érotique, qu'il est de bon ton de juger de mauvais goût, lui a valu d'innombrables nuits tout aussi blanches que voluptueuses, et que chaque parution est attendue avec une secrète ferveur qui lui rappelle une jeunesse perdue.

— Ne faudrait-il pas examiner, poursuivit-elle de sa voix aux délicieuses inflexions toscanes, le problème que suppose le fait qu'il s'agit, selon toute évidence, d'un unique roman ? Nous aurions alors publié, chacun de nous, un tome de *Notre pain quotidien*. Or une question s'impose : quel en est l'ordre ?

C'est ici que le chat commençait à sortir du sac.

— Soyons honnêtes, enchaîna-t-elle, c'est le véritable enjeu de cette réunion.

Mais c'est Pierrette Darrieq qui se chargea de le sortir tout net par la peau du cou.

— Allons, chers amis, vous et moi nous fichons bien de l'ordre des tomes. Cette question est tout juste bonne à occuper les universitaires qui reçoivent d'enviables subventions pour cette sorte de passe-temps. Ce qui nous occupe, c'est le *premier* tome.

Voilà. Il importait peu qu'un écrivain ait eu la malice de disperser un vaste roman à travers une forêt de maisons d'édition, le tout était de connaître le détenteur du premier tome. C'était la proie dont ils étaient tous à l'affût.

À l'exception de Guylaine Tangay. Ce petit bout de femme coincée comme une nonne possède un cœur pavé de bonnes intentions et n'aurait pas même fait mal à une lettre. Elle est affectée d'un vrai sens du bien public.

— Mais il me semble que nous devrions éclairer les lecteurs quant à la bonne succession des tomes, non ? Sinon leur lecture prendra de confuses directions…

En vérité, les autres s'en tamponnaient royalement, d'*éclairer les lecteurs* ! Il n'était question pour l'heure que de gros sous. Lesquels reposaient sur les tirages du premier tome, le seul qui pût faire tourner les rotatives à plein régime pour les années à venir : le public se l'arracherait, les écoles et les universités l'inscriraient à leur programme, un producteur américain en acquerrait les droits (pour transformer, comme il est d'usage, l'or littéraire en plomb hollywoodien), bref le pactole assuré.

— Ne nous égarons pas, objecta Danièla Fallaci. Tâchons, pour le moment, de nous en tenir au premier tome. Déjà que le déterminer ne sera pas une mince tâche.

Si les mâles autour de la table se tenaient discrets, c'est qu'ils en étaient encore à se perdre dans l'explosive frisure de jais qui tombait en pluie sur les épaules nues de la belle Italienne. C'est alors que la voix métallique de Pierrette Darrieq eut l'impact d'un marteau contre l'enclume de leurs fantasmes.

— Rassurez-vous, la tâche est accomplie. Nous l'avons découvert.

Soubresaut général. Seul le ronflement métronomique d'Edgar Muno maintint son cap vers quelque rêverie secrète.

— Vous dites avoir découvert le premier tome! s'exclama Didier Leroux.

— Votre perspicacité m'étonne, monsieur Leroux, car c'est très exactement ce que je viens de dire.

Tandis que la tête de Didier Leroux s'enlisait dans ses épaules, Paul Rognon se renversa sur le dos de sa chaise pour offrir à l'assemblée les pectoraux de sa méfiance. Dans la cinquantaine haltérophilique et ambrée par les lampes à bronzer, Paul Rognon se trouve un *sex-appeal* auquel il est le seul à ne pas résister. C'est la chemise ouverte sur le hâle de sa toison velue, dans laquelle s'accrochait une chaîne d'or, qu'il demanda :

— Soumettez-nous donc vos conclusions, Pierrette, que nous jugions par nous-mêmes de leur valeur.

Pierrette Darrieq déposa son verre de vin rouge après y avoir trempé ses lèvres et prononça tranquillement des mots dont elle ne se faisait aucune illusion quant à leur effet.

— Il a été clairement démontré que c'est nous qui le possédons.

Bouteilles et verres s'entrechoquèrent sous l'explosion d'indignation. Les moustaches aux pointes cosmétiquées d'Alphonse Delon ne firent qu'un tour.

— C'est impossible!

À l'autre bout de la table, Alphonse Delon avait bondi de sa chaise, révélant dans toute sa hauteur le spectacle de son accoutrement : s'y mêlaient la soie cerise du foulard, les fleurs bigarrées de la chemise à poignets mousquetaires, le plissé accordéon du pantalon, le tout sous l'égide d'une canne gainée de peau de serpent. Son long corps mince se balançait comme une tige de quenouille, comme s'il était déjà sous l'effet du vin.

— C'est tout à fait impossible, répéta-t-il.

— Qu'y a-t-il de si étrange à ce que j'aie hérité du premier tome ? Le choix de F. S. pour ma maison d'édition n'apparaît-il pas des plus logiques ?

Depuis l'autre bout de la table, Pierrette Darrieq s'était levée à son tour et, bras croisés, rivalisait de stature avec Alphonse Delon. Le silence qu'imposait la collision de leurs regards aurait été total, n'eût été cette locomotive d'Edgar Muno qui roulait à plein tube, et que son voisin de gauche, Robert Bouillon, n'était plus très loin de faire dérailler de ses mains empâtées.

— C'est impossible, répondit Alphonse Delon, pour la simple raison qu'il est chez nous, ce premier tome.

— Vraiment !

— Oui, madame, et je tiens cette certitude de l'aveu même de F. S.

Cette fois, le moteur d'Edgar Muno eut des ratés. Des chaises remuèrent avec fracas, un verre renversa sa mer rouge, Didier Leroux en perdit même, l'espace d'une seconde, sa stupidité. Seule Pierrette Darrieq conserva ce port de tête altier qu'elle promenait par toute la ville : rien ne la démonte ni ne lui décroise les bras, et surtout pas une phrase balancée par un minable pour épater la galerie.

— Ainsi vous prétendez avoir eu un entretien avec F. S. ?

— En quelque sorte.

— En quelque sorte...

Le regard de braise de Pierrette Darrieq aurait pu foutre le feu au cirque vestimentaire d'Alphonse Delon. Mais celui-ci poursuivit avec le même calme :

— Il m'est apparu, hier soir.

— Vous croyez que je suis femme à boire de telles balivernes ?

— Vous ne mesurez certainement pas, madame Darrieq, combien je me balance de ce que vous pouvez boire ou non. Je vous dis simplement qu'il m'est apparu et que nous avons discuté.

La voix de Danièla Fallaci tâcha de le soumettre au chant des sirènes :

— Ainsi, monsieur Delon, vous êtes en mesure de nous dévoiler l'identité de ce F. S.

Mais Alphonse Delon ne donna aucune prise même à la suavité de Danièla Fallaci.

— Vous m'en voyez désolé, chère madame, mais il m'a fait promettre de n'en rien dire.

Trop est trop, et Pierrette Darrieq de culbuter dans une crise d'une violente gestualité qui la rendit méconnaissable.

— Vous êtes bien culotté, monsieur Delon, de mentir à cette table, oui vraiment ! Pour qui donc vous prenez-vous pour imaginer qu'un écrivain fameux trouverait satisfaction à confier les secrets de son œuvre à un clown qui multiplie les pitreries dont tout le milieu fait des gorges chaudes ? Si F. S. avait voulu *apparaître...*

— Vous n'auriez pas pu le voir !

La vive interruption d'Alphonse Delon verrouilla la rage de l'éditrice.

— Vous n'auriez pas pu le voir, répéta-t-il, car il m'est apparu sous la forme d'un fantôme. F. S. est un écrivain décédé !

Ce fut pour eux tous une manière de soulagement. On avait presque oublié les eaux fantaisistes sur lesquelles naviguent les éditions Au-delà dirigées par Alphonse Delon, consacrées à une littérature ésotérique fort populaire mais qui ne se rendent pas moins coupables, aux yeux de leurs rivaux, des pires fumisteries. Des anges de tous poils y dialoguent à bâtons rompus sur le sort de l'Homme, des gourous indiens tout rabougris y vont de leurs fumeuses méditations, quand ce n'est pas au tour des extraterrestres de mettre leur improbable nez dans les affaires humaines. Ce qu'on était sur le point de prendre pour une révélation-choc se révélait l'élucubration d'un illuminé. Il était maintenant assuré que l'aveu d'Alphonse Delon tournerait à sa déconfiture et tout le sérieux auquel il pouvait encore aspirer venait de s'éteindre.

— Voyez-vous ça : monsieur a reçu la visite d'un revenant! Et non des moindres, le mystérieux F. S. lui-même. Dites-nous, tant qu'on y est, comment se porte ce bon vieux Victor Hugo?

Albert Toussaint ne pouvait espérer plus belle occasion pour clouer au pilori ce «charlatan de Delon». Haïtien d'origine, cintré dans un complet croisé de papa sicilien, il a rompu, depuis le ventre maternel, toutes les amarres avec la magie vaudou pour planter ses deux pieds dans le ciment de la certitude rationnelle. Il dirige une collection d'ouvrages scientifiques et rêve d'un grand autodafé pour les publications d'Alphonse Delon dont la dernière invention éveillait en lui un regain de curiosité scientifique :

— Laissez-moi vous dire ce que je pense de vous et de toute votre satanée bande d'escrocs, vociféra-t-il. Les bonnes vieilles manières, voilà ce qui vous ferait entendre raison! Dès que vous ouvrez votre sale gueule, l'envie me prend de réclamer leur rétablissement.

Une science hurlant sa sagesse.

— En d'autres temps, on vous aurait embroché jusqu'à ce que le pieu vous sorte par la gorge.

La fureur au doigt inquisitorial d'Albert Toussaint gagna toute l'assemblée, si bien que, aidé par quelques vieilles rancunes non réglées, le conflit armé éclata en un florilège d'insultes qui fusèrent de toutes parts. Et personne ne songea plus à se dominer. On en profita bien sûr pour rompre le pacte de non-agression à l'endroit de Pierrette Darrieq. Aphonse Delon persista à revendiquer le premier tome à grands cris, juché sur une chaise et moulinant l'air de sa canne. Au terme de quoi, tous se prévalurent du même privilège avant de quitter un à un le restaurant, claquant la porte à toute volée. (C'est Danièla Fallaci qui s'y prit de la façon la plus remarquée, sa chevelure giflant l'air avec une grâce que la colère n'entama guère.) Un seul éditeur n'avait pas ouvert la bouche de toute la réunion, André

Boileau, non pas faute d'avoir essayé, car il avait bien maintes fois levé la main, et plus haut que jamais au plus chaud de la mêlée, suivant ainsi une politesse toute scolaire dont il ne se départ jamais, même si elle ne lui rapporte invariablement aucune attention. Quant à Edgar Muno, il ne se réveilla que quelques heures plus tard, environné de chaises renversées sur des tables et d'employés occupés à nettoyer la salle.

~

Cette semaine-là, la Foire du livre ouvrit ses portes dans une fébrilité que les organisateurs étaient conscients de devoir au vent d'enthousiasme que soulevait *Notre pain quotidien*, un vent qui tournait en direction du public. Le succès populaire d'un ouvrage aux flancs si escarpés pouvait surprendre, d'autant plus que l'hymne à la vie et l'humanisme qui s'en dégageaient tranchaient avec le cynisme et l'impudeur qui, depuis quelques années, ont pris leurs quartiers dans la littérature ambiante. Mais, comme guidés par l'impression confuse d'assister à une décharge littéraire aussi puissante que celle qu'avaient envoyée à leur siècle respectif *La Comédie humaine* ou *À la recherche du temps perdu* (en effet, les noms de Balzac ou de Proust tombaient naturellement de la plume enflammée des critiques pour donner une mesure de la taille de F. S.), on se procura aveuglément un tome de *Notre pain quotidien*, sans se soucier de la position qu'il occupait dans la chaîne des dix tomes, sur laquelle, du reste, personne ne s'accordait. Nos dix éditeurs offrirent, depuis leurs stands, un spectacle qui justifiait à lui seul un détour par la Foire du livre : chacun aboyait comme un crieur public qu'il possédait le premier tome du roman, attirait vers lui les visiteurs pour les en convaincre, invoquait des arguments astucieusement inventés et accusait ses adversaires de n'inventer que d'astucieux arguments. Comme leurs stands formaient un cercle assourdissant, ceux et celles qui avaient l'idée de le traverser ne savaient plus où donner de la tête. Entre-temps, à l'autre bout de la salle, se livrait une seconde bataille où se mesuraient, dans le cadre d'un forum, les grosses légumes du milieu universitaire chargées de percer de leur savante lumière la brume romanesque de *Notre pain quotidien*. Chacun y allait de sa vigoureuse interprétation, on affublait le roman d'adjectifs divers et contradictoires, on s'embrouillait dans une enfilade de préfixes, du métagothique post-moderne à l'hyper-naturalisme néo-zolien (on dit que ces gens-là peuvent s'enivrer juste en regardant des étiquettes de bouteilles!). La fermeté autant que l'hermétisme de jugement étaient de mise, et dans l'entrechoquement des idées les coups furent tout près de voler. L'auditoire, dans sa perplexité, en vint à se demander si ces experts avaient bien lu la même œuvre.

Première partie

Notre pain quotidien

Jour 1

1

Le professeur Angoulvent s'est réfugié dans l'une de ses fougueuses parenthèses qui peuvent s'étendre, selon une stratégie toute mesurée, jusqu'aux trois quarts de ses cours. Il fut une époque où il parlait littérature avec la morgue coutumière d'un docteur ès lettres. Mais, l'âge s'alourdissant et l'intellect se flétrissant, le professeur Angoulvent ne s'est plus senti de joie devant la dissection de textes littéraires. Il a fini par enterrer sa dignité de chercheur universitaire et par se livrer à la seule passion qui méritât sa considération : lui-même. Désormais, il n'enseigne plus que pour raconter ses innombrables voyages et pérégrinations, lesquels semblent avoir occupé, à l'entendre, les neuf dixièmes de son existence. Il étale une vie bondissante d'anecdotes à défrayer un roman picaresque, et trouve ainsi un abri sous la verve de conteur qu'il s'est découverte. Et ses cours de filer à toute allure tant ses pitreries tiennent de la *commedia dell'arte*. Déclencher l'hilarité lui est devenu un carburant d'une nécessité vitale. Une fois la session achevée, les étudiants, les joues endolories d'avoir trop ri, connaissent par le menu détail la biographie insensée de leur professeur. Et comme elle incendie leur imagination, ils se fichent pas mal qu'elle soit ou non pétrie d'inventions. Sa volubilité endiablée leur fait oublier jusqu'à la somme plutôt rondelette qu'ils ont consentie à cette université en échange d'une formation que le professeur Angoulvent sacrifie, sans qu'il lui en coûte le moindre remords, sur l'autel de son petit nombril de grand voyageur. Si personne ne songe à se plaindre de ses cours, c'est qu'ils ont le mérite d'obturer les plaies infligées par les manies, les lubies et les déséquilibres affectifs d'autres professeurs. Ainsi, la même opinion circule parmi les étudiants : «On n'a rien appris, mais qu'est-ce qu'on a rigolé!»

Au milieu de l'hilarité générale, Clotilde se sent incapable de supporter les produits de cette usine à anecdotes. Depuis le premier jour de la session, son crayon, habituellement agité comme une flamme, dort d'un profond sommeil sur une feuille absolument vierge. Le cours est intitulé «Chefs-d'œuvre de la littérature universelle», mais elle a vite pigé que, pour Angoulvent, le chef-d'œuvre, c'est lui. Et tout indique que le cours ne prendra pas d'altitude d'ici décembre. Aussi Clotilde, crispée de cette crispation qu'elle connaît trop bien, se prépare-t-elle à lui donner une leçon dont elle a le secret. C'est qu'elle s'est taillé une réputation de forte en gueule qui a traversé les murs du département de littérature et qui a bien dû, à tout le moins, parvenir aux oreilles poilues du professeur Angoulvent. Mais celui-ci se plaît à croire à la portée irrésistible de ses récits et pirouettes. Et comme l'inquiétude d'un mécontentement estudiantin ne l'atteint guère, il ignore la bombe à retardement qui fait tic-tac dans le corps menu de cette petite rouquine, persuadé de l'attirer dans les filets éblouissants de sa fougue.

C'est ainsi que le professeur Angoulvent, ce mercredi-là, ne flaire aucun danger.

Clotilde n'en est pas à sa première déflagration. La session dernière, le professeur Laflèche, un vieux débris au savoir poussif, marmottait, cours sur cours, et cela depuis plus de vingt ans, sa vieille thèse de doctorat consacrée à Pierre de Ronsard. Des heures bien tassées d'une intenable lecture. Clotilde avait eu une flambée de colère sans pareille et le pauvre Laflèche léchait encore ses brûlures. C'est qu'elle manie les mots comme un tireur d'élite, la petite Clotilde, et sait planter le point final dans les flancs de ces fainéants. Aussi vaut-il mieux être armé d'un fameux sens de la réplique pour se colleter avec elle et espérer ne pas promener, au sortir de l'empoignade, une tronche de suicidé. Sa mauvaise humeur l'a quelquefois conduite au bureau du professeur Erckmann, directeur du département, qui doit, sur le ton d'un habitué, l'exhorter à plus de tolérance, reconnaissant, dans le même souffle, qu'il y a bien quelques épaves qui résistent à larguer les amarres mais, nom de Dieu, qu'il faut faire avec et *se calmer le pompon!*

— Garder mon calme, devant ce névrosé!

— Je sais, Clotilde, je sais...

— Ai-je la tête d'une thérapeute?

— Personne ne vous en demande autant.

Comme Clotilde achève un baccalauréat des plus triomphaux, le professeur Erckmann, et cela malgré le crissement plaintif desdites épaves, refuse net de décréter son renvoi.

~

Le professeur Angoulvent, tout à ses bouffonneries, s'en donne à cœur joie et brûle les planches. Cette fois, il s'agite entre deux parenthèses qui sont aussi éloignées l'une de l'autre que le permettent ses trois heures de cours. Le professeur Angoulvent prétend avoir consacré trois étés consécutifs à repasser par les itinéraires qu'avait empruntés Arthur Rimbaud, «l'homme aux semelles de vent», qui, pour s'être arrêté d'écrire, n'avait pas pour autant cessé de marcher. Un tel projet cartographique, dont les motivations demeurent obscures, revenait à se prendre à une toile d'araignée pas moins dense que la prose des *Illuminations*. Suivant le tracé des folles équipées de Rimbaud, il aurait ainsi franchi les Ardennes françaises et belges, gagné Chypre et gravi jusqu'au sommet du Troodos, fait escale dans d'innombrables ports d'Afrique, passé la mer Rouge et traversé le désert somalien, déambulé dans les rues tapageuses du Caire, d'Aden et de Harar, pénétré dans les déserts et terres volcaniques des Danakils (qui naguère ont vu passer un Rimbaud emmitouflé dans des écharpes arabes, avec ses cent chameaux convoyant quelque deux mille fusils et soixante mille cartouches), et ainsi de suite, jusqu'à vous coller un tel vertige qu'on en perd sa géographie, mais certainement pas sa bonne humeur, tant le professeur Angoulvent met une énergie de *stand up* comique à dresser le portrait d'une galerie de personnages exotiques croisés au hasard des rencontres.

Le jugement rendu par Clotilde est sans appel : cet abruti suit les pas du poète faute d'en comprendre les vers.

Auxquels elle aimerait revenir.

Elle se lève donc et prend une voix d'une telle solidité que tous croient entendre quelque chose au cœur du professeur Angoulvent se fendiller comme une assiette de porcelaine.

— Si nous revenions à la poésie de Rimbaud. Dites-moi, professeur, quand il écrit, dans le poème que vous reconnaîtrez : *Est-ce en ces nuits sans fond que tu dors et t'exiles,/Million d'oiseaux d'or, ô future Vigueur?*, doit-on y lire la véritable question que le poète lance à sa propre poésie? J'avoue ma confusion à ce sujet et souhaiterais que vous m'éclairiez de vos lumières.

L'interruption a lieu alors que la classe est plongée dans les rues poussiéreuses de la ville d'Aden, et que le professeur Angoulvent reproduit les tics faciaux du chauffeur de taxi qui le conduisait vers l'agence Bardey où avait séjourné Rimbaud. Pétrifié, il semble pris dans un iceberg, sa tête frisottée saisie au milieu d'un tic moliéresque, une main étreignant un volant virtuel tandis que l'autre enclenche un compteur invisible. Son corps met un bon moment avant qu'il puisse se défaire de sa glacière.

— Hum! Bien sûr. Euh… votre nom est…?

— Clotilde.

— C'est ça, Clotilde… excellente question… d'ailleurs j'y arrivais à l'instant…

— Je vois : vous étiez sur le point d'établir un lien révélateur entre ce chauffeur de taxi et le programme poétique de Rimbaud.

— Eh bien…

— À moins que l'agence Bardey présente un intérêt qui m'échappe mais que vous vous empresserez de souligner.

— C'était… en effet… dans mon intention de… Oh, je vois que le temps file! Je m'en voudrais de vous retenir plus longtemps. Nous reviendrons sur ces vers au prochain cours, si vous n'y voyez pas d'inconvénient.

Pas question pour Clotilde de relâcher ses crocs.

— Nous disposons encore de tout le temps voulu, professeur. Tant de feuilles, devant moi, attendent d'être noircies de votre illustre savoir. Vous disiez donc?

Le professeur Angoulvent n'est déjà plus là. Il s'est précipité hors de la classe, sa sacoche de cuir coincée sous le bras, en faisant mine d'observer sa montre, comme aspiré par un urgent rendez-vous.

Le malaise des étudiants s'engouffre dans un silence que rompt le voisin de Clotilde :

— T'as été un peu vache, Clotilde.

Derrière elle :

— Pourquoi t'en prendre à ce pauvre vieux? S'il peut rendre Rimbaud rigolo.

Puis ça monte du fond de la classe :

— Ben oui, on s'amusait bien.

— Ça fait changement.

Une rumeur de désapprobation isole Clotilde tandis qu'elle fourre ses affaires dans son sac à dos. Derrière la porte claquée, elle gueule, assez fort pour que l'entendent toutes les classes qui jalonnent le couloir :

— *Mais moi, je ne veux rire de rien; et libre soit cette infortune!*

Oui, du Rimbaud, *texto*.

~

On aura compris que la petite Clotilde a la fibre plutôt volcanique. Voilà qui tranche net sur la mollesse de sa génération. Tandis que sa révolte fait sa pâture des textes du *Monde diplomatique*, de Noam Chomsky et de Pierre Bourdieu, qu'elle se délecte des documentaires de Michael Moore et règle son pas sur toutes les marches de protestation antimondialiste, ses camarades de classe semblent fort bien s'accommoder de cette

humanité en folie, depuis leur salon, devant l'écran de toutes les
misères du monde, le sourcillement pour seule expression de
leur consternation. Rien n'indigne Clotilde autant que ces indi-
gnations éclairs, qui n'occupent l'instant que des mauvaises
nouvelles télévisées. Sa rage à elle la dévore à temps plein,
comme une passion. Le poing en l'air et le mégaphone à pleins
tuyaux, elle saute sur les barricades de toutes les causes. Il faut
l'entendre quand elle y va, par exemple, de son couplet sur la
question écologique, à grand renfort de chiffres et de statis-
tiques; elle peut vous fendre en deux le moral pour le restant de
vos jours. Non, pas une injustice, pas une bêtise ne sortent
indemnes de ses bouillons de colère. Tous vous le diront : elle
est Amnistie internationale à elle seule, le cœur branché sur la
souffrance des quatre coins du monde. La plupart sont d'avis
qu'elle sera un jour canonisée pour tous les services rendus à
l'humanité.

Alors vous pensez bien qu'un universitaire qui se livre à des
pitreries pour dissimuler son incompétence…

« Mais, Cloclo, si tu veux régler le compte de tous les salauds
de la planète, ça te mène à quoi d'étudier la littérature ? » lui a
demandé, un jour, son ami Cédidio qui, depuis, médite la
réponse qu'il reçut : « La justice ne suffit pas pour aimer la vie. »

2

Alors que Clotilde a dû, l'après-midi, se farcir les singeries d'Angoulvent, le soir, c'est au tour des clients de la librairie Masson de lui faire perdre espoir en l'humanité.

Elle y travaille à temps partiel, faisant courir ses doigts sur les touches d'un des quatre tiroirs-caisses.

Les clients s'écoulent lentement devant son comptoir. Il lui semble ne voir défiler que des exemplaires de *Notre pain quotidien*. Les présentoirs d'entrée, immenses tables en acajou massif, n'en ont que pour ces dix tomes qui se dressent comme des gratte-ciel autour d'elle.

— Il est à souhaiter que ce roman soit à la hauteur de ce qui s'en dit.

Le client est un petit homme aux yeux verts, au nez assez long pour être enfourché, et un bouc noir lui prolonge le menton, ce qui lui donne un profil en croissant de lune. Il a déversé les dix tomes sur le comptoir. En voilà un chez qui le doute n'affecte pas le portefeuille.

— Je n'en ai lu que deux, monsieur, mais je peux vous assurer que c'est excellent.

Et elle est sincère, Clotilde. Un cri du cœur, pas une de ces stratégies de vente telles que professées par la voix administrative d'Édouard Masson («Même s'il s'agit d'un navet, glissez-vous derrière la rumeur : *il paraît* que c'est bien! Tout ce que nous vendons ici doit tenir de cette rumeur. Est-ce bien clair?») «C'est excellent, vraiment», répète-t-elle. Les yeux de Clotilde luisent de cette éternité que seul un chef-d'œuvre peut creuser en soi.

— Bon, fait le client d'un air satisfait tout en lui tendant sa carte de crédit.

C'est alors que la librairie est ébranlée par une voix qui tient du cri de guerre.

— OÙ EST-IL ?

La question a explosé du côté de l'entrée et c'est tout le rez-de-chaussée qui est soufflé par la déflagration. Les doigts de Clotilde en ont trébuché sur les touches, et le montant qui s'affiche à l'écran indique à son client qu'il va y passer le reste de ses jours, à payer cet *excellent* roman.

— OÙ EST-IL ?

Cette fois, la deuxième bombe a éclaté quelques pieds derrière elle. Quand Clotilde se retourne, elle tombe nez à nez avec un bonhomme plus menaçant qu'un bombardier. Plus large que haut, une charpente blindée surmontée d'un crâne d'obus prêt à être largué. Derrière lui, on peut lire son effort d'être vu et entendu : il a foutu en l'air tous les bouquins qu'il a croisés sur son passage.

— Où est qui ?

La question de Clotilde n'interroge pas, non, elle avertit : au prochain largage, c'est elle qui éclate.

— Écoute, ma petite, j'cherche l'abruti d'commis qui m'a r'filé cette saleté d'bouquin.

Il est une curieuse expression dans le commerce qui dit que le client est roi. Des employés culbutent dans des dépressions nerveuses à cause de ça. Essuyer à longueur de journée l'humeur des clients qui se prennent pour Louis XIV, ça finit par vous démolir le moral. Clotilde présente le cas inverse : il ne lui déplaît pas de remettre à leur place leurs majestés qui prendraient l'expression au pied de la lettre.

— J'veux seulement le lui faire avaler, siffle-t-il entre ses dents.

Ça risque de coincer net dans le gosier, si elle en juge par l'énorme pavé qu'il tire d'un sac : *Les Mémoires d'outre-tombe* de Chateaubriand.

— Paraît que ça devait changer ma vie. J'aimerais maintenant m'charger d'la sienne.

Soudain, c'est comme si on avait placardé une image dans le crâne de Clotilde : ce con a la parfaite laideur tourmentée et verruqueuse de *Mister Hyde* : petit et hirsute, mais les muscles ramassés et les pommettes poilues comme si des arbustes y avaient poussé. À mesure qu'il a grogné, sa dimension simiesque s'est comme épaissie, traînant avec elle l'odeur âcre de la grotte où il doit ruminer chaque jour sa sale humeur.

— Ma voiture est garée en double. Alors tu me l'ramènes presto. Pigé !

(Classique… Louis XIV fait irruption dans la librairie et hurle sur les toits que son carrosse est garé en double file. Il s'imagine quoi, que des laquais vont se mettre à cinq et tout chambarder dans la librairie pour éviter à sa majesté une contravention ?)

Clotilde tire un formulaire de sous le comptoir.

— Veuillez inscrire l'objet de votre plainte. Quant à cet achat, nous vous le remboursons immédiatement. Vous voyez, c'est tout simple. Vous vous évitez ainsi quelques semaines de cellule pour voie de fait grave et une malheureuse contravention. C'est pas beau, ça ?

Le sourire que Mister Hyde lui fabrique n'est pas beau, avec un espace qui sépare les incisives qu'il a bien tranchantes :

— On s'comprend mal, là : un p'tit malin d'chez vous m'a convaincu d'acheter c'bouquin. *Inoubliable*, qu'il a dit.

— Forcément, des mémoires.

— Eh, dis donc, tu t'fous d'ma gueule ?

— Loin de moi cette intention. Chateaubriand ne convient certainement pas à un troglodyte.

— Un trogloquoi ?

À travers le buisson de ses sourcils, son œil d'homme des cavernes semble fouiller dans le dictionnaire qui occupe un recoin de sa cervelle.

— S'il est vrai que nous descendons du singe, je vois que vous avez pris soin d'y remonter.

— !!!

Tout petit et laid qu'il soit, son bras a la puissance d'une catapulte. Et les *Mémoires d'outre-tombe* de fendre l'air d'un bout à l'autre de la librairie avant de percuter la plus éloignée des tours de *Notre pain quotidien*. Il n'est plus très loin de vouloir tout démolir, façon gorille en pleine manœuvre d'intimidation, déracinant les arbres et martelant le sol à coups de troncs.

— Tu veux toujours rigoler ?

— Non, monsieur, quand un homme s'exprime avec autant d'élégance, on ne peut que lui répondre le plus sincèrement du monde : va te faire foutre, enculé !

— Cela suffit, Clotilde !

La voix est tombée des hauteurs de la hiérarchie. Le front large et blanc sous des cheveux pommadés, le costume en taffetas noir ouvert sur la noirceur d'une chemise de soie, la tenue cléricale d'Édouard Masson a le raffinement de sa politesse capable de vous dégoupiller n'importe quel terroriste :

— Bonjour, monsieur, veuillez donc me suivre dans mon bureau afin que nous puissions lever ce léger malentendu et vous dédommager du préjudice que vous avez subi.

Édouard Masson, avant de s'éloigner, cloue un bref regard sur Clotilde, où elle lit aisément la fin de sa carrière derrière ce comptoir. Et la victoire d'éclater entre les incisives du troglodyte.

Elle se retourne vers le bouc de son client. Pas affecté du tout par l'altercation, le petit monsieur aux yeux verts. Leurs regards se croisent et elle croit bien percevoir dans le sien une lueur d'espièglerie.

Sourire en coin et désignant de sa barbiche l'écran du tiroir-caisse :

— Cent vingt-trois mille six cent quarante-deux dollars pour ces dix tomes ! En effet, il faut que ce roman soit vraiment excellent.

∼

Vingt-trois heures. Au moment où Clotilde ouvre la porte de son appartement, le téléphone est à bout de patience.

— Salut, Clotilde, ça va?

La voix de la fidélité même : Cédidio.

— Un client a voulu me décapiter, j'ai perdu mon job, sinon ça va. Toi?

— Mieux qu'Angoulvent. Complètement anéanti. On dit qu'il a pleuré comme un veau dans son bureau. C'est le professeur Erckmann qui l'a ravitaillé en mouchoirs. Merde, j'aurais voulu être là pour voir ça.

— Quoi, le voir pleurer?

— Non, quand tu lui as rivé son clou. Tu sais, certains n'ont pas apprécié que tu les frustres de son show. T'inquiète pas, ce sont des cons et je me suis chargé de leur dire.

— Tu es gentil.

— Tiens, c'est pas le concert en rut majeur du sommier que j'entends?

— Martin est plutôt actif ces temps-ci.

— C'est un con aussi. Faudra que je lui dise un jour.

— Tâche de prendre un peu de poids avant.

Il rigole. Après un silence, il demande :

— Dis, t'es toujours pas amoureuse de moi?

— Hum… pas que je sache.

— O. K., on se voit demain, Cloclo.

À peine a-t-elle raccroché que le téléphone remet ça.

— Qu'est-ce que tu as fait, encore?

— Bonjour, maman. Un client m'a presque sauté au visage, je n'ai plus de boulot, mais je me porte bien.

— Bon, écoute, j'ai parlé à Édouard. Il accepte de te garder. Mais ça n'a pas été facile de le convaincre, crois-moi.

(Des amis d'enfance, la mère de Clotilde et Édouard Masson. De ceux qui accomplissent leurs premiers pas sentimentaux ensemble. Jusqu'à former, à dix ans, un projet de mariage qui s'est heurté à une divergence de taille : pas question pour lui de jouer à la marelle dont elle faisait, pour leur bonheur conjugal, une condition *sine qua non.* De nos jours, des divorces ont lieu pour moins que ça.)

— J'imagine que je dois te remercier, maman.

— Regarde plutôt autour de toi, et dis-moi que tu as rangé ta porcherie!

Regard circulaire sur le chantier du salon. On serait plutôt tenté de croire à un séisme et de lancer un saint-bernard au milieu des décombres pour secourir un malheureux.

— Oui, oui, j'ai rangé ma porcherie.

— Vraiment? Répète ça en regardant ta mère droit dans les yeux!

Toute l'enfance de Clotilde a été serrée dans l'étau de cette injonction.

— Désolé, maman, mais par téléphone, ça va m'être difficile.

— Je t'interdis de te moquer de moi. Tu parles à ta mère. As-tu déjà oublié dans quel état elle se trouve? Sais-tu seulement tout ce qu'elle endure chaque jour?

(«Je t'en prie, maman, non, pas ce soir!»)

— Attends un peu que je te dise ça… Je fais de l'arthropathie, oui ma petite fille, et aussi de la discopathie, et de l'ostéophyte. Et mon arthrite, qu'en fais-tu, hein? Et mon ostéite, et mon rhumatisme…?

Malgré toute la discrétion qu'y met sa mère, on entend tourner les pages du dictionnaire médical.

— Et je ne te parle pas de mon épicondylite, de mon épiphysite, de ma cardiomyopathie, et de ma tachyarythmie…

Elle joue cette partition depuis qu'elle a mis au monde Clotilde, comme si l'accouchement l'avait autorisée à s'attribuer plus de souffrances que ce qu'une seule vie peut en supporter. On n'en sortait pas. Ce qui ne l'a, du reste, jamais empêchée de pratiquer le tennis avec une vigueur qui fait d'elle, chaque jour, une miraculée des plus suspectes.

— Et encore un tas d'affections imprononçables.

Elle n'en avait jamais assez d'aller de maladie en maladie. Ne la félicitez surtout jamais sur sa bonne mine, c'est lui faire injure («Faut-il vraiment que je meure pour me justifier!» criait-elle), mais effrayez-vous de la pâleur de son teint et appréhendez sa fin la plus imminente, c'est ainsi que vous vous concilierez sa bienveillance.

— La liste en est si longue, ma fille, que j'ai peine à croire que je trouve la force de te parler.

Puis, sans avertir, sa mère oblique vers un autre sujet dont le terrain est miné :

— Et dis-moi, tu fréquentes toujours ces déchets ?

— Maman, ce sont des sans-abri, ces gens n'ont plus rien...

— Tu sauras, ma fille, tranche-t-elle, que ce ne sont que des déchets !

— Maman, nous en avons parlé mille fois ! L'accueil Béjard leur donne un soutien...

— Si seulement tu recevais un salaire !

— Cela s'appelle du bénévolat, maman.

— Il n'empêche... Ah, qu'est-ce que j'ai fait au bon Dieu pour avoir une fille qui n'en a que pour les gueux !

— Je t'en prie, maman.

— Tiens ! C'est quoi ces cris qu'on entend chez toi ? Ciel, Martin est-il souffrant ?

— Non, maman, disons qu'il fait ses exercices.

— À une heure pareille ? Ton cousin est un bien étrange garçon. Bon, tâche donc de passer voir ta mère, demain. Faut-il que je me fasse clocharde pour recevoir ta visite ?

Clic.

Clotilde aurait espéré souffler un peu, mais elle n'a pas sitôt retiré son sac à dos que ça sonne de nouveau.

— Clotilde, ici Édouard Masson.

Là, elle reste sans voix.

— Clotilde, vous êtes là ?

— Je suis désolé, monsieur Masson, mais il saccageait la librairie...

— Je sais, je sais... Vous vous en êtes très bien tirée. Pardonnez ce regard que je vous ai lancé. C'était une petite comédie, il fallait lui donner l'impression qu'il avait gagné la partie pour l'entraîner dans mon bureau. Il ne voudra pas y remettre les pieds de sitôt, soyez-en assurée. Si le client est roi, il n'est pas alors à l'abri du couperet. Ah oui! Votre mère s'est mis en tête que je voulais vous mettre à la porte et croit être parvenue à me faire changer d'idée. Elle m'a tenu au téléphone pendant une demi-heure. C'est à peine si j'ai pu placer un mot durant notre conversation. Elle va sûrement vous brandir sous le nez le service qu'elle vous a rendu.

— C'est déjà fait, monsieur Masson.

— Chère Martine. Elle vous aime, vous le savez? Ne lui en veuillez pas si cela ne s'exprime pas toujours avec clarté.

— Si seulement cela s'exprimait avec confusion.

— Dites, Clotilde, vous accepteriez de remplir une petite mission pour moi?

— Bien sûr, monsieur Masson.

— Trouvez F. S.

— …

— Clotilde, vous êtes toujours là?

— Trouver F. S., monsieur Masson?

— Vous imaginez l'impact publicitaire sur la librairie, si nous mettions la main sur F. S., avec séance de signature, et tout et tout? Écoutez, je ne peux pas passer à côté de ce coup d'éclat. Je vous libère du tiroir-caisse. Consacrez tout le temps dont vous disposez. Évidemment, vous serez rémunérée généreusement. Et tous frais payés, il va sans dire. Qui sait si ce F. S., au moment où nous nous parlons, ne se dore pas au soleil au bord de la Méditerranée? Prenez les moyens qu'il faut.

— …

— Et pensez à la renommée que vous vaudra un tel exploit. Les portes du journalisme vous seront toutes grandes ouvertes. Je vous sais débrouillarde et astucieuse, Clotilde, ma confiance en vous est entière. Ma tête à couper que vous le retrouverez plus tôt que vous ne l'imaginez. Alors, qu'en dites-vous?

— Bon, j'accepte, monsieur Masson.

— Je n'en attendais pas moins de vous!

Sur quoi, l'enthousiasme d'Édouard Masson rend le son d'une tonalité.

Trouver F. S., tiens, pourquoi pas ? La perspective d'enfiler l'imper du limier n'est pas sans la séduire. Après tout, ce qu'elle a lu de F. S. l'a enchantée, au point qu'elle joue avec l'idée d'y consacrer son mémoire de maîtrise. Plonger son bistouri dans les entrailles de *Notre pain quotidien*, inciser l'écorce du génie et voir derrière comment ça fonctionne, un chef-d'œuvre bien contemporain, le projet est un peu fou, sans doute, bien au-dessus de ses capacités, certainement, mais cette aventure-là la tenaille tellement qu'elle se promettait encore hier d'en glisser un mot au professeur Erckmann. Quel bonheur s'il acceptait de superviser son mémoire !

Bon, pour le moment, Clotilde se sent trop lessivée pour voir comment elle s'y prendra pour dénicher ce F. S. Son regard dépose sa fatigue sur le salon. Avec toutes ces buttes de vête-ments, ces collines de livres et de cartables, ces boîtes en carton qu'elle n'a pas eu la force d'ouvrir depuis son aménagement (il y a un an !), d'autant qu'elles lui permettent d'économiser sur le mobilier, cette planche à repasser transformée en penderie, et ce monticule de magazines qui fait office de pouf, on obtient un assez joli terrain vague. Absolument inapte aux travaux domes-tiques. La seule marque décorative que l'on puisse relever est les deux portraits d'écrivains épinglés sur un panneau de liège : Émile Zola, son regard brûlant de l'affaire Dreyfus, et Jean-Paul Sartre, l'œil éteint d'avoir signé trop de pétitions. Elle a toujours eu un faible pour les écrivains qui ont été la mauvaise cons-cience de leur siècle.

Douche terminée, pyjama enfilé, c'est en se glissant dans les couvertures que Clotilde se rend compte que Martin est enfin sur le point de conclure.

De la chambre de Martin proviennent des cris baissant de quelques octaves jusqu'à s'éteindre en un long gémissement guttural. En même temps, le sommier à ressorts ralentit son régime. Son cousin s'est toujours montré indifférent au désordre de l'appartement, empressé qu'il est chaque soir de gagner sa chambre, accompagné d'une nana dénichée dans les bars les moins indiqués et qu'il gratifie bruyamment de sa virilité increvable. Il est déjà parvenu à sauter une trentaine de filles en autant de jours. Tellement soucieux de ses performances au lit qu'il les fait précéder d'exercices de réchauffement. Clotilde endure de bonne grâce ses *concerts en rut majeur* que peinent à étouffer les murs. Elle et Martin peuvent rester de nombreuses semaines sans s'adresser la parole, non pas qu'ils se détestent, mais parce qu'ils n'en ont nul désir et que Clotilde ne lui voit tout simplement jamais le bout du nez, bien qu'elle ait une idée assez précise de l'usage qu'il fait de son autre appendice.

C'est au moment où elle se sent harponnée par le sommeil que rugit encore ce satané téléphone.

— Clotilde? C'est Jacqueline.

La voix tremblante, qui menace, à l'autre bout du fil, de chavirer dans le sanglot, annonce le pire. Pas de doute, un drame a frappé l'accueil Béjard de plein fouet.

— Que se passe-t-il, Jacqueline?

— Monsieur le Président... La police a retrouvé son corps. Monsieur le Président est mort, Clotilde.

~

L'enquête veut déjà conclure à l'*overdose*. Oui, Monsieur le Président a jadis manié la seringue au bout de laquelle pendait l'ultime paradis qui lui restait. Comment être sûr qu'il n'a pas décidé par lui-même de l'atteindre une fois pour toutes? Quand on a son compte d'emmerdements majeurs, s'offrir un extra de paradis a le mérite de régler la note définitivement.

L'heure qui suit est toute consacrée à secourir le moral de Jacqueline Framboise qui, du haut de sa taille sphérique et de sa langue bien pendue, tient à bout de bras, chaque jour que lui envoie le Ciel, l'accueil Béjard, refuge pour sans-abri. Bientôt vingt ans qu'elle y consacre ses énergies qu'elle tire d'on ne sait quel puits d'amour. Un cœur sans limites, pareil à celui de mère Teresa, à ceci près que Jacqueline Framboise n'amasse pas en catimini des millions dans un compte suisse grâce à des donateurs au passé louche.

Avec quelle violence se reproche-t-elle de n'avoir pas deviné combien la mort gagnait, de proche en proche, l'âme épuisée de Monsieur le Président. Jacqueline Framboise ne s'accorde aucun pardon, tant il est vrai que la générosité finit souvent par souffrir de culpabilité. Les grands cœurs n'ont pas de pitié pour eux-mêmes.

Une fois le combiné raccroché, Clotilde, allongée, près de la fenêtre, dans l'unique fauteuil de son salon, l'orangé d'un réverbère déposé sur elle, ne songe plus à dormir. Elle a ses grands yeux ouverts sur le visage craquelé de Monsieur le Président, dont les rides sur fond de broussaille tracent la ligne d'un destin cruel.

Le souvenir du clochard plane longuement dans l'obscurité du salon. Il faut attendre un peu avant le point du jour pour que le sommeil ait enfin barre sur les paupières de Clotilde.

3

Pendant que Clotilde arpentait les couloirs de son insomnie, et que les ressorts métalliques du lit de son cousin connaissaient enfin un répit, du moins jusqu'au pilonnage usuel du petit matin, à l'autre bout de la ville, dans un quartier résidentiel, tout ce qui dormait à poings fermés fit un bond au-dessus des draps et crut, l'espace d'une seconde, que la planète entière expirait, rendue à l'anarchie dernière de l'Apocalypse.

Une puissante déflagration avait déchiré la nuit.

Pompiers, policiers et ambulanciers arrivèrent en trombe sur les lieux, mais il ne restait plus de la voiture qu'une carcasse torturée. Elle rôtissait encore, une torsade de fumée montait droit vers le ciel noir. Le moteur avait sauté sous l'explosion et tournoyé dans le vide avant de s'écraser à quelques encablures de là. La rue, humidifiée par une brève averse une heure plus tôt, scintillait comme une voûte céleste, une demi-douzaine de gyrophares en fouettaient toute la longueur. Une troupe de têtes ébouriffées, refoulée par le périmètre de sécurité que l'on traçait à la hâte, observait un silence horrifié : une longue silhouette charbonneuse se détachait, inerte, sur fond de brasier et de métal tordu.

— Connaîtrions-nous déjà l'identité de la victime ?

Aussitôt extrait de sa voiture, le lieutenant Lemaître, petit de taille mais au nez plus affûté qu'une lame et la syntaxe découpée au rasoir, s'est enquis de la situation auprès d'une masse musculaire en uniforme qui, dans l'embrasure d'une portière, conversait avec le combiné de sa radio.

Se tournant vers le lieutenant :

— J'ai fourni le numéro de la plaque d'immatriculation, lieutenant. J'attends les renseignements.

Le lieutenant Lemaître y alla d'une première constatation :

— Que cet attentat tienne du règlement de compte ne fait pas l'ombre d'un doute, et qu'il s'agisse d'une organisation criminelle, à en juger par la méthode, entre dans les meilleures suppositions. L'affaire sent le roussi, si je puis m'autoriser le jeu de mots. N'est-ce pas, mon petit ?

Qui avait bien trois fois sa taille.

— Pardon, lieutenant ?

Le grésillement de la radio apporta lesdits renseignements : la propriétaire de la voiture (une B.M.W., apprit-on; vu son état, il fallait croire la radio sur parole) répondait au nom de Pierrette Darrieq.

Saisissant le récepteur :

— Que savons-nous des activités professionnelles de cette dame avant qu'un malheureux démarrage en interrompît le cours ?

Une voix de friture répondit qu'elle dirigeait une maison d'édition.

C'est alors que passa à la droite du lieutenant Lemaître le corps calciné de l'éditrice, qu'on était parvenu à retirer des entrailles fumantes de la voiture. Les deux brancardiers enfournèrent la civière et son cadavre dans le ventre lumineux de l'ambulance.

Le lieutenant Lemaître sortit alors de la poche plaquée de son veston un carnet de moleskine, couleur grenat, et son stylo à bille vert y consigna cette réflexion : *Quand un éditeur meurt, un manuscrit veille.*

Vu de l'extérieur, le lieutenant Lemaître ne doit rien à ses prédécesseurs : il ne fume ni cigarette ni pipe, n'est affecté d'aucun strabisme, ne porte ni carrick et casquette écossaise ni gabardine fripée, pas plus qu'il n'affiche une moustache frisée, ne boit du whisky Old Grandad, ne s'injecte de la cocaïne ou ne fait du tricot, bref rien, vraiment, qui puisse l'inscrire dans le giron célèbre des détectives excentriques, sinon, peut-être, oui, tout bien considéré, quelques signes distinctifs : ainsi le reconnaît-on par son costume vert prairie fait sur mesure, par sa barbiche de chevrier dans laquelle fouillent ses doigts rêveurs au plus fort de ses cogitations, par un goût immodéré pour les accents circonflexes et le subjonctif imparfait, et enfin, pour achever le portrait, par ce nez royal, en bec d'aigle, tout en ossature (si long qu'il peut de sa lèvre inférieure en toucher l'extrémité), qui lui vaut le surnom de «Le Nez», par lequel ses collègues le désignent en coulisse. À la réflexion, le lieutenant Lemaître n'a peut-être rien à envier, côté manies, aux plus illustres dénicheurs de meurtriers.

Se tournant vers le sergent, le lieutenant Lemaître s'offrit une parenthèse :

— J'ose présumer, mon petit, que vous vous adonnez au plaisir solitaire, au vice impuni.

— Pardon, lieutenant?

Sous la coupole de cheveux du sergent, on devinait déjà une inquiétude dans l'œil.

— Je vous demande s'il vous arrive d'ouvrir un livre. Vous lisez bien un peu, des romans…

— Oh! (de soulagement), assez peu, lieutenant.

Un toussotement dans l'intérieur de son poing, en guise d'aveu retenu, ébranla ses épaules de quart-arrière.

— N'ayez crainte, mon petit. Confiez-vous à moi.

— Enfin, pour tout dire, je ne lis jamais.

— Vous plaisantez, là.

— Je crains que non, lieutenant.

Regard incrédule du lieutenant Lemaître. L'affaire lui parut si incroyable, et le toucha à un point si vif de son âme, qu'elle souleva en lui un bataillon de questions.

— Quelle durée s'est-il écoulé depuis votre naissance?

Oui, il parlait comme ça, le lieutenant Lemaître, et le pauvre agent avait l'impression de traduire mentalement une langue étrangère.

— Trente-cinq ans, lieutenant.

— Votre dernière lecture remonte à quelle tranche de votre existence ?

— Au collège, lieutenant.

— Donc, si je ne m'abuse, vous n'ouvrîtes pas un roman pendant quinze ans.

— … En effet, lieutenant.

— Il n'y a bien aucune méprise sur le sens des mots : vous maintenez bien que vous ne lûtes pas un seul roman depuis le collège ?

Il a répété cette improbabilité à mots bien détachés et le circonflexe bien accentué. Peut-être, pensa le sergent, ne s'y prend-il pas autrement pour faire craquer un tueur en série : « Il n'y a bien aucune méprise sur le sens des mots : vous maintenez bien que vous ne tuâtes pas une seule femme pendant ces quinze dernières années ? »

— Quinze ans, le compte est bon, lieutenant.

Tous les neurones du lieutenant Lemaître avaient disparu dans les ravines de l'incrédulité.

— Racine !

— Pardon, lieutenant ?

« Il est décidément sourd », soupira en lui-même le lieutenant Lemaître.

— Quand je dis Jean Racine, que vous vient-il à l'esprit ?

— Euh… rien, lieutenant.

— Cervantès !

— Servannetèce ? Eh bien, rien non plus, lieutenant !

— Goethe !

— Je suis désolé, lieutenant, mais, Gueutte vraiment…

— Kafka !

— Pas plus…

— Ne vous retrouvâtes-vous jamais dans une situation dont l'absurdité, l'illogisme rappelèrent l'atmosphère des romans de Kafka ?

S'écoulèrent quelques secondes, le temps au sergent de démêler la question.

— Vraiment, je ne pourrais pas vous le dire, lieutenant.

Le regard du lieutenant Lemaître était noyé dans les eaux profondes de la perplexité. Et cela finit par flanquer au sergent un tel sentiment de culpabilité qu'il n'était plus loin de croire qu'il avait peut-être lui-même mis cette bombe dans la voiture qui fumait derrière lui.

— Et comment vous portâtes-vous pendant toutes ces années ?

— Euh... assez bien, lieutenant.

— Vous mariâtes-vous ?

— Oui, lieutenant.

— Votre femme, vous l'aimez ?

— Bien sûr, lieutenant.

— Je précise ma question : vous l'aimez profondément, d'un amour inconditionnel, comme cela se doit ?

— J'aime ma femme, lieutenant, je vous l'assure.

— Vous avez un enfant ?

— Oui, lieutenant.

— Que vous aimez...

— Plus que ma vie, lieutenant.

C'est qu'on s'agglutinait de plus en plus derrière le lieutenant Lemaître, en attente de consignes qu'il différait, l'esprit rivé à une tout autre investigation.

— Aucun trouble à déclarer ? Insomnie, maux de dos, migraine... ?

— La santé est bonne, lieutenant, merci.

— Puis-je abuser et me permettre une dernière question ?

Sur le front du sergent roulait une abondante sueur.

— Je vous en prie, lieutenant.

— Vous considérez-vous comme un homme heureux ? Répondez-moi sincèrement.

Derrière la barbiche concentrée du lieutenant Lemaître s'était maintenant formé un large bouquet d'uniformes et de curieux en chemise de nuit qui n'en avaient plus que pour le bonheur du sergent, lequel montra, dans les circonstances, un bel aplomb et une sincérité louable.

— J'y travaille, lieutenant, je suis parti de loin, je vous le confie, une enfance difficile, si vous voyez ce que je veux dire, mais j'ai suivi une psychanalyse sous la recommandation de ma femme qui s'inquiétait de me voir, chaque nuit, pleurer comme un gamin dans ses bras, et mon psychanalyste, un vieil homme qui aurait passé pour mort s'il n'avait pas tendu la main à la fin de chaque consultation pour recevoir ses honoraires, m'a tout de même appris à estimer l'homme que je suis, même s'il m'a ruiné financièrement, et je peux affirmer que je n'ai jamais été aussi bien dans ma peau qu'aujourd'hui, si on ne tient pas compte de cette sueur qui s'échappe de mes pores et de la forte odeur qui s'ensuit.

Le lieutenant Lemaître hochait un nez vaguement approbatif.

— Et cette introspection, qui est tout à votre honneur, vous la menâtes sans le bras d'un écrivain ou d'un poète?

— Ma foi, oui, lieutenant.

Que le lieutenant Lemaître doive sa vie à la littérature signifie-t-il qu'il doit en être ainsi de tous les hommes? C'est qu'il est des remèdes que l'on voudrait voir s'étendre sur toute l'humanité. La dévotion littéraire du lieutenant Lemaître est née d'un miracle, qui eut lieu trente-deux ans plus tôt. Toute sa tendre enfance, il a souffert d'un asthme des plus sévères, et n'a connu du monde que ce qu'il en voyait depuis le lit de sa chambre. Le jour de ses dix-huit ans, sa grand-mère Ursula a déposé à son chevet un paquet qui a libéré, une fois le nœud de raphia défait, un vaste roman de huit tomes dont le seul titre a provoqué dans ses bronches comme une entrée d'air : *À la recherche du temps perdu*.

C'est ainsi qu'il s'est hissé vers les hautes altitudes proustiennes. Six mois plus tard, le miracle a eu lieu : une fois qu'il a été descendu des hauteurs vivifiantes de la *Recherche*, sa respiration ne sifflait plus, comme si ses poumons s'étaient réconciliés avec l'oxygène du monde. Les médecins n'en ont pas cru leur stéthoscope, car rien dans leur formation ne prévoyait qu'un roman, dût-il être écrit par un asthmatique, eût pu enrayer une dyspnée expiratoire. Il n'en a pas fallu plus pour que le jeune Lemaître se sente à jamais redevable à la littérature, et se convainque que sa vie ne tenait plus désormais qu'à une ligne. Une phrase longue et bien tournée, de préférence.

Ainsi, quand la littérature vous tient lieu et place de système respiratoire, on ne reste pas sans perplexité devant un individu qui a traversé en apnée une vie entière sans livres.

— Vous êtes nouveau à la Maison, si je ne m'abuse? demanda le lieutenant Lemaître.

— Oui, lieutenant, transféré cette semaine.

— À quel nom répondez-vous?

— Lucien Bellechasse, lieutenant.

Non sans une certaine solennité, le lieutenant Lemaître s'approcha du sergent et lui prit les avant-bras :

— Vous m'avez l'air d'un brave homme, et je souhaiterais que vous me secondassiez dans cette enquête.

— Que je vous…? Euh, bien sûr, je suis à votre disposition, lieutenant.

— Fort bien. Alors, mon petit, connaîtrions-nous l'adresse du domicile de la victime?

~

— Là.

L'index noueux du sergent Bellechasse survola la tête du lieutenant Lemaître pour indiquer derrière lui un immeuble à condos situé de l'autre côté de la rue. Le lieutenant Lemaître tourna sur ses talons pour tomber sur un attroupement de policiers et de badauds sifflotant et examinant leurs ongles. D'un mouvement du nez, il renvoya chacun à son rôle respectif dans la grande cueillette des indices, les policiers interrogeant et les témoins témoignant.

Sur quoi, le lieutenant Lemaître enjoignit au sergent Bellechasse de le suivre :

— Suivez-moi, mon petit.

C'est d'un pas résolu qu'ils montèrent à l'assaut du condo.

Il était fait de pierres rouges et troué de bow-windows, d'une géométrie identique à celle des deux immeubles qui le flanquaient, et à celle de tous les autres qui longeaient chaque versant de la rue, si bien qu'on ne devait plus compter, dans le quartier, le nombre de fois où un distrait trompé par la noirceur avait dû glisser sa clef dans la serrure d'un voisin.

Telle est la réflexion qui gambadait sous le casque de cheveux coupé au bol du sergent Bellechasse, quand apparut, derrière la porte du rez-de-chaussée sur laquelle ils avaient frappé, un couple d'homosexuels à la retraite, peignoir de percale sur le dos, mules au pied, et leurs vieux os encore tout déboîtés par l'explosion. Quand on leur annonça que la victime était possiblement leur propre voisine de palier, ils en restèrent muets de stupeur, avant de n'être plus, pendant un moment, qu'exclamations et balbutiements confus, au terme de quoi le lieutenant Lemaître parvint à obtenir la clef du domicile de Pierrette Darrieq, dont le couple possédait un double. C'est ainsi que le lieutenant Lemaître put ouvrir la porte et en passer le seuil, déléguant au préalable au sergent Bellechasse le soin d'interroger ces pauvres gens dont le témoignage pouvait s'avérer précieux, pour autant qu'ils aient regagné l'usage de la parole.

La demeure de Pierrette Darrieq était spacieuse, confortable, luxueusement meublée, de verre, de marbre noir et de bois précieux. Toutes les surfaces étaient si méticuleusement astiquées que votre double vous faisait de l'œil où que ce soit que vous regardiez.

Entre toutes les étapes d'une enquête, la fouille des domiciles procure au lieutenant Lemaître un plaisir particulier : la personnalité des gens se déduit des objets dont ils s'environnent, et le lieutenant Lemaître possède un nez singulièrement affûté pour ce jeu-là. Ainsi, au-delà du joug militaire qui réglait le pas de cette femme, le lieutenant Lemaître voulut-il deviner la souffrance qu'elle abritait : la solitude de celle qui ne doit sa réussite qu'à son seul talent. Il est des victoires qui vous isolent du reste du monde.

Il absorba tout le salon d'un seul coup d'œil : l'enceinte d'une immense bibliothèque en bois de cèdre ombrageait toute la pièce, des toiles, nombreuses, agrémentaient les murs, un vase dégageait un parfum de pot-pourri. Comme rien ne nous trahit autant que les livres auxquels nous nous confions, il s'en approcha, ainsi qu'il le fait chaque fois qu'il soumet un appartement aux rayons X. Ils étaient enfilés dans l'infaillible rangement de l'ordre alphabétique, classés par pays soigneusement identifiés à l'aide d'une étiquette collée sur le rebord des tablettes. Le bout de son index glissa sur le dos des reliures, jusqu'à ce qu'il enregistrât une anomalie.

Pierrette Darrieq ne supportait pas la poésie.

Toute sa bibliothèque était sous l'empire du roman, interdite aux poètes aussi sûrement que les artistes le sont de la République de Platon. Même Baudelaire, même Rimbaud n'y avaient pas survécu. Elle n'était pas femme à s'enfoncer dans les sables mouvants d'un vers, il était certain aussi qu'elle n'en avait jamais publié, et ne l'aurait jamais fait sous aucune condition.

Une inspiration soudaine obligea le lieutenant Lemaître à livrer une réflexion à son carnet de moleskine : *Là où la poésie s'arrête, l'éternité est perdue.* Il relut la phrase et en fut assez satisfait.

S'il avait été aisé de conclure au célibat de Pierrette Darrieq, l'inspection de la chambre à coucher avait fourni un indice qui permettait maintenant de lui prêter pour sûr un amant occasionnel : dans le tiroir de la table de chevet que le lieutenant Lemaître avait eu l'indiscrétion de tirer, dormait un recueil de Charles Bukowski, *L'amour est un chien de l'enfer.* Ainsi un homme partageait-il le lit de cette femme, un homme féru de poésie (de poésie subversive, qui plus est), un homme si différent de Pierrette Darrieq, d'un genre si opposé au sien, qu'il devait s'agir là d'une fréquentation secrète, voire honteuse, dont elle n'aurait touché mot à personne. Sinon pourquoi soustraire au regard le livre que lit l'homme que l'on aime ?

Retour au salon. Un seul détail permit au lieutenant Lemaître de supposer que la victime s'était trouvée chez elle cette nuit-là :

sur une petite table de verre fumé reposait un verre de vin rempli au quart, et sur le cuir brun du canapé se déployaient les deux ailes d'un manuscrit relié. Tandis que le nez du lieutenant Lemaître repérait l'arôme de fruits confits du vin rouge, l'œil droit notait la griffe italienne hors de prix du canapé et l'œil gauche lisait le titre du manuscrit dont il avait soulevé la première page : *L'Homme myope.*

C'est alors qu'il avisa le téléphone, l'un de ces jouets multi-fonctionnels bien d'aujourd'hui. Ses doigts pianotèrent sur le clavier : l'afficheur l'informa du dernier appel et de l'heure tardive à laquelle il avait été reçu. Il griffonna le numéro dans son carnet. Les engrenages de la déduction pouvaient déjà se mettre en branle : Pierrette Darrieq se livrait à son travail d'éditrice quand un coup de téléphone l'avait extraite de chez elle. Le verre de vin abandonné suggérait qu'elle était sortie avec précipitation au milieu de la nuit, pressée par un motif qu'elle avait dû juger impérieux. Elle s'était donc enfournée dans sa voiture sans soupçonner qu'un doigt planqué non loin attendait seulement qu'elle referme la portière pour actionner la bombe. Le lieutenant Lemaître prévoyait que ses hommes allaient tirer du sein de cette tôle gauchie les miettes d'un dispositif télécommandé. L'affaire se présentait en trois questions fort simples qu'il prit soin de numéroter dans son carnet : 1° Pour quel motif Pierrette Darrieq s'était-elle absentée de son domicile au plus noir de la nuit ? 2° Dans quelle sale histoire était-elle fourrée pour qu'elle se soit valu un ennemi aux méthodes aussi définitives ? 3° Comme la troisième question lui était sortie de l'esprit pendant qu'il transcrivait les deux premières, le lieutenant Lemaître en profita pour noter le château où était mis en bouteille ce vin rouge dont le bouquet fruité n'était pas vilain.

Puis, il eut un geste qui ne ment jamais à ce stade de ses aventures, véritable pivot dans le déroulement de ce récit : ses doigts s'arrimèrent au bouc de son menton et fourragèrent dans le poil comme une clef de contact.

C'est sa façon à lui de faire démarrer l'enquête.

~

Elle menaçait d'être longue, à en juger par le dialogue ci-dessous entre le lieutenant Lemaître et le sergent Bellechasse qui lui fit son rapport.

Ils s'étaient installés dans le canapé italien de Pierrette Darrieq, prenant garde de déposer leurs empreintes sur les meubles qui rutilaient autour d'eux.

— C'est le plus vieux des deux vieux qui, le premier, a retrouvé la parole, lieutenant, pas celui qui a l'air le plus vieux, lui c'est le plus jeune des deux vieux.

— Vous vous êtes enquis de leur âge?

— Non, lieutenant, mais j'ai l'œil pour ces choses-là.

— Le plus vieux des deux vieux, n'est-ce pas bien celui qui est édenté?

— Non, lieutenant, pardonnez-moi de vous corriger, mais celui-là est le plus jeune des deux vieux.

— Curieux, il m'avait semblé plus vieux que l'autre vieux.

— Ce n'est qu'en pleine lumière que j'ai pu juger des apparences et de ce qu'elles avaient de trompeur.

— Vous avez un excellent flair d'enquêteur, mon petit.

— Vous me flattez, lieutenant,

— Mais sachez que cela ne me mènera nulle part.

— Le fait que je devienne enquêteur, lieutenant?

— Non, la flatterie. Veuillez poursuivre, je vous prie.

— Donc le plus vieux des deux vieux m'a invité à boire un thé que j'ai refusé. «Jamais pendant le service», que j'ai dit comme au cinéma, je veux dire dans les films, puis je lui ai demandé ce que lui et son… et là, je me suis étouffé, lieutenant, j'allais dire «vous et votre amant», et le mot *amant* est resté coincé en travers de ma gorge comme une arête, car j'avais beau être convaincu qu'ils étaient abonnés l'un à l'autre, ils n'affichaient pas ouvertement la teneur du contrat qui les liait, vous comprenez, lieutenant, et peut-être auraient-ils trouvé plus délicat de ma part que je fasse comme s'ils n'étaient que deux amis en colocation, comme cela arrive souvent quand on est jeune et qu'on n'est pas assez en moyen pour prendre seul un appartement, vous voyez ce que je veux dire, et pendant que je restais comme ça (le sergent Bellechasse mima une bouche ouverte exprimant le plus grand embarras), je me suis mis à imaginer à quoi pouvaient ressembler ces deux corps brisés quand ils s'ébattaient dans un lit, avec leurs articulations percluses de rhumatisme, la flétrissure de leur peau, leurs mains tremblantes, leurs baisers édentés, leur sexe tout rabougri, et ça m'a flanqué de tels frissons... Je suis resté comme ça sans rien dire.

— Mais, diantre! comment vous sortîtes-vous d'une si embarrassante posture?

— Pendant que le plus jeune des deux vieux me donnait des tapes dans le dos, croyant que je m'étais étouffé en avalant de travers ma salive ou autre chose, le plus vieux des deux vieux m'a apporté un grand verre d'eau fraîche que j'ai bu d'un trait. C'est ainsi que nous avons pu reprendre notre entretien.

— À la bonne heure.

— J'ai demandé au plus vieux des deux vieux ce que lui et son *ami* savaient de Pierrette Darrieq, il m'a répondu qu'ils n'en savaient presque rien, alors je lui ai demandé de développer un peu ce presque rien, car c'était mieux que rien du tout, et il a développé en disant qu'ils ne la connaissaient pas, n'avaient aucun contact avec elle, ne la croisaient, d'ailleurs, que très rarement, et que c'était pour cela qu'il disait qu'ils ne savaient presque rien d'elle, mais qu'ils lisaient par contre chacun des romans que sa maison d'édition publiait. Je lui ai demandé si lui et son *ami* n'avaient rien remarqué d'anormal ces derniers temps, il a répondu que rien n'avait retenu leur attention, sinon, peut-être, la visite fréquente et mystérieuse d'un monsieur à la mine... (le sergent Bellechasse consulta ses notes) patibulaire. Il arrivait tard le soir et repartait tôt le matin. Je lui ai demandé de me décrire le monsieur en question, il a répondu que c'était un monsieur et qu'il avait une mine patibulaire, et qu'il n'était pas leur genre, ce sur quoi je n'ai pas exigé de précision parce que j'ai eu peur de m'étouffer une nouvelle fois. Pour terminer, j'ai demandé si lui ou son *ami* n'avaient pas autre chose à signaler, et le plus vieux des deux vieux a répondu qu'ils avaient entendu cette nuit une explosion, ce qui, sur le coup, m'a fortement étonné, car j'avais perdu de vue la raison de cet interrogatoire.

— Est-ce là tout ce dont nous disposons, mon petit?

— Oui, lieutenant.

— N'y aurait-il pas un indice digne de clôturer ce premier chapitre de l'enquête, qui lui fournirait une petite chute efficace? Vous savez, comme dans tout bon roman policier?

— Je ne vois rien, lieutenant. Ah! Ils lisent, ces temps-ci, le dernier roman que Pierrette Darrieq a publié... (le sergent Bellechasse consulta ses notes), *Notre pain quotidien*, dont tout le monde parle, paraît-il.

— Eh bien, nous espérions qu'un détail fût en mesure de relancer notre enquête, et nous l'avons, mon petit.

— Vraiment, lieutenant?

— Oui, et vous en êtes l'heureux concerné.

— ...

— Vous devrez lire *Notre pain quotidien* pour les fins de l'enquête. Cela vous rappellera le bon vieux temps du collège. Veuillez me remettre sur mon bureau, la semaine prochaine, votre rapport de lecture, et sans fautes d'orthographe, il va sans dire. Sur ce point, sachez que je suis impitoyable.

— ...

Jour 2

4

— Dites-moi, jeune homme, conseilleriez-vous cette lecture ? L'expression *jeune homme* ne va pas sans vexer Flemmar Lheureux, qui a quarante-deux ans bien sonnés. Cette vieille dame a beau en avoir trente, voire trente-cinq de plus, il n'aime guère être ravalé au rang social de *jeune homme*. Alors qu'il est si commun aujourd'hui de prendre tous les moyens pour conserver une jeunesse du corps, Flemmar trouve à se plaindre que le sien tarde à témoigner de son âge par ces signes irréfutables qui lui conféreraient une prestance dont il se sent cruellement privé. Le port de lunettes rondes qui corrigent sa féroce myopie, seule empreinte du temps dont il puisse se réjouir, ne suffit pas à rétablir la mesure de son âge. Ainsi sa figure de vieil adolescent lui vaut-elle, par moments, des *jeune homme* qui lui écorchent l'orgueil. « *Monsieur*, pense-t-il, je suis un *monsieur*. » Que n'aurait-il donné, Flemmar, pour avoir l'air d'un *monsieur*.

— C'est pour mon petit-fils, précise la petite dame.

Puis de joindre à sa demande une malheureuse précision qui embrume un peu plus le front de Flemmar :

— Vous devez bien avoir son âge, alors, dites-moi, vous croyez que ça lui fera plaisir ?

Ce que lui tendent deux mains tavelées est la grande folie de l'heure : l'un des dix tomes de *Notre pain quotidien*, dont la librairie Masson est hérissée de piles.

— Cela dépend de plusieurs facteurs, répond Flemmar. À quel profil de lecteur répond votre petit-fils ?

Voilà qui devrait produire sur cette petite dame une forte impression, et ainsi entraîner la révision du jugement hâtif qu'elle s'est fait à son endroit. Celle-ci demeure muette quelques instants, comme si elle n'avait pas bien compris la question.

— Ouh ! Je ne saurais dire…

— C'est que les catégories sont nombreuses et fort précises, madame.

Et Flemmar de dérouler la nomenclature des lecteurs par espèces, liste qu'il a conçue puis fignolée depuis les quatre semaines qu'il travaille à la librairie. Il ne manque pas une occasion d'y aller de son petit exposé dont il n'est pas peu fier. Tous les lecteurs ont droit à leur trait d'union, depuis le lecteur-qui-n'attend-qu'à-être-diverti, jusqu'au lecteur-qui-n'attend-plus-rien-de-la-littérature-comme-de-la-vie-en-général, en passant par le lecteur-pour-qui-seul-le-style-compte, le lecteur-pour-qui-seule-la-psychologie-des-personnages-compte, le lecteur-pour-qui-seuls-les-faits-réels-comptent, le lecteur-pour-qui-seule-l'imagination-compte, le lecteur-pour-qui-seules-les-nouveautés-comptent, ainsi de suite, à n'en plus savoir pourquoi nous lisons.

Il veut lui en mettre plein la vue, à la petite dame : une phrase digne d'un *monsieur*.

— Vous voyez, conclut-il, comme la question est complexe et mérite une longue méditation.

Mais le regard de la petite dame lui paraît soudain si flottant qu'il doit réviser sa stratégie.

— Bon, disons, fait-il sur un ton conciliant, que votre petit-fils appartient à ces lecteurs-qui-ne-sont-pas-difficiles.

— Disons, oui…

— Alors plutôt que ce roman en vogue, poursuit Flemmar qui lui arrache sans douceur l'exemplaire des mains avant de le déposer sur un présentoir d'où monte une butte pyramidale de *Notre pain quotidien*, pourquoi ne pas aller vers une valeur sûre ? Veuillez me suivre.

La petite dame trotte, toute sémillante, derrière Flemmar qui se dirige d'un pas ferme vers une section de la librairie et tire d'un rayon un livre de poche avec cette assurance dans le geste qui n'invite à aucun débat littéraire.

— Tenez, fait-il, avec ça, il ne sera pas déçu.

— Ah, vous croyez?

— Vous ne pouvez pas vous tromper.

Elle lit d'une voix chevrotante le titre qu'arbore la couverture : *L'Énéide.*

— Et ce… Virgile, il est connu?

Flemmar acquiesce en hochant la tête de l'évidence.

— Et c'est récent? s'enquiert timidement la petite dame qui n'ose discuter de l'autorité d'un tel choix.

— Eh bien, disons que c'est une nouveauté de tous les temps. Je puis vous assurer qu'il n'y a pas une journée qui passe sur notre planète sans que quelqu'un lise Virgile.

La formule n'apaise pas la perplexité de la petite dame. Flemmar juge bon de renchérir :

— Croyez-moi, ce n'est pas seulement un cadeau que vous ferez à votre petit-fils, mais un service que vous lui rendrez. Je ne connais personne qui soit demeuré intact après cette lecture. Je présume que c'est pour son anniversaire?

— En effet…

— Quel âge aura-t-il?

— Vingt-quatre ans.

— Je vois, c'est un *jeune homme.* Je vous le dis tout net : ce livre lui est destiné. Il achève ses études?

— C'est bien ça.

— Le contexte est idéal. Ce livre le préparera à la vie professionnelle et familiale qui l'attend.

— Bon, cède la petite dame, si vous le dites. Merci bien, *monsieur.*

Elle s'éloigne de Flemmar en trottinant, les instructives aventures d'Énée pressées contre elle, avec, le soir même, pour seule manifestation de gratitude le malaise d'un petit-fils : il maniera ce livre avec l'embarras de celui qui, entrevoyant déjà le coin obscur où l'objet ira finir ses jours, passera à un poil de marmonner un «merci quand même» mais aura la délicatesse de s'arrêter après le premier mot.

Quant à Flemmar, il calcule que sa victoire est triple : il a évité l'achat d'un tome de *Notre pain quotidien* dont le succès l'horripile au plus haut degré ; il diffuse la bonne parole de Virgile (il n'en a que pour les grands classiques, et c'est déjà le troisième client, cette semaine-ci, qu'il livre aux bons soins de *L'Énéide*) ; enfin, il est parvenu à soutirer à la cliente un *monsieur* par une dextérité qui le ravit.

La journée s'ouvre sous de bons auspices.

~

Flemmar Lheureux est commis à la librairie Masson depuis qu'il a fait peau neuve, une mue aussi brusque qu'inespérée. Même sa femme, Josette, dont l'aile maternelle couvre son Flimou contre toutes les intempéries existentielles, se désolait de le voir n'exprimer que le pire de lui-même. La vie antérieure de Flemmar avait été jusque-là l'histoire d'un mensonge, qui avait commencé le premier jour où il avait enseigné la littérature. S'il n'avait pas été si prompt à se bercer d'illusions, il aurait ainsi découvert qu'il n'était pas fait pour ce métier et qu'aucun don pédagogique ne lui était échu. À l'inverse de quoi, il s'était acharné, et cela pendant quinze ans. Quinze agonisantes années, pendant lesquelles Flemmar avait enseigné dans un collège aussi sûrement qu'une tumeur progresse dans un cerveau. Son incompétence avait été sujette aux pires colportages des étudiants, que se répétaient ses collègues puis les administrateurs de bureau en bureau. Non qu'il ne maîtrisât pas son sujet, simplement l'anesthésie que dispensaient avec une efficacité toute chirurgicale sa voix monocorde et sa gestualité éteinte aurait été capable d'entraîner l'extinction de toute vie estudiantine sur la surface de la Terre. Il était à lui seul une période glacière.

Puis le moment était venu où le mensonge avait épuisé tout son carburant. Flemmar avait été jusqu'au bout de ce qu'il n'était pas et, passé cette limite, il avait culbuté dans le fossé d'une sublime révélation.

Rappelons les faits[1]: par une belle journée d'été, à la faveur d'une flânerie dominicale, Flemmar avait surpris une violente querelle de ménage à l'étage supérieur d'un triplex, et ça chauffait sec pour le mari. Au plus fort des récriminations, la fenêtre avait expulsé comme la bouche d'un canon une tasse qui avait achevé son vol plané aux pieds de Flemmar. Les éclats qui jonchaient le trottoir lui avaient dessillé le cœur jusqu'à provoquer une nausée des plus sartriennes. Il y avait une vérité solaire dans cette céramique éclatée : c'était sa vie elle-même, dépourvue de sens, qui était étalée, là, devant lui, brisée en autant de miettes que cette tasse, broyée par la mécanique stupide de l'orgueil. Il en avait conçu une pensée qui lui avait noué les tripes : « Chaque fois qu'un homme se ment à lui-même, c'est son humanité qui est en péril. » Non, on ne sort pas intact de phrases comme celle-là. C'est alors que le puits introspectif dans les profondeurs duquel Flemmar était descendu lui avait fait considérer qu'il devait au plus vite tirer un trait sur le mensonge du passé et prendre un visa toute destination pour un futur « authentique ». Il n'eut plus dès lors que ce mot à la bouche.

Le programme de sauvetage avait commencé par sa démission, qu'il avait déposée dès le lendemain.

Parmi le personnel du collège, c'est Maria Miloseva, coordinatrice du département de français et fidèle ennemie de Flemmar, qui en avait été la première avertie.

Elle avait dressé un sourcil.

— Est-ce une mauvaise blague, Flemmar, ou as-tu décidé d'illuminer ma journée ?

~

Maria Miloseva n'était pas, si l'on peut dire, la reine de la délicatesse. Et comme la tête de Flemmar ne lui inspirait pas la plus franche sympathie, elle empochait vite fait ce qui lui restait de tact quand il se pointait dans les couloirs du département.

---

1. Voir *Le Grand Roman de Flemmar*, Québec Amérique, 2001.

Pendant quinze années, ses railleries avaient fondu sur lui comme des oiseaux de proie, un harcèlement moral pour lequel Flemmar aurait pu porter plainte s'il avait été parfaitement convaincu qu'elle avait tort.

Flemmar s'était présenté chez Maria Miloseva pour lui annoncer la nouvelle de sa démission. Découvrir ce crétin de Flemmar sur le seuil de sa porte, en cette soirée d'été saturée de pollen, n'avait pas pour autant détendu le ressort de son ironie :

— Ne me dis pas, Flemmar, que tu reçois des plaintes d'étudiants même en plein été! Ne cesseras-tu donc jamais de m'épater?

Non, il n'avait pas eu une tête de pétition, ce jour-là, mais bien plutôt une tête de confession qu'elle ne lui avait jamais connue. Elle l'avait fait entrer chez elle.

La maison de Maria Miloseva affichait toute la fortune d'une boutique d'antiquités. Tout y était décapé et fleurait le bois des siècles derniers. Même la tête de Maria Miloseva tenait de l'objet ancien. Un visage de bois d'époque. Un sourire de porcelaine ébréchée.

Un verre de cognac dans le creux de la main, assise sur une causeuse qui gémissait de tout son âge sous la somptuosité de son derrière, Maria Miloseva retira ses lunettes demi-lune pour mieux laisser agir le scalpel de son regard.

Silence à couper au couteau. Puis mots pesés de Flemmar :

— Je quitte l'enseignement, c'est décidé.

Il n'avait pas l'air de blaguer, ce vaurien, et Maria Miloseva le considéra dans toute sa petitesse flottant dans une veste déstructurée.

— Est-ce que j'entends bien ce que tu me dis, Flemmar? Est-ce bien d'une démission en bonne et due forme qu'il est question ici?

— Dois-je le répéter en serbo-croate pour être plus clair?

— Merci de te soucier de mes gènes yougoslaves, mais si tu me reformulais ça une autre fois dans un français potable, peut-être bien que nous pourrions alors parler sérieusement.

Ç'avait été alors l'authenticité qui avait pris la parole, celle-là même vers laquelle Flemmar orientait sa vie depuis moins de vingt-quatre heures. Lui qui avait opposé aux pétitions étudiantes, pendant quinze ans, un barrage de mauvaise foi, voilà qu'il s'était lancé dans la haute confidence du repentir, comme quoi une tasse tombée des mains de Dieu avait bouleversé sa vie, que, depuis cette illumination digne des grands convertis, il ne jurait plus que par la sincérité de son cœur, bref qu'il rendait au collège ses craies, dont il faisait si mauvais usage, et que tout ce qu'il voulait désormais, c'était vivre selon la mesure de ce qu'il était vraiment. Le tout déversé sur le ton excessif de la nouveauté existentielle.

Le cognac s'était immobilisé net. La bouche ouverte de Maria n'avait laissé passer aucun doute : ce connard parlait sérieusement. Quinze ans à gazer d'ennui les étudiants, année après année, et voilà que du jour au lendemain monsieur fermait les valves, sur fond de crise morale.

Elle avait eu cette drôle d'impression que le treillis de bois d'un confessionnal les séparait.

— Dis donc, tu sors d'une séance de croissance personnelle ou quoi ? Écoute… ne va surtout pas croire que je veuille te dissuader, mais… tu es sûr que ça va ?

Flemmar avait levé une main pénitente.

— J'aurais besoin que tu me pardonnes, Maria. Est-ce que tu me pardonnes ?

Décidément, ce Flemmar était méconnaissable. C'était un cauchemar départemental, mieux, un enfer pédagogique qui s'éteignait tout soudain, là, devant elle. Elle n'était pas parvenue à contrôler l'incendie de joie qui lui éclatait dans les yeux, pas plus que son franc-parler.

— Tu penses bien, Flemmar, que je ne te retiendrai pas. Et franchise pour franchise, laisse-moi te dire que ton départ est une vraie bénédiction. Tu n'imagines pas la fête qu'on va s'offrir au département pour saluer ça, bon sang, et la tête qu'ils vont faire, les collègues ! Toi, le cadavre dans le placard, ça va leur faire un choc de te voir débarrasser le plancher des classes, comme si Lazare sortait de son tombeau.

Il en avait l'air, d'un Lazare, oui, le regard en haillons et les bras lui tombant jusqu'aux genoux, alourdis par toute cette réjouissance qu'on se promettait. On a beau vouloir vivre dans la vérité toute nue, ça fait toujours mal de sentir sa lame vous traverser le corps. Il ne lui viendra donc jamais, à cette femme, l'idée d'enfiler des gants blancs avant de lui en faire prendre plein la gueule. Lui croyait-elle le moral inoxydable?

Maria Miloseva avait dû déceler une lueur de déception dans ses yeux. C'est alors qu'elle s'était découvert une miette de compassion pour ce pauvre Flemmar :

— Bon, d'accord, on t'invite au party, à condition que tu la fermes, hein! pas question que tu joues les trouble-fêtes.

~

La seconde vie de Flemmar s'était fixée à la librairie Masson. Il l'avait d'abord fréquentée comme client avec l'assiduité d'un pilier de bar. Il y avait promené sa dégaine de prof mal luné entre les travées de livres, formulant auprès des libraires des requêtes impossibles qui les contraignaient à des fouilles archéo-littéraires dont ils sortaient le teint terreux, si bien qu'au moment où ils voyaient apparaître au loin l'épouvantail de sa silhouette, ils tiraient à la courte paille pour savoir lequel d'entre eux serait envoyé au front. Puis, Flemmar avait, un beau jour, à la frayeur générale des commis, demandé à remplir un formulaire d'emploi. Édouard Masson avait accepté de recevoir dans ses bureaux ce petit monsieur que précédait le cri horrifié de ses employés, mais qui, tout de même, comptait parmi ses clients les plus fidèles et dont l'érudition ne faisait aucun doute. Au fait, n'enseignait-il pas dans un collège? Édouard Masson avait alors eu droit au récit complet de la vie fraîchement redéfinie de Flemmar, ce qui avait réclamé toute sa concentration et sa patience. Au terme de quoi, Flemmar avait affirmé que si sa place n'était pas devant une classe, c'est que la littérature ne s'enseigne pas, non, monsieur Masson, elle ne s'enseigne pas, elle échappe aux griffes de l'enseignant aussi sûrement qu'elle tombe des mains des étudiants. La littérature expliquée n'est plus de la littérature !

— Le libraire, avait-il poursuivi, il faut en revenir au libraire, comme à l'indispensable collaborateur de l'écrivain. Car l'ensemble de ceux qui conseillent et vendent le livre participe de plein droit à l'acte créateur de celui qui l'a écrit. Le libraire est le panneau indicateur de la littérature, le guide par lequel le paysage des mots se révèle. Un livre écrit mais non vendu n'existe pas pleinement. Confiné aux rayons d'une librairie, il ne possède qu'une demi-existence. C'est une virtualité, un être vide et sans vie, qui se consume de désespoir et s'épuise dans un appel à l'aide pour exister. Donnez-moi, monsieur Masson, la chance de courir à son secours. Je suis le sauveur qu'il faut au livre.

Ainsi avait parlé Flemmar.

Tout ce panégyrique du libraire avait laissé Édouard Masson perplexe. C'était là donner au métier un lustre éblouissant. Et comme il avait dû récemment virer un commis qui ne lui en donnait pas du tout, il avait accepté d'embaucher Flemmar.

～

Ce n'était pas tout d'être un libraire.

Flemmar serait un *grand* libraire.

Soupir de sa femme Josette. Elle avait saisi sur le visage de son mari un éclair d'excitation qu'elle ne connaissait que trop bien.

Le numéro de la grandeur imminente, Flemmar le lui avait servi plus d'une fois. Dieu, comme elle en avait vu défiler des fantasmes sur le front de son Flimou ! Elle avait compris depuis longtemps que pour échapper à la médiocrité dont il se sentait frappé, Flemmar se faisait périodiquement du cinéma, s'imaginant entreprendre de nouvelles carrières. Flemmar écrivant *le* roman traduit dans toutes les langues. Flemmar réalisant *le* film devant lequel tout Cannes tomberait en pâmoison. Flemmar devenu architecte et bâtissant *la* cathédrale. Flemmar devenu avocat et prononçant *la* plaidoirie. Il se sentait homme du définitif et n'envisageait pour lui qu'une ascension fulgurante vers les plus hauts sommets, transporté par l'hélium du génie. L'œuvre météorite et la foudre du succès. Il n'avait que cette grandeur-là à la bouche et que la gloire en tête, se prenant à regretter que l'Amérique ait déjà été découverte, l'Everest escaladé et la Lune foulée.

Josette, en bon ange qu'elle est, estime d'ordinaire inutile d'éteindre ses embrasements, et le laisse brûler son carburant à sa façon feu d'artifice. Ça finit toujours par s'éteindre tout seul, de toute manière, et par glisser vers l'éclipse de la dépression.

Mais cette fois-ci, c'était la bonne, *dixit* Flemmar.

— Qu'en dis-tu, Josette, libraire, c'est faisable, non ?

Qu'il quittât l'enseignement réjouissait Josette, bien sûr. Elle se désolait tellement pour lui depuis quinze ans.

— Libraire, oui, c'est faisable, confirma-t-elle.

Pendant que Flemmar marquait la pause des horizons azurés, l'épithète prit sa place à la tête du convoi des hautes destinées, et Josette en repéra l'italique fatal.

— Un *grand* libraire, il va sans dire.

Pas de doute : son Flimou progressait de nouveau dans la pénombre de ses fantasmes.

～

Un mois après son engagement à la librairie Masson, il n'y a plus que Flemmar lui-même pour croire à ses ambitions. La roue des illusions flemmariennes tourne à plein régime, cap maintenu vers le pire, l'authenticité se portant au plus mal, et pas de tasse à l'horizon pour la remettre d'aplomb (du reste, un bulldozer lui tomberait du ciel et se pulvériserait dans un fracas de ferraille devant lui qu'il n'est pas certain que cela suffirait).

La petite dame, à laquelle il a refilé *L'Énéide*, n'est pas encore sortie de la librairie qu'une main se pose sur l'épaule de Flemmar.

— Monsieur Lheureux, pourrais-je m'entretenir un instant avec vous ? Entretien clandestin dans les bureaux d'Édouard Masson, qui prend place et qui lui enjoint d'en faire autant. Chemise noire bien fermée au ras du cou et des poignets, mains jointes contre la moustache luisante.

— Écoutez, monsieur Lheureux, il y a un léger problème dont je voulais vous parler depuis quelque temps.

Le privilège du vouvoiement n'est pas réservé à Flemmar, tous les employés reçoivent leur part de *vous* qu'il faut bien remettre au patron pour ne pas demeurer en reste. Ça vouvoie ferme à la librairie Masson.

— Un problème, monsieur Masson ?

— Oui, c'est que plusieurs des ouvrages que vous recommandez à nos clients, avec une bienveillance qui vous honore certainement, nous reviennent accompagnés d'une plainte récurrente.

Flemmar dit sans s'émouvoir :

— Ah.

— Je connais votre intérêt pour les belles-lettres, et le lecteur de qualité que vous êtes ne fait aucun doute, mais...

Les doigts d'Édouard Masson se tordent et s'enchevêtrent sans repos.

— Mais, voyez-vous, ce ne sont pas tous les clients qui sont prêts à se frotter à *La Divine Comédie* de Dante, ou aux *Mémoires* de Saint-Simon, au *Paradis perdu* de Milton, ou que sais-je encore...

— Des œuvres admirables...

— Bien sûr, bien sûr... mais des romans plus actuels répondraient davantage à leur attente et... enfin... je me suis laissé dire que vous tendiez à dissuader les clients de se procurer les nouveautés et les romans forts de la saison...

— Dont le contenu frise la niaiserie, nous tomberons d'accord là-dessus, quant au style, aussi bien ne pas en parler.

— Je vous crois... mais les œuvres que vous leur recommandez peuvent s'avérer d'un abord difficile, voire décevant...

— Mais vous vous joindrez à moi pour dire qu'une fois la difficulté surmontée, le plaisir de leur lecture est sans égal.

— Sans doute, sans doute...

Ils grouillent comme une chevelure de serpents digne des Gorgones, les doigts d'Édouard Masson.

— Voyez-vous, un libraire doit tenir compte moins de ses propres goûts que des besoins du client. Vous comprenez ça?

— Je suis sûr que vous vous joindrez à moi pour dire que le client n'est pas toujours au fait de ses propres besoins. En proposant, la semaine dernière encore, *Les Mémoires d'outre-tombe* de Chateaubriand...

— Que le client en furie a rapportées hier matin, justement, et Chateaubriand, tout admirable et incontournable soit-il, je vous l'accorde, a bien failli assommer notre caissière...

— C'est que je vais au-devant des besoins du client qui les aurait encore mal définis. Des besoins supérieurs mais trop enfouis pour être éprouvés. La vérité gît au plus profond de nous-même. Rappelez-vous notre conversation, monsieur Masson : le libraire est celui qui donne vie aux écrivains, à plus forte raison quand ils sont morts. Pourriez-vous me reprocher d'accomplir un travail si irréprochable?

Les doigts ne forment plus qu'un nœud gordien.

— Je souhaiterais tout de même que votre travail fasse montre d'une plus grande efficacité commerciale. Et comme je vous le dis : des plaintes, monsieur Lheureux, il y a des plaintes, fort nombreuses. Tout laisse croire que vos conseils ne s'accordent pas exactement avec les besoins *réels* de nos clients. Et avant qu'un incident plus grave ne se produise, je vous demanderai donc de ne pas précipiter leur évolution de lecteur, ni même de vous y intéresser.

— Et que je les livre à la littérature de masse? Sauf votre respect, monsieur Masson, y avez-vous bien réfléchi?

Au sommet du V inversé des deux avant-bras d'Édouard Masson oscille la crispation d'un énorme poing.

— Vous n'êtes pas sans savoir que la mode actuelle est à *Notre pain quotidien*...

— Une copie de chef-d'œuvre...

Le murmure de Flemmar fond sous le chalumeau du regard. Pendant la silencieuse combustion qui suit, Édouard Masson tranche le nœud de ses doigts, lesquels s'agrippent à l'arête du bureau.

— Bon, je vous parlerai franchement, monsieur Lheureux : la littérature ne m'importe que pour autant qu'elle me rapporte. Engranger des profits est ma seule et unique motivation. Et je suis si clair sur ce point que je fais apposer sur certaines parutions qui se révèlent au goût du jour une étiquette sur laquelle on peut lire «Coup de pouce Masson». Ces étiquettes n'ont en vérité aucune valeur suggestive – dois-je vous préciser que je ne lis jamais? Les «coups de pouce Masson» ne visent qu'à maximiser les ventes d'un ouvrage dont le succès est déjà assuré, tout navet soit-il. Un chef-d'œuvre qui ne trouve pas d'acheteurs ne me trouvera pas non plus.

Les mains d'Édouard Masson s'envolent maintenant vers d'autres lieux, occupées à ouvrir quelque dossier, et le regard a déjà quitté Flemmar.

— Contentez-vous de vendre, monsieur Lheureux, ou alors retournez à votre première vocation, si peu *authentique* qu'elle ait été.

5

— Il faut revoir la fin. Trop abrupte.

— …

— Il faut revoir le début. Trop long.

— …

— Et entre les deux, on s'y perd.

— …

— Quant au reste, ça va. Encore heureux qu'il restât quelque chose.

— Le style. Vous savez écrire, mon petit monsieur, pas de doute.

Yvon Carrière, directeur littéraire des éditions Darrieq, jeta le manuscrit sur la table. Ce qui fit le bruit d'un décret qui tombe.

— Mais vous n'êtes pas fichu d'écrire une histoire qui tienne debout.

— Je crains que vous vous mépreniez sur moi, monsieur Carrière.

— Soyez rassuré. Nous vous gardons parmi nous. Une écriture pareille, ça mérite que nous y attachions du temps. Mais apprenez qu'il n'est de style qu'au service d'une bonne histoire. Vous n'avez pas encore trouvé la vôtre. Trop d'idées vous embrouillent la vue. N'essayez donc pas d'être plus intelligent que votre roman, et contentez-vous de lui faire dire ce que lui seul peut dire. J'aurais peut-être un canevas à vous proposer. Nous savons être patients avec les écrivains pleins d'avenir.

Il eut une brève hésitation.

— D'ailleurs, je vous pensais plus jeune. Ne le prenez pas mal.

— J'ai franchi, il y a peu, la cinquantième année d'une existence assez bien tassée.

— Hum, je vois, une vocation tardive. Que faites-vous dans la vie ?

— Brigade des homicides.

— Oh ! Un flic qui se frotte à l'écriture, plutôt rare.

— Cela est juste en général. Dans mon poste, ils n'ont guère le choix de *s'y frotter*, comme vous dites.

— Ah, bon. Comment ça ?

— Les rapports de lecture qu'ils sont tenus de rédiger.

— Des rapports de lecture ?

— En effet. J'ai toujours aimé que mes hommes s'adonnassent au plaisir solitaire, au vice impuni.

— J'ai bien peur de ne pas vous suivre.

— J'exige d'eux qu'ils lisent. Pour chaque œuvre lue, ils doivent remettre sur mon bureau un rapport de lecture.

— Vous voulez rire ?

— Non merci. Une affaire de meurtre m'occupe trop pour que je m'en accorde le temps.

— Et ce rapport, dites-moi, ils vous le rendent vraiment ?

— Ils y ont intérêt. Je retire dix pour cent de la note finale pour chaque jour de retard.

— Vous ne parlez pas sérieusement ?

— Cela vous étonne, monsieur Carrière ?

— Donc, vous corrigez leur texte et vous leur flanquez une note, comme à l'école ?

— Je suis intraitable quant aux fautes de langue.

— …

— Qui plus est, je proscris l'usage des verbes être et avoir. Je tiens à ce qu'ils recourent à la richesse lexicale du français.

— Ma foi, vous êtes un drôle de numéro.

— Je souhaiterais que nous en venions à l'objet de ma visite.

— Oui… vous possédez un talent certain. Mais l'histoire… Le roman policier, cela ne vous brancherait pas, par hasard? Avec votre expérience…

— Monsieur Carrière, je vous disais plus tôt que vous vous mépreniez sur moi.

— Attendez, vous n'êtes pas monsieur Lemaire?

— Lieutenant Lemaître.

En fit foi la plaque de flic que le lieutenant Lemaître lui présenta avant de la remiser dans la poche intérieure de son complet vert prairie.

— Pardonnez-moi… une petite confusion… j'ai cru que… vous me voyez désolé…

Il s'empêtrait dans les suspensions de son embarras, puis trouva un point d'interrogation auquel s'agripper.

— Puis-je vous offrir une tasse de café?

Carrière était déjà debout, mais une main de refus le cueillit net dans son élan. Il était tôt le matin, on entendait encore, depuis le hall d'entrée, l'éclat des salutations qui précèdent le boulot.

— Qu'est-ce qui vous amène ici, lieutenant Lemaître?

— Une triste nouvelle et quelques questions.

— Ah, bon. Je vous écoute.

Cela dit en poussant le manuscrit qui fila jusqu'à l'autre bout de la table de chêne aussi longue et large qu'une piste de curling.

Derrière le directeur littéraire s'étendait une toile, pas moins longue et tout aussi large que la table. On eût dit une immense forêt de couleurs sauvages étalées au gré d'une vigoureuse inspiration qui tenait du collage surréaliste. La toile combinait les objets les plus divers en un maelström d'où s'échappaient d'obscures significations et dont la vue finissait par vous flanquer le tournis : grille-pain, croix, serrure et lampadaire s'enlaçaient dans une valse tourbillonnante. On voyait un phallus courtiser une plante aux feuilles tordues comme des candélabres, un clavier de piano dont les touches avaient la forme de doigts, une ancre dans un verre, un soleil moustachu, des bouteilles auxquelles se cramponnaient les pages d'un livre, un cœur percé d'un poignard, de longues et fines mains s'enroulant aux barreaux d'une cellule comme une plante grimpante… Absolument magnifique, estima le lieutenant Lemaître. Le tableau, avec cette force hypnotique dont seuls sont capables les chefs-d'œuvre, aspirait l'œil imprudent qui s'y attardait trop, menaçant, comme les dents d'un loup, de se refermer sur le spectateur. Le lieutenant Lemaître songeait au pauvre écrivain qu'on asseyait là, sur ce même siège, face à cet incendie de couleurs, bec cloué et regard confisqué, pendant qu'on lui signifiait qu'il y a loin du manuscrit au livre.

Soudain, comme dans un éclair, le lieutenant Lemaître en reconnut la signature. Oui, la nuit précédente, il avait aperçu des toiles semblables. Leur dimension, beaucoup plus réduite, offrait ce même banquet d'images en folie. Ces toiles mangeaient les murs du salon de Pierrette Darrieq qu'il avait inspecté.

Le lieutenant Lemaître reporta son regard sur le directeur littéraire.

— Cela concerne votre directrice générale, Pierrette Darrieq. J'ai la douleur de vous apprendre qu'elle a été tuée cette nuit.

~

Le lieutenant Lemaître se retrouva seul dans la grande salle de conférences des éditions Darrieq. À peine avait-il achevé la description des circonstances de la mort de Pierrette Darrieq que le directeur littéraire s'était levé lentement, façon automate au bord de se disloquer, et était sorti pour trouver refuge dans l'épaule de l'amitié. La longue carrière du lieutenant Lemaître avait été le triste témoin de toutes les réactions face au décès soudain et violent d'un proche. Cette fois-ci, elles lui parvenaient à travers la cloison. L'une à la suite de l'autre, dans une cascade de consternation. Combien de fois avait-il été la première pièce par laquelle s'effondrait la longue chaîne stupéfaite des dominos? Depuis longtemps il avait cessé de compter. Mais il prenait sur lui, toujours, de porter le poids de la mauvaise nouvelle.

Il demeurait immobile, la tête penchée, les paupières closes, les oreilles emplies par le concert de l'effarement qui montait derrière la porte, exclamations incrédules, cris de stupeur, sanglots réprimés, silence de l'hébétude. Le hall d'entrée des éditions Darrieq n'était plus qu'une vaste mauvaise nouvelle où affluait le deuil des employés. Et tandis que la mort de Pierrette Darrieq courait de cœur en cœur, le lieutenant Lemaître pensait à toutes celles qui avaient haché menu le sien jusqu'à le rendre à la solitude ultime de la pierre.

Le premier à manier le hachoir avait été son père, la cervelle bouffée par une tumeur affamée après qu'il s'était tout entier consacré à la fine cuisine. Des mets hors du commun, d'une royale excentricité, d'une scandaleuse invention, qui avaient valu à Laurence Lemaître un nom dans les milieux les plus huppés. Stars, ministres, diplomates et hommes d'affaires des quatre coins du monde payaient le prix fort pour goûter à ses ailerons de requin confits dans la saumure, à ses jeunes chiens mort-nés préparés au miel, à son vin de riz aux violettes, à sa crème au cocon de vers à soie, à ses vers de terre salés marinés dans l'alcool de Kawa, à sa confiture d'algues marines, autant d'invraisemblables préparations culinaires auxquelles il devait sa réputation de génie. Puis tout avait été interrompu par la cuisson d'une tumeur. Le lieutenant Lemaître n'avait pas alors quinze ans et n'en avait pas beaucoup plus quand sa mère, Juliette, après avoir verrouillé à double tour sa vie et s'être retranchée dans les confins de ses lésions, muette comme une tombe où elle désirait se retirer, était morte pendant son sommeil. Le destin avait répondu à son désir. Et le destin, qui n'en finit pas de dire son mot, avait appelé sa grande sœur, Pauline, de cette voix qui pousse aux grands voyages, par lesquels on change de ciel dans l'espoir de changer d'âme. Comme Pauline jugeait n'avoir rien à perdre, sinon un frère qui ne comptait pas parmi ses raisons de vivre, elle s'en était allée vers le lointain, quelque part en Asie, ou peut-être en Amérique du Sud, comment savoir, et elle n'avait plus donné signe de vie depuis vingt ans, plus absente qu'une morte.

Le lieutenant Lemaître n'était pas homme à tourner le tragique en drame ni à s'effondrer sous les coups redoublés du malheur. «Tu es un enfant téflon», lui disait souvent Ursula, dernière rescapée de sa parentèle, la grand-mère à laquelle il avait été confié jusqu'à sa majorité. Un amour absolu l'attachait à elle. Par sa beauté, sa bonté, Ursula était sa boussole. Non pas indispensable, aimait-il à préciser, mais irremplaçable.

Aujourd'hui, le temps de sa grand-mère est compté, et le lieutenant Lemaître, angoissé et désorienté, en égrène les jours, les minutes, les secondes…

— Lieutenant?

Ursula navigue depuis deux mois dans les eaux noires du coma. Plusieurs soirs par semaine, il se rend à son chevet dans l'espoir que sa voix puisse la guider vers des rives plus propices à la vie.

— Lieutenant?

Le lieutenant Lemaître eut un soubresaut d'endormi. Il leva les yeux sur le directeur littéraire, qui se tenait sur le seuil.

— Pardonnez-moi, fit le lieutenant Lemaître. Seriez-vous disposé à répondre à quelques questions?

— Puisqu'il le faut.

Yvon Carrière reprit sa place devant le lieutenant Lemaître dans un mouvement alourdi de vieillard. La surface rutilante de la table reflétait son étrange faciès, pommettes très bosselées comme si on lui avait flanqué une méticuleuse raclée en prenant soin de répartir d'égales tuméfactions sur chaque côté du visage.

— Je ne vous cacherai pas que nous ne possédons pour l'heure aucune piste qui puisse mener à l'identification du ou des auteurs de l'attentat. J'espérais que vous pourriez nous aider à y voir plus clair.

— Je suis à votre disposition, lieutenant.

Le carnet de moleskine du lieutenant Lemaître fit un atterrissage en douceur sur la table, prêt à renfermer un interrogatoire dans les règles les plus traditionnelles, ponctué des accents circonflexes d'usage.

— Vous connûtes bien Pierrette Darrieq?

— Je travaille... je travaillais à ses côtés depuis une quinzaine d'années.

— Comment décririez-vous les rapports que vous entretîntes avec elle?

— En un mot : respectueux.

— Je vous saurais gré d'en ajouter quelques autres.

— Il faut du temps et beaucoup de doigté pour s'approcher seulement du mur dont Pierrette s'entourait. La familiarité lui était étrangère. Mais au fil des ans, de professionnelle, notre complicité est devenue presque amicale.

— Suffisamment pour que vous puissiez me parler de sa vie intime?

— Suffisamment pour que je puisse seulement lui présumer une vie intime.

Le silence fit son premier tour de garde.

Carrière saisit l'occasion de rêver seul au souvenir de Pierrette Darrieq.

— Des femmes comme elle, ça ne se trouve pas souvent. Pour les autres, elle n'était qu'une aboyeuse, une femme d'affaires que rien n'arrêtait, qui vous brisait en deux si vous vous mettiez en travers de son chemin. Ils ne voyaient que la forteresse, mais pour nous, ici, dans la boîte, il y avait un mystère derrière ses remparts. Et nous aimions ce mystère-là. Oui, madame Darrieq était une énigme, dont nous ne voulions pas la clef, comme si ce qui nous séparait d'elle nous en rapprochait en même temps. Nous ressentions comme un privilège de côtoyer son mystère. Lors de certaines soirées où nous nous offrions un repas de groupe et pendant que nous bavardions d'amour, d'enfants, même de sexe, elle se tenait au bout de la table, attentive comme une mère et secrète comme une terre lointaine. Elle était, pour nous, une île mystérieuse que nous aurions jugé impoli de fouler.

C'est avec regret que le lieutenant dut couper court à sa rêverie.

— N'avez-vous rien remarqué d'anormal dans son comportement ces derniers jours, ou ces dernières semaines ?

Carrière déploya un effort sincère pour repérer une anomalie, mais ne secoua qu'une tête désolée.

— Rien. Il y avait bien l'affaire F. S. qui nous préoccupait, elle davantage que nous.

Le hasard voulait que le lieutenant Lemaître se soit procuré les dix tomes le jour précédent. Mais il préféra feindre de n'être que vaguement informé de ladite affaire.

— Une drôle d'histoire dont la presse a fait ses choux gras. Un écrivain a envoyé les dix tomes d'un roman absolument remarquable à dix maisons d'édition différentes, dont la nôtre. Imaginez, par exemple, que Marcel Proust…

Par délicatesse ou par souci de clarté, Carrière s'interrompit, incertain que le nom de Proust éveillât un ou deux neurones chez monsieur le lieutenant. Car rien ne prouvait qu'un flic, tout amateur de littérature fût-il…

Mais le flic en connaissait un bout sur le Proust en question, et plus qu'il n'en fallait pour renvoyer la balle à un aréopage des belles-lettres. Le lieutenant Lemaître le rassura de toute l'arcure de son nez et le pria de poursuivre.

— Imaginez la publication de sa *Recherche* en un seul automne. Vous voyez d'ici la bombe (l'expression dut lui paraître mal à propos, car le regret lui tordit les lèvres). Imaginez maintenant qu'on eût tout ignoré de lui, jusqu'à son portrait, qu'on n'ait pas eu un brin de biographie à se mettre sous la dent, au point de douter de son existence même, juste un nom, et moins encore dans le cas qui nous occupe, deux lettres, monsieur le lieutenant, F. S., des initiales qui renferment le plus grand secret littéraire qu'on puisse se représenter.

— À vous entendre, ce fut un fantôme que vous publiâtes.

— C'était bien notre impression. Au manuscrit était jointe une adresse électronique grâce à laquelle nous pouvions entrer en contact avec lui. Mais sans guère de succès. Il n'a répondu que deux fois à nos innombrables requêtes et prières. La dernière fois, c'était pour indiquer le lieu où nous devions déposer le contrat sur lequel nous lui demandions d'apposer sa signature, enfin, ses initiales.

— De quel endroit s'agissait-il?

— D'un taxi, tout simplement, qui attendait devant notre porte. Puis F. S. nous a renvoyé le contrat dûment signé.

— Et la première fois qu'il vous répondit?

— Il a réclamé des droits d'auteur astronomiques. « Quand l'éditeur roule en limousine avec chauffeur, l'écrivain doit exiger son dû.» En ces termes-là. Vingt pour cent, à prendre ou à laisser. Pierrette a bien tenté de le raisonner, il ne répondait même pas à ses messages. Vingt pour cent! Seul Hermann Hesse, à ma connaissance, recevait un tel pourcentage de son éditeur. Euh... je présume que Hermann Hesse...

Acquiescement nasal du lieutenant Lemaître.

Il n'était décidément pas un flic comme les autres.

— On a vite compris que, sur ce point, F. S. ne transigerait pas. Comme nous risquions qu'il nous échappe, Pierrette a fini pas céder. Il faut bien comprendre que nous avions la certitude de tenir là un véritable génie, ça n'arrive pas deux fois dans la vie d'un éditeur. Ce que nous ignorions alors, c'est que neuf autres éditeurs, acculés au même mur, lui concédaient le même pourcentage, et brûlaient de la même fébrilité. Il nous a tous bien eus, ce F. S.

Silence pendant lequel le lieutenant Lemaître prit note de la duperie dans son carnet.

— Croyez-vous qu'il soit permis d'établir un rapport entre l'assassinat de Pierrette Darrieq et ce qu'il est convenu d'appeler l'«énigme F. S.»?

— Je ne vois pas pourquoi Pierrette aurait été, plus que les neuf autres éditeurs, la cible d'un fou! Et d'ailleurs, quel serait le mobile?

— Vous ne voyez vraiment pas?

Tandis que les pommettes de Carrière faisaient signe que non, le nez du lieutenant Lemaître plongeait en pleine songerie.

Et entre les deux, le silence.

— Il fallut bien, pourtant, qu'elle se fût fait un ennemi juré pour que seule sa mort le contentât, non? demanda enfin le lieutenant Lemaître.

— Je le présume.

— Et cette fois, vos présomptions vous permettront-elles d'en dire davantage?

— Écoutez, Pierrette avait une tonne d'ennemis et d'excellentes raisons d'en avoir autant. Dans le milieu de l'édition, elle ne faisait pas de quartier et jouait puissamment du coude. Certaines ecchymoses ont le souvenir long. Elle n'a ménagé ni les éditeurs rivaux à qui elle chipait leurs meilleurs écrivains aussi aisément qu'on lie une gerbe de roses, ni les auteurs médiocres qui avaient l'imprudence de nous envoyer leur mauvaise herbe.

— Ne craignîtes-vous jamais qu'un ennemi acharné ne se détachât du lot?

— Dites, vous parlez toujours comme ça ou c'est pour épater la galerie?

— Comment parlé-je?

— Bon, laissez.

Un dernier silence fit escale entre les deux hommes.

— Je peux compter sur les doigts d'une main, dit Carrière en avançant le buste, ceux parmi ses ennemis qui ne m'inspiraient aucune crainte.

6

— **B**onjour, Clotilde, entrez donc.

Le bureau du professeur Erckmann ressemble à son érudition : une place forte qui vous sape le moral. Y mettre les pieds, c'est vous retrouver cerné par une muraille d'honneurs, des diplômes les plus insignes aux distinctions les plus honorifiques, des prix les plus prestigieux aux médailles les plus rutilantes. Bref, tout pour vous rappeler qu'une noix vous tient lieu de cervelle, et quand bien même vous y consacrerez cinq vies pleines, vous ne parviendrez jamais à tirer de cette noix-là une forteresse de savoir telle que la sienne. Un simple mot de sa part, un battement de paupières, un pet seulement, et c'est une chiquenaude qu'il lui applique, à votre noix.

— Que puis-je pour vous, chère Clotilde ?

Et pas facile de soutenir du regard, une fois assis devant son bureau, ces deux rangées d'ouvrages signés Samuel Erckmann qui longent le mur derrière lui. Écrasante auréole de son intelligence dont le scalpel sait vous dépiauter les textes réputés les plus hermétiques de la littérature. Il fait tellement autorité partout dans le monde, ce type-là, que l'université tire sa gloire de la moindre de ses éructations.

Allez donc causer littérature avec une immensité pareille !

D'où les jambes un peu molles de Clotilde.

Le professeur Erckmann a beau avoir pour elle toutes les indulgences depuis le début de ses études, la défendre contre tout ce que le département lui oppose d'hostilité parmi les profs qui ont goûté à sa mauvaise humeur, la demande qu'elle est sur le point de formuler sabote son assurance naturelle.

— C'est à propos de mon sujet de maîtrise, professeur Erckmann, parvient-elle à bafouiller.

— Bien. Je vous écoute, Clotilde.

Ceci dit en croisant des mains attentives devant lui et la déchiffrant du regard.

— Je pensais travailler sur ce roman dont on parle beaucoup ces temps-ci, *Notre pain quotidien*. Je sais bien, s'empresse-t-elle d'ajouter, que l'œuvre est très récente et qu'il est encore beaucoup trop tôt pour affirmer son importance, mais...

— Oubliez ces considérations, coupe-t-il. C'est un excellent choix.

Elle a bien lu un bref étonnement sur le visage anguleux du professeur Erckmann, mais qui s'est aussitôt effacé sous l'éclair d'enthousiasme qui lui traverse le turquoise des yeux.

— Un excellent choix, Clotilde, répète-t-il avec toute la raucité germanique de sa voix. Je prévois déjà que ce roman occupera seul la scène littéraire de notre siècle. Ce qu'enferme cette œuvre, peut-être l'aurez-vous remarqué, n'est ni plus ni moins que la conscience humaine à laquelle elle fournira de nouveaux mythes. Une conscience humaine dont les nappes les plus profondes nous sont révélées avec un éclat, une précision, un luxe insurpassable d'images et de mots. Et cette langue, n'est-ce pas Clotilde? cette langue infaillible, baroque, fastueuse et pourtant d'une magnificence simple, ne semble-t-elle pas jaillir de l'inconscient le plus riche, du cœur le plus hanté? Soyez assurée, Clotilde, que je tiens cette œuvre pour supérieure et définitive.

Autant les pitreries du professeur Angoulvent la mettent en rogne, autant le lyrisme tranquille, la froide passion du professeur Erckmann la jettent dans le ravissement. Clotilde avait à deux reprises compté au nombre de ses étudiants. Il n'y a pas assez de superlatifs à sa disposition pour décrire l'enseignement de ce grand et mince monsieur strictement vêtu, à la soixantaine souple et élégante, une tête qui rappelle celle, toute en arcades et en angles, de Max Von Sydow dont il a aussi la même présence magique en classe : d'une immobilité presque parfaite, il ne s'exprime par gestes que dans une absolue nécessité, tranchant par là avec le singe sous acide qu'est Angoulvent. Il a dans la voix cette gravité qui coule dans le velouté des oreilles et dont il se sert volontiers pour l'émoi de ses étudiantes. Le professeur Erckmann donne d'une seule volée ses trois heures de cours, dans le silence le plus admiratif que cette université ait jamais entendu. La légende, certifiée par ses confrères, veut qu'il n'ait jamais bafouillé ni trébuché sur l'écueil d'une syllabe, qu'il n'ait pas eu une seule fois l'ombre d'une hésitation en trente-cinq ans de professorat. Une langue d'ivoire, sans faille, lisse et impeccable, qu'on eût dit branchée sur *Le Bon Usage*.

Et ce dieu-là est devant elle, bien droit contre le dossier de son fauteuil, l'index assoupi contre ses minces lèvres, lesquelles maintenant vibrent d'éloges pour Clotilde :

— À y voir de plus près, je constate que vous ne pouviez pas porter votre choix sur un meilleur sujet. Cette épopée humaine est à votre image, Clotilde : passionnée, dérangeante, poétique mais aussi pleine de furie et d'indignation, douloureuse et chaotique mais unifiée par une foi puissante en l'Homme. Si elle vous ressemble, c'est qu'elle est, comme vous, la marche de l'injuste vers le juste, de la mort vers la vie, du corps vers l'âme.

Doux Seigneur ! elle pense disparaître dans le bois de la chaise, se liquéfier sous le feu du dithyrambe. Jamais on ne lui a parlé de telle façon. Elle peut vous abattre un imbécile d'un mot planté en plein cœur, mais qu'Erckmann la couvre de fleurs l'achève.

Après un silence qui permet à Clotilde de regagner la terre ferme, le professeur Erckmann va au-devant de sa demande :

— Cette œuvre est une montagne, mais je suis convaincu que vous saurez la gravir avec l'assurance qui vous définit. J'espère, Clotilde, que vous me ferez l'honneur d'accepter que je supervise la rédaction de votre mémoire.

C'est que, justement, elle est venue pour ça, tremblante de nervosité, après avoir arpenté tous les corridors de l'université, convaincue qu'elle n'est pas digne d'un tel directeur. Et voilà qu'il lui offre son bras sans même qu'elle en ait à formuler la demande.

— Tout l'honneur sera pour moi, professeur Erckmann, bredouille-t-elle, écrasée par ledit honneur.

Il propose qu'ils se revoient dans deux semaines, après son retour d'une série de conférences qu'il doit donner dans quelques universités européennes. Ils examineront alors l'angle sous lequel elle étudiera le roman.

Elle le remercie et s'étonne de pouvoir s'extraire de la chaise sans que ses jambes ne se brisent sous elle. Il ne lui reste plus qu'à franchir les six ou sept pas qui la séparent de la porte. Mais c'est dingue comme quelques enjambées paraissent des kilomètres quand vous traînez le fardeau d'une telle confiance, d'autant plus interminables qu'à votre cinquième pas, la voix rauque de la confiance exige que vous le suspendiez.

— Clotilde?

— Oui, professeur Erckmann?

— Vous savez comme moi que l'auteur de *Notre pain quotidien* demeure introuvable. Sans doute s'est-il retiré, non par misanthropie, que certains « journaleux » veulent lui supposer, mais parce qu'il a dû estimer que le monde intérieur qu'il a accumulé, les personnages qu'il a amoncelés en lui, les images qu'il a rapportées du voyage imaginaire de son roman, constituent une société suffisante pour lui. Bien entendu, est-il nécessaire de souligner combien vos travaux gagneraient en prestige si vous parveniez à découvrir son identité? Et telle que je connais votre débrouillardise et votre force de caractère, je ne serais guère étonné que vous m'étonniez. Au revoir, Clotilde.

~

Clotilde n'a jamais été du genre à croire au destin, mais il y a de ces coïncidences qui ont le chic pour ébranler vos certitudes : une phrase bien claire se détache parfois du baragouinage dans lequel s'exprime d'ordinaire la vie. C'est qu'il faut que les astres se soient vraiment donné le mot pour que, deux fois plutôt qu'une, on la charge de trouver F. S. Bon, hier soir, elle avait accepté sans trop y regarder. Un brin amusée par le défi. Mais le destin, qui a peut-être eu peur de ne s'être pas bien fait entendre, a cru bon de réitérer sa demande, cette fois par la voix, lourde d'autorité, du professeur Erckmann, qui n'est pas exactement, si l'on peut dire, le dernier des abrutis.

Ce n'est pas tout, encore faut-il mesurer l'ampleur des recherches. Trouver F. S., comme si d'autres ne s'y étaient pas déjà cassé les dents. Si le mystère de F. S. a la proportion de son génie, alors, ce n'est pas gagné d'avance. Pourtant, toute cette confiance qu'on lui accorde ne va pas sans enhardir Clotilde. Et pourquoi pas ? conclut-elle, pourquoi ne réussirait-elle pas là où les journalistes ont échoué ? Voilà qu'elle se sent déjà de taille à dénicher cette satanée aiguille dans cette foutue meule de foin.

En fait, il n'y aurait là qu'une aventure amusante et inoffensive si ne s'y ajoutait pas l'épisode suivant.

Alors qu'elle quitte l'université, ruminant déjà les façons de lancer son enquête (un crochet par les maisons d'édition s'impose, et cela, même si d'autres ont dû déjà cuisiner les éditeurs), se dirigeant vers le métro, sous un soleil qui en est à ses dernières livraisons avant les pluies de l'automne, une voiture gris argent glisse le long du trottoir jusqu'à sa hauteur. Un klaxon feutré l'interpelle, une vitre s'abaisse et elle ne perçoit d'abord qu'un geste d'invite. Puis la silhouette qu'elle identifie ne va pas sans lui froncer les sourcils : c'est le professeur Angoulvent qui lui propose de monter. Tiens, l'heure des règlements de compte a-t-elle sonné ? Elle hésite, puis entre dans la voiture comme on entre en guerre. Le métro est à deux pas, ça ne risque pas de virer à la guerre de tranchées.

Elle n'a pas passé la ceinture de sécurité qu'elle prend l'offensive :

— Écoutez, si vous attendez des excuses, c'est un fantasme que je ne suis pas prête à assouvir.

Avec ça, s'il insiste toujours pour la reconduire au métro, c'est son problème.

Il insiste en appuyant sur l'accélérateur, sans même relever la charge de Clotilde. Mais le souci parcourt tout de même son visage. C'est l'antithèse du professeur Erckmann, cette physionomie-là. Autant ce dernier est long, a l'ossature puissante et l'œil ébloui de certitudes, autant Angoulvent est rond, inachevé, fragile. Avec sa tête coiffée de bouclettes brunes, son regard surpris par la sévérité du monde, on dirait la créature d'un bédéiste qui s'acharne à lui réserver les pires ennuis.

— Écoutez, Clotilde, je veux simplement vous mettre en garde.

Bon, voilà qu'il joue au dur à cuire. Angoulvent qui fait le gros dos. Sur ce terrain, le pauvre a quelques vies en retard sur Clotilde.

— Pas de ça avec moi, professeur. Une autre menace et c'est le recteur qui vous met en garde.

— Cessez vos enfantillages, sapristi !

Il a presque hurlé.

Mince, c'est qu'il est luisant de sueur, Angoulvent, et qu'il a la conduite de plus en plus nerveuse. Bon, si elle veut se rendre jusqu'au métro sans qu'il emplafonne un piéton, peut-être a-t-elle intérêt à se tenir coite.

Il la regarde avec des yeux voilés d'une étrange inquiétude. Il dit :

— Vous ne savez pas dans quoi vous vous embarquez, croyez-moi.

Sans cette terreur lui obstruant la gorge, vraiment elle le prendrait pour un fou, ce type, capable de lui envoyer trois sbires pour lui briser les jambes à coups de tisonnier dans l'obscurité d'une ruelle. Et tout ça parce qu'elle ne se tient pas les côtes devant ses clowneries.

Mais cette terreur-là… non, quelque chose ne tourne pas rond.

Son visage est tordu par une expression de trouble, et rien, au fond d'elle, qui rappelle à Clotilde les stupides simagrées auxquelles Angoulvent se livre en classe. Comme si tout son être avait changé de registre. De la comédie italienne, il a glissé au drame policier. Elle ne pense pas si bien penser.

Dans un chuchotement, il dit :

— Je vous en supplie, laissez tomber F. S. Laissez tout tomber, Clotilde, et surtout oubliez ce foutu roman.

Il se tait un moment. Le temps qu'elle décode bien le message. C'est qu'il y a quelques informations sur lesquelles il lui est difficile de passer. La rumeur qu'elle travaille sur F. S. a dû circuler comme une traînée de poudre pour qu'elle soit déjà parvenue aux oreilles d'Angoulvent. Alors quoi, qu'est-ce qui le met dans un état pareil? Lui chipe-t-elle l'idée d'un ouvrage qu'il veut aussi consacrer à *Notre pain quotidien*? Craint-il à ce point qu'elle lui dame le pion par une étude plus achevée? Hypothèse, somme toute, assez flatteuse.

Elle veut protester, mais Angoulvent lève une main dissuasive.

— Ne cherchez pas à en savoir davantage. Je vous en conjure, Clotilde, ne mettez pas votre nez dans cette affaire.

Affaire? Ah, bon, parce qu'il s'agit d'une affaire maintenant?

Il se gare devant la bouche de métro. Ce qu'il veut ajouter semble tenir du secret d'État.

— Et… et…

Ce n'est pas vrai, il ne va pas lui faire le coup de «non, non, je ne peux pas en dire plus»!

— Non, vraiment, je ne peux rien vous dire de plus.

Voilà, il le lui a fait!

~

Assise sur la moleskine d'une banquette, bercée par le chuintement des roues caoutchoutées, elle ne peut défaire son souvenir des deux yeux chargés de gravité de cet abruti d'Angoulvent. À quelle magouille peut-il bien être mêlé pour qu'il lui ait joué la parfaite scène de la terreur chuchotée, à l'abri des micros miniatures et des caméras voyeuses? On aurait dit une mauvaise page droit tirée d'un roman de John Grisham.

Bon, ça veut dire quoi tout ça ?

La question lui perfore tant le cerveau qu'elle laisse filer sa station et doit attraper au vol la rame qui fonce dans le sens inverse. Non sans enguirlander, à lui faire perdre à jamais le goût du sucré, un ado au visage violacé d'acné qui a eu la vilaine idée de jeter sur le quai l'emballage d'une tablette de chocolat alors qu'elle le croisait. Si après l'explosion de Clotilde, façon Greenpeace en haute mer, ce garçon n'a toujours pas compris l'utilité de ces récipients accrochés à flanc de murs, c'est qu'il a une insouciance en acier trempé.

7

L a ruelle n'est pas déserte. Il peut les deviner postés un peu partout. Viseurs en attente. Silence du guet. Parfum de l'embuscade. Il surprend un glissement d'ombres : là-haut, une sentinelle sur le toit de tuiles, là-bas, une autre étendue sous une voiture, plus loin, derrière la bâche d'un camion. Un hérissement de canons. Un faisceau de lignes de mire.

Dont il est le point.

Il bondit de sa tranchée, s'élance. Dans la seconde qui suit, les doigts pressent la détente et la ruelle se transforme en un polygone de tir. C'est une course folle, héroïque, il slalome sous une pluie de chevrotines qui éclatent contre l'asphalte. Des hommes en noir encagoulés jaillissent des poteaux électriques, des boîtes à ordures, des voitures, dans un cliquetis de couteaux à cran d'arrêt, mais c'est l'affaire de quelques savates qui leur font voir un carrousel de petits oiseaux gazouillants. Il poursuit sa course entre les balles qui sifflent, les grenades qui pètent. Enfin, il atteint le trottoir, oblique vers un balcon, se glisse dans l'obscurité, reprend son souffle à l'abri des ennemis. Mais le temps est compté : à ce point du scénario, la jeune fille d'un richissime homme d'affaires est menacée d'être enlevée. Et les ravisseurs, la gueule fendue par un rictus convulsé, la découperont à la scie mécanique si le père ne leur livre pas une serviette dûment remplie de la somme exigée. Il lui faut au plus vite gagner le parc – lieu du kidnapping –, et le voilà qui surgit du ventre du balcon, longe avec une prudence militaire la rangée de voitures stationnées, se projette au sol au moindre guetteur repéré, traverse le gouffre d'un précipice (contre lequel l'a mis en garde son supérieur : « Joachim, tu regardes bien de chaque côté avant de traverser la rue ! Joachim, tu m'entends ? ») en empruntant une maigre passerelle faite de cordes et de tiges de bambou, puis, une fois de l'autre côté, il plonge dans la verdure du parc, oblique vers un banc dont il fait son poste d'observation. Ses doigts tiennent lieu de lunette d'approche. Il épie toute l'étendue du jardin public et de son bassin, guettant l'apparition des ravisseurs. Ce jour d'un septembre radieux y a attiré une foule de flâneurs, encolure échancrée, verres fumés, bras dessus, bras dessous, humant les premiers effluves de l'automne, aveugles au péril qui plane autour d'eux. Puis c'est le terrain de jeu, où piaillent une volée d'enfants dans un nuage de sable, qui fait l'objet de sa haute surveillance. Ses lentilles se promènent le long des balançoires, des chevaux-bascule, des glissoires, pour se déposer sur le tourniquet qui tournoie pour le plus grand vertige des deux gamins agrippés aux poignées de maintien, tête renversée et bouche hurlante. C'est alors qu'il repère la future victime, la jeune fille de l'homme d'affaires qui... que...

Et là, Joachim Lheureux, né, dix ans plus tôt, d'un étrange assortiment de parents, d'un côté le père, Flemmar, petit homme immature et geignard, ex-catastrophe de l'enseignement et libraire pas beaucoup plus brillant, et de l'autre la mère, Josette, pleine en chair et en patience, botaniste réputée et animatrice d'une émission télévisée, Joachim Lheureux, donc, redresseur de torts, super-héros jusqu'au fond des pupilles, l'imagination plus démontée qu'une mer, qui brave une enfilade d'obstacles pour tirer une jolie demoiselle d'un sale pétrin, Joachim l'invincible a perdu de vue, ce jour-là, de façon définitive, le sens de ses aventures.

L'héroïsme de son cœur défaille.

Sa mission va au diable.

L'horizon de ses hauts faits est soudainement obscurci par le voile d'une apparition.

C'est sa chevelure d'un châtain léonin qui lui coupe d'abord le souffle, une toison de savane dans laquelle se prennent les rayons du soleil. Puis le balancement paisible de ses hanches que moule une jupe longue dont le bord festonné caresse le sable. Elle peut avoir dans les quatorze ou quinze ans, dans l'âge des plénitudes fraîchement acquises. Elle flotte dans le sens inverse du tourniquet, lui révélant enfin la blancheur d'un sourire épanoui. C'est toute la surface de sa peau qui accuse le choc de ce visage satiné. Ça se met à se répercuter en Joachim, comme une série de bombardements, puis cela diffuse une sorte de chaleur en direction du cœur qui s'ouvre de façon immense jusqu'à envahir toute sa petite poitrine, et cela devient si brûlant qu'il se retrouve suspendu dans l'espace comme ces astronautes en apesanteur, et dans son crâne commencent à s'éteindre les milliers de vignettes des *comics* américains qu'il s'est envoyés avec l'ardeur d'un toxicomane, entraînant dans leur braise toutes les stupides prouesses de ses héros. Terminé ce temps où il s'imaginait passer à tabac des tronches bariolées, il a fini, Joachim Lheureux, de se nourrir au grain des coups redoublés ! C'est la fibre d'un héroïsme disons plus sentimental que fait jouer en lui cette silhouette qui occupe tout l'espace de ses jumelles. Allez donc comprendre un peu cette petite tête-là ! Ça devait incuber depuis quelque temps pour qu'en ce gamin se produise un tel chambardement. À moins que ce faible pour les grandes révélations soit soumis à l'hérédité, qu'on suppose alors plutôt chargée quand on considère les antécédents du père, docteur ès illumination. Ainsi, à la vue de cette jolie fille aux formes persuasives, notre petit bonhomme est en voie de quitter les muscles bandés du super-héros pour se glisser dans le corps transi de l'amoureux. Oui, cette fille-là s'installe en lui, squatte son cœur, et plus question pour Joachim qu'elle en sorte. Elle est sa dulcinée par décret tombé du ciel, délicieuse conviction acquise du haut de ses dix ans. Et c'est de cette même hauteur qu'il échafaude déjà le scénario de leur amour, tandis que ses lorgnettes dévorent chaque centimètre cube de cette fille.

Ah, c'est que ça se bouscule dans ce petit cœur-là !

Lequel lui flanque des coups terribles dans la poitrine. Parce qu'à travers sa longue-vue, elle lui paraît tout à coup comme à portée de main, et ses yeux d'antilope en deviennent si nets qu'il n'en croit pas les lentilles de ses doigts.

Pour cause, elle se déhanche, les lèvres rêveuses et le nombril dansant, tout droit vers lui. Pendillent à ses flancs les deux mioches en pleine agitation épileptique.

Mais ce qui fauche net les ailes de leur future vie conjugale, c'est le rapide coup d'œil que Joachim jette sur lui-même. Nom de Dieu, il en avait oublié son accoutrement! Qu'est-ce qu'il se sent ridicule, soudain, accroupi derrière un banc, dans ce costume rapiécé de Batman, avec son masque aux oreilles vaguement pointues et sa cape empruntée à la penderie de la salle de bain.

Et sa belle qui progresse vers lui...

C'est comme si un boulet noir fonçait droit sur ses rêves en dentelle. Voilà qu'elle passe déjà à côté de lui. Impossible de se tirer, il essaie de se fondre dans le banc, mais s'abat sur lui une déflagration de cris, gracieuseté des deux petites cruautés qui ont flairé le ridicule derrière le banc. Ils rigolent, s'en donnent à cœur joie, relevant ce déguisement approximatif par une rafale de moqueries, le canon de leurs doigts braqué sur lui. Devant ce peloton d'humiliation, Joachim se ramasse en boule comme un chat trempé jusqu'à la moelle. Mais c'est une autre balle qui le frappe en plein cœur : tout en sermonnant les deux monstres («Taisez-vous un peu!») et les tirant vers elle, la jeune fille dépose sur Joachim un sourire bref, très charmant, mais absolument dépourvu de toute séduction, d'une désespérante maternité, d'une affligeante chasteté.

Un sourire qui creuse un fossé insurmontable. Et qui permet de prendre toute la mesure de l'échec amoureux.

Non, on n'embrase pas le cœur d'une fille qui vous sourit comme ça.

～

Joachim revient du parc, la mine contrite et plus sombre qu'un enterrement. Il rentre à la maison et gagne en droite ligne le cercueil de sa chambre, entre deux claquements de porte. Au premier, provenant de l'entrée, Josette lève les yeux de ses notes (elle prépare sa prochaine émission), au second, provenant de la chambre, elle lève la tête.

— Joachim ?

Le fracas des portes ne tire pas Agrippa des profondeurs du canapé (il a le sommeil blindé de ses deux ans), pas plus qu'il ne déclenche le clairon strident de Louise en plein crayonnage sur une petite table (la seule activité qui soit en mesure de bloquer le cri revendicateur de ses droits bafoués et d'apaiser le champ de bataille de ses six ans).

— Tu veux bien surveiller ton petit frère, Louise ? Je reviens.

L'humiliation ronge Joachim jusqu'à l'os. En l'espace de quelques minutes, il a connu, dans l'ordre, les hauteurs enivrantes de l'Amour et une dégringolade jusqu'au plus bas degré du ridicule.

Le premier geste qu'il a est de retirer ce costume de Batman, comme on arrache de soi les oripeaux du déshonneur, et de balancer cette vie antérieure par la fenêtre après qu'il a pris soin de la tailler en lambeaux. Le second est de s'enfouir sous ses draps, de s'ensevelir sous la couette de sa honte, la tête fouettée par le sourire de la belle fille du parc, un sourire de grande sœur innocente, dont il n'y a pas à espérer la moindre étincelle d'amour.

Deux petits coups sont frappés à la porte de sa chambre.

Il ne tarde pas à faire connaître son humeur.

— J'veux être seul !

Silence inquiet et main immobilisée sur la poignée de la porte. Puis, une voix montant des profondeurs de la maternité traverse la cloison :

— Tu ne veux pas me parler ?

— Nooon !

Le second silence relève du bras de fer : c'est à qui tiendra le plus longtemps dans les eaux de l'attente. La mère et le fils demeurent comme ça, sans broncher, chacun en apnée dans son silence. Mais Joachim connaît l'éternité qui bat dans le cœur de sa mère. Il sait aussi qu'elle ne tournera pas la poignée tant qu'elle n'en aura pas la permission : elle restera plantée là, tout aussi longtemps que la Terre poursuivra son orbite.

Son faible murmure s'échappe des couvertures comme une capitulation.

— O. K.

La scène suivante montre Josette étendue sur le lit, une main plongée dans la couette jouant doucement dans les cheveux de son fils dont elle entend couler le chagrin, mais de très loin, comme la rumeur d'un cours d'eau au fond d'une grotte. S'écoulent de longues minutes pendant lesquelles elle ne laisse agir que le foyer incandescent de sa présence.

Puis un point d'interrogation sort du monticule de duvet.

— Comment on fait, maman, pour qu'une fille nous aime?

Il y a bien un soulagement amusé dans le soupir de Josette. C'est donc ça : son Joachim se languit pour une petite beauté.

Bon, il faut la jouer impeccable, cette scène-là, parce qu'il suffit parfois de presque rien, d'une phrase qui a tous les airs de l'innocence, jetée comme ça dans l'oreille d'un gosse un brin fragile, pour qu'elle se plante dans son avenir et vibre sous le choc pendant si longtemps qu'il lui faudra ensuite consacrer cet avenir-là, allongé sur un canapé, à la retirer.

C'est pourquoi elle pèse bien ses mots avant de les déposer sur son fils.

— Tu vois, Joachim, dit-elle de sa voix la plus cotonneuse alors que sa main flâne toujours dans une chevelure retirée, ce n'est pas une question de méthode. Il n'y a pas de trucs pour qu'une personne nous aime. L'amour n'est pas un prix remis au plus astucieux. Comment dire... Le cœur obéit à des lois profondes qui, en réalité, nous échappent. Des lois sur lesquelles on n'a pas vraiment de contrôle. C'est tout bêtement une question... d'affinités, tu sais, comme deux molécules attirées l'une par l'autre. C'est un peu pour ça, je suppose, qu'on parle d'une chimie de l'amour. Tu comprends?

— Mais je l'ai sentie, moi, cette chimie.

— Hum... alors, qu'est-ce qui te fait croire que ce n'est pas réciproque?

La tête se dérobe sous la main de Josette. Elle sent le corps de Joachim se recroqueviller sur lui-même comme une feuille sous la chaleur. Bon, à l'évidence, ce n'est pas réciproque. Et l'estime de soi en a pris pour son rhume. La main de Josette s'aventure plus profondément dans les galeries souterraines afin de retenir la dérive du radeau.

— Écoute, Joachim, rien n'est perdu. Le temps peut agir en ta faveur. Il faut donner à la jeune fille l'occasion de te connaître. Il n'y a pas de chimie sans contact.

Elle a dû marquer un point car la tête, dans un mouvement léger, remonte jusqu'à la bouée de sa main.

Comme il est difficile, pense Josette, de préparer à la vraie vie ce qui commence à vivre, quand vous avez ce petit corps qui rentre au port réconfortant de vos hanches, arrimé sur vos chaudes rondeurs, ballotté par le vent d'un nouvel espoir. Comment lui dire, alors, que l'amour peut ménager de mauvaises surprises?

En le disant, peut-être, tout simplement.

— Mais tu dois bien comprendre, Joachim, que rien n'est gagné, en amour. La chimie n'opère pas toujours au moment où on le souhaiterait.

— Mais avec papa, il y a une chimie, hein?

Et toc! Elle est bien embourbée, là, Josette. Car, tout compte fait, à quoi tient leur amour? Bonne question, Joachim, parce que ta maman, après treize ans et quelques poussières de vie commune, devait bien un jour ou l'autre examiner ça de plus près. Cher Flimou... Jadis, il a trouvé le cœur de Josette alors qu'il peinait à trouver son propre chemin dans la vie. Avec quelle myopie il déposait un pas devant l'autre! Il avait beau arpenter la littérature dans toute son étendue, il dérapait à se fendre l'âme sur le verglas de son existence. Et c'est ce petit homme égaré en lui-même qui est devenu le père de ses enfants. Comme de juste, il faut qu'elle revoie leur première rencontre.

C'était quelques jours avant Noël. Elle avait vingt-six ans, montait dans le wagon bondé d'une rame de métro, il en avait vingt-neuf, assis le nez fourré dans un livre. Elle avait les bras chargés de cadeaux, elle espérait que ce petit monsieur devant elle ait la galanterie de lui céder sa place, il lisait confortablement assis sur les leçons de la civilité. Elle s'éclaircit la gorge pour accrocher son regard, il tourna une page, les yeux vissés sur la suivante. Puis c'est là que le destin usa de son influence. Le wagon cahota, et une avalanche d'emplettes enterra le petit liseur («Bien fait pour ce con», avait-elle pensé). Il remisa le livre dans sa poche (mais seulement après avoir glissé un signet entre les pages) et aida Josette à récupérer ses sacs. C'est ainsi que les regards se croisèrent, qu'une conversation s'engagea, qu'il lui proposa de la raccompagner (sous le délicat prétexte qu'il avait «du temps à perdre») et de la soulager de son fardeau, qu'ils montèrent chez elle, qu'ils partagèrent un repas (sous le chatoiement des chandelles et sur fond musical, avec ça), qu'il se lança dans un tas de mortelles considérations littéraires («Comment peut-on être à la fois passionné et assommant?» s'était-elle demandé), qu'au terme de la deuxième bouteille ils gagnèrent l'alcôve, chacun pour tirer un trait sur une disette sexuelle lourde d'une bonne année, que l'affaire fut classée en deux coups, trois mouvements, et qu'il s'effondra en excuses en jurant ses grands dieux que la prochaine serait la bonne (ne jamais jurer!).

Le lendemain, le plateau d'un déjeuner signé Flemmar avait glissé sur les jambes de Josette. Croissants et bagels flanquaient le café. Il avait raconté alors une anecdote qui s'était révélée (enfin) assez amusante. Il expliqua qu'à Bucarest, en 1742, alors que l'armée turque avait envahi la capitale, les boulangers avaient inventé une pâte feuilletée pour souligner la défaite : le croissant. Mais l'armée, de retour d'une longue campagne, parvint à repousser les Turcs. Pris au dépourvu, les boulangers sortirent de leur four un petit pain en couronne pour célébrer la victoire des leurs : le bagel. Ainsi, en vingt-quatre heures, naquirent croissants et bagels. C'est au fil de l'anecdote et des bouchées que s'était levée en Josette une improbable tendresse pour ce drôle de petit bonhomme, pas tout à fait adapté au monde, mal dans sa peau, une marée d'ambitions lui battant les tempes, dépassé par ses propres limites. Sans doute son impuissance à être lui-même et cet inachèvement qui semblait le définir l'avaient-ils attendrie. Comme si ce qui manquait en lui était précisément ce qui avait rempli son cœur à elle.

Non, décidément, ça tenait plus de l'alchimie que de la chimie, cet amour-là. Allez donc maintenant expliquer l'inexplicable à ce garçon.

Dont la petite tête remuait d'impatience sous les doigts distraits de Josette.

— Il y a une magie dans l'amour, Joachim. J'aime ton père comme si j'avais bu un breuvage enchanté. Et je crois bien qu'il y a trempé aussi ses lèvres.

~

Josette ne soupçonne pas qu'en refermant la porte, elle laisse derrière elle un garçon en qui elle a inoculé une entreprise qui l'absorbera tout entier.

Il y a une magie dans l'amour.

Il n'en faut pas plus pour déterminer quelques chapitres de l'existence de son fils.

Qui réserve déjà un breuvage de son cru à sa belle Iseut.

8

L e rendez-vous avait lieu dans la lumière dorée du Nahda, un resto iranien tout en baies vitrées où flottait la voix modulée de Sima Bina. Le lieutenant Lemaître en était un habitué, il y dînait chaque jour de la semaine, avalant le même plat avec un régal inusable.

— J'espère que vous êtes affamé.

Le sergent Bellechasse n'eut pas le temps de s'asseoir que le lieutenant Lemaître fit un mouvement discret de la main dont on reçut au loin le message : trois minutes plus tard atterrirent devant eux une omelette au feta saupoudrée d'aneth, un panier d'osier rempli de petits pains sucrés et de retailles de pain pita, et deux confitures, l'une aux prunes, l'autre aux pétales de rose et pistache.

— Je vous remercie, Émella.

Le sourire de la femme était une fenêtre sur le Moyen-Orient :

— *Nousheh jhon* (bon appétit).

Le lieutenant Lemaître saisit sa fourchette.

— Vous m'en direz des nouvelles, mon petit.

Silence de la première bouchée.

— J'ai les informations que vous demandiez, lieutenant, finit par annoncer le sergent Bellechasse.

— Je me fais une question de principe de ne pas travailler en dînant. Cette omelette ne convoque-t-elle pas à elle seule toute votre attention ? Savourez donc, mon petit.

Le silence s'étendit sur une bonne vingtaine de bouchées. L'endroit était paisible, presque désert, nappé de la lumière du midi que laissaient pénétrer à flots les grandes fenêtres. Le sergent Bellechasse sentait un faisceau de soleil lui rôtir la largeur du dos.

Une fois le plat achevé, les couverts posés et la serviette portée à ses lèvres, le lieutenant Lemaître ouvrit l'une de ces parenthèses qui n'appartiennent qu'à lui :

— Avez-vous une âme, mon petit ?

— Pardon, lieutenant ?

— Je vous demande si vous avez une âme.

— Une âme, lieutenant ?

— Oui, vous savez, une âme. Comme celle que nous rendrions au moment de la mort.

— Oh... eh bien... je n'en sais rien.

— Voyons, mon petit, réfléchissez un peu.

— Une âme... vraiment...

— Je ne vous demande pas de déclamer une vérité universelle, ni de faire intervenir Platon ou Descartes, contentez-vous de me livrer votre conviction intime à ce sujet.

— ...

— À quand remonte la dernière fois où vous vous demandâtes si vous possédiez une âme ?

Converser avec le lieutenant Lemaître lui fichait de ces migraines...

— Eh bien, c'est que...

Toussotement dans le creux de sa main.

— N'ayez crainte, mon petit. Confiez-vous à moi.

— Enfin, pour tout dire, je ne pense pas m'être posé la question...

— Vous plaisantez, là.

— Je crains que non, lieutenant.

Le lieutenant Lemaître considéra le sergent Bellechasse comme si ce dernier était un pur produit de la plus haute fantaisie.

— En trente-cinq ans d'existence, vous n'eûtes jamais la curiosité de savoir si vous possédiez ou non une âme? Vous ne vous interrogeâtes jamais sur la nature profonde de votre être?

Tous ces *ûtes* et ces *âtes* qui lui roulaient dans la tête...

— Vraiment, non, lieutenant... je suis désolé...

— Ne soyez pas désolé pour moi, mon petit. Soyez-le pour elle.

— Pour *elle*, lieutenant?

— Dans le cas où elle existerait, imaginez-vous mener une vie entière sans vous soucier de votre âme! Le temps peut lui paraître long.

— ...

— Mettez-vous seulement à sa place.

— Je crains que cela me soit un peu difficile, lieutenant.

— Peut-être concevez-vous vivre sans âme?

— Je n'ai pas dit ça, lieutenant!

— Alors, je vous écoute.

Et de s'installer confortablement comme s'il se fût agi d'écouter un long exposé. Le sergent Bellechasse fixait tellement son assiette qu'il était bien près de lui découvrir une âme.

— Je ne sais quoi vous dire...

— La question de l'âme ne vous importe-t-elle pas?

— Ce n'est pas ça, lieutenant, mais comment y voir clair?

— En fermant les yeux, mon petit, répondit le lieutenant Lemaître avec la voix de l'évidence. Simplement en fermant les yeux. Si elle existe, elle ne peut être qu'en vous.

Le silence déroula son long tapis d'embarras sur lequel se tenait, crispée, toute la carrure du sergent Bellechasse.

— Eh bien, qu'attendez-vous, mon petit?

— À quel propos, lieutenant?

— Fermez les yeux, diantre! N'êtes-vous pas empressé d'éclaircir un point essentiel de votre vie?

Il émit un soupir d'enfant puni et ferma les yeux, puisqu'il le fallait. Il laissa filer quelques secondes.

Pas âme qui vive.

Pour autant qu'il pût en juger.

Il rouvrit les yeux. Il devina à l'œil amusé du lieutenant Lemaître que celui-ci se payait doucement sa gueule.

— Vous m'avez bien eu, lieutenant, et j'ai eu l'air d'un bel idiot, dit le sergent Bellechasse.

— Pas du tout, mon petit. L'ennemi mortel de l'âme est d'en ignorer l'existence. Promettez-moi de refaire cet exercice une fois par jour. Et nous en reparlerons, si vous le voulez bien. Parenthèse fermée.

Le lieutenant Lemaître eut ensuite un geste discret. La perplexité du sergent Bellechasse ne s'était pas encore dissipée quand Émella apporta une théière, deux petits verres damassés, une variété de morceaux de sucre, et son sourire d'oasis.

— Je vous remercie, Émella.

Puis se tournant vers le sergent Bellechasse :

— Thé iranien. Un délice. Permettez que je vous serve.

Tout en versant un filet de thé dans leurs verres, le lieutenant Lemaître sonna le retour au travail :

— Je vous écoute, mon petit. Quelle nouvelle m'apportez-vous?

Le sergent Bellechasse n'était pas malheureux de regagner la terre ferme de l'enquête.

— D'après les témoignages, la voiture aurait explosé vers 1 h 40. La victime a reçu deux coups de fil consécutifs. Un premier à 1 h 35, en provenance d'un téléphone cellulaire. Impossible encore d'en connaître le propriétaire. En revanche, on a retracé la provenance du second coup de fil, donné à 1 h 37 : un certain T. Thomas.

Sous la rotation de la petite cuillère, un morceau de sucre cristallisé valsait dans le verre. Le lieutenant Lemaître semblait tout entier absorbé par la lente dissolution du sucre.

— Bien, fit-il.

Le lieutenant Lemaître prit une gorgée. Le sergent Bellechasse jugea qu'il était indiqué de faire de même.

Verres déposés.

— Que savons-nous de ce T. Thomas?

— Peu de choses, lieutenant. L'homme n'est pas fiché, n'a jamais pratiqué de métier, il est abonné à l'aide sociale depuis une bonne vingtaine d'années. Tout ce que nous avons, c'est une adresse à son nom.

Le lieutenant Lemaître buvait à petits coups.

— Peut-être qu'on devrait lui rendre une visite-surprise, lieutenant, suggéra le sergent Bellechasse.

— Certainement, mon petit.

Le sucre se dissolvait avec lenteur et le thé n'en était que meilleur.

— Mais pour l'heure, une autre tâche vous attend.

— Je vous écoute, lieutenant.

— N'entendez-vous pas l'appel du vice impuni ?

— Pardon, lieutenant ?

Décidément, le sergent Bellechasse lui-même en venait à croire qu'il était peut-être un peu dur d'oreille. Mais les questions sans transition du lieutenant Lemaître lui pétrifiaient le cerveau, et ses prunelles prenaient la rondeur effrayée de celles d'une biche sous le phare de leurs points d'interrogation. Le lieutenant Lemaître ne pouvait-il pas être comme tous les lieutenants, de ceux qui ne voient pas plus loin que le bout d'une enquête ?

Ce dernier tira du sol un sac qu'il déposa sur la table.

— Voilà pour vous.

Le sergent Bellechasse ne trouva pas la force de bouger.

— Ouvrez donc, mon petit. Faites-moi confiance, le sac n'est pas piégé.

C'était un gros sac de plastique à poignées avec en lettres cursives jaunes sur fond vert le nom d'une librairie : Masson. Le sergent Bellechasse l'ouvrit et tendit la tête pour jeter un coup d'œil à l'intérieur.

Le lieutenant Lemaître avait le bouc souriant.

— *Notre pain quotidien !* Une libraire – une charmante jeune fille qui a du chic si l'on en juge par sa façon de rembarrer les abrutis – m'a assuré que c'était *excellent*, c'est son mot. Vous y trouverez les dix tomes. Ils sont à votre disposition pour les prochaines semaines. Je vous libère donc pour le reste de la journée. Ne me remerciez pas.

La lourdeur du sac faisait entrevoir au sergent Bellechasse un horizon de lecture d'une telle immensité que même s'il avait voulu, il n'aurait pas trouvé la force de formuler un remerciement.

— Mais, lieutenant, gémit-il, il ne serait pas plus pressant de mettre la main sur ce T. Thomas?

Le lieutenant Lemaître balaya l'objection en prenant une gorgée de son thé.

— N'accordez donc pas tant de valeur au temps. Entrez chez vous et lisez. Il ne me reste plus qu'à vous souhaiter une bonne lecture, mon petit.

~

Après le départ du sergent Bellechasse, le lieutenant Lemaître se confia à son carnet de moleskine : *Si, dans un moment de calme profond, l'on prête l'oreille à l'intérieur de soi et l'on n'entend qu'un faible miaulement de chat, peut-être est-ce là, déjà, plus qu'il n'en faut.*

9

—**B**onjour, mamie.

Il y a maintenant deux mois qu'Ursula, grand-mère du lieutenant Lemaître, ne répond plus que par le bip discret de l'électro-encéphalogramme.

— Je vous ai apporté des lys.

À chacune des visites, le parfum des fleurs blanches qu'il dépose sur la table de chevet entre en lutte contre la senteur hospitalière.

— Comment allez-vous, aujourd'hui?

C'est demandé dans un murmure, accompagné d'un baiser effleuré sur le front humide d'Ursula.

Ensuite, le lieutenant Lemaître prend place posément sur une chaise qu'il a approchée du lit hérissé de tubes diaphanes. Ses doigts se glissent doucement dans le creux de la main d'Ursula, qui gît, toute fendillée, sur le drap blanc, et dont la moiteur lui brûle, chaque fois, le cœur.

— Sachez que Mandarin se porte bien et qu'il attend votre retour.

Mandarin est le vieux matou qui a partagé la vie d'Ursula pendant plus de quinze ans. Autrefois, il consacrait sa virilité à étendre son règne sur les ruelles de son territoire. Il en a gardé une balafre qui lui souligne l'œil droit. Ses forces s'affaiblissant avec l'âge, il a troqué son empire romain contre un panier moelleux. Le lieutenant Lemaître héberge chez lui ce vieux guerrier depuis deux mois.

Car depuis deux mois, quatre soirs par semaine, le lieutenant Lemaître se présente au chevet de sa grand-mère, fidèle aux mêmes gestes, répétant les mêmes paroles, comme si ce rituel avait le pouvoir de traverser par un trou minuscule les remparts du coma. Comme si l'espoir qu'il entretenait de la voir se dresser de toute sa petite taille abritait ce proverbe indien dont il aurait fait sa vérité : *Si vous répétez suffisamment longtemps une phrase, ce que vous dites va devenir une loi de l'univers.*

— J'attends aussi votre retour, mamie.

∼

Mais la médecine ne donne pas dans les proverbes, et la seule loi de l'univers qu'elle daigne reconnaître est celle, toute solaire et aveugle, de la raison.

— Soyez raisonnable, monsieur Lemaître, lui avait dit le docteur Capet entre deux grandes enjambées.

Celui-là était aussi insaisissable qu'un fugitif. Pendant des jours, pas une infirmière de l'étage n'avait été en mesure de lui préciser où, quand et comment il pouvait rencontrer le neurologue responsable d'Ursula. Il était tout à la fois nulle part et partout dans cet hôpital plus embouteillé qu'une discothèque, volant d'une chambre à une autre avec la foulée d'un sprinteur. Seul le hasard avait permis au lieutenant Lemaître de se retrouver nez à nez avec le docteur Capet.

Lequel, sans ralentir sa course, l'avait informé sur l'état d'Ursula, d'une voix raide comme la fatalité :

— Elle ne s'en sortira pas, vous pouvez rentrer chez vous sans crainte.

«Sans crainte?»

Le lieutenant Lemaître avait peine à ne pas se laisser distancer, et il avait évité de justesse un chariot qu'une infirmière poussait comme s'il s'était agi pour elle d'ouvrir à coup de bélier une brèche dans la cohue.

— Qu'est-ce que vous croyez? À son âge, on ne se relève pas d'un choc pareil!

Le docteur Capet avait gagné de l'avance. Sa voix se fondait déjà dans le brouhaha du couloir...

— Autant demander à Lazare de se lever !

... s'envolait vers d'autres dossiers...

— Vous y croyez, vous, au miracle ?

... rendue presque imperceptible par la distance qu'il prenait.

Mais avant qu'il se fût évanoui dans la foule, la main du lieutenant Lemaître, d'une force que rien ne laissait présager, l'avait alors agrippé par le collet et ramené quelques bons pas en arrière.

— Un conseil, docteur.

Dit contre l'oreille, un murmure qui avait empli toute la tête du docteur.

— Ne la quittez pas des yeux.

Le docteur Capet n'aurait jamais cru qu'un nez pût paraître aussi tranchant que son propre scalpel.

— Il serait malheureux que vous n'assistiez pas à votre premier miracle.

~

Le regard du lieutenant Lemaître erre le long du drap qui recouvre le corps inerte d'Ursula. Depuis les bas-fonds de son coma, elle se refuse obstinément à la mort, vivant de cette vie vacillante que lui assure un cœur qui n'a pas encore dit son dernier battement.

Un cœur rompu à la vie pour avoir embrassé un siècle bien sonné d'existence.

Pourtant, quand elle naît à Zurich le matin du 31 décembre 1899, elle hérite d'une constitution si chétive qu'on ne lui donne pas une heure à vivre. *Je suis née tuée*, se plaira-t-elle à dire souvent, *je suis morte au monde comme ce siècle.* Elle traînera pendant toute sa longue vie une faiblesse physique bordée de fièvres et de migraines qui ne la ralentiront pas pour autant. Elle a souvent prétendu n'avoir vécu qu'«à demi». C'est peut-être cette demi-vie qui lui a permis jusque-là de vivre deux fois plus intensément que n'importe qui et deux fois plus longtemps aussi.

Cent six ans : 106 ans !

C'est un chiffre, tout de même.

Elle disait souvent avoir atteint un âge au-delà de la vieillesse.

— Vous rappelez-vous Zurich, mamie ?

« N'hésitez pas à lui parler, elle vous entend, enregistre chacun de vos mots », lui avait secrètement glissé à l'oreille une infirmière dans un geste de compassion.

Car il y avait toujours cette question de l'âme ; plus actuelle et brûlante que jamais pour le lieutenant Lemaître. Peut-être qu'aux confins du sommeil d'Ursula veillait cette part d'elle prête à reprendre le collier si jamais l'envie lui revenait d'allonger encore de quelques années une existence certes déjà fort comblée. Aussi s'est-il mis en tête d'attiser la cendre du passé pour lutter contre le présent où elle croupit : ressusciter les conversations qui ont illuminé jadis le regard adolescent du lieutenant Lemaître, en espérant qu'elles aient la propriété de rallumer maintenant celui d'Ursula.

— Vous rappelez-vous Zurich et le Cabaret Voltaire, pendant la Première Guerre ?

Que de fois elle lui avait décrit par le menu les spectacles qu'on y donnait, des danses cubistes aux déclamations de poèmes bruitistes, en passant par les lectures de Nostradamus et de Lao-tseu. Des soirées à rebrousser le poil argenté de la bien-pensante bourgeoisie des bords de la Limmat. C'est ainsi qu'Ursula, à ses seize ans, avait assisté à l'accouchement du mouvement dada. Sa rencontre avec Tristan Tzara avait glissé vers l'idylle. Tzara, le plus fougueux adepte des dadaïstes, son premier amant en fait, pour qui elle avait eu le béguin peut-être à cause de ses grivoiseries juvéniles. En tout cas, il avait été la première porte qui allait ouvrir sur une existence riche en rencontres, de quoi combler quatre vies entières. Elle avait même passé une soirée à trinquer à la toute fraîche révolution russe avec Lénine en personne, qui logeait à quelques numéros du Cabaret Voltaire, rue Spiegelgasse. Puis Tzara et Ursula avaient gagné Paris, en 1919, pour sauter à pieds joints dans l'effervescence de Montparnasse, dans les plus belles années du surréalisme.

— Vous me parliez d'André Breton dont vous dûtes plus d'une fois repousser les offensives de séduction.

Idem pour le jeune Alberto Giacometti qui, enhardi par le vermouth, avait eu la main un peu trop fouineuse au goût d'Ursula, un soir d'avril où il l'avait invitée dans son atelier, rue Hippolyte-Maindron. Sans doute l'avait-il confondue avec l'une de ses sculptures. La claque qu'il avait prise avait rétabli les choses.

L'amour n'avait trouvé sa majuscule qu'au moment où les yeux bistrés de Robert Desnos s'étaient pris dans le cœur d'Ursula. Le genre de rencontre dont la brièveté vous suit toute une vie. Du vrai amour en or massif. Qui se consomme comme on fait cul sec. Six mois de plumard intensif et de mots doux dont Ursula conservait encore la chaleur au fond d'elle, quatre-vingts ans plus tard. Quelle drôle de tête il possédait, ce Desnos, d'une laideur pleine de charme, et dans laquelle fermentait la plus belle poésie de tout le surréalisme. Elle avait même assisté aux fameuses séances d'«exploration», orchestrées par Breton, pendant lesquelles Desnos plongeait dans de violentes transes hypnotiques, d'où il ramenait des oracles qui enfiévraient la galerie. Les yeux d'Ursula se noyaient dès qu'elle évoquait la fin tragique de Desnos, son arrestation en 1944 par les nazis, le camp de Terezin, en Tchécoslovaquie, qui ne lui avait laissé qu'une pellicule sur les os avant sa mort, quelques jours seulement après la libération du camp par les troupes américaines. Ursula se trouvait alors à Genève, en attendant que le ciel de l'Europe se dégageât.

Elle avait vraiment fréquenté tout le bottin artistique de l'entre-deux-guerres.

— C'est Jean Cocteau qui vous introduisit auprès de Marcel Proust.

L'adolescent Lemaître pouvait réécouter à satiété cet épisode. C'était en septembre 1921, un an avant la mort de Proust. Il habitait 44, rue Hamelin, depuis qu'il avait dû, deux ans plus tôt, quitter cette fameuse chambre tapissée de liège du boulevard Hausmann et que Cocteau comparait à un *Nautilus* au cœur de Paris. À leur arrivée, Céleste la gouvernante, l'ombre fidèle de Proust, leur avait fait subir l'examen d'usage : avaient-ils touché des fleurs ou seulement serré la main d'une personne qui aurait touché des fleurs? Le moindre parfum terrifiait Proust. Le seul mot de rose lui donnait des crises d'asthme. Quand il les avait reçus, dans le sarcophage de sa chambre, il était alité, habillé, cravaté et ganté, couché de travers au milieu de son œuvre éparpillée en une mer d'épreuves. Ursula avait été frappée par la pâleur de son teint. Il venait de réchapper d'un empoisonnement dû à l'erreur d'un pharmacien. Toute sa concentration était alors rivée à la finition de *Sodome et Gomorrhe II*. Leur conversation avait roulé sur le labeur de l'écriture, et sur la critique qui se déchaînait encore contre lui et dont son cœur portait les cicatrices. Ursula disait avoir senti, tandis qu'il parlait de sa voix monocorde, l'absence d'amour dont cet homme souffrait. Son besoin d'être lu n'était jamais que celui d'être aimé. Avant qu'Ursula et Cocteau ne l'eussent quitté, il avait eu ce mot surprenant qui marque une mémoire de jeune fille : «Oubliez-moi, Ursula, il n'y a que ce que j'ai écrit qui soit digne d'être retenu. Tout le reste de mon être, je vous prie de me croire, n'est rien en dehors de mon œuvre.»

~

C'est ainsi que le lieutenant Lemaître passe l'heure à égrener le lointain passé de sa grand-mère. Mais tandis qu'il parle, il ne peut oublier les coups qu'un agresseur a portés à Ursula, la poussant au seuil de la mort, il y a deux mois déjà, pendant une nuit avancée. Tandis qu'il parle, il est en proie à toute l'horreur de cette nuit-là. Des images affluent en spirale à son cerveau.

C'est comme si sa digue se rompait et que le cauchemar qui a frappé Ursula se précipitait sur lui comme un océan.

L'enquête a montré que l'agresseur avait pulvérisé du fréon dans la serrure de la porte avant de la fracasser à coup de barre, qu'il était monté à l'étage, avait pénétré dans la chambre à coucher où dormait Ursula à poings fermés, et qu'il l'avait arrachée du lit. La suite qu'imagine le lieutenant Lemaître retentit comme en écho dans sa poitrine : Ursula jetée au sol, main plaquée sur la bouche, doigts lui menottant le cou, menaces murmurées à l'oreille.

La ruine dans laquelle il avait laissé la maison d'Ursula laissait supposer qu'il avait entrepris une fouille méthodique des pièces, en vrai professionnel ne négligeant aucun recoin. La moquette du salon avait été arrachée, le canapé et les coussins poignardés, les meubles et leurs tiroirs démontés. On avait retrouvé le cadavre désossé de la télévision, les livres des bibliothèques jonchaient par masses le sol, même le frigo avait péri dans la torture. Les deux étages avaient été la proie d'une violente conviction : qu'ils recelaient un secret.

L'un de ces secrets qui rendent impatient.

Tout indiquait que l'agresseur avait dû rester les mains vides et qu'il aurait entrepris de faire cracher à Ursula le morceau.

Résultat : la vigueur de ses coups avait dépassé sa volonté et fait basculer Ursula dans le vide du coma.

Depuis deux mois, l'enquête n'a pas avancé d'un poil. Pas même un bout d'empreinte qui pût orienter les recherches dans une direction.

Et tandis que le lieutenant Lemaître chasse le meurtrier d'une éditrice, son cœur, en vérité, ne poursuit jamais qu'un seul salaud.

Jour 3

10

Il y a des matins où l'habillement des enfants prend des hauteurs de forteresse. Et quand ils sont quatre à se blottir derrière le rempart de leur couette, ça vous donne l'impression de vous acharner contre le flanc de l'impossible.

Tout se combine donc pour mettre Josette en retard, ce matin-là.

D'abord le plus petit.

— Cesse de gigoter, Agrippa!

Dont les deux ans et demi et les quatre membres en furie refusent net d'enfiler chandail et pantalon. Ce qui est entré dans une manche sort aussitôt de l'autre, ça se dérobe sous les doigts, rien ne tient en place, autant vêtir un poulpe. La bonne chose, c'est qu'Agrippa ne couine ni ne hurle, pas même un filet de geignement, mais faut voir les bombardements qui lui obscurcissent le ciel des yeux qu'il a bleu d'azur en temps de paix. Nul besoin de crises larmoyantes pour dire son mot. Agrippa a dû comprendre dès la claque d'accueil de l'accoucheur qu'un regard bien planté vaut mille cris (et c'est rare, un nouveau-né qui vous foudroie du regard, demandez à l'obstétricien qui n'en a pas refermé la bouche du reste de sa journée). Depuis son premier jour, Agrippa répand un silence stoïque sur l'étrangeté cruelle du monde. Josette a toujours senti une sagesse en fusion dans la densité de son silence.

Pour l'heure, son silence de philosophe sous son regard d'incendie fait comprendre que la garderie, ce matin, cela ne lui dit pas.

Pas plus que cela ne dit à Louise de se planter derrière le pupitre d'une classe de première année.

— Maaamaaannn…

— Louise, veux-tu cesser de crier !

L'antithèse d'Agrippa. Louise a six ans seulement, et déjà une puissance thoracique à couper le souffle à toutes les soprani du monde, comme si son sort était aussi tragique qu'un dernier acte de Racine. Mains en barrage (autant y glisser la chemisette) et posture de douleur (et que je t'enfile la jupe), le drame est bruyant, capable de réveiller les morts, surtout s'ils dorment dans l'appartement voisin.

— Bon sang, vous l'égorgez ou quoi ?

Quant à Joachim, sa technique de refus tient du paradoxe : c'est quand il ne veut pas se tirer du lit qu'on ne l'y retrouve pas. Ce qui oblige à faire une battue au renard dans toutes les pièces. N'entrent dans la personnalité de Joachim ni la stridence vocale ni le brasier du regard. Son truc : la disparition.

— Joachim, veux-tu bien sortir d'où tu es !

À dix ans, il est passé maître en matière de cache et ne daigne sortir qu'à condition qu'on le débusque. Avec le temps, Josette a bien repéré plusieurs des abris où il se blottit, panier à linge sale, malle, boîte à ordures, cagibi, tambour de la sécheuse… Joachim a une imagination de chat pour ces choses-là, et le ratissage n'en est que plus long. Cette fois, elle le surprend aplati comme une feuille entre le sommier et le matelas de son lit.

— Bon, habille-toi, Joachim !

Il ne reste plus que le dernier. Théoriquement plus mature, désespérément rêveur et parfaitement déprimé : Flemmar le bien nommé. Flimou pour les intimes.

Dont la tête est enfouie comme un mollusque sous l'oreiller. Irruption de Josette dans la chambre.

— Flimou, tu te lèves, oui ! Je n'ai pas une minute à moi. Occupe-toi des enfants, il faut que je me prépare. Bon sang, je vais être en retard ! Tu sais très bien que j'enregistre ce matin !

Enregistrement d'une émission télévisée qu'anime Josette sur la chaîne nationale, consacrée aux plantes, fleurs et autres exotiques arbustes dont elle est spécialiste.

— Mais tu te grouilles ou quoi ?

Elle est un brin nerveuse, ces matins-là. Le peignoir tombe au sol, et les franches rondeurs nues de Josette, héritées du dernier accouchement, s'activent dans la chambre, enfilant culotte, soutien-gorge, bas nylon. Elle en est à la torsion des hanches nécessaire pour passer son tailleur saumon quand l'oreiller se met à gémir.

— Ma vie est un échec.

Il ne fallait plus que ça. Monsieur n'a pas digéré la remontrance que lui a servie hier le patron Masson, et le voilà qu'il s'autorise un coup de déprime au moment le moins opportun.

— Je suis un échec.

L'ambition bafouée du libraire confite dans la honte. Flemmar n'a pas son pareil pour s'enfermer dans le cachot humide de l'apitoiement.

Josette soulève l'oreiller, allume la lampe de chevet qui laisse tomber un cône de lumière fluette sur une tête de condamné. Elle lui connaît bien cette tête-là, farcie de rêves brisés, prise entre les quatre murs d'un désespoir insonorisé. Mais comme le temps la presse, elle n'est pas d'humeur à vêtir le froc du confesseur ni à chausser les lunettes du thérapeute.

— Tu serais un échec très mignon si tu t'occupais de tes enfants. Moi, je me sauve. À ce soir.

Bisou sur le front. Et tandis qu'elle s'efface de la chambre :

— Tâche toujours de ne pas te pendre d'ici là.

~

C'est bien ce à quoi il songe. Invariablement, la descente en slalom de ses déprimes est jalonnée des fantasmes les plus définitifs. C'est que ce monsieur, voyez-vous, a la manie d'imaginer son suicide dès qu'on rappelle en lui sa redoutable incompétence. Oh ! rien de très sérieux, pas la moindre envie réelle de

passer à l'acte, non, visionner sa mort lui suffit amplement. Et
dans les mises en scène les plus variées. C'est ainsi qu'il s'est :
pendu au lustre du salon,
défenestré d'un dixième étage,
tailladé les veines,
électrifié dans sa baignoire,
brûlé la cervelle,
jeté devant la rame d'un métro,
balancé du haut d'un pont,
immolé au milieu d'un trottoir,
précipité dans une cage à lions,
administré trois bouteilles d'analgésiques,
envoyé cul sec une pleine coupe de ciguë,
fait hara-kiri,
quand il ne se représente pas dans les viseurs d'un peloton
d'exécution qui attend du condamné lui-même l'ordre de faire
feu.

S'il manque d'inspiration quand il s'agit d'être heureux, il
faut lui accorder une assez jolie imagination quand il s'agit de
mourir.

Ce matin-là, donc, sitôt que Josette a quitté l'appartement,
Flemmar, le moral englouti dans la semonce d'Édouard Masson,
estime qu'un petit suicide le lui remettrait à flot. Douillettement
emmailloté dans les couvertures du lit, il se sent d'humeur à
innover, aussi son choix se porte-t-il sur le billot sur lequel il
dépose sa tête, dans l'attente d'une décapitation franche et nette.
Le bourreau en est à brandir sa hache quand le matelas se met à
bondir et des cris à lui vriller les tympans.

Joachim, Louise et Agrippa, qui ont bien tenté de concocter
par eux-mêmes un petit déjeuner royal, ne sont parvenus qu'à
joncher le plancher d'œufs éclatés, de miel, de lait et à répandre
un champ de corn-flakes sur la nappe. Le grille-pain flambait
d'une inquiétante fumée noire quand il leur a paru enfin plus
sûr de rappeler leur père à ses responsabilités de père.

Et Flemmar d'interrompre son exécution en cours pour se
tirer du lit d'un bond, sa marmaille cabriolant autour de lui.

Il lui faut ventiler et nettoyer la cuisine, puis réprimander les enfants à tour de rôle, sans pour autant venir à bout du sourire angélique d'Agrippa, des cris d'écorchée vive de Louise (doublés par ceux du voisin plus très loin d'alerter la D. P. J. : « Mais bon sang, vous égorgez cette enfant ou quoi ? »), et du flot d'explications confuses de Joachim. Il prépare et sert le déjeuner, en quoi Flemmar ne se montre pas beaucoup plus adroit que ses enfants, et s'acquitte du devoir matinal de déposer tout ce beau monde dans son institution appropriée. À la suite de quoi, Flemmar se rend à la librairie Masson où l'attend une journée de recommandations littéraires auxquelles, il le craint, il ne pourra se résigner sans porter un grave préjudice à sa grandeur de libraire.

~

C'est avec la lourde impression d'avoir la surveillance d'Édouard Masson plantée dans le dos et son congédiement sous la gorge, que Flemmar, pendant toute la matinée, s'acquitte de sa tâche de libraire en appliquant à la lettre les consignes du patron. Ainsi, aux clients qui l'approchent, il ne tarit pas d'éloges pour des écrivains qu'il aurait, en temps normal, étrillés sans merci. On imagine les ulcères que fiche à Flemmar cette entorse à son intégrité. D'ailleurs, les clients ne sont pas sans considérer avec inquiétude les grimaces de douleur qui lui tordent les traits tandis qu'il marmonne les mérites des nouveautés de Stephen King, de Daniel Pennac ou de Marie Laberge. C'est pendant qu'il prononce l'éloge de cette dernière qu'il s'écroule au sol tout d'une pièce, le visage empourpré comme privé d'oxygène. Il faut le gifler (des employés s'en disputent l'honneur) pour lui faire reprendre connaissance. Quand il revient à lui, c'est d'abord la silhouette d'un croque-mort qui obture le champ de sa vision. Il n'en faut pas davantage pour qu'il se croie de l'autre côté.

— Monsieur Lheureux, vous sentez-vous mieux ?

La voix parvient à Flemmar mais de très loin, comme si un mur bétonné l'en séparait.

Édouard Masson, strictement vêtu de noir, est penché sur Flemmar.

— Que vais-je bien faire de vous, monsieur Lheureux? soupire-t-il.

~

Transporté dans le bureau d'Édouard Masson où il peut, au terme du verre d'eau déversé sur sa tête, retrouver ses esprits, Flemmar doit bien alors convenir que recommander des romans à succès, vraiment, cela dépasse ses forces.

— Allons, monsieur Lheureux, il ne s'agit tout de même pas de trahir votre mère ou de pactiser avec le diable!

Peut-être, mais si le métier de libraire doit lui flanquer une dépression nerveuse, un cancer du côlon ou Dieu sait quoi encore, alors il rend son tablier, là, sur-le-champ, voilà tout. Flemmar ne blaire pas tous ces écrivains qui chipent leurs phrases à l'air du temps et à propos desquels on hurle au génie! Il est de ceux qui ne jurent que par les classiques. Oui, le grand écrivain ne parle avec force que du fond de son tombeau, une fois marqué par le sceau des siècles. C'est à cette condition seulement qu'il est digne de se délecter de ses chefs-d'œuvre, lecture d'autant plus méritoire que personne ne songe plus à les ouvrir. Non mais, franchement, qui de nos jours lit Hérodote, Thucydide, Pétrone, Luo Guanzhong, Dante, Camoens, Saint-Simon? Allez, trouvez-en un seul qui respire de cet air-là! Voilà où nous en sommes : le propre des classiques est de n'être jamais lus.

— Mais moi, monsieur Masson, il n'y a que de ce pain-là que je me nourris, alors, vous pensez bien que vos écrivaillons au goût du jour me font vomir!

— Évitez de vous énerver, monsieur Lheureux, et buvez de cette eau.

— Prenons ce F. S., l'*énigmatique* F. S., ce fantôme à la noix qui se planque derrière son mystère, eh bien, tous ces critiques qui se pâment d'admiration, ça me donne de l'urticaire. Ils parlent déjà d'un classique, allons bon, et quoi encore! Son roman n'a pas quatre semaines de vie et on voudrait l'immortaliser, c'est ça? Oh, je l'avoue, et sans gêne avec ça, je n'en ai pas lu une ligne, il est bien hors de question que je me mêle à ce troupeau de lecteurs-qui-ne-lisent-que-ce-qui-se-vend. Et puis, si vous voulez tout savoir, disons les choses telles qu'elles sont : comment supporterais-je le soi-disant génie de mes contemporains, alors que j'ai si longtemps désespéré d'en être moi-même habité, jaloux que je suis de la grandeur des autres?

Voilà, c'est dit.

La vérité, toute simple et toute nue.

Brûlante, comme si elle lui marquait le cœur au fer rouge.

Flemmar n'est pas du bois dont sont faits les grands.

Et c'est bien là ce qui l'anéantit.

Tout son drame est dans ce défaut de fabrication. Le Ciel lui a fourgué le matériau le plus moche plutôt que de lui inoculer cette sève qui lui aurait assuré un talent unique, blindé, à l'épreuve du temps et planté dans l'universel.

— Pourquoi, nom de Dieu, mais pourquoi n'ai-je pas été le maillon superbe d'une illustre lignée généalogique? Cela n'aurait-il pas tout simplifié? Je n'aurais eu qu'à récolter une virtuosité dont mes gènes porteraient la semence. Les chefs-d'œuvre à portée de main!

Comme il souffre de n'avoir pas produit d'œuvres éblouissantes dès l'âge de ses douze ans. Ô combien la précocité intellectuelle de l'enfant prodige lui est un fantasme cher. Mais la seule précocité qu'il puisse revendiquer le transperce de honte. Et c'est ainsi qu'il est condamné à suivre le long fleuve tranquille de sa médiocrité.

— Le génie a ses raisons que l'orgueil ne connaît pas. Voilà, monsieur Masson, tout est dit : l'orgueil est la mère de toutes mes souffrances.

Ainsi conclut Flemmar en sa quarantaine juvénile.

Dont l'état d'esprit paraît si alarmant qu'Édouard Masson n'a d'autre choix que de lui accorder la journée de congé, lui enjoignant d'entrer aussitôt chez lui, d'appliquer une compresse d'eau froide sur son front, de s'allonger où bon lui semblera, mais surtout, surtout, de ne penser à rien. Faire le vide. Dieu du ciel, il y a urgence, sinon sa médiocrité finira un jour par l'engloutir pour vrai, et ce jour-là on repêchera son corps dans le fleuve.

— Me fais-je bien comprendre, monsieur Lheureux? Entrez, reposez-vous, et nous reparlerons de tout ça la prochaine fois, d'accord? Non, je ne veux rien entendre, cessez de faire l'idiot et reprenez votre démission, nous trouverons bien une solution,

Et d'ajouter, les neurones déjà en marche :

— Je joue déjà avec une idée qui vous plaira peut-être, un nouveau poste, je pense à un préposé au comptoir des grands classiques de la littérature universelle, quelque chose comme ça, voilà qui entrerait parfaitement dans vos cordes, non? Vous pourriez diriger une sorte de bibliothèque des Immortels à laquelle nous consacrerions un coin de la librairie, laissez-moi réfléchir à tout ça, et rentrez à la maison maintenant.

11

L' édifice à logements, avec sa façade dévorée de graffitis obscènes, était dans un piètre état et son avenir des plus incertains tant sa charpente semblait ne plus tenir qu'à une poutre. On l'aurait donné pour inoccupé, tout juste bon à recevoir la visite d'une boule d'acier de quelques tonnes, si la rumeur d'une allégresse douteuse, cris d'enfants et franches engueulades, ne se dégageait pas des fenêtres graisseuses d'où pendait du linge à sécher. D'ailleurs, la rue entière semblait avoir échappé au plan de rénovation et d'assainissement de la Ville, soit que les inspecteurs aient jugé plus économique d'abandonner à l'hiver le soin d'abattre le quartier, soit que celui-ci, victime d'un malheureux oubli, ne figurât tout simplement plus dans le cadastre municipal.

Le lieutenant Lemaître et le sergent Bellechasse avançaient, en prenant garde de heurter les monceaux d'ordures étalés tout le long du trottoir, vers l'orifice noir qui tenait lieu de porte d'entrée. Laquelle exhalait une odeur tenace de graillon, d'alcool frelaté et de gaz domestique. Il n'était pas encore neuf heures du matin, mais déjà la rue grouillait d'une faune misérable auprès de laquelle les immeubles d'où elle sortait avaient assez bonne mine. Drogués et putes, voyous et clochards ne montraient guère plus d'éducation, de délicatesse et de vocabulaire qu'un goût particulier pour la bonne entente avec son prochain. Aussi le sergent Bellechasse n'avançait-il qu'avec la main crispée sur son revolver, pendu à son ceinturon.

— Calmez-vous, mon petit, sinon tout ce beau monde nous prêtera les intentions que nous avons.

Lesquelles consistaient à procéder à l'interrogatoire et, le cas échéant, à l'arrestation, toutes deux musclées si la situation le commandait, de ce T. Thomas dont ils ne connaissaient rien, en tout cas rien quant à sa façon de recevoir une visite-surprise.

Ils pénétrèrent dans l'immeuble dont l'intérieur n'était guère plus rassurant que son dehors. Les marches étaient encombrées de gravats, la cage d'escalier privée d'ampoules, l'obscurité d'autant plus caverneuse que les fenêtres noires de suie bloquaient toute lumière, et des bruits divers, dépourvus d'originalité en de tels lieux (hurlement de la télévision, braillement de nourrisson, vaisselle projetée contre un mur, empoignades et invectives, le train-train matinal, quoi), leur parvenaient des parois qui n'étaient pas exactement doublées de plomb. Ils gravirent ainsi trois étages de vacarme et arrivèrent devant ce que le numéro de porte leur indiquait comme étant le logement présumé de T. Thomas.

C'est le sergent Bellechasse qui se chargea d'envoyer quelques coups bien retentissants contre la porte. Elle ne fit aucune difficulté et s'ouvrit sous le choc du poing sur un minuscule et sombre trois-pièces qui sentait violemment le remugle auquel se mêlait une odeur de térébenthine.

Planté dans l'encadrement de la porte, la main sur la crosse de son arme de service à demi sortie de son étui, le sergent Bellechasse s'écria :

— Il y a quelqu'un ? Monsieur Thomas ? C'est le poulet que vous avez commandé.

— Qu'est-ce que cette histoire de poulet ? murmura derrière lui le lieutenant Lemaître.

— Une ruse, lieutenant. Comme ça, le suspect n'est pas alerté et ne se jette pas sur son arme, souffla-t-il.

— C'est ce qu'on vous apprend à l'école ?

— Non, lieutenant, c'est une trouvaille personnelle.

— Veuillez noter, mon petit, qu'il serait assez peu probable que vos suspects commandassent du poulet à neuf heures du matin.

— Mince, c'est bien vrai !

— Omelette aux fines herbes ou crêpe dentelle seraient plus à propos, ironisa le lieutenant Lemaître.

— C'est pas bête, lieutenant.

— Bon, il semble que le silence qui a régné dans ce logement pendant notre entretien nous autorise à entrer en toute sécurité.

Il n'y avait pas seulement la qualité de l'air qui laissait à désirer, celle de la décoration n'était pas beaucoup mieux. Le mobilier comme les appareils ménagers semblaient droit sortis de quelque conteneur d'ordures.

— Fouillons discrètement, ordonna le lieutenant Lemaître en allumant une lampe sans doute acquise dans une ruelle du quartier.

L'ampoule grésilla et n'éclaira que par intermittence avant de mourir de sa belle mort. Ils furent réduits à s'aiguiser les yeux dans cette pénombre.

Tandis que le sergent Bellechasse portait ses lourds talons vers la cuisinette, le regard du lieutenant Lemaître tombait sur de nombreuses toiles, de formats divers, qui reposaient pêle-mêle dans tous les coins d'un salon maquillé en atelier de peintre. Il y admira le même désordre surréaliste que celui qui présidait aux tableaux d'abord vus au domicile de Pierrette Darrieq, puis aux bureaux de sa maison d'édition.

Ainsi donc, ce T. Thomas manie-t-il les pinceaux.

Et avec doigté, pour autant que le lieutenant Lemaître pût en juger.

Un talent certain, pour tout dire.

Qui ravitaillait en toiles la victime.

Détail qui peut se tailler une place de choix dans une histoire de meurtre, si le peintre a troqué ses pinceaux contre une bombe. Et le lieutenant Lemaître de s'offrir une petite excursion du côté des mobiles : rien ne s'inscrit plus volontiers dans le cours tragique des affaires humaines qu'un désaccord de prix entre un artiste et sa cliente.

La voix du sergent Bellechasse rompit la ronde des pensées du lieutenant Lemaître :

— C'est curieux ça, lieutenant, le frigo est vide. Pas même un grain de café.

Se reprenant, après un silence de réflexion :

— C'est une façon de parler, parce qu'à la maison, on met pas le café dans le frigo. Déconseillé, il perdrait sa fraîcheur. Remarquez, il y a plusieurs théories à ce sujet…

— Qué fétes-vous ici ?

— J'examine la cuisine, lieutenant. Pourquoi prenez-vous cette voix fêlée de mégère et ce fort accent espagnol ?

— La voix fêlée provient bel et bien d'une mégère d'origine non pas espagnole, si vous me permettez cette correction, mais chilienne. Bonjour, madame.

Dont le corps voûté, appuyé sur un manche à balai, se tenait dans l'embrasure de la porte. C'était une femme qui de toute évidence s'était définitivement affranchie des canons de la beauté. Elle avait le visage farci de verrues, les avant-bras velus comme ceux d'un ours, et était vêtue d'une robe chemisier dont la coupe originale s'était effacée sous les multiples rapiéçages.

— Pérouvienne, que jé souis. Et vous, vous êtes pas de l'immeuble, alors débarrassez lé plannecher !

— Permettez-nous de nous présenter. Lieutenant Lemaître de la brigade des homicides et voici à ma droite, ou si vous préférez à votre gauche, le sergent-détective Bellechasse.

Dans l'obscurité, il était impossible à la Péruvienne de déchiffrer la plaque que lui présentait le lieutenant Lemaître. Elle lui vota un sourire digne des pires cauchemars d'enfants.

— Je présume que vous êtes une voisine de monsieur Thomas.

— Jé souis la connecierge et jé conné pas vot' Thomas.

— Concierge… Vous devez être une femme fort occupée…

— Jé fé cé qué jé peux. Et lé gens sé plégnent pas.

— Quant à ce monsieur Thomas, nous avons tout motif de croire qu'il vit dans ce logement.

— Jé conné pas vot' Thomas. Peut-être qué vous voulez parler dé Saint-Toqué.

— Vous dites, Saint-Toqué ?

— Si, Saint-Toqué.

— Saint-Toqué? répéta le sergent Bellechasse qui craignait d'être tenu à l'écart de la conversation.

— Auriez-vous l'amabilité de nous parler de ce Saint-Toqué? a demandé le lieutenant Lemaître.

— Qué vous lui voulez?

Le sergent Bellechasse y alla d'une réplique qui aurait fort bien roulé dans la bouche d'Humphrey Bogart :

— C'est le lieutenant qui pose les questions, vieille godasse! Il n'y a que les films noirs des plus belles années qui peuvent le tenir suspendu au petit écran.

— Allons, mon petit, ne soyez pas grotesque, gronda le lieutenant Lemaître.

Puis à la Péruvienne :

— N'y aurait-il pas moyen d'allumer une lumière ici? Peut-être celle du palier...

— *No.*

— En effet, pourquoi, diantre, épuiser nos réserves d'énergie hydroélectrique alors que cette noirceur a le mérite de reposer nos yeux fatigués! Revenons à ce Saint-Toqué. Que savez-vous de lui?

— Cé qué tout lé monde sé.

— Auriez-vous l'obligeance d'être plus précise?

— Qu'il é oune saint et qu'il é toqué.

— En bonne concierge, vous devez bien disposer de deux ou trois petites informations supplémentaires, non?

— Cé possible.

Puis de prendre un air entendu.

— Je vois, déduisit le lieutenant Lemaître, vous avez l'esprit de commerce.

— Oune boîte d'ampoules de cent watts.

— Très bien, et si vous me le permettez, j'y ajouterai un détersif puissant.

— Et oune vadrouille?

— Va pour la vadrouille.

— Et vous pas parler dé poulé il y a oune moment?

— Le sergent Bellechase se fera un plaisir de vous apporter un poulet de grain entier et bien frais en main propre.

— *Bueno.*

Main en coupe autour de la bouche, la Péruvienne crut nécessaire d'adopter le ton de la confidence.

— Il boit.

— Il n'est sans doute pas le seul à s'y adonner dans cet immeuble, à en juger par les effluves éthyliques que celui-ci dégage.

— Mé il boit pour dix hômmes.

— Fort bien. Et quoi d'autre? insista le lieutenant Lemaître.

— Et quand il né boit pas, poursuivit la concierge, il joûne.

— Plaît-il?

— Il joûne, cômme lé Christ. Quaranté jours bienne comptés.

— Allons, que racontes-tu là, vieille folle! s'écria le sergent Bellechasse qui s'imaginait toujours crevant le grand écran.

— Pourqué vous pennsez qu'on l'appéle Saint-Toqué!

— Vous avez une idée de l'endroit où nous pouvons le trouver? demanda le lieutenant Lemaître.

— À l'accouille.

— Surveille ton langage devant le lieutenant, sorcière!

— À l'accouille Béjard, précisa-t-elle.

— L'accueil Béjard, l'institution de bienfaisance?

— Il s'y rend régouliérement.

— Je présume que c'est pour y prendre ses repas?

— Non, il é en plénne joûne pour lé moment.

— À bien y penser, lieutenant, ça explique le frigo vide, fit observer le sergent Bellechasse.

— Merci de cette précision, mon petit. (À la Péruvienne) Qu'y fait-il alors?

— Jé sé pas. Cé pas clér, confia-t-elle avec cet air de le soupçonner de tous les crimes.

— Bon. Merci, madame. Ampoules, détersif et poulet vous seront remis dès la fin de la journée. Vous avez la parole du sergent Bellechasse.

12

À chaque heure du midi et du soir de la semaine, ce qu'il est convenu d'appeler la misère urbaine rabat sur l'accueil Béjard, sis aux abords du centre-ville, tout ce qui en cette ville ne lève pas le nez, souvent sale et plein de mucosités sèches, sur un bon ragoût. S'y amasse pour se restaurer une ribambelle de loqueteux de tous poils, avant-bras troués, foie bouffi, neurones brouillés, dents en ruine et paupières lourdes. La clientèle de l'accueil Béjard s'est sensiblement élargie depuis que l'État, pressé tout à la fois de renflouer ses coffres et de liquider une dette publique dont le poids et l'urgence semblaient tenir du péril nucléaire, a eu la riche idée, quelques années auparavant, de planter des vidéopokers dans le hall principal des universités. Ainsi Jacqueline Framboise, qui règne en douceur sur l'établissement, a-t-elle constaté, non sans indignation, que des clochards de plus en plus jeunes, fort instruits mais ruinés par le jeu, grossissaient chaque jour les rangs de cette collectivité déguenillée.

L'accueil Béjard avait été bien près de fermer ses portes, cinq ans auparavant, quand il avait été décidé par le gouvernement de lui couper les vivres lors du vote d'un budget, lequel budget s'était jeté au secours des entreprises commerciales qui vivaient, ô scandale, sous le seuil de l'opulence. Sans l'intervention providentielle d'un donateur, l'accueil Béjard n'aurait plus été qu'un souvenir – heureux, certes – dans le cœur de ses habitués. S'il est exact de dire que ce bienfaiteur tombait du ciel, c'est qu'il surgissait d'une longue absence qu'avait entraînée le décès brutal de sa femme, Hélène Béjard, celle-là même qui avait fondé l'accueil, et dont la vocation humanitaire avait été stoppée par un accident automobile. Après quoi, Raymond Béjard s'était éclipsé pendant quelques années. Jacqueline Framboise lui avait supposé une solide dépression contre laquelle sa fortune colossale était probablement demeurée impuissante. L'hypothèse s'était confirmée : veuf inconsolable, l'âme à jamais perforée, il avait accompli, selon les confidences qu'il lui avait faites plus tard, le tour du monde dans sa Rolls à six portes, les rideaux tirés, levant parfois, en arrivant en vue de quelque splendeur touristique, un coin du tissu avant de déclarer avec lassitude à son chauffeur : « Ah, c'est cela, Rome ! Continuez, Gustave. » Une sorte d'anti-voyage à la mesure du précipice par lequel il se sentait séparé du monde. Puis, contre toute attente, il s'était présenté au bureau de Jacqueline Framboise l'année même où l'accueil Béjard était laissé sans secours financier. En mémoire de sa femme, Raymond Béjard avait délié les cordons de sa bourse et, sans qu'ils aient été absolument nécessaires, était allé jusqu'à financer d'importants travaux de rénovation qui avaient doté la bâtisse d'une cuisine high-tech, d'une spacieuse salle à manger et d'un vaste dortoir, le tout reconvertissant l'accueil Béjard en un véritable hôtel trois étoiles auquel les clochards avaient eu peine à s'habituer.

Quant au philanthrope, durant les cinq dernières années, sa discrétion avait été absolue : seuls les virements bancaires mensuels sur le compte de l'accueil Béjard rappelaient à Jacqueline Framboise son existence.

~

À l'heure de la soupe, l'ambiance qui règne dans la grande salle est tantôt maussade, tantôt agitée, selon l'humeur du moment, et traversée de temps à autre de roulements de rires gras quand on parvient à oublier qu'on n'a aucune raison de rire. Une fois sustentés, mégot éteint aux lèvres, on discute âprement sur un tas de sujets brûlants. La conversation a le mérite d'être plus directe qu'au Ritz Carlton et les soucis sont plus vitaux qu'au

Conseil des ministres. Et voilà qu'un beau jour un morceau du paradis se détache du ciel avec l'arrivée de *la belle Clotilde*. Un vrai régal pour la vue fatiguée. Cette fille-là vous rénove un cœur, l'instant d'un frôlement. Elle a beau ne se joindre à Jacqueline que deux fois par semaine, pour lui prêter main-forte aux repas, cela suffit aux habitués pour se bercer de fantasmes le reste du temps, tellement la délicatesse de ses courbes, l'incendie de sa chevelure, le printemps de son sourire et ses pupilles dilatées par l'empathie rappellent en eux le paradis perdu de leur espoir. Malgré le désastre de leur allure et le ravage de leur mine, il faut les voir faire assaut d'élégance et d'esprit : c'est à celui qui l'impressionnera le mieux.

Mais ce midi-là, les habitués de l'accueil Béjard ne sont d'humeur ni à discuter ni à séduire, laissant plutôt tomber un regard aqueux sur leur assiette qu'ils ont peine à terminer.

La mort de Monsieur le Président a eu l'effet de jeter leur moral à bas.

～

L'heure du midi est passée quand le lieutenant Lemaître et le sergent Bellechasse se présentent à la cafétéria de l'accueil Béjard. La salle est vaste et silencieuse, déserte aussi, à part deux femmes qui s'affairent à desservir les tables. Jacqueline Framboise soulève la tête et ses multiples mentons, remarque leur présence et pousse un long soupir avant de traîner péniblement sa splendeur planétaire vers eux. Elle a la voix de son corps, qui emplit tout le volume de l'espace.

— Oui, messieurs ?

À la plaque se joint la parole :

— Lieutenant Lemaître, de la brigade des homicides, et voici le sergent-détective Bellechasse.

— Écoutez, messieurs, il me semble avoir déjà répondu à toutes vos questions. D'ailleurs, je suis étonnée que le dossier ne soit pas déjà classé. D'habitude, le décès d'un clochard, c'est l'affaire de quelques signatures et hop ! on passe vite à autre chose, pas vrai? On sait bien, c'est pas mes vieux qui font rouler l'économie de ce pays, hein! Ils peuvent bien crever les uns après les autres que la Ville ne s'en portera pas plus mal.

— Je crains qu'un malentendu vous sépare de l'objet réel de notre visite.

— C'est pas la mort de Monsieur le Président qui vous amène?

— Non, vous m'en voyez désolé.

— Ah! Alors, qu'est-ce qui nous vaut l'honneur?

— Nous souhaiterions rencontrer un homme répondant au nom de Saint-Toqué.

— Saint-Toqué?

— Ce nom vous est-il familier?

— Qu'est-ce que vous lui voulez?

— Nous souhaiterions lui poser quelques questions.

— À quel propos?

— À propos de l'assassinat d'une éditrice qui a eu lieu dans la nuit de mercredi à jeudi.

— Il serait mêlé à une affaire de meurtre, vous dites?

— À ce point de notre enquête, nous sommes contraints de le supposer, à tout le moins suffisamment pour posséder un mandat d'amener contre lui.

Et Jacqueline Framboise d'élever la voix :

— Tu entends, Clotilde? Saint-Toqué tremperait dans une sale histoire.

— Ah! répond Clotilde.

Qui fait dos aux policiers, s'éloignant vers les cuisines, les mains chargées d'une pile d'assiettes sales.

— De quoi il s'agit, au juste? demande Jacqueline.

— Nous avons tout motif de croire que le dernier individu à s'être entretenu avec la victime est ce…

— Saint-Toqué, coupe le sergent Bellechasse pour montrer qu'il fait aussi usage de la parole.

Moue dubitative qui ajoute un quatrième bourrelet de chair au menton de Jacqueline.

— Vous le trouverez dans la salle d'à côté, derrière cette porte. Mais attendez qu'il ait terminé la séance. Vous n'imaginez pas le bien que ça leur fait, aux autres. Il faut comprendre : quand on est un clochard, il y a pas plus démoralisant que la mort d'un autre clochard.

~

Piqués par la curiosité, le lieutenant Lemaître et le sergent Bellechasse se dirigent vers la porte indiquée par l'index boudiné de Jacqueline Framboise, et ce qu'ils découvrent derrière tient de la plus pure imagination : une trentaine de clochards sont installés sur cinq ou six rangées, assis à même le sol en position du lotus, le dos des mains reposant sur la saillie de leurs genoux. De ce troupeau vaguement immobile monte, outre une puanteur de crasse, d'haleine fétide et de sueur séchée, un concert de voix éraillées qui ne composent qu'un seul son, une sorte de *om* guttural et prolongé qui caresserait peut-être l'oreille si des ronflements de raffinerie, des expectorations et le grognement d'estomacs au plus fort de leur digestion, n'en brouillaient pas la douce harmonie monastique.

Au fond de la salle, face à ce groupe de déguenillés tout à leur méditation, se détache une silhouette à vous flanquer la chair de poule, dont le lieutenant Lemaître dira plus tard qu'« elle eût passée pour un fantôme si une fine pellicule de peau n'en eût recouvert l'ossature ».

— Dites, lieutenant, vous voyez ce que je vois ?

— Oui, mon petit, et, veuillez me croire, j'en perds moi-même mes accents circonflexes.

Ce n'est pas tellement le squelette pointu du bonhomme qui est stupéfiant que le fait... qu'il flotte. Parce que non seulement cela n'a plus vraiment l'air vivant, mais cela ne touche pas le sol, c'est élevé au-dessus du plancher de deux pieds, peut-être même trois.

Le lieutenant Lemaître et le sergent Bellechasse en restent comme deux ronds de flan.

Ainsi suspendu en l'air comme une libellule en arrêt, les jambes croisées fines comme des tiges, la barbe filamenteuse, dans le plus simple appareil à l'exception d'une culotte de coton écru lui enveloppant la taille osseuse, le torse exhibant la harpe de ses côtes, deux bras desséchés, et enfin les yeux grands ouverts sur quelque infini improbable, Saint-Toqué a tout l'air de mériter le nom qu'on lui attribue.

Au bout d'un moment, enfin revenu de sa surprise, et ne supportant plus cette pestilence qui lui offense le nez dont la sensibilité est proportionnelle à sa longueur, le lieutenant Lemaître dit :

— Bon, appréhendez ce monsieur, mon petit, que nous en finissions.

13

Flemmar se sent déjà plus léger, là, au milieu du trottoir, en ce début d'après-midi, comme délesté du poids de sa déprime. À quoi doit-il donc sa bonne humeur? Au congé que lui a octroyé Édouard Masson ou à sa soudaine confession? Il est vrai que jamais il ne s'était entendu parler avec tant... *d'authenticité. L'orgueil est la mère de toutes mes souffrances.* Si cela n'était pas de la vulnérabilité flambant nue, affichée dans la plus grande transparence, alors qu'était-ce que l'authenticité! Oui, vraiment, sa sincérité ne le rend pas peu fier et a suffi à lui éperonner le moral.

Aussi, pour l'heure, préfère-t-il la flânerie à la compresse d'eau froide recommandée par Édouard Masson. Le soleil fait mine de se montrer et la ville lui ouvre les bras. Le voilà déjà mêlé au flot urbain.

À bien y songer, n'y a-t-il pas aussi la petite opération de sauvetage d'Édouard Masson qui lui a pansé le cœur?

Comment a-t-il dit ça déjà?

Préposé aux classiques...

M'oui, l'idée peut mériter examen. Ce à quoi il consacre sa déambulation. Après quelques pas, l'idée n'est déjà plus sans intérêt. Au bout du trottoir, elle est franchement pas mal du tout. Une fois la rue franchie, elle n'est plus loin d'être géniale.

Préposé aux classiques... Flemmar ne se tient plus d'excitation à l'idée de se trouver aux portes du paradis, où n'auraient droit de séjour que les plus grandes œuvres de l'humanité. Depuis son comptoir, il prodiguerait ses recommandations littéraires, proposerait une visite guidée aux lecteurs qui, fatigués de la marée monotone des nouveautés, seraient désireux de s'offrir l'air pur des sommets, les hautes régions des livres immortels avec vue imprenable sur la condition humaine. Conseiller littéraire, bon sang, pourquoi n'y a-t-il jamais songé auparavant?

Flemmar en est là de ces brûlantes supputations quand une voix le cueille à l'angle de deux rues.

— Tiens, Flemmar, quel heureux hasard!

— Bonjour, Maria.

Dans une robe tout d'une pièce dont le décolleté révèle le promontoire de ses seins, Maria Miloseva ouvre large les bras pour envelopper Flemmar.

— Rassure-moi, Flemmar, tu n'as pas changé d'avis, hein? lui glisse-t-elle dans le conduit de l'oreille.

Flemmar, la figure écrasée contre sa poitrine, ne comprend pas.

— Ta démission, elle tient toujours? Parce que, pendant un moment, on a craint, au département, que tu nous fasses le coup du grand regret et que tu reviennes hanter les corridors du collège.

Flemmar la rassure aussitôt, non, ils ne courent pas ce risque-là et peuvent dormir en paix.

Son soulagement se prenant pour de l'affection, Maria Miloseva le serre contre elle avec une vigueur renouvelée.

Puis écartant à bout de bras un Flemmar échevelé :

— Où vas-tu comme ça?

Il répond qu'il ne va nulle part.

— Je vois, rien n'a changé.

Et dans la foulée :

— Tu m'accompagnes? Je vais à la librairie Sutter.

Sur le chemin, elle explique qu'elle rend service à un ami italien, professeur de sémiotique à l'université de Bologne et collectionneur de livres rares, qui lui a demandé de recueillir pour lui un paquet qui l'attend à la librairie de livres anciens de Joseph Sutter, vieil Irlandais qui semble tenir sa boutique depuis l'origine de l'écriture. Flemmar acquiesce. Quel littéraire ne connaît pas la librairie Sutter, le temple de la vieille reliure ? Il s'y est lui-même procuré, l'an dernier, la toute première édition des *Calligrammes* d'Apollinaire. Une vraie mine, cette librairie.

— Et que contient le paquet ? demande Flemmar.

— Secret d'État ! Je ne peux rien dire. Umberto a toujours exigé de moi la plus grande discrétion.

— Allez, Maria, nous sommes de vieux copains…

— Alors, tu me promets de bien tenir ta langue, hein !

— Je le jure, sur la tête de Virgile.

— Un manuscrit.

— Un manuscrit ?

— Attention : le manuscrit d'une œuvre inédite.

Flemmar accueille la révélation d'un haussement d'épaules.

— Une œuvre de qui ?

— C'est là tout l'intérêt. Il s'agirait d'un grand écrivain.

Incertain de comprendre, Flemmar en est maintenant au froncement des sourcils.

— Le manuscrit d'un écrivain célèbre. Il faut te faire un dessin ou quoi ?

— Bon, célèbre, mais célèbre comme qui ?

— Je ne sais pas, moi ! Il peut s'agir autant de Dickens, de Goldoni que de Schnitzler. Umberto ne me révèle jamais de qui est le manuscrit qu'il m'envoie chercher.

— Mais d'où provient-il, ce manuscrit ?

— Je l'ignore. Il a été trouvé.

— Trouvé par qui ?

— Mais Flemmar, je n'en sais rien. Il s'en trouve sûrement dont c'est le métier.

— Des chasseurs de livres ?

— Et prêts à toutes les bassesses pour mettre la main sur un manuscrit convoité.

— Et ensuite, qu'en fait-on ? Il est publié ?

— Surtout pas ! Il perdrait sa valeur. Monétaire, s'entend. Ces manuscrits valent une fortune tant qu'ils ne sont pas publiés. Je présume qu'on les vend au plus offrant. Il ne doit pas manquer de bibliophiles pour ça. D'ailleurs, je soupçonne Umberto de les payer au prix fort.

— Tu sais s'il en possède plusieurs ?

— Deux ou trois, quatre peut-être. C'est le second paquet seulement qu'il m'envoie chercher à la librairie Sutter. La première fois, il s'agissait de *La Défense de l'infini*, un roman de Louis Aragon que tous croyaient définitivement perdu. La rumeur voulait qu'Aragon l'ait sacrifié, par autodafé, aux décrets de Breton contre le roman.

— Et qu'est-ce que le vieux Sutter a à voir avec ces manuscrits ?

— Alors là, je n'en sais rien.

Ils avancent sans dire mot. Ça roule à plein régime dans la tête de Flemmar.

— Des œuvres d'écrivains célèbres demeurées au stade de manuscrit, c'est bien ça ?

Maria opine du chef.

— Des manuscrits qu'on a retrouvés, après qu'ils ont été perdus ou cachés.

— C'est ça.

— Cela fait penser au *Livre de l'intranquillité* de Fernando Pessõa. C'est quelques années après sa mort, en 1935, qu'on a découvert des papiers dont personne ne soupçonnait l'existence. Ils gisaient épars dans un coffre, une vraie malle aux trésors qui contenait la majeure partie de son œuvre. Il a fallu toute l'ingéniosité des éditeurs pour rétablir le *Livre de l'intranquillité*, qui est demeuré inachevé dans sa publication en 1982. C'est comme si Pessõa avait écrit son chef-d'œuvre cinquante ans après sa mort.

— Un privilège de fantôme.

Ils font encore quelques pas en silence.

— Il y a aussi le cas de Proust, dit Flemmar.

— C'est vrai, le manuscrit de *Jean Santeuil*.

— La première version de la *Recherche*, en quelque sorte. Découvert en 1952, par Bernard de Fallois.

— Et tu te rappelles le Jules Verne, plus récemment ?

— *Paris au XXᵉ siècle*, retrouvé dans le coffre-fort de son fils. On le croyait vide, et les clefs étaient perdues.

— Une œuvre de jeunesse, précise Maria, rien pour se pâmer. Au fond, un livre manquant n'est peut-être jamais qu'un livre manqué.

Nouveau silence qui leur permet de prendre la mesure de tous les manuscrits perdus.

— Tu imagines, Maria, tous ces manuscrits qui dorment dans des coffres cadenassés, au fond de boîtes humides.

— Sans parler de tous ceux qui ont été détruits, brûlés, perdus à jamais. À commencer, ajoute-t-elle, par la collection de la bibliothèque d'Alexandrie. Des nombreux incendies dont elle aurait été victime, c'est le dernier qui est le plus crève-cœur. Tu connais la légende?

Qu'elle s'empresse de raconter. Quand les Musulmans ont conquis l'Égypte et la ville d'Alexandrie en 642, le général Amrou Ben Al-As, qui n'était pas un guerrier inculte, a été mis au courant de ce que contenait la fameuse bibliothèque, c'est-à-dire quelques centaines de milliers de volumes ou de parchemins, véritable trésor de la culture antique. Il a fait envoyer un message à Bagdad, au calife Omar 1ᵉʳ, afin de savoir quel sort il devait réserver à cette collection, dont il prit grand soin de vanter la splendeur. La réponse n'en a pas moins été à la hauteur de la barbarie du calife : « À propos des livres dont tu m'as parlé, voici ma réponse : si leur contenu est en accord avec celui d'Allah, nous pouvons nous en passer, puisque, dans ce cas, le livre d'Allah est plus que suffisant. S'ils contiennent au contraire quelque chose de différent par rapport au livre d'Allah, il n'est aucun besoin de les garder. Agis et détruis-les. » Et le général Amrou de s'exécuter de mauvaise grâce. Il a fait distribuer les volumes aux quatre mille bains publics d'Alexandrie comme combustible pour le chauffage. Il n'a pas fallu moins de six mois pour les brûler tous. Seuls les livres d'Aristote ont échappé à la destruction.

— Il a suffi, conclut Maria, d'un syllogisme grossier pour faire partir en fumée la mémoire du monde antique.

Flemmar et Maria observent un silence méditatif tandis qu'ils remontent la rue.

— Au fond, dit enfin Flemmar, la lecture n'est qu'un destin de l'écriture parmi d'autres.

— C'est juste, et joliment dit. Ah, nous voilà arrivés!

La façade de la librairie Sutter a l'âge des livres qui s'y trouvent. La vitrine tient de la page jaunie par le temps.

— Pas un mot sur tout ça, c'est entendu? Je prends le colis et nous repartons. Voilà tout.

La tête grise de Joseph Sutter se lève au tintement de la clochette. Il doit retirer ses petites lunettes rondes, épaisses comme des hublots, afin d'examiner ses visiteurs. Son premier regard va à Maria, qu'il accueille d'un air entendu, son second à Flemmar, ce qui lui imprime un franc sourire. À ses lèvres pend un mégot de cigare éteint, qu'il se contente de mâchonner entre deux phrases.

— Monsieur Lheureux, il y a une éternité que je ne vous ai pas vu! Comment se porte la petite famille?

— Bien, monsieur Sutter. Je constate que vous êtes toujours aussi bien entouré.

Étroit d'épaules, voûté du dos, épais du sourcil, le vieux Sutter, feignant le découragement, désigne d'un geste circulaire sa boutique:

— Pas moyen d'être seul avec tous ces livres autour de soi.

Le repaire de Joseph Sutter regorge de volumes aux reliures diverses et ébréchées, plein cuir, en basane, en marocain, sur lesquels dort une double épaisseur de poussière. Pas un coin où ne loge une vieille édition. Jusqu'aux deux ou trois chaises de jonc tressé au dossier en lambeaux qui ne servent plus que d'étagère. Ce lieu-là ressemble à l'idée que se fait Flemmar des alvéoles qui composent la fameuse bibliothèque de Borges.

— À force de lire, dit le vieux Sutter, j'ai bien peur de mourir avec des murmures plein la tête.

— Eh, que voulez-vous, il faut bien lire avant d'être heureux, de peur de mourir sans avoir lu.

On échange de brefs rires qu'intercepte Maria:

— Vous n'avez rien pour moi, monsieur Sutter?

— Bien sûr, madame Miloseva. Je ne serai pas long.

Et le vieux Sutter de se glisser par une ouverture dérobée derrière le comptoir.

— Dis donc, vous avez plutôt l'air de vous marrer, tous les deux.

— En fait, on se connaît depuis longtemps. Monsieur Sutter m'a enseigné à l'époque de l'université. C'est une tranche de sa vie dont il parle peu maintenant. Il a vite tout abandonné pour se consacrer à sa librairie. Cela doit bien faire vingt ans.

— Tu veux dire que monsieur Sutter t'a eu dans sa classe? Je me suis toujours demandé à quel type d'étudiant tu devais ressembler.

— Qu'est-ce que tu entends par là? s'écrie Flemmar, piqué au vif.

— Allons bon. On ne devient pas le prof que tu as été, et je passe sur les détails, sans qu'il y ait quelques signes avant-coureurs, non?

— Maria…

— Les profs, s'esclaffe-t-elle, devaient te dispenser des exposés oraux. Au-dessus de leurs forces pédagogiques!

— Très amusant, Maria, vraiment…

Retour du vieux Sutter, un grand paquet rectangulaire en main.

— Tenez, madame Miloseva. Soyez prudente.

L'emballage est constitué d'une épaisse toile huilée, ficelé comme un saucisson par de solides cordes rouges.

— Merci. Bon, partons, Flemmar.

Une fois sur le trottoir, Flemmar n'a d'yeux que pour le grand paquet.

— Donc, Maria, tu n'as pas la moindre idée de quel manuscrit il s'agit?

— Pas la moindre.

— Et tu n'as pas envie de le savoir? On pourrait jeter un coup d'œil…

— Eh, bas les pattes! Umberto m'a fait jurer de ne pas l'ouvrir, et il sait qu'il peut avoir confiance en moi. Au prix qu'il me paie pour lui rendre ce service-là!

— Tu imagines, Maria, peut-être que tu tiens là une œuvre inédite de Flaubert, ou de Stevenson, ou de je ne sais qui d'autre!

— Umberto s'est engagé à me le montrer quand il passera le prendre. Il doit venir en ville en début de semaine. D'ici là, le paquet va dormir dans un coffret de sûreté à la banque. Bon, je te dépose?

— Merci. J'ai ma voiture.

— J'ai été enchantée de te revoir, Flemmar. À une prochaine fois.

~

On ne refait pas Flemmar.

Tandis qu'il regagne sa voiture, c'est plus fort que lui, il culbute dans le rêve et se met déjà à imaginer les foules à ses pieds.

Et s'il tombait un jour sur l'un de ces manuscrits…

Disons… Disons…

Un roman insoupçonné de… Victor Hugo.

Ouf!

Un Victor Hugo entre ses mains, et un pavé encore, bien lourd de sa prose divine, chargé de son plus vibrant lyrisme. Eh, eh, que pensez-vous qu'il ferait d'un trésor pareil?

Inutile d'être un génie pour le deviner.

Ni pour faire ce qu'il ferait, du reste.

Et c'est bien là ce qui l'enchante.

D'abord retranscrire le texte, mot à mot, à l'ordinateur.

Peut-être céder à la tentation d'apporter quelques retouches, oh presque rien, juste pour dire, histoire de moderniser quelques allusions ici et là, d'ancrer Hugo dans le cœur du siècle dont il n'a entrevu que l'ombre. Et aussi, autant l'avouer, pour s'enorgueillir de participer au style somptueux de l'écrivain, d'y mêler sa propre griffe. Encore qu'il soit bien foutu de gâcher la sauce en déplaçant ne serait-ce qu'une virgule.

Ensuite : inscrire sur la page de titre (c'est là toute l'astuce) son nom, bien à lui : Flemmar Lheureux.

Étape finale, franchie dans la nervosité qui précède les grands jours : cacheter l'enveloppe adressée à une maison d'édition de renom, les Éditions Darrieq par exemple, affranchir le colis et le confier, enfin, à l'immortalité par la poste.

Et le tour est joué.

Voilà notre Flemmar transformé en auteur d'un magistral chef-d'œuvre pour lequel il pourra bomber le torse le reste de ses jours.

Parce qu'il est exclu, évidemment, de donner suite à *son* œuvre. S'il se mêlait d'écrire un *second* roman, plus personne ne serait dupe de son génie. On imagine d'ici la solide dégringolade. Comment croirait-on qu'une écriture puisse passer des hauteurs du sublime aux profondeurs de la nullité ?

Une imprudence, donc, à fuir.

S'en tenir à cette œuvre-là et prendre la pose du maître qui a tout dit du premier jet.

Il pourrait du même coup railler ces écrivains qui produisent roman sur roman, sous le prétexte qu'ils réécrivent la même œuvre d'une fois à l'autre, à la poursuite d'une quelconque perfection céleste.

Rien que des incapables, tout juste bons à refiler leurs brouillons !

Alors qu'à lui, Flemmar Lheureux, une seule fois bien comptée aura suffi pour atteindre les cieux.

Ainsi vont les rêves de Flemmar.

Ce sont des idées aussi saugrenues que celles-là qu'on trimballe au fond de son crâne quand l'envie en emplit tout le volume.

14

— Saint-Toqué est une sorte de gourou pour eux, si on veut, commença Jacqueline Framboise.

Eux, ce sont les clochards qui ont assisté avec la surprise de leur vie à l'arrestation de leur Saint-Toqué.

— C'est un personnage, celui-là, poursuivit-elle. Il fait des jeûnes d'une quarantaine de jours, deux fois par année, et pendant cette période-là, il prend des allures de grand lama. Ça flanque un drôle de choc quand on le voit pour la première fois, pas vrai?

Assez vrai, oui, et rien dans le manuel des procédures policières n'avait préparé le sergent Bellechasse à appréhender un individu en pleine lévitation. Avec ses paupières mi-closes, sa bouche entrouverte, ses tempes creuses, et sa bouille aussi expressive qu'une tête bovine tournée vers le lointain, on eût dit un cadavre qui ne se décidait pas à trépasser pour de bon.

Jacqueline et le lieutenant Lemaître étaient attablés au fond de la cafétéria de l'accueil Béjard. Clotilde versait le café. Toute l'attention du lieutenant Lemaître semblait concentrée dans ce nez d'aigle et ce bouc en galoche. Clotilde était certaine d'avoir déjà aperçu ce profil atypique quelque part.

— Quand il traîne ses semelles par ici, dit Jacqueline, l'accueil Béjard vire en monastère tibétain. On se surprend à marcher sur la pointe des pieds quand les vieux méditent à côté. Notez, je m'en plains pas. Jamais des miséreux n'ont été plus sereins.

Ils avaient tout de même grogné d'une inquiétante mauvaise humeur quand le sergent Bellechasse était parvenu à faire revenir Saint-Toqué sur la terre ferme, lequel avait émis un simple « euuuh… » avant de se laisser conduire vers l'extérieur sans opposer la moindre résistance. À défaut d'autre chose, Jacqueline Framboise avait calmé leur crainte. Après quoi, tout ce beau monde avait regagné le pavé de sa solitude.

— L'autre jour, le Moustique – c'est son surnom, faut lui voir la tête pour comprendre – a surgi dans la cafétéria à l'heure du midi en criant : « Je l'ai, je l'ai ! » « Mais qu'est-ce que t'as ? » qu'on lui demande. Il répond : « Le nirvana ! » C'est tout ce qui compte pour eux depuis que Saint-Toqué leur a largué cette idée dans le crâne. Bah, s'il apporte du bien, moi, je laisse aller.

Silence de café humé.

— Quant à ses prédications, si vous voulez mon avis, elles sonnent plutôt creux. Il n'en a que pour le vide et le néant. « Vous êtes rien », qu'il leur répète tout le temps. Ils ont tout l'air d'y trouver leur compte. C'est curieux, quand on y pense bien, parce que les gens dans la rue ne les jugent pas autrement.

Jacqueline redresse son buste alourdi par le poids de ses seins cyclopéens.

— Faut dire qu'il ne lésine pas sur les miracles, Saint-Toqué. On se découvrirait une âme d'apôtre à moins.

Le nez du lieutenant Lemaître se leva sur lesdits miracles.

— Eh bien, comment dire… Il a reçu un don du ciel, ce type, c'est sûr, il a des mains douées. Je compte plus le nombre de coliques graves, d'engelures, de tics nerveux, de migraines, qu'il a guéris juste en appliquant les mains. Il m'a même soulagée de mes maux de dos. Oui, je vous le dis, c'est un personnage, Saint-Toqué.

Le regard plein de pensées, le lieutenant Lemaître remuait de sa cuillère son café.

— Il paraît, dit-il, qu'en dehors de ses jeûnes, il s'abandonne à une ivresse d'une nature moins… élevée.

— Entre deux jeûnes, c'est un fameux buveur, le bonhomme, capable de vous descendre quelques litres de vin en moins de temps qu'il n'en faut pour les ouvrir. Et, entre vous et moi, ça lui donne pas une meilleure tête.

— Vous sauriez dire de quoi vit cet homme au juste?

— Pas la moindre idée. Mais il est parfois bourré aux as, reconnut Jacqueline. Me demandez pas d'où il tire tout cet argent.

Tout compte fait, le lieutenant Lemaître avait sa petite idée là-dessus.

— Ne lui connaîtriez-vous pas des talents de peintre?

— Pas à ma connaissance, répondit-elle. Pourquoi?

— Ne l'entendîtes-vous jamais parler d'une certaine Pierrette Darrieq?

Elle secoua une tête désolée.

— Vous savez, ajouta-t-elle, il y a pas plus vantard que Saint-Toqué quand il boit. À l'entendre, il a fait le tour du monde quatre fois et s'est envoyé plus de femmes que Casanova et Don Juan réunis. Alors votre Pierrette Darrieq, si ça se trouve, il se l'est faite.

Puis, se penchant vers le lieutenant Lemaître qui distingua nettement le blond duvet sur sa lèvre supérieure :

— Dites, vous le croyez vraiment mêlé à cette affaire de meurtre?

— C'est ce que nous tâcherons d'élucider, madame. Je vous remercie de m'avoir accordé un peu de votre temps.

Demi-mouvement pour se lever, puis, s'adressant à Clotilde :

— Pardonnez-moi, mademoiselle, ne nous rencontrâmes-nous pas récemment?

— Mais oui, ça me revient, maintenant! À la librairie Masson. C'est vous qui étiez au comptoir, hier, quand un client a piqué sa crise!

— Ah! J'y suis, bien sûr… *Le troglodyte*. Je dois reconnaître que le mot m'a assez plu.

— Vous auriez pu intervenir! lui reprocha-t-elle.

— Mais il m'a semblé que vous lui teniez tête avec maestria.

～

Quand le lieutenant Lemaître rejoignit le sergent Bellechasse à la voiture, la tête chauve de Saint-Toqué, sous le ressort d'une nouvelle extase, s'était vissée contre le plafond.

— Ça l'a pris à l'improviste, dit simplement le sergent Bellechasse en mettant le moteur en marche.

15

— Je vais me le faire, je vous le dis tout net, lieutenant, ce vieux rabougri, je lui enfonce le crâne!

À voir ses jointures lui jaillir des poings, il est certain que le sergent Bellechasse a touché, là, la dernière limite de ce qu'un interrogatoire peut lui faire endurer.

— Laissez-moi le cuisiner cinq petites minutes, lieutenant, et je lui fais manger le morceau. Ça sera pas joli, mais je vous jure qu'il se met à table.

Pas de doute, le sergent Bellechasse sait filer la métaphore culinaire quand il s'agit de faire parler un jeûneur. Le lieutenant Lemaître laisse aller un sourire amusé sous l'arête de son nez :

— Prenez sur vous, mon petit.

Cela dit en portant à ses lèvres sa tasse de thé au jasmin. Aucune marque d'épuisement ni de frustration sur son visage, malgré les quatre pleines heures passées à *cuisiner* ce T. Thomas, dit Saint-Toqué, avec pour seul résultat que l'enquête sur l'assassinat de Pierrette Darrieq n'a pas progressé d'un iota. Des yeux qui n'indiquent aucun échec mais bien une curiosité pénétrante : à l'évidence, ce yogi perché au sommet d'un Tibet imaginaire le touche au plus vif.

— Il simule, lieutenant; son numéro mystique, je vous le dis, moi, c'est un nuage derrière lequel il se planque.

Ce n'est pas l'avis du lieutenant Lemaître : il tend à reconnaître à sa lévitation un certain poids de vérité.

～

L'interrogatoire s'était déroulé dans une mise en scène conforme aux règles les plus strictes : salle blanche au miroir sans tain, où trônaient une table scellée et deux chaises droites ; visage du prévenu sous la cloche d'une lampe ; carrure montagneuse du sergent Bellechasse dans une encoignure de la pièce, bras croisés comme deux vallées ; et enfin crépitation métallique du sténo (ne parlez pas au lieutenant Lemaître de système d'écoute sophistiqué : quand vous tient à cœur la langue écrite, rien ne garde plus alerte que la bonne vieille machine).

Le lieutenant Lemaître avait humé la première de cinq tasses de thé.

— Je me suis laissé dire que vous jeûniez, aussi ai-je jugé opportun de mettre à votre disposition cette carafe d'eau.

Qui se tenait sur la table, flanquée d'un verre.

— Veuillez noter que j'ai exigé de l'eau minérale. Cela m'a paru indiqué dans votre situation.

— Euuuh…

Léger râle de celui qui est retranché dans le fin fond de la vie.

— Du reste, je n'ai plus guère confiance en l'eau du robinet. Une véritable soupe chimique, n'est-ce pas là votre avis ?

On l'eût dit plongé dans les grandes profondeurs sous-marines, là où la vie pélagique emprunte les formes les plus étranges et déconcertantes, poissons globuleux et translucides suspendus dans la noirceur abyssale.

— Bien sûr, s'il vous venait dans l'idée de *dé-jeuner*…

La mine momifiée de Saint-Toqué était d'une immobilité de granit, creusée par des yeux de dormeur éveillé.

— … je ferai le nécessaire pour que l'on vous apporte quelques aliments appropriés, fruits de saison, soupe de légumes, bref, tout ce qui peut seoir à une saine reprise d'alimentation.

Son torse nu, décharné, aussi transparent que s'il passait à la radioscopie, offrait l'image d'un véritable saint authentiquement antique.

— Euuuh…

Bon, la sagesse en moins, peut-être.

Le lieutenant Lemaître avait avancé le buste et saisi l'anse de la carafe.

— Permettez.

Tout en versant l'eau dans le verre :

— Toutes ces toxines que nous accumulons dans notre corps... Est-il bien nécessaire de payer notre refus de consentir à quelque sacrifice par une offrande qui soit hors de prix : la santé ?

La surface du monde semblait passer des milliers de pieds au-dessus de la tête de Saint-Toqué.

Et tout là-haut voguait la conversation tranquille du lieutenant Lemaître.

— Pollution de l'air et de l'eau, traitements agricoles, additifs alimentaires, intoxication médicamenteuse, et j'en passe. L'homme peut se glorifier de ne pas manquer d'inventivité quand il s'agit de s'empoisonner.

Le sténo, tout à son clavier, ne manquait pas un mot du monologue du lieutenant Lemaître, dont la retranscription allait bientôt circuler de main en main dans tous les bureaux du poste. Les confrères se délectaient de ses digressions.

La méthode du lieutenant Lemaître est taillée sur un patron unique : aux intimidations, il préfère la délicatesse, aux baffes la prévenance, aux chantages le subjonctif. C'est un peu plus long, oui, mais tout aussi opérant, si l'on en juge par ses résultats qui ne le cèdent en rien à ceux de ses confrères, à cela près que le prévenu passe aux aveux de la façon la plus simple, à son propre insu, un peu comme s'il commettait un lapsus. Bref, ça finit par lui échapper.

Le lieutenant Lemaître s'était laissé aller contre le dossier de sa chaise.

— Où allons-nous, je vous le demande.

C'était, à peu de chose près, la question qui triturait l'esprit du sergent Bellechasse : *Où veut-il bien en venir, le lieutenant?*

— Pour d'aucuns, le jeûne possède des vertus thérapeutiques. Il entraînerait l'élimination des toxines engrangées dans les tissus graisseux, la régénération des cellules. Sans parler du

calme de l'esprit auquel il dispose. N'en faites-vous pas foi ?
Puissé-je en dire autant.

Le sergent Bellechasse assistait pour la première fois à un
interrogatoire mené par le lieutenant Lemaître.

— D'ailleurs, n'est-il pas démontré que moins nous
mangeons, plus longuement nous vivons ?

Une expression courait dans les trois étages du poste par
laquelle on désignait ses interrogatoires : *Le lieutenant fait salon.*

— Il est assez rare de croiser un obèse centenaire.

Le sergent Bellechasse commençait à saisir toute l'étendue
de l'expression.

— Dans l'hagiographie de certains mystiques chrétiens, il est
dit qu'ils auraient vécu pendant de longues années sans aucune
nourriture. Hormis l'hostie lors de la messe, bien entendu.

Le verre d'eau minérale restait intact. Saint-Toqué ne bou-
geait pas d'un millimètre.

— Tout indique que vous appartenez à cette race rare des
grands jeûneurs. Je vous confesse qu'une telle ascèse m'inspire le
plus grand respect.

Pas de doute, songeait le sergent Bellechasse, la méthode du
lieutenant faisait chou blanc. Il fourbissait déjà ses propres
armes.

— Et que dire de ce… miracle. Voilà qui est très confon-
dant, monsieur Thomas, cette lévitation. T. Thomas, c'est bien
cela ?

— Euuuh…

Les doigts du sténo interceptaient les borborygmes par
petites rafales.

— Je ne voudrais pas abuser de votre patience…

Il en a de bonnes, le lieutenant, avait pensé le sergent
Bellechasse.

— … mais je m'interrogeais sur la technique de méditation
que vous utilisez. S'il faut tout vous avouer, sachez qu'à une
époque, moi-même, je me frottai à la méditation zen…

Et voilà que le lieutenant Lemaître embrayait sur son expérience personnelle, avant de bifurquer vers d'autres sujets.

(«Sans doute serez-vous étonné d'apprendre que les derniers développements de la physique moderne rejoignent quelques idées de base de la spiritualité extrême-orientale. Cela est fort intéressant, vous verrez…») Tout l'après-midi y avait passé. Et cela sans jamais hausser le ton, monologuant de la façon la plus décontractée, ne s'interrompant qu'au prix d'une petite gorgée de son thé au jasmin, comme si, pour mener à terme cet interrogatoire, le lieutenant Lemaître avait l'éternité devant lui.

~

À la fin, il était sorti de la salle absolument enchanté par cette rencontre.

— Quel fascinant personnage! N'est-ce pas votre avis, mon petit?

— Et le meurtre, lieutenant? Me jugeriez-vous impertinent si je vous rappelais que cette loque est peut-être mêlée à un assassinat?

— «Me jugeriez-vous impertinent…» Mais dites donc, mon petit, votre français prend du galon. Quant à ce T. Thomas, ne voyez-vous pas qu'il est l'innocence même? Tâchez donc de lui retrouver un membre de sa famille qui puisse le raccompagner chez lui. Dans l'état où il est, il risque bien de s'égarer.

Puis le sergent Bellechasse avait demandé :

— Lieutenant, sauf votre respect, vous croyez vraiment à ces âneries, le nirvana et tout et tout?

— La sagesse a toujours un air de folie.

— Une sale gueule, oui.

~

Ce jour-là, le carnet de moleskine fut gratifié d'une nouvelle maxime : *Le bonheur est une chose immense qui déborde même le désespoir humain.*

16

En cette fin d'après-midi, à la librairie Masson, on s'affaire à mettre la table pour la « soirée Homère ». Depuis deux mois, l'événement remporte un vif succès. Le second étage se remplit, dès la tombée du jour, d'une foule compacte, bigarrée mais calme. Raison de cet engouement : un vieillard, grand et robuste, à la barbe broussailleuse, au dos voûté, et habillé comme du temps des Capétiens, avec son long pardessus de drap noir à col de loutre et auréolé d'un feutre gris à bord baissé. Il semble bien avoir une tronche de douzième siècle, de celles qui ont dû vaincre toutes les maladies et les misères avant de se hisser jusqu'à notre époque. Il ne s'en fait plus beaucoup, de ces faciès de lépreux, que n'eût pas désavoués Jérôme Bosch. Une laideur à faire fuir. Et pourtant on se presse pour l'entendre.

Sous les feux croisés des projecteurs, depuis une estrade dressée dans un coin de la librairie, il raconte, et si puissamment que sous l'effet de son magnétisme, son auditoire perd pied et se laisse glisser sous les draps du rêve. Les cœurs ne battent plus qu'au rythme de son souffle, reçoivent en pluie sa mémoire livresque crépitante comme un volcan. Sa voix rocailleuse d'Europe de l'Est, ses yeux flamboyant sous le bord ébréché de son chapeau, l'amplitude de ses gestes, tout en lui vous transforme en une seule, immense et attentive oreille.

D'une semaine à l'autre, il raconte *Œdipe roi*, *Le Procès*, *Roland Furieux*, *Ivanhoé*, *Gargantua*, *Madame Bovary*. Qu'on les ait déjà lus (bravo aux méritants) ou qu'on les connaisse par ouï-dire (canal naturel des chefs-d'œuvre) ne change rien au ravissement de la découverte. Tout se passe comme si, par la voix du conteur, le murmure des morts, d'habitude enterré par la rumeur des vivants, remontait à l'assaut pour rappeler à la réalité ce qu'elle doit à la fiction. Et puis, ainsi que s'en confiait à son micro une célèbre chroniqueuse culturelle en conclusion de son reportage : « N'est-il pas d'une plaisante ironie que la tradition orale, anesthésiée depuis six siècles par Gutenberg, reprît vie… dans une librairie ? »

~

Gros plan sur la satisfaction greffée aux lèvres d'Édouard Masson, tandis qu'autour de lui, dans un bourdonnement d'abeilles, on s'active à mettre la dernière main aux préparatifs de la soirée. Cette autre trouvaille confirme encore une fois le flair dont il dispose quand il s'agit de s'attirer la pellicule des médias et le portefeuille des clients. Mais quant à savoir où il a dégoté un pareil personnage, il répond par le geste évasif du curé qui unirait par les saints liens du mariage le succès et le secret. Moins on sait, plus on veut voir, telle est, ici, la règle. Ainsi n'a-t-on eu droit qu'au nom auquel il répond : Homère.

Mais le sourire d'Édouard Masson trahit l'éraflure d'une inquiétude. D'un embarras, pour mieux dire, dont la cause remonte au vendredi précédent.

Homère avait alors servi le très joyeux récit des *Âmes mortes* de Gogol. Il avait été d'une éclatante bouffonnerie, truculent à souhait, devant un auditoire mort de rire. Toute la galerie des personnages et son échantillonnage de mesquineries y étaient passés, le filou de Tchitchikov en tête. Gogol lui-même avait dû se fendre la gueule dans sa tombe, à en avoir mal aux cendres. C'était Homère dans ses grands jours.

Ensuite de quoi, les *Âmes mortes*, dressées en butte pyramidale sur une grande table, s'étaient envolées comme si elles avaient repris vie. Meilleure vente de la semaine.

Au plus grand plaisir d'Édouard Masson, jusqu'à ce qu'il apprenne...

— Que me racontez-vous là, monsieur Lheureux? s'était écrié Édouard Masson.

— Je n'invente rien, avait affirmé Flemmar, votre conteur s'est permis d'ajouter quelque deux cents pages à l'œuvre originale. Il a allongé la sauce à l'aide d'ingrédients de son inspiration.

— Et vous dites que ce second tome des *Âmes mortes* n'a jamais été publié?

— Il a été brûlé, monsieur Masson, feuillet par feuillet par Gogol lui-même. Quelques brouillons seulement, qui ont échappé à l'autodafé, sont aujourd'hui conservés à la bibliothèque impériale de Saint-Pétersbourg.

Ainsi donc Homère avait poursuivi les friponneries de Tchitchikov bien au-delà de la dernière page du roman. Là, Gogol avait dû cesser de rire sec. De quel droit inventait-il de toutes pièces la suite de son chef-d'œuvre? Homère était parvenu à une telle précision dans les scènes, avait enfilé tant d'épisodes à jamais perdus et avait si bien restitué au gag près la drôlerie gogolienne qu'on était bien forcé de lui concéder une solide imagination. Mais cela le disculpait-il d'avoir commis une sorte de profanation que n'avaient pas manqué de relever avec défiance quelques auditeurs à la culture aussi chatouilleuse que pointue?

Certes, il avait été convenu que le conteur avait les coudées franches, que le choix des classiques ne revenait qu'à lui, mais pas qu'il refilât en pointillé ses propres fictions! Quel profit voulez-vous qu'il tire de ses soirées, Édouard Masson, s'il n'a rien à vendre à ses clients?

~

Et voilà qu'Homère semble tout disposé à remettre ça ce soir.

Au programme, ce vendredi-ci, un texte tombé d'un repli obscur de la littérature: *L'Arétin* de Georg Büchner.

L'Arétin de Georg Büchner?

Les lecteurs les plus avertis s'en sont gratté le front. Büchner, va toujours, un pessimiste indécrottable, emporté à vingt-quatre ans, en 1836, par une typhoïde qui a laissé inachevé son fameux chef-d'œuvre, *Woyzeck*.

Mais *L'Arétin*...

Les commis de la librairie Masson avaient eu beau consulter les distributeurs, potasser leurs manuels, pousser l'enquête jusqu'à téléphoner aux départements d'études allemandes de quelques universités, rien ni personne n'avait entendu parler de ce titre. Il tombait de nulle part, à croire qu'il n'avait jamais été écrit.

Édouard Masson, qui avait tout lieu de craindre que cette pièce de Büchner ne sorte du cru de son Homère, s'était enquis auprès de Flemmar.

— Dites-moi, monsieur Lheureux, cela vous dit-il quelque chose, par hasard, *L'Arétin* de Georg Büchner?

— *L'Arétin*, vous dites?

— Personne ne connaît ce texte. C'est curieux, comme si cette œuvre n'existait pas. Ce choix d'Homère me rend des plus perplexes.

— Désolé, monsieur Masson, mais *L'Arétin* de Georg Büchner, ça ne me dit rien non plus.

— Merci tout de même, monsieur Lheureux.

— Il y a bien l'Arétin, qui est le nom d'un écrivain italien de la Renaissance.

— Mais encore?

— Un satiriste et pamphlétaire, fort redouté par les plus puissants souverains de l'Europe. Ses écrits lui ont attiré le surnom de «fléau des princes». Il n'a pas ménagé les mœurs romaines de son époque. On peut présumer que la pièce de Büchner porte sur lui.

— Avons-nous ses œuvres à la librairie?

— Malheureusement pas, monsieur Masson, notre section consacrée aux grands classiques est plutôt mince, vous savez...

— Je sais, je sais, monsieur Lheureux, vous ne vous lassez pas de me le rappeler. Qu'a-t-il écrit, cet Italien?

— Quelques comédies toutes plus mordantes les unes que les autres, des dialogues fort cocasses, voire obscènes, et surtout une correspondance qui…

— Bon, bon, l'avait interrompu Édouard Masson, puisque *L'Arétin* de Georg Büchner reste introuvable, nous mettrons en vente les ouvrages de cet écrivain italien. Passez une commande, monsieur Lheureux, et faites-moi une belle mise en place.

— Très bien, monsieur Masson.

— Il ne reste plus qu'à souhaiter qu'Homère soulève un certain intérêt autour de cet Arétin, soupira-t-il.

~

À dix-neuf heures, tout est fin prêt. L'estrade en bois est montée, un drap noir coule en arrière-plan, les projecteurs laissent tomber leur lumière bleutée. À chacune des «soirées Homère», le second étage grouille de clients, mais ce soir-là le public s'y presse en telle abondance que les rangées de chaises ne suffisent plus et que l'on devra se tenir debout.

En retrait, bras croisés, portant, comme toujours, le deuil le plus rigoureux, des souliers à la cravate, cheveux et moustache luisants, Édouard Masson domine le public de son regard, laissant courir sur ses lèvres une inquiétude imperceptible.

— Ça se remplit un peu plus d'une fois à l'autre, constate une voix à sa droite.

C'est Clotilde. Elle ne manquerait pour rien au monde une prestation d'Homère.

Se tournant vers elle :

— À propos, Clotilde, où en êtes-vous dans votre recherche de F. S.? Progresse-t-elle?

— Elle progresse en ceci qu'on m'a déjà dissuadée de la poursuivre.

— Mais cela est excellent! Il semble bien que vous soyez déjà sur la bonne piste.

Derrière cette conversation, s'active autour d'un présentoir fourni en l'Arétin notre Flemmar chargé d'aligner les colonnes d'exemplaires. Il y met une méticulosité de philatéliste. Les comédies occupent la partie supérieure de la table, *Le Maréchal*, *L'Hypocrite, Le Philosophe, La Courtisane* (Édouard Masson a distribué à l'aveuglette un «Coup de pouce» à deux d'entre elles). L'étrangeté des autres titres (*Le Dialogue des cours, Pasquinades, Ragionamenti*) dispute le regard des clients au monticule de la correspondance intitulée *Lettres volantes*. Il y a de la gaieté dans les gestes de Flemmar. Décidément, l'Arétin a achevé de lui retaper le moral depuis son évanouissement de la matinée.

Tandis qu'on n'attend plus que l'entrée en scène de l'insigne conteur, le regard de Clotilde erre dans la faune bigarrée du public, un bouillon de tous les âges. Plusieurs têtes lui sont familières, les habitués des «soirées Homère». Puis voilà qu'au fond, ou plutôt en avant, montant de la première rangée, se dresse une tête bien haute, cheveux en brosse, gris et raides comme une conférence, une tête qu'on devine remplie à ras bord d'une érudition compressée. Elle reconnaît le professeur Erckmann.

Clotilde n'a pas le temps de s'étonner de le voir en ces lieux qu'apparaît, enfin, sous la lumière du projecteur la silhouette drapée de noir d'Homère.

Saluée par un silence d'église.

Celui de la respiration éteinte et des mains immobiles.

Il s'est développé la curieuse habitude de ne pas applaudir à son apparition. Comme si on pénétrait déjà dans la transe bienheureuse de l'enfant qui anticipe son émerveillement.

Ombragé par le feutre gris dont le bord tombe sur l'arête de son nez, le visage d'Homère ne se laisse pas saisir facilement. On en devine seulement les boursouflures, et ses lèvres apparaissent comme brisées par les siècles.

Il demeure quelques secondes sans bouger. Une immobilité à laquelle est pendue une soixantaine de regards. Il ouvre les bras, son manteau se déploie comme une voilure de chauve-souris, et la voix se dispose à remplir la salle, quand elle s'écrase contre plus fort qu'elle.

Si fort que cela saisit le sang de tout le monde.

Comme si un train traversait avec fureur le tunnel de toutes les oreilles.

Le cri de la sirène d'incendie.

S'ensuit immédiatement un vrai déluge tropical, une pluie brutale et glacée.

— Le feu ! crie une voix.

Et tout l'auditoire de bondir d'un bloc hors de son recueillement, gagné par la panique totale.

On accourt dans tous les sens, à la recherche d'une sortie de secours, au milieu d'un fracas de cris. Des chaises basculent à la renverse, dans lesquelles on s'empêtre. Aussitôt extraits de la mêlée, on emplafonne des meubles qui déversent leurs livres. L'Arétin en entier ne tarde pas à s'étaler de tout son long. « Les femmes et les enfants d'abord ! » hurle un commis qui doit se croire sur le pont incliné du *Titanic*. Malheureusement, la consigne de politesse cède à la loi du plus fort.

— Mais où est-il, ce feu, nom de Dieu de nom de Dieu ?

C'est Édouard Masson, dégoulinant sous la flotte, qui braille dans les tympans de Clotilde. Sa toilette toute de noir est une perte totale, comme sa librairie est en voie de l'être.

Les gicleurs du plafond arrosent à flots et n'épargnent pas un centimètre carré de la librairie. Chaussures et talons hauts dérapent sur les livres transformés en peaux de banane. On descend déjà quatre à quatre l'escalier qui se jette comme un ruisseau dans le rez-de-chaussée. La librairie ne tarde pas à répandre sur le trottoir une foule trempée jusqu'aux os. Les yeux balayent la façade, en quête de flammes que ne libère aucune fenêtre.

Clotilde aurait suivi le courant si une anomalie n'avait accroché son regard : à l'éclatement de l'orage, Homère a vite fait de s'écarter de l'estrade et de se glisser derrière une porte communiquant avec un escalier qui mène aux bureaux administratifs.

Tiens, quelle idée d'aller vers le haut, quand tout le monde tend vers le bas.

Tout le monde? Non, justement, derrière la porte s'efface une autre silhouette. Au sujet de laquelle aucune méprise n'est possible, même si la flotte embrouille la vue. Ce grand corps mince appartient à nul autre qu'au professeur Erckmann.

C'est alors que Clotilde s'avise de suivre l'un et l'autre. Il lui faut pour ça avancer contre vents et marées, littéralement, et se faufiler, en jouant du coude, dans une foule qui roule en direction inverse. Quand elle parvient enfin à la poignée, elle ouvre la porte, s'y glisse à son tour et la referme derrière elle. Première déception : même dans la cage d'escalier, la pluie carabinée ne connaît aucun répit.

Elle gravit les marches jusqu'à la porte, en haut, entrouverte sur une conversation.

~

— Calmez-vous, je vous en prie, dit la voix du professeur Erckmann.

— Que voulez-vous? Nous nous connaissons?

— Une simple question. J'en conviens, le moment n'est pas le plus indiqué pour avoir une conversation, mais je suis fort curieux de savoir une chose.

— Qu'est-ce qui vous presse tant?

— Cette pièce de Georg Büchner, dont vous vous apprêtiez à fournir le récit, *L'Arétin*, dites-moi, l'avez-vous eue sous les yeux? Le manuscrit existe-t-il vraiment?

— Que vous importe?

— Je suis professeur universitaire en études littéraires. La littérature allemande du dix-neuvième siècle compte parmi mes spécialités. C'est là, oui, une question qui m'importe.

— Qu'espérez-vous tirer de cette information?

— Oh, rien qui soit illégitime. La joie de percer un mystère dont seuls se soucient quelques rares exégètes comme moi. Et peut-être la possibilité... de consulter l'exemplaire.

— N'y songez pas. L'exemplaire est inaccessible.

— Donc, vous avez bien lu *L'Arétin*?

— Vous savez ce que vous vouliez savoir. Maintenant, nous devons nous laisser.

— Attendez...

~

À genoux dans le torrent, la tête ventousée contre la porte, Clotilde n'a pu embrasser la scène dans son ensemble, la vue obstruée par le dos, veste en beau tweed dégoulinant, du professeur Erckmann. Au bruit qui lui parvient maintenant, elle conclut qu'Homère file par l'issue de secours dont il devait connaître l'existence.

C'est à son tour de vouloir se tirer vite fait, mais la porte s'ouvre sans qu'elle ait le temps de se retourner, et la haute silhouette du professeur Erckmann se penche sur elle :

— Tiens, vous êtes là, Clotilde. Quel bonheur ! Venez donc chez moi, nous pourrons nous y sécher et parler un peu autour d'un verre.

Analyser

17

Thèmes

— Le café est excellent, professeur Erckmann.
— Il faudra venir un jour où ma femme vous le préparera. Elle est passée maître dans ce domaine.

Vêtu d'une épaisse veste en tricot, face à un minibar qu'il a fait surgir d'entre les livres d'une immense bibliothèque, le professeur Erckmann opte quant à lui pour une bonne mesure de brandy.

— Ce peignoir vous va à ravir, Clotilde.

Pourtant, elle s'y sent comme une étrangère qui se serait égarée au milieu de la fine fleur de la société : il s'agit d'une magnifique robe de chambre à broderie anglaise appartenant à la femme du professeur Erckmann. Quelque part au fond de cette vaste maison cossue, son linge culbute dans le tambour d'une sécheuse.

Prenant place dans le fauteuil devant une Clotilde enfouie jusqu'aux oreilles dans le cuir brun du canapé :

— Parlez-moi un peu de vous, Clotilde. Quelles sont vos ambitions ?

Pour le moment, rester décontractée du mieux qu'elle peut, éviter de bafouiller ou de lâcher quelque ânerie et surtout, surtout, ne pas foutre du café sur le peignoir.

Toujours pareil : dès que se glisse dans son champ de vision celui qu'elle tient pour le plus grand intellectuel du pays, elle se sent au bord de perdre pied.

Pourtant, elle possède des réserves d'effronterie dont elle ignore l'existence.

— Mes ambitions ? Vous voulez une réponse franche, professeur Erckmann ?

— De toute manière, Clotilde, je ne vous crois pas capable de faire autrement.

En déposant sa tasse de café (et encore, d'un geste ferme qui ne laisse aucun doute sur l'ambition), Clotilde répond :

— Améliorer le sort du monde. D'une manière ou d'une autre.

Et dit sans le moindre éclair ironique sur le visage.

Tellement sérieuse qu'on ne peut que la croire.

Et même miser sur elle.

Clotilde toute crachée.

Le professeur Erckmann n'en perd pas pour autant sa dignité sénatoriale.

— Voilà une réponse qui vous ressemble, Clotilde.

Le bleu pervenche de ses yeux puise dans son brandy un vague avertissement.

— Mais le « monde » fait mener une vie bien dure aux idéalistes.

— Je sais. Choisir de servir la justice, c'est se condamner à vivre dangereusement.

Clotilde s'étonne elle-même de son aplomb.

— Voilà qui est parlé. Je crois savoir que vous êtes sensible à la cause des sans-logis.

— Je donne un peu de mon temps à l'accueil Béjard.

— D'où vous vient cet intérêt particulier pour ces pauvres gens ?

— D'un mort.

Sourcil interrogateur.

— La pauvreté et l'hiver ne forment pas un bon ménage. J'ai découvert, un matin, un vieux clochard sous mon escalier, enfoui dans la neige. Il est allé y mourir pendant la nuit. Ce n'est pas mon genre de croire aux clins d'œil du destin, mais ça vous remue suffisamment la conscience pour que vous vous sentiez appelé à mettre l'épaule à la roue.

— Je vois.

— Sauf votre respect, on ne voit que si on les a vus vraiment. C'est fou ce que le temps et la négligence peuvent faire d'un simple mal de dent, d'une plaie au pied, d'une bronchite. On ne supporte pas leur vue, mais on ne connaît pas l'histoire que ces pauvres gens traînent dans leur besace.

Le professeur Erckmann hoche une tête compréhensive.

Le ton de la conversation tient de l'amitié naissante à laquelle prédisposent autant la lumière ambrée qui couve l'immense salon tout en boiserie que la viole de gambe de Couperin qu'égrènent les haut-parleurs au quatre coins de la pièce.

Puis, à brûle-pourpoint :

— Monsieur le Président s'est suicidé.

— Suicidé, vous dites ?

— On a retrouvé le corps du doyen de l'accueil Béjard, les veines saturées d'héroïne. On l'appelait «Monsieur le Président», parce qu'il avait été P.d.g. d'une compagnie de chaussures qu'il avait perdue au jeu, en plus de ses deux maisons. Une nuit a suffi pour le ruiner complètement. Après que sa femme et ses enfants l'ont quitté, il s'est retrouvé sur le trottoir, dévasté, réduit à mendier, dormant où il pouvait. Il n'a jamais trouvé la force de s'en relever.

Un filet de tendresse glisse sur les lèvres de Clotilde.

— Il mettait un point d'honneur à astiquer ses chaussures jusqu'à ce qu'elles soient rutilantes. Enfin, dans la mesure de leur possible. Je lui en avais procuré une paire, il y a quelques mois. C'était un homme très attachant.

Le silence qui suit a l'épaisseur d'un linceul déposé sur le corps de Monsieur le Président.

— Clotilde, permettez-moi de vous dire que vous êtes une jeune fille fascinante. Vraiment. Je vous crois capable de beaucoup, avec ce sacré tempérament qui vous habite et ce besoin de justice, mais…

Il consulte de nouveau son brandy, qui est décidément riche en avertissements.

— Vous qui voulez changer le monde, vous devez savoir que le principal danger qui vous guette est la déception. L'homme est trop fasciné par la souffrance pour désirer s'améliorer. Il rêve certes d'être heureux, mais il n'en fait jamais un besoin.

— Vous le croyez vraiment?

— L'homme a de lui-même une bien étrange image, Clotilde. Son goût du malheur l'a entraîné à se programmer à souffrir. Et quand on recherche la brûlure, on ne trouve pas le bonheur.

— Ce sont là des propos bien pessimistes, professeur Erckmann.

— C'est Bernard Shaw qui a eu ce joli mot : « L'optimiste sait que tout va mal dans le monde. Le pessimiste est celui qui l'apprend à l'instant. » Disons que je suis parvenu à un âge où il m'apparaît plus raisonnable de croire en les faiblesses de l'homme qu'en sa sagesse.

— Moi, je crois que l'homme raisonnable ne peut arriver à rien.

Oups! A-t-elle poussé un peu loin sa pointe d'indignation? Certaines zones sont interdites et certains hommes méritent le respect. Mais le professeur Erckmann n'est pas homme à refuser qu'on le bouscule.

— Vous avez décidément réponse à tout.

— Pardonnez-moi… je suis confuse.

— Je vous en prie, Clotilde, votre fougue humaniste vous honore, et je la respecte.

La flamme de la mélancolie luit derrière la broussaille de ses sourcils.

— Vous avez raison. Je vous avouerai qu'il m'arrive de me lasser de penser sérieusement. Le seul grain de folie qui ait pu subsister en moi, j'ai bien dû le réduire à néant d'un seul et bon coup de talon, sans même me préoccuper de tout ce à quoi je renonçais. Ne croyez pas que la littérature ne me passionne plus, mais elle n'est plus devenue, au fil des années, qu'une sorte de casse-tête dont je m'occupe de venir à bout. En vérité, j'analyse la littérature bien plus que je ne la lis. Tout se passe comme si elle était venue s'écraser sur moi comme une vague, et les gouttes qui perlent sur mon corps ne sont gonflées que de connaissances dont je ne sais plus que faire. Voyez-vous, j'ai longtemps cru aux vertus du travail analytique, mais aujourd'hui, il me semble découvrir qu'il me faudrait encore plus d'intelligence pour ne pas analyser. Pour lâcher prise et avoir une véritable foi en moi. Et peut-être après, seulement, pourrai-je avoir une plus grande foi en l'homme.

Tout en parlant, d'une voix rauque d'émotion, le professeur Erckmann n'a pas lâché des yeux son verre de brandy, dont il prend une gorgée en guise de ressaisissement.

— Encore un peu de café, Clotilde?

Le regard qu'il lève sur Clotilde ne porte plus que la trace d'une lointaine émotion.

— Volontiers.

Filet noir d'un espresso.

— Donc, il faut comprendre qu'il ne s'agissait que d'une fausse alerte, ce soir.

Il faut une seconde à Clotilde pour s'ajuster aux rails du nouveau sujet.

— Pas d'incendie, en apparence. Une défectuosité du système d'arrosage, sans doute. Pauvre monsieur Masson. J'ai peur que les dégâts soient importants.

— Une défectuosité? Possible…

— Ou alors un farceur a joué une mauvaise blague.

— Un farceur qui avait peut-être une idée bien arrêtée.

— Que pensez-vous, professeur Erckmann?

— Que vous me feriez plaisir en cessant de me donner du professeur. Dois-je vous rappeler que nous allons travailler ensemble pendant les deux prochaines années à la rédaction de votre mémoire? Aussi bien nous habituer à un peu plus d'intimité. Appelez-moi donc Samuel.

— Ça me sera difficile, professeur Erckmann.

— Il n'y a plus guère que ma femme et ma fille qui se souviennent de mon prénom. J'ai fini par croire qu'en dehors de chez moi, j'ai perdu à jamais ma tête de Samuel.

— C'est la rançon de la gloire universitaire, professeur Erckmann.

— Ne soyez donc pas flagorneuse.

— Elles ne sont pas ici, ce soir?

— Vous parlez de mes femmes? Marthe assiste à une conférence au titre, ma foi, passionnant, «Le traitement de sujets musicaux en peinture». Au cas où vous ne le sauriez pas, ma femme enseigne l'histoire de l'art. Quant à ma fille, Noémie, ses quinze ans lui permettent d'assumer les tâches de baby-sitter; elle garde deux petits garnements qu'elle contrôle beaucoup mieux que leurs propres parents.

— Au fait, ne devriez-vous pas être parti pour une série de conférences aux États-Unis?

— J'ai retardé mon départ. J'ai entendu parler de ce Homère par un confrère qui m'a mis la puce à l'oreille en me disant qu'une espèce de conteur s'apprêtait à raconter *L'Arétin*.

— C'est donc la pièce de Büchner qui vous a retenu?

— *L'Arétin* n'est pas une pièce comme une autre.

— Ça, on l'a compris, à la librairie. Il paraît qu'aucun distributeur ne la connaissait.

— Et pour cause, Clotilde, cette pièce est demeurée introuvable depuis sa rédaction.

Il s'extrait du fauteuil pour se resservir une seconde dose de brandy.

— Georg Büchner, vous connaissez?

— Je n'ai pas eu la chance de le lire.

— Un garçon d'une étonnante lucidité et doué d'une intelligence vaste et aiguë. Je me demande ce que serait devenu son *Woyzeck* si la mort n'en avait pas interrompu l'écriture. En tant que fragment, c'est déjà un chef-d'œuvre; achevé, cela aurait été une grande tragédie moderne.

— Que raconte la pièce?

— La misérable histoire du soldat Woyzeck humilié par tous, un simple d'esprit pris de délire et qui, poussé par la jalousie, tue à coups de couteau l'être qui constitue sa seule richesse, sa femme. Pour finir, il se donne la mort.

— On entend de telles histoires chaque jour au journal de vingt-deux heures.

— «Chaque homme est un abîme, on a le vertige quand on se penche dessus…» Woyzeck est un homme dont le cerveau est malade. Quand la vie, non pas les événements, ni l'Histoire, mais quand la vie elle-même devient l'objet de scandale, alors l'esprit est frappé dans sa raison d'être la plus profonde, parce qu'il comprend que l'injustice n'est pas un accident historique mais la maladie même de l'homme. C'est pour cela, si vous me permettez de revenir sur notre conversation de tantôt, que la déception vous guette. Quel âge avez-vous, Clotilde ?

— Vingt-quatre ans.

— C'est précisément l'âge auquel le typhus a emporté Büchner.

— J'ai l'intention de tenir bon devant le «scandale» de la vie.

— Je vous le souhaite, Clotilde. Peut-être y a-t-il dans votre cœur un désir que rien ne saura briser, comme s'il était hors d'atteinte.

— Et *L'Arétin*?

— Avant *Woyzeck*, Büchner a écrit deux autres pièces, *La Mort de Danton*, un drame révolutionnaire, et une comédie, *Léonce et Léna*. Il vivait à Strasbourg où il avait dû se réfugier. Büchner menait des activités révolutionnaires qui l'avaient rendu indésirable à Darmstadt. Donc, à Strasbourg, il commence une vie littéraire en 1835. Mais voilà, il semble qu'il aurait écrit une quatrième pièce, dont il fait mention dans l'une de ses lettres destinées à sa famille. Elle aurait eu pour personnage principal l'Arétin, un écrivain italien de la Renaissance. Or le manuscrit n'a jamais été retrouvé. Nous pensons qu'il aurait été détruit par sa fiancée, Minna Jaegle.

— Pour quelle raison ?

— Comment savoir ? Le personnage de la pièce a pu lui paraître immoral. La famille Jaegle appartenait à ces milieux protestants allemands qui formaient une société à part dans la capitale de l'Alsace française. On peut avancer l'hypothèse que la vie licencieuse de l'Arétin, que Büchner n'a certainement pas atténuée dans sa pièce, a froissé la petite mademoiselle ou alors ses parents, s'ils ont, par malheur, mis la main sur le manuscrit.

— Et ce manuscrit a tant de valeur à vos yeux?

— Aux yeux de plusieurs, Clotilde. Un manuscrit inédit est toujours inestimable. C'est le rêve de tout chercheur de tomber un jour sur un tel trésor. Et peut-être, qui sait? est-ce celui du petit malin qui a déclenché la sirène d'incendie.

— Vous croyez...

— Que croire, Clotilde, sinon que la coïncidence est frappante? Tout ce qui m'occupe, pour l'instant, c'est de savoir si oui ou non ce Homère a vraiment eu accès à ce manuscrit. Au fait, vous connaissez l'identité de ce curieux personnage? N'est-ce pas un comédien engagé par la librairie? Peut-être pourriez-vous me trouver ses coordonnées.

— Décidément, on doit croire que j'ai l'étoffe d'un agent secret. Tiens, à ce propos, je ne vous ai pas encore parlé du professeur Angoulvent et de sa mauvaise scène droit tirée d'un roman d'espionnage. Il a voulu me dissuader de trouver F. S. et même d'y consacrer mon mémoire.

— Tiens donc, fait Samuel Erckmann avant d'assécher d'un trait son verre de brandy.

18

Il était vingt heures trente quand s'ouvrit la porte d'entrée. Assise en tailleur sur le sofa du salon, Josette ponçait et éminçait ses durillons devant un téléroman qui peinait à retenir son attention. Elle dressa l'oreille : des semelles de chaussures couinaient dans le corridor.

Apparut dans le salon, comme émergeant de la flotte du siècle, Flemmar répandant derrière lui un petit ruisseau.

— Qu'est-ce qui t'est arrivé, mon chou ?

Flemmar secoua une tête désespérée.

— La librairie est fichue. Tu aurais dû voir ça, ma chérie. Les gicleurs se sont mis à dégueuler à flots. On a bien essayé de sauver ce qu'on a pu…

En vérité, son premier réflexe avait été de soustraire au torrent le dernier exemplaire de *L'Énéide* de Virgile que possédât la librairie, le seul livre qui comptât vraiment pour lui.

— La librairie est passée au feu ?

— C'est à n'y rien comprendre. Le système d'alarme s'est déclenché tout seul.

Le cercle d'une flaque se formait sous lui.

— Bon, je vais me changer.

~

Dans la salle de bain, Flemmar jeta en boule dans un panier le linge trempé, se passa une serviette sur la tête. Il en était à enfiler son pyjama quand Joachim vint se camper dans l'encadrement de la porte.

— Papa?

— Hum.

— Je peux te poser une question?

— Tu sais bien que papa a toutes les réponses. Il laisse aux autres le soin de s'interroger.

Genre de phrases que bricole Flemmar pour impressionner Joachim. Il en est à craindre que le fils puisse concevoir un doute sur la grandeur du père. Déjà que sa médiocrité n'échappe à personne, s'il lui faut en plus perdre la face devant les enfants… dernier public dont il puisse espérer un brin d'admiration. Ce qui ne l'empêche pas, tout planqué qu'il soit derrière son numéro de l'infaillibilité paternelle, de trembler de cette peur de ne pas être à la hauteur des questions dont Joachim se montre capable à mesure qu'il grandit.

— Tu crois, toi aussi, qu'il y a une magie dans l'amour? demanda Joachim.

— …

— Papa?

— En voilà une drôle de question pour un petit bonhomme qui devrait être au lit à cette heure-ci.

Première des stratégies : éluder la question.

— Alors, tu y crois aussi?

Et de faire diversion :

— Tu sais ce que dirait maman si elle te surprenait nu-pieds comme ça?

— Papaaa…

Devant la glace, Flemmar achevait de boutonner sa veste. Bon, pas moyen de se défiler, d'autant que Joachim, posté dans la porte, lui barrait le chemin. Il lui fallut se confectionner un air d'assurance patriarcale et une voix de la plus nette certitude.

Puis d'improviser.

— Une magie dans l'amour? Allons, allons… Tu comprendras un jour qu'il n'y a de véritable amour que pensé et réfléchi.

N'oublie jamais ceci, mon fils, poursuivit Flemmar, l'index levé et la posture sentencieuse : le cœur a ses raisons pour autant que la raison les lui ait soufflées. Car aimer, c'est choisir. Regarde maman et papa, ils se sont choisis. Ils ont pesé le pour et le contre, ont bien évalué la question, avec le résultat qu'ils sont parfaits l'un pour l'autre. Ta mère pourrait t'énumérer ses raisons de m'aimer aussi facilement qu'elle additionne deux et deux. Oui, mon fils, l'amour, c'est mathématique.

Tout compte fait, Flemmar jugea qu'il se dépêtrait plutôt bien de cette eau bourbeuse qu'on appelle l'éducation.

— Pas la plus petite part de magie là-dedans, que de l'amour raisonnable. Une magie dans l'amour, quelle idée! Qui donc a bien pu te raconter de pareilles balivernes?

— Maman.

— …

Une envie soudaine de disparaître sous la céramique du plancher.

— C'est maman qui…

— Oui, Joachim, papa a compris.

Une interruption aussi sèche que sa gorge. Comment se fait-il que Flemmar, d'une fois à l'autre, se plante quand il s'agit de parler à ses enfants?

— Bien sûr…, balbutia-t-il, il y a aussi une part de magie…

— Ah! fit Joachim, tout soulagé. Et c'est quoi ton truc?

— Mon truc?

— Ben oui, ton truc de magie, pour séduire maman.

C'est donc ça, pensa Flemmar, évidemment, Joachim est encore à l'âge où l'on prend les mots au pied de la lettre.

— Moi, j'ai mon truc, affirma Joachim avec un aplomb qui interloqua son père.

~

— Et la brosse à cheveux s'est soulevée dans les airs!

— Non, vraiment?

Josette était enfoncée sous la couette du lit, occupée à se limer les ongles, tandis que Flemmar arpentait la chambre, la mine effrayée comme s'il avait vu une apparition.

— Il a soulevé la brosse juste en la regardant. Elle s'est élevée dans les airs. Toute seule! Je l'ai vue, je te dis, de mes yeux! Il s'est passé quelques secondes, comme ça, avant qu'elle regagne le bord du lavabo. Tout en douceur. Puis Joachim a éclaté de rire. J'étais comme électrocuté.

— Eh bien, notre Joachim a plus d'un tour dans son sac.

— C'est tout ce que tu trouves à dire? M'entends-tu bien? Ce garçon fait bouger les objets à distance.

— Je t'entends, Flimou, je t'entends. On appelle ça de la télékinésie.

Le calme de sa femme finira un jour par le tuer.

— Tu… tu… mais, bon sang, ne me dis pas que tu trouves ça normal!

— Pas moins que les lévitations de ton oncle.

— Ne mêle pas oncle To à ça!

— Et si c'était héréditaire? suggéra Josette qui poursuivait sa manucure. Oncle To lui aurait refilé, par l'entremise de tes gènes, un peu de ses dons.

Vint un silence que Flemmar s'empressa de remplir d'un scénario cauchemardesque.

— S'il lui venait l'idée de faire un truc pareil… en classe! Mon Dieu… T'as vu le film *Carrie*, hein, c'est ça que tu veux, notre garçon ensanglanté au milieu de la rue, une voiture fonçant sur lui?

— Ce que tu peux avoir l'esprit dramatique, Flimou.

— Et quelle idée de lui avoir fourré dans la tête que l'amour est magique! C'est vraiment très réussi, Josette, ton fils s'imagine maintenant qu'il suffit de faire voler les objets pour séduire les filles!

— Joachim est amoureux.

— Quoi?

— Notre garçon soupire pour une adolescente. Et il a peur que ce ne soit pas réciproque. Alors nous avons eu une conversation. Ce sont ses premiers pas dans ce domaine-là. Il a bien fallu que je lui dise les choses telles qu'elles sont.

— Et comme ça, si je comprends bien, il y a de la *magie* entre nous.

— Il n'y a que ça, Flimou, sinon comment aurais-je pu supporter un énergumène de ton espèce?

Cela dit sur un ton mutin que Flemmar ne se sentait pas disposé à apprécier.

Le téléphone interrompit son découragement.

— Monsieur Lheureux? Flemmar Lheureux?

À l'autre bout du fil, la voix devait appartenir à un sacré colosse.

— Lui-même.

— Sergent Bellechasse. Vous connaissez un certain T. Thomas?

— T. Thomas? Oui.

— Un membre de la famille?

— Mon oncle.

— Seriez-vous assez aimable pour passer au poste 24 demain à la première heure?

— Il lui est arrivé quelque chose?

— Non, pas encore, mais notre patience a des limites.

19

Sur le coup de minuit, c'est au tour de Robert Bouillon, l'un des éditeurs de *Notre pain quotidien*, de recevoir un appel téléphonique. La sonnerie a l'effet d'une décapitation. La tête de Robert Bouillon est tranchée par la lame d'une image : le visage rigide, sombre et accusateur de sa femme. Avec raison : au niveau de son entrejambe s'active, dans le mouvement rectiligne du piston, une tignasse platine qui répond au nom de Tina, une pute de luxe qu'il s'accorde quand les circonstances le lui permettent.

À l'autre bout du fil, pas de doute, se tient sa femme Élisabeth dans toute sa raideur inquisitoriale. Qu'elle lui téléphone depuis un combiné situé à plusieurs centaines de kilomètres du sien ne constitue qu'une faible consolation. Élisabeth a beau avoir quitté la ville ce vendredi pour séjourner quelque temps chez une amie bostonnaise, le coup de téléphone a sur lui le même effet que si elle avait brusquement surgi dans leur chambre à coucher.

Pendant que la conscience de Robert Bouillon enfle en sa fiévreuse culpabilité, le téléphone multiplie ses sonneries au rythme desquelles s'est réglé le va-et-vient de la chevelure blondasse.

Il se résigne à tapoter l'épaule de Tina, si entière à sa tâche, et du doigt il lui fait signe de garder le silence. Le doigt ajoute que ça ne devrait pas être bien long.

Puis il soulève le combiné.

— M'oui.

Adoptant, au mieux de ses capacités, moins limitées qu'il l'eût craint du reste, la voix lointaine du dormeur encore enchaîné à un rêve.

— Robert Bouillon?

S'éteint toute ruse théâtrale. La voix n'est pas celle qu'il craignait. Au soulagement succède aussitôt la curiosité.

— Lui-même.

La voix, à l'autre bout du fil, est de celle qui va droit au but :

— Vous voulez rencontrer F. S.?

— Pardon, vous dites?

— Rendez-vous immédiatement au 1374, rue Bellevue. Ne le faites pas attendre.

Clic.

Il n'en faut pas plus pour que Robert Bouillon s'élance hors du lit, aussi brusquement que le lui autorise sa masse.

~

La suite des événements file à la vitesse V. La blonde Tina est généreusement remerciée, les vêtements enfilés à la hâte, la porte franchie prestement, la voiture aussitôt démarrée, et la mort très immédiate.

Tout le quartier croit pendant une seconde que cette seconde-là est la dernière qu'il connaîtra.

Puis stores et rideaux s'ouvrent comme autant de paupières sur l'énorme boule d'incendie qui illumine la rue et d'où monte un épais cordon de fumée.

Deuxième partie
La bibliothèque fantôme

Jour 4

20

— Pardonnez-moi, suis-je bien au poste 24 ?

Le sergent Bellechasse, derrière le comptoir, demeure sans réaction. Outre la largeur de ses épaules, il n'offre à la vue que son casque de cheveux coupé au bol, tout penché qu'il est sur un épais ouvrage.

— Pardonnez-moi !

En tambourinant, cette fois, sur le comptoir. Dans un sursaut, le sergent Bellechasse soulève deux yeux lourds qui semblent sortir d'entre les pages d'un supplice. À l'évidence, ce livre-là s'est promis d'avoir sa peau.

Dans le creux de ses oreilles sont lovés des bouchons qu'il a la courtoisie de retirer.

— Je suis bien au poste 24 ?

— C'est bien ça.

Difficile à croire, tout de même. Avec les six ou sept lecteurs attablés derrière le colosse, tous ces ouvrages aux murs, les bureaux croulant sous les dictionnaires, l'épaisseur veloutée du silence, les couloirs sans écho, on dirait plutôt la salle de lecture d'une bibliothèque municipale qui oblige au chuchotement et au pas feutré. Bref, tout ce qu'il faut pour faire de ce lieu un havre de tranquillité et de méditation.

— Je veux dire, le poste *de police* 24.

— Oui, monsieur, vous êtes bien au poste de police 24.

Le sergent Bellechasse chuchote comme un gardien de musée.

— Que pouvons-nous faire pour vous ?

— Mon nom est Flemmar Lheureux, répond-il en se surprenant lui-même à baisser la voix. On m'a téléphoné...

— Ah, vous voilà! Pas trop tôt! Content de voir que vous n'avez pas la gueule d'illuminé de votre oncle. Je craignais le pire. Je vous demande pas à quoi ressemblent vos repas de famille avec un numéro pareil. Bon, veuillez-vous asseoir, je vous annonce au lieutenant.

Il prend soin de corner une page de son livre avant de se lever. Là, aucun doute ne subsiste dans l'esprit de Flemmar : l'homme est bien un policier de pied en cap. Tandis que s'éloigne sa carrure de quart-arrière dans une démarche chaloupée, Flemmar aperçoit nettement tout le harnachement du parfait flic lui battre les hanches : revolver d'ordonnance, cartouchière, menottes et matraque, le tout cliquetant dans le silence monacal. Pourtant, un bref coup d'œil, qui lui révèle la nature exacte de sa lecture, ne va pas sans le ramener à sa perplexité première : c'est qu'il a du mal à croire que ce policier s'essouffle à lire *Notre pain quotidien*. Voilà qui suffit à abattre tous les préjugés dont Flemmar accable d'ordinaire les effectifs policiers.

~

— Monsieur Lheureux, c'est un plaisir de faire votre connaissance. Je me présente : lieutenant Lemaître. Me ferez-vous la grâce d'accepter une tasse de thé?

Rien encore qui puisse dissiper l'embarras de Flemmar : lumière d'intimité, flottement d'une sonate de César Franck (qu'il identifie comme celle qui aurait inspiré à Proust la fameuse *Sonate de Vinteuil*), volutes montant d'une baguette d'encens de fleur d'oranger, mais surtout cette falaise de romans (en éditions de la Pléiade, excusez du peu) et autres dictionnaires accrochés au mur du fond.

Flemmar doit lui sembler tout à fait étonné, car le lieutenant Lemaître, après un moment de silence dont il tire à l'évidence quelque délice, va au-devant de la question.

— C'est une coutume que j'ai instaurée au poste. Le samedi matin est réservé à la lecture. C'est un point sur lequel je ne transige pas.

— Ah, bon.

— Si je puis tolérer qu'une enquête piétine, je ne juge point convenable que l'inculture nuise au travail de mes hommes. Ainsi je les soumets à un rude programme de lectures qui ferait l'envie de bien des facultés de lettres, veuillez me croire. Les grands livres aident à penser, aussi arment-ils pour les grandes enquêtes. Qu'ils les aident à mieux vivre, c'est là un vœu que je me réserve. Du reste, quel respect peuvent-ils espérer du citoyen si celui-ci trouve devant lui un agent incapable de distinguer Corneille du volatile et qui confond Walter Scott avec une marque de revolver? Ne regagneront-ils pas ainsi tous leurs atouts en face de la population? Je crois que si. Quand notre monde jouira d'une police instruite et acquise aux belles-lettres, ne s'en portera-t-il pas mieux?

Verra-t-on le jour où les agents appréhenderont les malfaiteurs en vers raciniens? Cette perspective ne déplaît pas, tout compte fait, à Flemmar.

— D'ailleurs, poursuit le lieutenant Lemaître, on m'a informé que vous fûtes, jusqu'à tout récemment, professeur de littérature. N'est-il pas?

— En effet.

— Peut-être serez-vous tout aussi étonné d'apprendre que nous présentons un point en commun, outre l'enseignement lui-même : la correction.

— Ah, bon?

— Je consacre, pour ma part, tous mes samedis à corriger les dissertations littéraires que mes hommes sont appelés à rédiger et qu'ils déposent sur mon bureau. Jugez-en par vous-même.

D'une liasse de copies entassées sur son bureau, toutes dûment brochées avec page de titre, il en tire une, celle-là saturée de traits rouges, qu'il tend à Flemmar.

— Prenons le sergent Tremblay, qui s'est penché récemment sur le thème de la passion fatale dans *Tristan et Iseut*.

N'est-il pas désolant de constater la maladresse de l'intro-
duction ?

D'un léger mouvement du nez, le lieutenant enjoint à
Flemmar de lire la première phrase. Ce qu'il fait : « L'homme et
la femme, depuis le début des temps, s'aiment. »

— J'ai beau leur répéter, enchaîne le lieutenant Lemaître sur
le ton d'un homme lassé de se répéter, qu'*amener le sujet* ne
signifie pas qu'il faille remonter à l'homme de Cro-Magnon, ils
me servent avec entêtement les mêmes désespérantes généralités.

— On ne dit pas assez combien la tâche du correcteur est
déprimante, compatit Flemmar.

— Heureux que nous nous comprenions !

Infusion terminée, un filet de thé est versé dans les tasses.

— Ainsi vous êtes le neveu de ce T. Thomas, Saint-Toqué
comme il se laisse nommer ?

Flemmar acquiesce.

— Un personnage hors normes, votre oncle. Je m'étonne
qu'un homme qui fait montre d'un tel détachement puisse souffrir d'alcoolisme. Vous corroborez cette information ?

Oui, il corrobore, à ceci près qu'oncle To n'en souffre pas
du tout. Rien ne le met en joie comme ses puissantes beuveries,
même après ces quarante années qui ont dissout toute autre
vocation. Boire suffit à son accomplissement.

— Savez-vous que vous êtes le seul membre de la famille à
avoir bien voulu répondre à notre appel ? Les autres ont nié le
connaître.

Pas étonnant. Flemmar est le dernier point d'attache familial d'oncle To dont l'ivrognerie s'exprime, passé quelques bouteilles, en un geyser d'obscénités délirantes. Il ne fait pas dans le
tact, et ses répliques guillotines ont bousillé bien des repas de
famille. Cela a fini par avoir raison de toute la parentèle qui ne
rêve plus que d'une chose, c'est qu'une cirrhose lui dessille les
yeux. Le tribunal familial a procédé, il y a déjà belle lurette, à sa
mise en quarantaine.

— Et comment expliquez-vous ces jeûnes auxquels il s'as-
treint ?

Traitement curatif, d'expliquer Flemmar. Deux fois par année, un jeûne de quarante jours bien tassés, qui aurait fait pâlir le Christ lui-même, ne vise qu'à lui retaper sa vieille carcasse et à remettre d'aplomb ses pièces essentielles. Après quoi, oncle To se remet en marche. Le foie flambant neuf vrombit sur la ligne de départ et repart en trombe pour une enfilade de soûleries vertigineuses. Jeûner pour mieux boire, telle est sa loi.

Bien sûr, les dix premiers jours de jeûne ne sont pas une sinécure : il a les mains plus boursouflées que des gants de boxe et l'hypoderme comme dévoré de l'intérieur par une armée de tiques, une démangeaison infernale que lui fiche le sevrage. Il reste, des jours durant, cloué au lit, la tête hurlante d'insomnie, livide d'épuisement. Puis, peu à peu, la tempête de feu tombe, c'est le repli des forces ennemies, l'armistice général : s'amorce alors une lente descente vers la paix silencieuse des fonds marins. Plus les jours passent, plus ses yeux brillent de cette lueur d'aube dont ne brille que le regard vierge du nouveau-né. Son ventre se dégonfle, sa peau rosit, ses pensées gagnent la rive zen des grands yogis. Il n'en a plus que pour le néant, la non-existence et autres vacuités de la même farine. Il n'y a pas plus confit dans l'ascèse que lui. Son appartement devient un havre de paix, rempli de cette respiration lente qui vous remet toutes les pendules du monde à l'heure. Il peint, la plupart du temps branché sur la fraîcheur de Mozart dont le trop-plein de notes étoile sa tête. C'est pendant ces pauses inespérées que Flemmar lui rend visite. Peut-être pour que descende dans ses propres veines un peu de cette grâce avunculaire.

— Permettez-moi, monsieur Lheureux, de vous parler sans fard. Nous avons cru que votre oncle était mêlé à une affaire de meurtre, aussi nous sommes-nous prévalus du droit de le mettre en garde à vue. Mais rassurez-vous, nos doutes ont été levés depuis que l'assassin a frappé de nouveau cette nuit même, alors que votre oncle se trouvait ici, dans notre cellule. Mais nous avons des raisons de soupçonner qu'il possède des informations qui pourraient se révéler utiles à l'enquête. Il semble qu'il fréquentait la première victime, Pierrette Darrieq, qu'il aurait jointe par téléphone quelques instants seulement avant qu'elle ne soit assassinée. Lui connaissiez-vous cette fréquentation?

La seule fréquentation que Flemmar lui connaisse, c'est l'épave ventrue de Joseph qui, depuis le fond de la dive bouteille, n'en mène pas plus large qu'oncle To au plus fort de leurs beuveries.

— L'interrogatoire ne nous a pas permis de lui soutirer la moindre information. L'état de votre oncle le situe, pour ainsi dire, au-delà du langage, ce qui ne laisse pas de me fasciner. Enfin, avant de le relâcher, j'espérais que vous puissiez nous aider à lui délier la langue.

— J'ai peut-être ici de quoi l'arracher à son extase.

Et Flemmar d'extraire d'un sac un vingt-six onces de scotch irlandais.

— Je crois savoir qu'oncle To achève son jeûne, ajoute-t-il.

Au même moment, le sergent Bellechasse s'encadre dans la porte du bureau.

— Pardon de vous interrompre, lieutenant, mais vous devriez venir voir. Il se produit un drôle de truc dans la cellule des prisonniers.

~

En se dirigeant vers l'arrière du poste de police, Flemmar se représente le pire et passe par tous les états de la terreur : échauffourée entre détenus, saccage de la cellule, bancs projetés sur les murs, tintamarre des écuelles métalliques contre les barreaux de fer, graffitis obscènes tracés à longs traits d'excréments, et gueules vociférantes sur le point d'être matées par un peloton de matraques électriques.

Mais non, rien que le calme. Si absolu qu'on croit refermer sur soi le couvercle d'un cercueil. C'est justement ce silence sépulcral qui a alarmé le sergent Bellechasse. Dans la pénombre bondée de la cellule de six mètres carrés se dessine, à mesure qu'on s'en approche, une petite marée de disciples agenouillés au pied d'oncle To qui leur joue son numéro de la montgolfière, flottant déjà au-dessus de l'adoration que lui portent les prisonniers après seulement une nuit. Il n'est pas jusqu'à quelques policiers, en crise de spiritualité, qui ne se soient mêlés à la séance de méditation.

Le lieutenant Lemaître laisse filer une admiration amusée sur ses lèvres.

— Tout alcoolique soit-il, monsieur Lheureux, votre oncle est du bois dont sont faits les prophètes. Voyons si votre solution saura le ramener sur terre, si vous m'autorisez ce jeu de mots.

~

La solution sait l'y ramener, et de façon brutale. La simple vue du vingt-six onces de scotch le décroche de son firmament. Et voilà oncle To s'écrasant de tout son long sur la terre rocailleuse des hommes, dans un petit fracas d'osselets secoués.

Tandis qu'on l'extrait de la cellule, dans la stupeur des prisonniers qui sortent un à un de leur tombe, et qu'on lui recouvre les maigres épaules d'une veste, oncle To, avec le réflexe du nourrisson qui empoigne son biberon, ramène vers lui la bouteille que lui tend son neveu et se la descend d'un coup. Il n'a pas franchi le corridor qu'il la lui remet vide.

S'ébrouant, la barbe trempée et les yeux allumés d'une clarté remontant de très loin, du fond de son humanité :

— Le néant, c'est bien beau, mais il faut savoir faire le plein.

Tout un monde d'existence s'éveille derrière sa voix d'outre-tombe. Il ajoute dans un murmure complice, en glissant un regard lubrique vers le sac de Flemmar :

— Dis, p'tit Flem, t'en aurais pas une deuxième ?

21

Ce matin-là, Joachim n'a qu'une seule idée en tête, logée comme une balle inopérable. Départ précipité, donc, vers le parc dès dix heures, sapé comme pour sa première communion, ce qui laisse stupéfaite Josette qui, pour autant qu'elle s'en souvienne, n'a jamais vu Joachim autrement que plongé dans son pyjama et vissé à sa fièvre télévisuelle du samedi matin.

Rien ne pèse bien lourd désormais pour un garçon dans le cœur de qui est née la première flamme de la passion. Comme s'il avait découvert, avant l'heure, que la vie ne devient tolérable qu'entre les bras de l'amour. Et si l'amour est bien une affaire de magie, comme il s'en est convaincu, il peut se permettre tous les espoirs. Et il mise en effet sur ce qui, en lui, tient précisément de la magie.

Il faut pour ça que sa belle se pointe au parc. Joachim ne dispose d'aucun autre moyen de la revoir. Aussi compte-t-il l'y surprendre ramenant ses deux garnements, dût-il y passer la journée.

Une bonne heure s'écoule. Malgré un temps maussade, le parc se remplit. Un essaim d'enfants bourdonne au milieu des glissoires et balançoires du terrain de jeu dans un nuage de sable. En retrait, Joachim examine les lieux avec un sérieux professionnel qui n'est pas de son âge. Ne fût-ce sa taille, on le prendrait pour un agent chargé de la sécurité nationale.

Puis survient l'apparition. Avec ce que cela entraîne de ratés dans un cœur qui ne bat que pour elle. Là-bas, à l'autre extrémité du parc, elle s'avance, rafraîchissante comme une oasis.

Plus radieuse encore que la fois précédente. Sa crinière lui coule jusqu'aux épaules, ses hanches, rondes et serrées dans un jean, se balancent à donner un torticolis, son chandail à col roulé laisse deviner deux seins… bref, Joachim se surprend à éprouver une étrange brûlure au bas-ventre.

Elle est, comme de juste, flanquée des deux diablotins qui lâchent ses mains pour s'élancer vers le tourniquet dans un cri de guerre commun.

Bon, d'abord, calmer ce cœur qui s'agite dans sa poitrine comme une de ces balles translucides aux rebonds inépuisables. Il passe quelques minutes ainsi, dans une sorte de nerveuse timidité, aux prises avec un torrent de sensations inconnues. Et la morsure du doute, soudain. La perspective de l'échec. Parce que rien ne dit que le scénario qu'il a fignolé dans sa cruche à fantasmes se déroulera comme convenu. Qui sait, peut-être ne sera-t-il pas même fichu de faire se mouvoir une brindille.

Pourtant, il ne peut espérer une scène plus parfaite. Adossée contre le tronc d'un arbre, avec cet air rêveur qui la rend encore plus évanescente, et ce port gracieux d'une rose, elle ne semble plus être là que pour lui. Bon, il ramasse ce qu'il lui reste de courage et s'approche, pas du tout assuré que ses jambes soient disposées à le mener jusqu'à elle. Et pourtant le voilà déjà planté devant elle comme un poteau mal fiché dans le sol, enchâssé dans son costume bleu marine trop court pour lui. Avant que son aplomb ne s'effiloche pour de bon, il s'empresse de plonger, et tant pis s'il se noie.

— Je… je t'aime.

Une bonne portion de la nuit à se ruiner les méninges et c'est ce que Joachim a trouvé de mieux comme déclaration liminaire. Vu qu'il ne ressent pas autre chose, comment diable aurait-il pu dire les choses autrement? Il n'y a que les adultes qui aient l'adresse de passer par le mensonge pour dire la vérité.

Elle n'a pas le temps de réagir qu'il lui sert la suite qu'il a préparée.

— Je peux tout faire, tu sais. Absolument tout. Dis ce que tu veux.

Dans le regard dont la jeune fille le couve, il détecte si peu de surprise qu'il en demeure, lui, stupéfait. C'est sûr, se dit Joachim, les garçons roulent tellement à ses pieds qu'elle ne doit plus savoir où les déposer. Pas une déclaration d'amour ne doit la prendre au dépourvu.

À preuve, cette voix de velours :

— Comment t'appelles-tu ?

Imbécile ! C'est maintenant seulement qu'il découvre par quoi il aurait dû commencer, bon sang : demander son nom. Et tandis qu'il cherche désespérément la touche *rewind*, elle déclare :

— Moi, c'est Noémie.

Mais Joachim dévale une pente sans rien pour l'en stopper.

— Allez, répète-t-il, dis ce que tu veux. Je peux tout faire.

Il n'avait que ça dans la bouche, le pauvre petit, et, somme toute, que ça à lui offrir.

— Que veux-tu que je te demande ? Et puis, personne ne peut tout faire.

Ah, ce qu'il jubile, Joachim ! Parce que c'est exactement ce qu'il voulait entendre et il sent déjà ses veines se gonfler de cette confiance dont il avait perdu la trace depuis un moment.

— Moi, je peux tout faire.

Enfin, pas tout à fait, bien sûr, mais il n'y a pas lieu de s'embarrasser des détails.

C'est alors que la magie se produit, mais avec une telle délicatesse qu'elle passera inaperçue. En effet, la belle Noémie se contente d'écarter, d'un geste tranquille, la feuille d'une branche comme venue pour lui caresser la joue. Elle a dû croire au simple effet du vent. Et Joachim n'a pas le loisir d'aller plus loin, car voilà les deux petits morveux, jaloux de l'attention qu'elle prête à cet inconnu, accourant pour se pendre aux bras de leur gardienne et l'entraîner presto à l'autre bout du parc.

~

La déception de Joachim…

Ce qu'il a cru être la trouvaille du siècle – y a-t-il plus romantique que cette caresse, par feuille interposée? – n'a pas eu plus d'effet que le simple vol d'une mouche. Cette branche n'était tout de même pas descendue toute seule pour arriver à la hauteur de sa joue! Un bon mètre l'en séparait. Est-ce rien? Aurait-il fallu qu'il déracine l'arbre entier?

Du reste, il n'aurait pas pu le faire, non, déraciner un arbre, tout de même, c'est encore un peu au-dessus de ses moyens.

22

Le lieutenant Lemaître dresse d'abord une oreille agacée au grabuge qui filtre depuis l'autre côté de la baie vitrée, pose ensuite un œil interrogatif sur les lamelles fermées du store vénitien. Oui, ça se bouscule bien derrière. Long soupir. Hors de question qu'il s'extraie de la coquille de son bureau. Tout le poste connaît le mot d'ordre : pendant la pause du midi, le lieutenant Lemaître, dit Le Nez, n'y est pour personne, tout à la passion sacrée de ses mots croisés. Il y met la même urgence froide que s'il s'agissait de résoudre un crime, comme si chaque case blanche, une fois remplie, venait alourdir les charges contre un prévenu. Du reste, c'est pendant ce délassement que lui sont venues, par éclair, certaines intuitions grâce auxquelles il a pu faire avancer des enquêtes. À la manière des artistes qui trouvent l'inspiration alors qu'ils ont l'esprit ailleurs, lui-même laisse son raisonnement déductif voler en toute liberté dans le champ des mots croisés.

De l'autre côté de la porte, les cris vont s'accroissant jusqu'à ce qu'elle s'ouvre en bourrasque.

— C'est vous, le chef, ici ?

L'urgence de la voix détermine le lieutenant Lemaître à prendre tout son temps. Le cahier de mots croisés regagne le dernier tiroir du bas, le dictionnaire sa tablette, la radiocassette avale sa sonate, la lampe halogène augmente sa clarté, et enfin les doigts du lieutenant Lemaître se joignent devant lui. Il peut alors gratifier de son nez effilé l'homme tout en poitrail qui vient d'envahir l'encadrement, derrière lequel émerge la face embarrassée du sergent Bellechasse.

— Désolé, lieutenant, je n'ai pas pu…

— Trêve de contrition, mon petit. Auriez-vous l'amabilité de nous apporter de l'eau chaude pour le thé?

— Pour tout le monde?

Le lieutenant Lemaître ne saisit la pertinence de la question qu'à l'instant où une bande d'excités force le passage pour entrer en trombe dans son bureau. On n'y aurait pas mis plus d'empressement en ayant la mort aux trousses. Le sergent Bellechasse a beau imposer toute sa carrure, ça se faufile entre les bras et les jambes, et bientôt le paisible cabinet de lecture du lieutenant Lemaître tire vers la boîte de sardines.

Le lieutenant Lemaître se sent d'humeur taquine :

— Allons, allons! fait-il en levant les bras comme on règle la circulation. Messieurs, mesdames, je vous inviterais volontiers à prendre vos aises, mais l'étroitesse des lieux commanderait que nous démolissions un mur. Comme il y a longtemps que j'en caresse le rêve, vous m'obligeriez infiniment si vous saisissiez les pioches que vous trouverez à votre gauche.

Neuf paires d'yeux ronds comme des soucoupes s'entre-regardent.

— Sinon, je ne vois guère d'autre solution pour vous que celle de vous contenter de ces deux commodités à la conversation.

Comme ils ne comprennent pas davantage, le lieutenant Lemaître désigne de son bouc les deux chaises placées devant son bureau. Qu'on s'arrache immédiatement. On s'y installe comme on peut : dans, sur, derrière (mais pas dessous, position moins commode pour la conversation). Le lieutenant Lemaître trouve finalement devant lui six hommes et deux femmes formant une grappe nerveuse de fruits, mûrs pour être cueillis.

— Alors, qu'est-ce qui me vaut l'honneur de cette irruption inopinée?

La réponse tombe en une pluie carabinée.

PAUL ROGNON : Nous sommes éditeurs.

DANIÈLA FALLACI : Nous venons à propos du meurtre de Pierrette Darrieq…

GUYLAINE TANGAY (des trémolos dans la voix) : Et de celui de Robert Bouillon... le pauvre homme...

PAUL ROGNON : Nous possédons une information qui pourrait être utile à l'enquête.

ALPHONSE DELON : Et qui nous donne tout lieu de craindre pour nos vies.

DIDIER LEROUX (dégainant sa requête) : Aussi exigeons-nous une protection rapprochée, vous entendez ?

Le nez du lieutenant Lemaître fait mine de ne pas relever.

— Auriez-vous l'obligeance de préciser la nature de cette information ?

EN CHŒUR : Voilà.

Huit branches tendent chacune une lettre, dont le lieutenant Lemaître fait la récolte, avant de procéder à leur lecture.

Il s'agit de huit lettres en tous points identiques et dont l'écriture moulée, surchargée de paraphes et de festons, est digne du plus habile copiste médiéval. Le lieutenant Lemaître choisit une lettre au hasard et entreprend de la lire à haute voix :

Attendu que, sans aucune autorisation de ma part, vous avez publié le roman intitulé Notre pain quotidien *dont les manuscrits m'appartiennent en toute propriété, je requiers et exige que tous les exemplaires des dix tomes dudit roman soient retirés dans la journée qui suivra la réception de la présente, faute de quoi, je vous déclare que je vous causerai tous préjudices et ruines qui seront en mon pouvoir. Je crois avoir déjà démontré, et deux fois plutôt qu'une, le sérieux avec lequel j'entends régler cette affaire. Sur ce, que Dieu vous ait en sa sainte et digne garde.*

Comme il se doit, aucune signature ne figure au bas du texte.

Nouvelle flotte d'explications.

DANIÈLA FALLACI : Chacun de nous a trouvé cette lettre ce matin sous sa porte.

ALBERT TOUSSAINT : Et la nouvelle de l'assassinat de Robert Bouillon annoncée par les médias...

PAUL ROGNON : ... nous incite à croire aux menaces de ce fou à lier.

ALPHONSE DELON : Un fou qui court les rues et tue les éditeurs !

GUYLAINE TANGAY : Mon Dieu, que va-t-il nous... (La suite se coince dans sa gorge.)

DIDIER LEROUX : En clair, lieutenant, nous craignons pour nos vies. C'est pourquoi nous exigeons la protection de la police.

C'est alors que parvient aux oreilles du lieutenant Lemaître un bruit faisant penser au ronronnement d'un chat. Il jette un bref coup d'œil vers le conduit d'aération, dont il craint quelque défectuosité, avant de découvrir qu'un des éditeurs s'est bruyamment assoupi, emmailloté dans son costume de velours.

— Conçûtes-vous quelque soupçon quant à l'identité de l'auteur de cette lettre ?

DIDIER LEROUX : On a cru d'abord à F. S. lui-même.

PAUL ROGNON : La lettre fait allusion à une *autorisation* qu'il était, en tant qu'écrivain, le seul à pouvoir fournir.

DANIÈLA FALLACI : Mais on ne voit guère pourquoi il voudrait faire retirer les exemplaires d'un roman qu'il nous a fait parvenir.

ALPHONSE DELON : D'autant moins qu'il est mort !

Des yeux exaspérés se lèvent au plafond.

— Plaît-il ?

PAUL ROGNON (en aparté) : Euh... je vous prie, lieutenant, de ne pas prendre notre confrère au sérieux.

Il est vrai qu'avec l'accoutrement haut en couleur d'Alphonse Delon, le prendre au sérieux n'est pas la première tentation.

ALBERT TOUSSAINT : Au fait, vous n'auriez pas une camisole de force qu'on puisse la lui passer, à cet abruti ?

ALPHONSE DELON : Je maintiens que F. S. est un écrivain décédé !

ALBERT TOUSSAINT : Ah oui ? Et moi, je maintiens que vous êtes un éditeur pas loin de l'être non plus. Fils de pute !

Des manches sont retroussées, une canne est brandie. Et la boîte de sardines de tirer soudainement vers le ring.

Tandis que le reste de la grappe tâche de séparer les deux fruits ennemis, le lieutenant Lemaître lève de nouveau les bras, posture appuyée par de puissants «je vous en prie!» et «un peu d'ordre, de grâce!».

On finit par se calmer, les manches regagnent les poignets, la canne retrouve son fourreau. Le lieutenant Lemaître aperçoit bien une main s'agitant derrière toutes les têtes, isolée de la grappe, gesticulant comme une aile frétillante, mais bon, comme personne ne lui prête attention, le lieutenant Lemaître poursuit :

— Je ne voudrais pas abuser de votre patience, mais tâchons de partir sur une base claire. Vous publiâtes cet automne les dix tomes de *Notre pain quotidien*, à raison d'un tome par éditeur.

Ils opinent du bonnet.

— Son auteur, répondant aux initiales F. S., se révéla aussi introuvable qu'une ânerie dans l'œuvre de Proust, si vous m'autorisez cette image.

Tous ne sont pas amateurs dudit Proust, mais ils autorisent l'image.

— Certes, il eût été prudent que vous insistassiez pour rencontrer ce F. S. Passons sur ce détail et résumons les faits. Un premier attentat à la voiture piégée eut lieu dans la nuit de mercredi à jeudi, interrompant net la brillante carrière d'éditrice de Pierrette Darrieq.

À propos de la «brillante carrière», on se contente d'ébaucher un geste de vague protestation, retenus par le respect dû aux morts.

— La nuit dernière, nous avons été appelés sur les lieux d'un nouvel attentat en tous points identique au premier. La victime, désignée comme étant Robert Bouillon, avait aussi publié un tome du roman de F. S. Le professionnalisme avec lequel les deux crimes ont été commis nous convainc qu'ils sont l'œuvre d'un professionnel.

Nouvelle accueillie avec les frissons du condamné à mort.

— Et voilà que survient cette lettre de menace qui nous permet hors de tout doute d'établir un lien entre ce double assassinat et l'«énigme F. S.».

Cela, ils l'avaient compris.

— À moins que vous ne désiriez à tout prix griller dans une voiture calcinée, il serait prudent d'acquiescer à la demande de son auteur.

Non, ils ne désirent pas.

(À moins qu'il faille interpréter le ronflement d'Edgar Muno et la main agitée d'André Boileau comme autant d'objections.)

— Quant à la question : l'assassin est-il F. S.? si vous me permettez...

Permettez-vous, lieutenant.

— ... je répondrai par la négative.

Autant d'assurance dilate les pupilles qui le fixent.

— L'auteur de cette lettre prétend être le *propriétaire* des manuscrits comme s'il s'agissait d'un objet dont il se serait porté acquéreur. De toute évidence, il n'est pas celui qui a écrit *Notre pain quotidien*.

Voilà qui accroît considérablement le nombre de suspects potentiels.

— Pour dire toute la vérité, à ce stade-ci de l'enquête, nous ne disposons d'aucun indice. Aussi me vois-je réduit à espérer que vous nous apportiez quelque lumière au sujet de cette affaire. Abuserais-je en vous demandant de vous remuer les méninges?

Après un silence de méninges remuées :

DIDIER LEROUX : Il me vient à l'esprit une hypothèse digne des plus sordides drames policiers. Pierrette Darrieq prétendait qu'elle détenait le premier des dix tomes du roman.

PAUL ROGNON : Voyez-vous, c'est que nous ignorons l'ordre réel des tomes.

DANIÈLA FALLACI : Nous sommes, sur cette question, passablement divisés.

ALBERT TOUSSAINT : Nous avions cru d'abord à de la frime de la part de Pierrette Darrieq.

PAUL ROGNON : Mais, dans l'hypothèse où elle aurait eu raison...

DIDIER LEROUX : Il n'est pas impossible que le meurtrier procède selon l'ordre des tomes.

GUYLAINE TANGAY : Ce qui signifierait que Robert Bouillon se trouvait en possession du second tome !

DIDIER LEROUX : Et, voyez-vous, cette hypothèse me donne d'autant plus froid dans le dos que nous ignorons qui d'entre nous possède le troisième tome.

ALPHONSE DELON : Dieu merci, une telle hypothèse doit être écartée du revers de la main, puisqu'il est entendu que Pierrette Darrieq ne détenait pas le premier tome !

EN CHŒUR : (Soupir)

— Veuillez vous expliquer, demande le lieutenant Lemaître.

ALPHONSE DELON : C'est moi qui l'ai publié.

Cette fois, mais très discrètement, absolument à l'insu de tous les regards, Albert Toussaint remonte sa manche.

— D'où vous vient cette certitude ?

ALPHONSE DELON : De F. S. lui-même qui s'en est ouvert à moi.

Déjà la seconde manche a rejoint la saignée du coude.

— Sauf votre respect, n'affirmiez-vous pas, à l'instant, que F. S. était mort ?

ALPHONSE DELON : Ne savez-vous pas, lieutenant, vous qui enquêtez sur eux, que les morts n'en ont jamais fini avec la vie ?

ALBERT TOUSSAINT : O. K. les amis, je me charge de lui régler son compte !

Et le bureau du lieutenant Lemaître de tirer aussitôt vers le saloon avec bagarre générale sur fond de ragtime.

～

Il a fallu le départ des éditeurs pour que le bureau du lieutenant Lemaître retrouve son apparence originelle avec son éclairage tamisé, sa sonate et son encens. Ils reçurent l'assurance qu'une injonction policière, dûment envoyée à toutes les librairies, exigerait que l'on retire des tablettes la totalité des exemplaires de *Notre pain quotidien*.

— C'est pas ce qui nous permettra de coincer le tueur, remarque le sergent Bellechasse. Qu'est-ce qu'on fait, maintenant, lieutenant?

— Votre lecture, mon petit, progresse-t-elle?

Le sergent Bellechasse doit se résigner à suivre le nouvel itinéraire que le lieutenant Lemaître fixe à leur conversation.

— Eh bien, il y a beaucoup de mots…

— Je m'en doute.

— Et il y a tout autant de personnages.

— Mais encore?

— Que vous dire de plus, lieutenant?

— Essayez toujours de me faire un résumé de l'histoire, mon petit.

— L'histoire? C'est que j'en suis encore à me débattre dans toutes ces phrases. Faut pas m'en vouloir, lieutenant, j'ai pas l'habitude de ces mots-là. J'ai tellement le nez fourré dans le dictionnaire que ça me donne l'impression de lire deux livres à la fois.

— Il eût fallu que vous lussiez davantage dans votre jeune temps. À bien y penser, je crains que la marche ne soit pour vous un peu haute.

— Si vous voulez mon avis, lieutenant, c'est à n'y rien comprendre, tout ce tapage autour de ce bouquin. Parce que, pour le peu que j'en comprends, c'est d'un ennui, et c'est si sérieux, avec tout plein de phrases qui pèsent une tonne de sens. Ça étouffe, à la fin, pour tout vous dire.

— Cela n'est guère étonnant, la mode littéraire est à la gravité. Si Rabelais avait vécu de nos jours, la critique l'aurait certainement esquinté et remisé dans la littérature de divertissement. Et encore eût-il fallu qu'il trouvât preneur.

— Rablais, vous dites? Vous pensez que ça me plairait?

— Nous y songerons.

— Le fait est qu'il vous plaira sûrement, le bouquin de F. S., vous qui êtes un fan de Proutt.

— J'ose présumer, mon petit, que vous voulez parler de Proust, Marcel Proust.

Le sergent Bellechasse prend alors un ton de confidence avec un air vaguement anxieux :

— Dites, lieutenant, ce qu'on appelle la grande littérature, franchement, entre nous, ça ressemble à ça ?

— Je vous concède que les grandes œuvres ne sont pas toujours de tout repos.

— Y a pas meilleur somnifère, quant à moi.

— Je vous prie de tenir bon, mon petit. Car je continue à espérer que ce roman contient la solution de l'affaire qui nous occupe.

— C'est vous qui décidez, lieutenant.

～

Assis à son bureau dans la salle commune du poste 24, le sergent-détective Tremblay, homme à la quarantaine grassouillette et déplumée, a les yeux fixés sur ce qu'un envoyé du labo vient de déposer devant lui.

Et il n'en croit tout simplement pas ses yeux.

Genre de résultat de labo qui vous laisse tout nu.

Et qui complique considérablement un dossier dont la réjouissante transparence, l'instant d'avant, le disposait à trouver le fond d'un classeur. Pourquoi faut-il qu'un simple cas de décès par *overdose* se donne soudain des airs de grand mystère ? Et pas l'un de ces mystères qui sont le sel des enquêtes, où il ne s'agit guère plus que de démêler le réseau des qui, quand et comment, la routine du crime, quoi, à laquelle est rompu le sergent Tremblay. Non, un mystère foutrement mystérieux, auprès de quoi l'affaire Kennedy passe pour une bagatelle.

Et le sergent Tremblay n'est pas sans deviner que ce qu'il a sous les yeux est de nature à éblouir ceux de son supérieur.

Auquel il devra, que cela lui plaise ou non, s'en remettre.

Quitte à s'exposer au péril de sa conversation, au terme de laquelle, invariablement, il se sent le dernier des cons.

À la seule pensée d'avoir à pénétrer dans le bureau du lieutenant, le front dégarni du sergent Tremblay s'emperle d'une sueur subite. À tous les hommes du poste, d'ailleurs, il fait le même effet : pas un seul entretien avec lui qui ne les prenne au dépourvu. Bientôt quinze ans que le lieutenant Lemaître dirige ce poste, et personne n'est parvenu à s'habituer à ses épuisants subjonctifs, à son demi-sourire ironique, à l'excessive urbanité dont il enrobe le moindre de ses gestes, et à son fichu thé pour lequel il faut se tordre d'extase. Et tous ici craignent comme une épreuve par le feu ses commentaires sur leur dernière dissertation, petites parenthèses qui vous marquent à jamais de votre ignorance.

Voilà le sergent Tremblay saisissant le résultat du labo et se rendant sans enthousiasme au bureau du lieutenant Lemaître. Il n'a pas le temps de frapper que la porte s'ouvre large sur la carrure du sergent Bellechasse, qui lui adresse un mouvement de tête avant de s'éloigner, pour sa part, vers une lecture dont il n'entrevoit pas la fin.

Le ventre arrondi du sergent Tremblay se glisse timidement dans l'embrasure de la porte.

— Lieutenant, je... je peux vous voir un petit instant?

— Certainement, sergent Tremblay. C'est toujours un plaisir de vous recevoir.

Sur ce ton guilleret, un brin malicieux, qui n'a rien pour le rassurer. Il n'y a pas de bonne humeur plus alarmante que celle du lieutenant.

Et, comme de juste :

— J'ai sous les yeux, dit le lieutenant Lemaître, votre dernière dissertation sur *Tristan et Iseut*, à propos de laquelle je souhaiterais m'entretenir avec vous.

— Ah.

Déglutition sonore.

— Jusqu'alors, vos rédactions, aussi artistiquement présentables que vous vous appliquassiez à les rendre, m'ont toujours fait l'effet de ne valoir guère plus qu'un chiffon tout juste bon à être jeté aux orties. J'ose espérer que vous me pardonnerez une si brusque franchise.

C'est drôle comme il est des pardons plus difficiles que d'autres à accorder.

— Aussi, continue le lieutenant Lemaître en feuilletant les pages de la dissertation, quelle ne fut pas ma surprise de constater, au travers des mille et une maladresses qui rendirent ma lecture pour le moins indigeste, l'ombre d'une amélioration...

(« L'ombre d'une amélioration ? »)

— ... pour laquelle je tiens à vous adresser, soit dit sans vous flatter, mes plus vives félicitations. Force est de remarquer que ce grand mythe occidental de l'amour éveilla en vous une inspiration à laquelle vous tardâtes à m'habituer. Mais votre incurable romantisme ne voulut retenir que l'apparente pureté de l'amour, tout adultère soit-il, qui unit Tristan à Iseut. N'eût-il pas fallu en saisir davantage la nature réelle ? Car il y a ce philtre dont vous négligez la symbolique... Ai-je votre attention, sergent ?

Est-on attentif quand on affiche une mine si affreuse ?

Bon prince, le lieutenant Lemaître rabat les pages de la dissertation.

— Peut-être une urgence d'une autre nature nous enjoint-elle de remettre à un moment plus approprié cette discussion littéraire ?

— Si cela ne vous ennuie pas trop, lieutenant.

— Fort bien. Dois-je aussi présumer qu'il est inutile de vous proposer une infusion de thé vietnamien ?

— Si ça ne vous offusque pas, lieutenant.

— Alors, que me vaut l'honneur de votre visite, sergent Tremblay ?

Dont le cœur recouvre enfin un rythme juste.

— Mercredi dernier, un clochard a été retrouvé mort sur un banc, au parc McInnis. Tout indique qu'il s'agit d'une *overdose*. Héroïne.

— Ne parlerions-nous pas d'un homme répondant au surnom de Monsieur le Président et fréquentant l'accueil Béjard ?

— C'est exact, lieutenant.

Sur quoi, le sergent Tremblay dresse le portrait de la victime : pour l'état civil, il s'appelait Fernand Gravel. Depuis 1974, il était P.d.g. de la compagnie Lacets étalon, qui fabriquait des chaussures bon marché pour hommes. Son entreprise l'avait pourvu d'une appréciable fortune. Ajoutez au tableau une belle femme et deux enfants, et la vie de Fernand Gravel se serait déroulée sans heurt si une dépendance croissante aux jeux de hasard n'avait pas étendu son empire sur lui, avec une préférence marquée pour les cartes. Nul ne jouait plus furieusement que lui. Il n'en avait jamais assez de perdre. Jusqu'à ce qu'il connaisse, en 1990, son Waterloo, lors d'une soirée de poker frappée par la malédiction : il y perd ses maisons, ses voitures, jusqu'à son entreprise elle-même, pour n'empocher, en retour, qu'une vertigineuse dépression. En 1991, sa femme qui exige le divorce et ses enfants qui le renient achèvent d'anéantir le brin d'avenir qui lui reste. Réduit à néant, il prend la rue pour domicile, où il acquiert le surnom de «Monsieur le Président». Dans le même souffle, son désespoir se découvre une nouvelle passion : l'héroïne.

— Mais il aurait interrompu sa consommation depuis trois ans, à la suite d'une cure de désintoxication. Sans doute qu'on assiste à un cas de rechute. Quant à savoir si l'*overdose* est accidentelle ou volontaire…

— J'eus le plaisir de faire la connaissance de la dame qui dirige l'accueil Béjard, une certaine Jacqueline Framboise, au dévouement de laquelle je ne fus pas insensible. Je crus comprendre qu'elle rejetait l'hypothèse d'une rechute. Aussi me confia-t-elle sa crainte que nous expédiions cette affaire, eu égard à la condition sociale de la victime. Puis-je vous demander de traiter ce cas avec toute la diligence qu'il convient?

— Je crois qu'on n'aura pas le choix, lieutenant.

— Qu'est-ce à dire?

— Jetez plutôt un coup d'œil là-dessus.

Le sergent Tremblay dépose sur le bureau une liasse de feuilles, revêtue d'une enveloppe protectrice de plastique transparent. Le paquet a toute l'apparence d'un manuscrit, mais en fort mauvais état, très avancé en âge, les feuillets jaunis, usés et déchirés aux pliures. La première page arbore un texte écrit à l'encre, de celle que répand une plume d'oie bien taillée. Une mauvaise écriture tracée à la hâte, pour ainsi dire illisible.

— Ç'a été retrouvé dans le sac qui appartenait au clochard, précise le sergent Tremblay.

— Force est de présumer qu'il ne peut s'agir de l'écriture de ce Fernand Gravel.

— En effet, lieutenant.

— Vous avez fait analyser ce document ?

— Le labo vient de me communiquer le résultat de l'examen.

— Je vous écoute.

— Vous n'en croirez pas vos oreilles, lieutenant.

— Laissez-les en juger par elles-mêmes.

— Ça n'a pas été écrit hier, ce texte-là. Tenez-vous bien : la datation au carbone 14 indique dix-septième siècle.

— Plaît-il ?

∿

Voilà qui mérite une infusion de thé. Même le sergent Tremblay s'y laisse gagner.

— Ceci est fort mystérieux, déclare enfin le lieutenant Lemaître.

— Et je ne vous ai pas encore dit le plus beau.

— Je suis tout ouïe.

— Les indices laissent soupçonner qu'il s'agirait d'une pièce de théâtre de Molière.

— …

(L'une des rares fois où le lieutenant Lemaître sera trouvé sans voix.)

Le sergent Tremblay n'ose interrompre la stupeur qui s'empare de son lieutenant et dont l'explosion muette fait frémir jusqu'au bouc.

— Vous… vous plaisantez ?

— Non, lieutenant. Ce que vous avez sous les yeux serait son *Dom Juan*.

Le lieutenant Lemaître n'en croit guère ses oreilles qui attendent des yeux une confirmation : les voilà qui parcourent nerveusement la seule page s'offrant à eux, où se détachent du gribouillage quelques mots (Aristote, honneur, vertu...) qui figurent bien dans l'éloge au tabac déclamé par Sganarelle et servant de thème d'ouverture à la pièce de Molière.

Puis c'est au tour des mains de prendre le relais, gagnées par une irrésistible curiosité. Elles entreprennent doucement de se glisser par effraction dans l'enveloppe, mais sont cueillies au bond par un geste du sergent Tremblay.

— Désolé, lieutenant, on m'a fait promettre de ne pas laisser manipuler le manuscrit. Et je dois le remettre à d'éminents archivistes qui se présenteront ici d'une seconde à l'autre pour en prendre possession. Même le directeur des Archives de France est déjà instruit de la découverte. Il prend l'avion ce soir même. De toute évidence, la nouvelle va faire du bruit.

— Bien sûr, oui, je comprends, se résigne le lieutenant Lemaître.

Et ses doigts de se tenir à une distance respectueuse du manuscrit.

— Mais... ce document ne devrait-il pas se trouver en sécurité dans une réserve de la Bibliothèque nationale de France?

— Sauf votre respect, lieutenant, il faut savoir qu'il n'existe aucun manuscrit de Molière.

— Vraiment?

Le délice que cela lui procure, au sergent Tremblay, d'en savoir plus long que le lieutenant, rayon littéraire! Frémissement discret de jubilation.

— De Molière il ne nous reste rien, ni manuscrit ni correspondance. L'écriture de Molière elle-même nous est connue seulement par une cinquantaine de signatures apposées au bas d'actes d'état civil ou de contrats.

— Vous m'en voyez étonné, sergent Tremblay. D'où avez-vous tiré ces renseignements?

— De ce rapport.

Qu'il dépose sur le bureau.

— On y indique aussi, pour information supplémentaire, une légende qui veut qu'au dix-neuvième siècle un paysan soit venu à Paris en conduisant une charrette pleine de manuscrits de Molière. Il aurait été renvoyé de bureau en bureau par les fonctionnaires des ministères qui se déclaraient incompétents. Si bien que le type et sa charrette sont repartis le soir même pour disparaître à jamais.

— Et je suppose que nous ne savons pas par quel improbable parcours ce manuscrit du dix-septième siècle a pu tomber entre les mains de ce pauvre homme.

— Non, lieutenant. Son sac, un vieux sac à dos usé jusqu'à la corde, a été retrouvé par Jacqueline Framboise dans le sous-sol de l'accueil Béjard, avant-hier. Elle ne se doutait pas de ce qu'il contenait de précieux.

— Dans le sous-sol, vous dites. N'a-t-elle pas été étonnée d'y trouver le sac de Monsieur le Président ?

— À ce qu'elle m'a dit, il arrivait souvent au clochard d'y descendre la nuit. Il supportait mal le dortoir et ses ronflements.

Après un silence :
— Est-ce tout, sergent Tremblay ?
— Pour l'instant, lieutenant.

Dont les doigts caressent un bouc songeur pour y trouver les dispositions à prendre, lesquelles, finalement, se divisent en trois étapes :

1) Procéder à une autopsie approfondie du corps.

2) Établir aussi la liste complète de tout ce qui, en cette ville, se consacre à collectionner livres anciens et manuscrits rares.

3) Fouiller de fond en comble le sous-sol de l'accueil Béjard à la recherche d'autres indices.

Acquiescement du sergent Tremblay qui s'apprête à disposer, en emportant avec lui l'assurance de s'être, pour une fois, bien tiré d'un entretien avec son supérieur.

— Sergent Tremblay !
— Oui, lieutenant ?
— Tant que vous y êtes, procurez-vous un exemplaire du *Dom Juan* de Molière. Il fera l'objet de votre prochaine dissertation.

23

Clotilde et Cédidio, recroquevillés sous le niveau du tableau de bord, étaient enfoncés dans leur banquette dont le pourtour était rongé par l'usure comme une plaie vive.

— Tu vois quelque chose?

— Pour la énième fois, Cédi : non.

L'œil rivé au rétroviseur extérieur qui montrait l'entrée d'un domicile, elle guettait le moindre mouvement.

— Quelle heure est-il? demanda Cédidio, pour la énième fois.

— Trois minutes de plus que tantôt.

— Dis, t'as pas un creux?

Depuis l'aube, leur voiture était garée de l'autre côté de la rue, à quelque cinquante mètres en face de la maison du professeur Angoulvent. Percluse de rouille, la Honda Civic de Cédidio était aussi probable dans ce quartier cossu qu'un moustique sur une banquise.

— Si ça se trouve, grommela Cédidio, il peut rester cloîtré chez lui toute la fichue journée.

— Personne t'a obligé à m'accompagner!

— Et te laisser être assassinée toute seule? Pas question!

~

La veille, Clotilde a eu droit, par téléphone, aux cris d'épouvante de Cédidio. Il a eu beau la bombarder de toute sa frousse, larguer les phrases les plus dissuasives, lui garantir que tout ça ne pouvait que finir très mal, au fond d'un fleuve avec les chevilles cerclées de plomb, ou encore dans le coffre d'une auto avec la cervelle ouverte comme une rose, elle est demeurée inébranlable, résolue, malgré l'avertissement d'Angoulvent, à pousser vers la zone interdite la première pointe de son enquête.

Or le seul indice dont elle disposait, c'étaient, précisément, les sueurs froides d'Angoulvent.

— Il doit bien être mêlé à l'affaire F. S., a raisonné Clotilde, sinon pourquoi aurait-il tenté de me dissuader de le retrouver?

— Attends un peu que j'y réfléchisse : tiens, peut-être parce que c'est dangereux.

— Angoulvent sait quelque chose, c'est sûr. Il suffit que je le prenne en filature, puis à un moment ou à un autre, il finira bien par me mener à F. S.

Certes, le plan n'offrait aucune imperfection, encore que Cédidio l'ait trouvé un brin ordinaire :

— Écoute, j'ai mieux encore : on enlève Angoulvent, on lui fiche un sac sur la tête, on l'entraîne dans une pièce sordide, et là, on lui envoie des courants électriques dans le scrotum pour lui extraire son secret. Non mais, franchement, Cloclo, t'es vraiment sérieuse? Et si ça se trouve, Angoulvent appartient à la pègre! Ça s'est déjà vu, tu sais, des profs d'université qui trempent dans de sales affaires.

— Bon, tu me la prêtes, ta voiture, oui ou non?

Qui avait bien fait trois fois le tour du compteur et atteint les trois cent cinquante milles.

— O. K., mais j'y inclus le chauffeur. Pas question que tu passes aux faits divers et que tu tires à toi toute seule la couverture de la bêtise. Moi aussi, je peux mourir pour rien, sans aucune raison valable, comme ça, juste pour agrémenter ma vie.

~

Cela faisait déjà toute la matinée qu'ils s'ankylosaient, à demi glissés au bas de leur siège, à faire le guet, jambes repliées (les échasses de Cédidio faisaient un nœud étrange qui se tortillait sous le volant), dos en ruine et tête blottie dans les épaules. À défaut d'une promenade d'Angoulvent, qui leur aurait rétabli la circulation sanguine, ils avaient pu assister, en ce samedi matin, à la valse des colporteurs qui s'étaient postés tour à tour sur le paillasson. Il y avait eu, dans l'ordre, un ex-détenu, la joue balafrée et l'œil repentant, qui avait mis sous la gorge d'Angoulvent son arsenal de couteaux de cuisine, un représentant d'assurances, le pied dans l'entrebâillement, qui avait débité à la vitesse turbo sa présentation sans points ni virgules et qui s'en était retourné en claudiquant, des témoins de Jéhovah aussi attachants qu'un enduit de colle, un garçonnet qui avait menacé d'exploser en sanglots si on ne lui prenait pas un calendrier, et de nouveau l'ex-détenu quelque peu égaré.

Clotilde, le regard fixé sur le rétroviseur qui encadrait tout ce va-et-vient, écoutait le babillage de Cédidio. Il en était maintenant à sa énième déclaration d'amour.

— Non, mais, vraiment, t'es sûre de ne pas être amoureuse de moi, juste un peu ?

— Ouuui, Cédi.

— C'est bizarre comme ça m'entre pas dans la tête.

Tous deux se sont connus à l'université, au début de leurs études, en un temps où Cédidio excellait dans l'insouciance existentielle, surfait sur la crête du détachement confortable, ne s'indignant de rien, pas plus de la débâcle de ses études que de la déconfiture générale de l'espèce humaine. Clotilde n'aurait jamais remarqué ce grand échalas aux yeux enfoncés, aux baskets troués et au baladeur plus bruyant qu'un essaim d'abeilles, s'il n'avait pas eu la maladresse de s'enfiler, à côté d'elle, trois tablettes de chocolat. Ça lui avait valu une crucifixion en règle : n'avait-il pas honte d'encourager l'esclavage ? Il avait alors interrompu ses mouvements masticatoires, retiré les écouteurs de son baladeur et pris un air ahuri, sur quoi elle avait expliqué (si on peut appeler «explication» l'explosion d'une centrale nucléaire) que tout ce chocolat dont il se goinfrait provenait des plantations de cacao de la Côte-d'Ivoire, où les propriétaires réduisaient des enfants, préalablement achetés à leurs parents ou plus simplement kidnappés en pleine rue, aux pires conditions de l'esclavage, battus, torturés, parfois même tués. C'est à ce prix-là qu'il pouvait s'offrir le luxe d'accroître son acné. Et son jean! (En fait d'indignation, la petite Clotilde est difficile à arrêter une fois en selle.) Soupçonnait-il seulement de quelles mains il sortait, son jean? Pas de bonnes mains syndiquées, bien sûr que non, il y a belle lurette que Levi's a compris que les doigts d'Indonésiens hauts comme trois pommes, non seulement ça ne rouspète pas, mais ça se contente d'un salaire de misère. Et tes baskets alors!... Bref, une fois l'orage passé, Cédidio en avait eu l'estomac comme la bonne conscience tout chamboulés, à ne plus savoir quoi se mettre sur le dos ni quoi manger. Et il s'était trouvé le cœur passablement à l'envers, foudroyé par l'Amour avec un A plus gros que nature. Oui, il avait craqué pour cette petite rousse à la voix de mégaphone, si enflammée, si généreuse en décibels, si pareille à l'ardeur de ses yeux noisette. Dans les semaines qui avaient suivi, il avait eu beau couper le chocolat, se convertir au végétarisme, acheter des produits équitables, recycler jusqu'à la moindre brindille de carton, s'abonner au *Monde diplomatique* et arborer des allures de coopérant international, il ne s'était gagné que l'improbable mais très solide affection de Clotilde.

— Tu connais la légende qui entoure Charlemagne? demanda Cédidio.

— Laquelle?

— Il existait un anneau qui, où qu'il soit, provoquait chez Charlemagne une passion amoureuse avec la personne qui le portait. Tu sais ce qu'il a fait pour échapper à son sortilège?

— Non.

— Il a jeté l'anneau dans un lac.

— Et puis?

— Il est tombé éperdument amoureux du lac.

Ce fut alors (il approchait onze heures) que pénétra dans le champ du rétroviseur une Saturn rouge qui se gara devant la maison d'Angoulvent. Un homme en descendit, grand et mince, se rendit jusqu'à la porte et sonna.

— Tu vois ce que je vois? demanda Clotilde.

— De mon angle à moi, je vois seulement qu'il serait temps que j'époussette le dessous du tableau de bord. Attends que je me redresse.

— Et là, tu le reconnais?

Se contorsionnant pour regarder à travers le pare-brise arrière :

— Le grand mec qui a une tête de SS?

— Alors?

— Non, jamais vu.

— C'est Erckmann, triple idiot!

— Erckmann... et qui c'est, celui-là?

Elle lui coula un regard en biais, luisant d'inquiétude.

— Cédi, dis-moi, tu es bien inscrit au département de lettres de l'université?

— Tu sais bien que j'accorde de plus en plus de prix à mon ignorance.

— Peut-être aimerais-tu apprendre que Erckmann est le directeur du département.

— Noon! Moi qui l'imaginais petit et chauve. Qu'est-ce qu'il fiche ici?

— C'est bien ce que je voudrais savoir.

Erckmann et Angoulvent discutaient sur le pas de la porte.

— Qu'est-ce qu'ils racontent?

— Désolée, Cédi, je n'ai pas glissé de micro miniature sous le tapis d'entrée.

La discussion se poursuivit jusqu'à ce que Angoulvent, d'un air embarrassé, fasse entrer Erckmann.

— T'as vu? dit Cédidio. Il ne l'a pas invité de gaieté de cœur. Bon, qu'est-ce qu'on fait? On enfonce la porte en criant : «Police, le premier qui bouge est mort!»

— On attend.

Il leur fallut attendre une longue heure, que Cédidio mit à profit pour exercer son imagination, chargeant Erckmann de plus de crimes monstrueux qu'il n'en fallait pour peupler un pénitencier.

Erckmann réapparut dans l'embrasure de la porte et serra la main d'Angoulvent avant de remonter dans sa voiture.

— Qu'est-ce qu'on fait maintenant ?

— On attend.

— Mince, c'est l'aventure, y a pas à dire.

~

… Une nouvelle tragédie frappe le milieu de l'édition. L'éditeur Robert Bouillon est mort, cette nuit, victime d'un attentat à la voiture piégée, dans des circonstances qui rappellent l'assassinat de l'éditrice Pierrette Darrieq, plus tôt cette semaine. L'enquête policière semble montrer que les deux crimes seraient liés à la publication du roman Notre pain quotidien. *En effet, les deux victimes ont publié chacune un tome de ce roman qui a secoué la rentrée littéraire de cet automne. L'auteur, connu seulement sous les initiales F. S. et déjà célébré comme un romancier marquant de notre siècle, demeure jusqu'à maintenant, malgré les efforts de la police, introuvable. Pour des raisons qu'elle a refusé de fournir, la police a ordonné que tous les exemplaires de* Notre pain quotidien *soient retirés dès aujourd'hui même des tablettes de toutes les librairies du pays. Voici maintenant la météo avec…*

Cédidio éteignit la radio.

— Dis, Cloclo, je peux te poser une question ? Le type qu'on épie, là, en ce moment, c'est bien parce qu'il devrait te mener à F. S., hein ? On t'a mis en tête de le retrouver, et tu t'es dit : c'est Angoulvent qui a la clef du mystère. C'est bien ça ?

— Oui.

— Et les deux meurtres dont on vient de parler seraient liés, si j'ai bien compris, à F. S. Je me trompe jusque-là ?

— Tu te trompes pas.

— Nous voici, donc, ici même, dans cette voiture, sur le point d'être mêlés à une sordide histoire de meurtres.

— Ç'a tout l'air que oui.

— Ainsi, quand Angoulvent t'a dit de ne pas fourrer ton nez dans l'affaire F. S., on peut soupçonner qu'il ne parlait pas tout à fait à travers son chapeau. Peut-on s'entendre là-dessus aussi?

— On le peut.

— La prudence ne voudrait-elle pas que nous quittions cette rue au plus tôt et le plus discrètement que le permet ma pauvre bagnole, et que nous ne nous mêlions qu'aux affaires qui nous regardent?

— Sans doute.

— Dans ce cas, me permets-tu de démarrer et de t'inviter à casser la croûte?

— On attend.

24

Pas facile de pénétrer dans les bureaux des éditions Au-delà sans avoir le fou rire. D'autres en restent comme deux ronds de flan. Certains, enfin, filent à l'anglaise. Le lieutenant Lemaître, quant à lui, a la courtoisie de n'adopter aucune de ces attitudes indélicates, prenant soin de ne rien laisser paraître de son émotion. Sa stupeur n'en est pas moins vive : au lieu de trouver un bureau de réception, des collections aux murs, des manuscrits empilés et la mine d'ordinaire déconfite de quelque écrivain, c'est bien une sorte d'au-delà, façon nouvel âge, qui l'accueille, avec fumée blanche au ras du sol, scintillement des chandelles, voilages pastel tombant le long des murs et table tournante d'usage trônant en solitaire au milieu de ce qui est un grand loft sans fenêtres ni meubles. En guise de fond sonore, des vagues se brisent avec fracas contre un récif, et pour ajouter au ridicule du tableau, une boule disco saupoudre d'étoiles dorées toutes les surfaces.

— Lieutenant Lemaître !

Surgissant du brouillard, Alphonse Delon flotte dans sa direction, vêtu d'une somptueuse toge de soie lilas à pois jaunes, sa canne gainée de peau de serpent à la main.

— Soyez le bienvenu dans mes bureaux.

— Je vous suis reconnaissant de me recevoir.

— De quoi vouliez-vous me parler, lieutenant ?

— Verriez-vous une objection à répondre à quelques questions de routine à propos de F. S. ? Le fait est que vous éveillâtes ma curiosité ce matin.

Alphonse Delon cligne les paupières sur une moue satis-
faite.

— Prenons place.

Sa canne indique deux poufs qui émergent tout juste du
tapis de nuage. Une fois enfoncé dans l'un d'eux, le nez à fleur
de brume, le lieutenant Lemaître regrette de n'avoir pas décliné
l'invitation à s'asseoir.

— La fumée vous incommode-t-elle?

— Oh, si peu!

— Fort bien.

La soie vaporeuse de sa toge, la nonchalance de ses bras
écartés et le maquillage des yeux cerclés de noir donnent à
Alphonse Delon des airs de prince russe à qui l'on fait une
manucure.

«Vous êtes bien aussi fat que je le craignais, Delon», pense
fugitivement le lieutenant Lemaître.

Et Alphonse Delon de démarrer sans attendre la première
question. Sur fond de vagues déferlantes.

— Je suis heureux que vous n'ayez pas prêté foi à cet ignare
d'Albert Toussaint. Tout le savoir dont se réclame ce rationaliste
de bas étage n'est jamais que le symptôme de cette affection
ophtalmologique dont est frappée toute la communauté scientifique : le besoin de ne croire qu'à ce qui peut être vu. Et pourtant, la véritable nature de l'homme, comme vous le savez,
lieutenant, est invisible.

(«D'où prend-il que je sais cela?»)

— Vous avez vu comme la seule mention de l'âme fait
entrer Toussaint dans une rage qui confine au fanatisme. Même
la sagesse du scepticisme est hors de sa portée.

— Il s'en fallut d'un rien qu'il ne vous mît en pièces.

— Il s'agit en tout point d'une réaction immunitaire. De
même que les cellules vivantes déploient des mécanismes de
défense contre toute attaque virale, la science, en tant que système idéologique, combat tout ce qu'elle perçoit comme poten-
tiellement déstabilisant. C'est le principe dit du rasoir d'Occam.

— Du rasoir d'Occam?

Jouer les étonnés, laisser parler Delon et jauger toute la fatuité du personnage, tel est, pour l'heure, le plan du lieutenant Lemaître.

— Ce principe consiste à repousser toute théorie nouvelle tant et aussi longtemps que le modèle existant tient le coup. Voilà qui explique assez la lenteur à laquelle sont contraints l'évolution et le renouvellement de nos connaissances. Et c'est aussi pourquoi nos *savants* (juste prononcer ce mot semble lui écorcher la langue) refusent de reconnaître que la question de l'âme doit faire appel à des compétences scientifiques à la pointe de nos connaissances, dans tous les domaines. Voyez-vous, lieutenant, l'étanchéité du conservatisme scientifique n'a d'égale que celle des systèmes religieux.

Tout cela sur le ton détaché d'un élu du ciel, au milieu d'un nuage de fumée qui incite à le croire droit sorti de l'éther.

— Le grand public se fait une bien fausse idée du scientifique, continue Alphonse Delon. Il le suppose objectif, ouvert d'esprit, à l'affût de la Vérité, mais, dans les faits, lieutenant, le scientifique ne souffre pas la moindre entorse aux lois qu'il a établies et préfère à la Vérité le confort tiédasse de ses dogmes.

Surprise du lieutenant Lemaître : il s'attendait à trouver un zigoto aux idées aussi risibles que sa tenue, il tombe sur un type qui gagnerait à s'habiller comme il pense.

«Le plus pénible, se dit-il, est de m'apercevoir que je partage les idées de cet infect poseur.»

— Vous connaissez la blague classique, lieutenant?

— Je suis tout ouïe.

— Dans un parc obscur, on ne trouve qu'une tache de lumière tombant d'un lampadaire. Des scientifiques explorent la partie du parc constituée par cette tache. Un passant fait remarquer à l'un d'eux : «Dites, c'est un peu rebattu, là où vous cherchez, non?» «Oui, répond le scientifique, mais là au moins il y a de la lumière…»

À la moue radieuse d'Alphonse Delon répond le nez courtois du lieutenant Lemaître.

— Ils peuvent toujours prendre les dehors de mentors infaillibles...

(« Ils ne sauraient vous supplanter sur ce terrain, Delon. »)

— ... il n'y a pas plus froussards que les scientifiques.

Bon, trêve de jérémiades, il faut passer aux choses sérieuses, ce à quoi procède le lieutenant Lemaître :

— Il est justement un point sombre dans votre témoignage sur lequel je vous prie de m'éclairer : vous prétendîtes ce matin que F. S. est un écrivain décédé et vous affirmâtes du même souffle vous être entretenu avec lui.

— En effet, F. S. m'est apparu, ici même, alors que je procédais à une séance de spiritisme. Après la publication de *Notre pain quotidien* et tout le scandale qui s'ensuivit, et comme F. S. refusait toujours de se montrer malgré le succès du roman, je me suis décidé à faire appel à son âme, espérant qu'elle me révèle l'identité du corps où elle loge. Cela m'a paru la solution la plus simple.

— La plus simple, bien sûr.

— ...

— ...

— ...

— Me jugeriez-vous indiscret si je vous demandais de me révéler son identité ?

— Bien que F. S. m'ait fait promettre de garder le secret, je crois que les circonstances m'autorisent à rompre notre entente. Que lui importe, après tout ?

— Vous m'en voyez fort aise.

Alphonse Delon coule vers lui un regard amusé.

— Vous êtes amateur de mots croisés, n'est-ce pas ?

(« Comment le sait-il ? »)

— Écrivain français décédé en 1961. Sept lettres.

— L'indice est un peu maigre. Je vous prie d'y ajouter un peu de chair.

— Bien. Un bras droit laissé à la Première Guerre mondiale.

— Cendrars ?

— Exact. Vous avez lu Blaise Cendrars ?

— Assez peu, pour être honnête.

— Un maître de la littérature baladeuse, dont la vie vaga-
bonde est plus passionnante encore. Cendrars a longtemps roulé
sa bosse avec, dit-on, une édition originale de Villon dans sa
poche. Il avait la passion des voyages et des livres rares. Il aurait
traîné, d'un pays à l'autre, dix caisses lourdes de ces livres achetés dans le monde entier et pour le transport desquelles il a
dépensé une fortune. Finalement, un ami de rencontre, un parfait escroc, dispersera tout son avoir littéraire.

— Pour revenir à sa « visite », en quoi consista-t-elle ?

— Épargnez-moi vos guillemets de prudence, lieutenant. Il
ne se passe pas une journée sans que j'aie un brin de causette
avec une âme. Je pourrais aussi bien m'entretenir avec la vôtre
aujourd'hui même.

— Puisse-t-elle ne pas vous assommer d'ennui, monsieur
Delon. Veuillez poursuivre, je vous prie.

— Cendrars m'est apparu aussitôt que j'ai appelé l'âme de
F. S., avec sa manche flottante et sa tête de boxeur. Une telle
simplicité ferait basculer Toussaint dans la pure folie.

— Et vous conversâtes ?

— Aussi naturellement que nous le faisons à l'instant. Il a
affirmé être l'auteur de *Notre pain quotidien* et avoir dispersé les
dix tomes du roman dans les coffres-forts de diverses banques,
en Amérique du Sud, lors de son dernier séjour en 1953.

— Comment expliqua-t-il leur publication ?

— Selon ses termes, une *racaille* aurait trouvé les manuscrits avant qu'une *canaille* ne les vole à celle-ci et ne les envoie à
différents éditeurs.

— A-t-il fourni des noms ?

— Il s'y est refusé. Par ailleurs, il semblait ravi de cette
situation.

— Pour quel motif ?

— J'ai cru comprendre qu'il s'agissait là d'un jeu qui l'amusait déjà avant sa mort. Il a prétendu avoir caché d'autres manuscrits, notamment un poème cloué au fond d'un coffre. Cela lui
plaisait, m'a-t-il dit, de laisser la modernité se débrouiller sans lui.

— Une dernière question, monsieur Delon : votre Cendrars fit-il allusion à un tueur?

— D'abord, lieutenant, ce n'est pas mon Cendrars, ensuite, oui, de façon vague.

— Mais encore?

— Il a simplement dit qu'il y aurait des morts, sans autre précision. Comme de juste, deux semaines plus tard, Pierrette Darrieq était assassinée.

— N'eût-il pas été sage d'alerter les autorités?

— Entre-t-il dans les habitudes de la police de prêter foi aux paroles d'un fantôme?

— Ajouta-t-il autre chose?

— Non. Ah si! il m'a assuré que je possédais le premier tome de la série de *Notre pain quotidien*, ce qui m'a fort réjoui. Puis, il s'en est allé vers d'autres cieux. Depuis, plus de nouvelles de lui, malgré mes nombreux appels.

C'est sans regret, et avec même un certain empressement, que le lieutenant Lemaître s'extrait du nuage qui le suffoque depuis un bon quart d'heure.

— Ce sera tout, monsieur Delon. Je vous remercie de m'avoir accordé un peu de votre temps.

Serrement de mains.

— Je vous en prie, lieutenant. Il est rare de tomber sur une oreille aussi bienveillante que la vôtre. J'ai beau vous avoir paru comme un «infect poseur» – c'est bien l'expression qui vous a traversé l'esprit, n'est-ce pas? –, vous avez eu l'obligeance de m'écouter en toute bonne foi. Cela est un don précieux, lieutenant, et plus enviable, je vous le dis en toute franchise, que tous ceux dont je dispose.

25

La vie d'oncle To se résume à se retrancher dans l'un ou l'autre de ses néants. Dans l'intervalle qui sépare ces deux ivresses, il n'a de goût à rien. Aussitôt qu'il tombe de sa béatitude, une seule urgence convoque toutes ses cellules : plonger dans la félicité de l'alcool. S'il remonte des bas-fonds éthyliques, c'est pour rejoindre au plus vite les hauteurs extatiques. L'entre-deux le déprime. Dans ce *no man's land*, il ne se sent le cœur ni à vivre au diapason du réel, ni à se mêler au troupeau de l'humanité ordinaire. Bref, l'enfer de la sobriété. Essayer de l'y retenir revient à commettre un crime de lèse-ivrognerie. «Le néant a ceci de bon, a-t-il coutume de dire, que le bonheur y est gratuit.»

Au poste de police, ce matin-là, oncle To a ignoré le branle-bas de questions qui l'ont accueilli à son «réveil». On a voulu connaître ses liens avec Pierrette Darrieq. La courtoisie du lieutenant Lemaître a eu beau enchâsser tous les circonflexes, Flemmar a eu beau se tordre en supplications, rien n'a eu raison du rempart de son silence et de la nébulosité obtuse de son regard. Aussi a-t-il bien fallu se rendre à l'évidence que les choses en resteraient là tant qu'on n'acquiescerait pas à sa demande : lui déverser dans le gosier un second vingt-six onces de ce scotch irlandais que Flemmar avait eu la prévenance d'apporter et qui lui avait tout juste ouvert une «soif du diable». Ce qui n'entre pas tout à fait dans les méthodes policières. L'ordre de capitulation a été donné, et l'autorisation à Flemmar de quitter le poste avec son oncle.

Une fois sur le trottoir, il n'a plus été question pour oncle To que de reprendre ses droits imprescriptibles d'alcoolique.

Ainsi, accompagné de Flemmar et de son portefeuille, a-t-il consacré tout l'avant-midi à pomper bouteille sur bouteille, avec l'ardeur d'une plateforme pétrolière, pendant une escale au *Pit*, aux côtés de quelques vieux compagnons de beuverie qui forment la vieille garde de la brasserie, le *Pit* étant l'une de ces petites salles enfumées et mal éclairées où trône une table de billard laissée à l'abandon et où gîtent dangereusement quelques têtes hirsutes et pas mieux entretenues. Oncle To s'est grisé au fil de la bière qui l'a rendu à sa volubilité sarcastique. Et ça n'a pas tardé à discuter ferme autour de la table. Ils étaient cinq à s'engueuler à leur franche façon de piliers de bar. Et parce que Flemmar avait perdu le fil chaotique de leur discussion, abrité qu'il était derrière un silence désespéré, quelle n'a pas été sa surprise de voir l'un des soûlards, au ventre rond comme un tonnelet, bondir tout soudain hors de sa chaise, vacillant et renversant celle de la table voisine, puis le montrer du doigt, lui Flemmar, façon Staline envoyant un de ses propres sbires au poteau, et le traiter de «trou d'cul d'intello». Blêmissement de Flemmar, dont le voisin de droite, aux cheveux huileux virevoltant comme autant d'effets de manches d'avocats, s'est dressé à son tour pour se porter à sa défense, la main déposée sur la tête de Flemmar, moins pour le réconforter que pour ne pas tomber à la renverse, et a dit haut et fort que «c'est pas tous les trous d'cul qui sont des intellos!». Ce bref plaidoyer, à défaut de n'avoir pas calmé les esprits, a semblé hausser le niveau du débat à une hauteur philosophique. Un troisième, qui passait pour mort, s'est brusquement levé pour proclamer, d'une voix aussi chancelante que ses propres jambes, que «la vraie pensée est proportionnelle qu'à la largeur dudit trou». Un quatrième a cru bon de renchérir sur le sujet, après s'être hissé sur sa chaise, le pantalon lui glissant dangereusement le long de la raie fessière, en déclarant qu'«une idée qui a pas de mots élargit le trou d'cul de ceux qui s'obstinent à lui en trouver!» Et de prendre une ample gorgée de bière. Il a ensuite entrepris d'esquisser quelques pas d'une danse titubante sur la chaise tout en beuglant de la totalité de ses poumons : «Trou d'cul, trou d'cul, je n'en avais guère, trou d'cul, trou d'cul, je n'en avais pas », affirmation aussitôt démentie par ce qu'a dévoilé le pantalon qui lui est tombé au bas des fesses.

Si Flemmar se régale volontiers de la prose truculente et poivrée de Rabelais, tout ce délire d'ivrognes a achevé de le désespérer, d'autant que ce délire s'alimentait à même sa bourse depuis un bon moment. Il a cherché un refuge dans le regard d'oncle To, mais celui-ci affichait l'affection souriante du père de famille fier de sa marmaille. Et tandis que les quatre nigauds, bras dessus, bras dessous, entonnaient en un chœur discordant le refrain du « trou d'cul », oncle To s'est penché vers l'oreille de son neveu pour y glisser l'une de ces phrases nébuleuses dont son ivresse a seule le secret : « Tu vois, p'tit Flem, le bonheur n'a besoin de rien. Et s'il n'y avait personne, tout le monde serait heureux. »

Vraiment, on se serait cru dans un préau de fous.

~

C'est sur le chemin du retour qu'une conversation a été enfin possible. Flemmar était au volant de sa voiture et roulait à la vitesse d'un vieillard, feux d'urgence tout clignotants, comme à son habitude, parce qu'il se sait si médiocre chauffeur qu'il préfère avertir les environs qu'il peut à tout moment provoquer un carambolage (une mesure préventive qui lui a déjà valu une contravention pour « abus de clignotants »).

— Alors, d'où la connais-tu, cette Pierrette Darrieq ?

À sa droite, le regard d'oncle To luisait de cette vie nouvelle sortie du fourneau de l'alcool. Tout squelettique sous la pèlerine bleu marine dénichée au poste de police, la tête chauve aux reflets cuivrés, et cet air babylonien qu'il tire d'un quelconque gène intrus, il regardait par la vitre le décor urbain qui défilait le long de la voiture, à travers le reflet de son visage brouillé.

— Pierrette ? demanda-t-il.

— Oui, Pierrette. Pourquoi ne m'as-tu jamais parlé d'elle ?

— Oh là, p'tit Flem, pourquoi tu t'énerves comme ça ?

— Bon sang, oncle To, qu'est-ce qu'il te faut de plus! La police t'a soupçonné d'être mêlé à l'affaire.

— De quoi tu parles, p'tit Flem?

Oncle To s'est tourné vers Flemmar. Ses traits ont esquissé une grimace de sincérité.

— Vas-tu finir par redescendre parmi nous, oncle To! Tu l'as appelée le soir même de son assassinat!

Là, tout s'est figé sur le visage d'oncle To. Comme si un boulet de réalité le lui avait aplati. Même sa voix, au registre si grave, que l'alcool n'empâtait jamais, est tombée à plat.

Flemmar a compris alors que pendant toute la matinée, la mauvaise nouvelle n'avait pas vaincu la brume d'oncle To. Et voilà qu'elle était maintenant sur le point de faire irruption dans son cœur et de tout saccager. Il est vrai qu'oncle To avait habitué son neveu à le voir subir avec une courtoisie zen tous les sales coups que la vie lui décochait sans trop se retenir. Ce qui aurait abattu un autre l'effleurait tout juste. Mais cette fois, quelque part en lui, le mur se fissurait sous le choc.

Flemmar a garé la voiture et éteint le moteur. Pendant quelques secondes, le silence a été une présence qui a pris toute la place. Puis, il a bien fallu répéter ce qui s'annonçait comme une douleur.

— Elle est morte. Pierrette Darrieq a été tuée dans une voiture piégée, mercredi soir dernier. Tu entends maintenant ce que je te dis?

Sur le visage d'oncle To, tout s'est passé comme si le temps s'était immobilisé net, les astres de ses yeux ont interrompu leur cours, le fleuve de ses veines s'est comme figé. Au bout de cette éternité, seules ses lèvres se sont entrouvertes, mais rien n'est sorti, sinon la noirceur d'un monde auquel il ne pouvait plus cette fois échapper.

~

C'est à ce point de l'histoire qu'il faut faire un saut de quinze ans en arrière, jusqu'à l'instant précis où Pierrette Darrieq sentit contre son ventre la brûlure d'une main et vit, penchée sur elle, une drôle de tête d'archange ébouriffée dont elle ne gardera qu'un souvenir fragile. Pierrette était, à ce moment, fort mal en point.

S'achevait en elle une guerre. Cancer et science s'empoignaient depuis quelques mois pour le contrôle des trente pieds de ses intestins, au terme de quoi les médecins, sarrau blanc et mine de circonstance, rendirent les bistouris. Ne restait plus qu'à compter les jours de Pierrette, le corps de celle-ci gorgé de morphine et sa cervelle comme prise dans une gangue de boue. Famille et amis égrenaient le chapelet des adieux, les larmes formaient un lac autour de son lit d'hôpital. Pierrette n'avait pas alors trente ans et sa chambre ressemblait à un caveau funèbre saturé d'une odeur quasi insoutenable, comme si son corps achevait de se putréfier.

Puis, un jour, il y eut cette chaleur de fer rouge sur son abdomen, qui le lui traversa comme une lame, et dont la progression dans tout le corps fut si brutale que Pierrette en souleva ses paupières pourtant alourdies par les médicaments. Ses yeux ne discernèrent que la ligne vaporeuse d'une silhouette courbée au-dessus d'elle, dont les mains de braise lui pétrissaient le ventre, le transformant en un fourneau de forge, jusqu'à ce qu'elle sentît au fond d'elle ses cellules bouillir à gros bouillons. Pierrette ferma les yeux, incapable seulement de se demander ce qui lui arrivait.

Une semaine plus tard, elle fit ses premiers pas hors du lit sous l'œil médical d'une rondeur ahurie. Ni machines ni cerveaux ne surent expliquer le miracle qui s'accomplissait dans ce lit depuis quelques jours déjà. Le corps de Pierrette avait repris le combat, lançant, dans une soudaine protestation de vie, une armée de cellules aux armures rutilantes contre l'ennemi dont elles percèrent le front. Et ce fut la débâcle. Oui, contre toute logique clinique, le cancer de Pierrette battit en retraite, fondit comme neige au soleil. Tout indiquait que cette femme, dont l'acte de décès n'attendait plus que d'être signé, allait avoir la vie entière devant elle. Le personnel médical en resta tellement sans voix qu'il en oublia de sauter de joie. Et puis, à quoi bon célébrer une victoire dont la science médicale ne pouvait guère s'attribuer le mérite?

Cette même semaine poussa la consternation des médecins et infirmières à son plus haut degré : dix autres miracles se produisirent à cet étage, oui, dix moribonds parmi les cas les plus désespérés qui se mirent à danser la farandole le long des corridors. À croire que la Nature avait perdu les pédales et tout contrôle sur la fatalité naturelle des choses. L'administration reçut la démission du médecin en chef pour qui s'écroulaient vingt-cinq années de pratique et quelques siècles de progrès scientifique. La rumeur voulut qu'il ait couru à l'aéroport, sauté dans le premier avion en partance pour New Delhi et se soit blotti contre les paraboles obscures de quelque gourou.

~

Quinze jours plus tard, Pierrette se présenta à l'appartement où vivait l'homme que sa recherche avait révélé comme son présumé sauveur. Depuis sa résurrection, elle avait tourmenté de questions tout l'hôpital, résolue à donner jusqu'à sa vie pour connaître celui à qui elle la devait. Sa mémoire n'avait retenu qu'une tête en broussaille et le charbon ardent de ses doigts. Or cette tête-là était si frappante qu'au fil des témoignages Pierrette avait pu suivre son parcours dans les corridors de l'hôpital, et jusqu'au taxi dont le chauffeur, un Portugais renfrogné et à l'air mauvais qui se faisait une règle, depuis vingt ans qu'il exerçait ce métier, de ne jamais adresser la parole à ses clients, se rappelait la conversation que l'homme était parvenu à lui arracher. «Il a un don, ce type», avait-il dit. C'est ainsi que Pierrette se retrouva en possession d'une adresse.

Elle frappa, donc, à la porte, cela rendit un bruit qui fit écho aux coups que lui portait sans ménagement son cœur dans sa poitrine. Nerveuse, Pierrette, comme ce n'était pas possible, comme si elle s'apprêtait à découvrir son véritable géniteur. De l'autre côté de la porte lui parvint un craquement de plancher, et ce qui l'accueillit fut un homme plus petit qu'elle, titubant, flottant dans une chemise de flanelle qui empestait le vieux tabac, les cheveux comme de l'étoupe sur une tête cernée, les yeux bouffis, et derrière lui s'offraient les décombres de son réduit qui rappelaient, à quelques bombes près, la bande de Gaza après une saute d'humeur des Israéliens. Mais sur sa face poisseuse dansait un petit sourire d'affection pure et pleine d'infini. L'expression même de l'univers quand il est heureux.

Et là, ne lui demandez pas pourquoi ni comment, elle sut que quelque chose commençait pour elle. Comme si, au terme d'une longue dérive, elle était jetée d'un coup sur les côtes d'une île où il avait été décidé que son cœur finirait ses jours. Le vif sentiment d'une libération, que son corps lui signifia par une sorte de soulèvement intérieur. Une envie folle, oppressante, presque douloureuse, de se jeter dans les bras de cet homme, là, tout de suite, et de lui faire l'amour, aussi peu décent que cela pût lui paraître. Elle en resta d'abord figée sur place, retenue par les bras parentaux de sa «bonne éducation», par une enfance entière passée sous l'empire d'une morale stricte qui enseigne la séquestration des désirs, la constipation existentielle et qui vous fiche, pour finir, le cancer des intestins à force de ne pas digérer cette vie-là.

C'est ainsi qu'au seuil des présentations, dans le silence des âmes, elle lâcha prise. Elle lui saisit le visage et l'embrassa avec une impatience fébrile, à quoi oncle To répondit sans formalités : explosion des corps qui s'entrechoquent, avidité des mains qui s'enfoncent dans l'inconnu, voracité des lèvres qui ont soif. Ils se libérèrent de leurs vêtements et Pierrette, de toute sa taille anguleuse, aima oncle To sur toute sa surface et sous toutes les coutures. Il n'en demandait pas tant.

Ce n'est qu'après que Pierrette put remonter à la hauteur des mots, alors qu'à travers la rumeur de l'immeuble (ça s'envoyait paître à côté avec une belle fermeté et à l'étage du dessus des gosses semblaient jouer à la trampoline) leur parvenait la caressante volée des cloches d'une chapelle éloignée. Ils étaient allongés sur un matelas à l'odeur rance, à moitié nus, la peau luisant du poli de l'amour, les doigts prolongeant leur flânerie. Après ce tour complet du corps, c'est au territoire d'une autre intimité qu'elle voulut se consacrer. Et ce qu'elle ne tarda pas à apprendre de cet homme et de son train de vie qui en faisait le contraire diamétral de Pierrette, la convainquit que l'amour était une chose fabuleusement inexplicable, qu'il tient à un fil invisible qu'aucune lame de la raison ne peut trancher.

Tout, chez oncle To, lui semblait provenir d'une autre planète.

À commencer par l'alcool. Si loin que se portassent ses souvenirs, oncle To avait bu. Très tôt, au sortir de l'adolescence, il avait renoncé à tout, et à lui-même d'abord, pour se consacrer à la seule vocation qui pût lui fournir une acceptable raison de vivre. La dive bouteille lui donnait son horizon, sorte de refuge contre la sobriété folle des hommes. «Quand je bois, je distingue mieux les voix des échos.» Pierrette lui découvrit un sens de la formule dont émanait un effet de sagesse qui accroissait son charme. Qu'il ait été doté de mille talents importait peu à oncle To. L'argent et le confort ne pesaient rien, il accueillait la pauvreté comme une chance inespérée, «heureux de n'avoir rien pour prétendre à tout». Oncle To raconta à Pierrette ses longs séjours aux États-Unis et en Amérique du Sud, où il vivait d'expédients, courait le jupon, collectionnait les mésaventures d'une drôlerie romanesque dont il fit le récit pour la stupéfaction et l'émerveillement de Pierrette. Il lui raconta, entre autres, son tout premier jeûne, au début de la vingtaine, alors qu'il était détenu dans une misérable prison américaine du Texas, dans un coin perdu, pour conduite en état d'ivresse. Condamné à y passer la nuit, il y était resté trois semaines, à sa propre requête, et y avait consacré son temps à cultiver le jardin de légumes situé dans la cour arrière du poste de police. Trois semaines animées par une étrange résolution : jeûner. Est-ce l'atmosphère tranquille de la prison qui l'y disposa? Toujours est-il qu'il n'avait pas même porté une feuille de carottes à ses lèvres, sous l'œil perplexe des policiers qui emplissaient de *fast food* la lourde valise de leur graisse. Trois semaines d'une expérience radieuse et vivifiante. Au terme desquelles oncle To s'était étonné de se déplacer sans que ses pieds frôlassent le sol. Oh, presque rien, un ou deux centimètres seulement, d'une hauteur si discrète qu'elle était passée inaperçue. Ce jour-là, oncle To avait compris que le jeûne serait à la fois son port d'attache et sa rampe de lancement. Il avait quitté le poste de police pour célébrer la bonne nouvelle par une virée des bars.

~

C'est ainsi que, le temps qu'avait duré leur intimité, sous la masse des draps, Pierrette et oncle To avaient rigolé. Au moment de le quitter, elle avait eu un doute.

— Sais-tu qui je suis, Thomas? Tu te rappelles m'avoir sauvé la vie?

Oncle To ne se rappelait pas, non. Les événements les plus frais se dissolvent en lui. Les visages rencontrés la veille deviennent vite des ombres. Sa mémoire d'ivrogne tient le passé pour superflu.

Elle avait alors ajouté :

— À l'hôpital. Je mourais du cancer des intestins.

Oui, l'hôpital, bien sûr… Des images lui étaient revenues.

Tout avait commencé par un accident qui aurait fort bien pu lui coûter la vie, mais dont il n'avait gardé aucun souvenir. D'après les témoignages, un camion l'aurait violemment renversé, alors qu'il chancelait sur son vieux vélo, complètement ivre. Le corps que l'ambulance avait refilé au service des urgences n'était pas au meilleur de sa forme. Dans un branle-bas médical, on lui avait alors vissé autant de tubes que pouvaient en recevoir ses orifices, à lui donner des airs d'araignée. Et avec ça, pas de papiers d'identité. On avait dû se contenter de «l'étranger» pour le nommer entre soi, parce qu'il avait une tête de terres éloignées. Il en avait été ainsi pendant le mois qu'il avait passé aux soins intensifs, comateux et hérissé de tuyaux, et pendant la semaine de convalescence qu'il avait occupée à lutiner les infirmières. «L'étranger» s'en était tiré à très bon compte : quelques côtes brisées auxquelles le temps porterait remède. Le jour où il avait reçu son congé, oncle To, pendant qu'il y était, s'était offert une flânerie dans l'hôpital, faisant causette à tous venants, et le hasard de ses pas l'avait mené jusqu'au couloir silencieux du sixième, là où les âmes s'apprêtaient à larguer les amarres. Un étage voué aux cas tenus pour éphémères. La décision d'oncle To, alors, avait été naturelle. Une façon de dire merci, peut-être, à l'équipe médicale à laquelle il devait sa guérison. Oncle To connaît ses mains quand il est à jeun de quelques semaines. Elles possèdent l'art de donner à la vie une seconde chance. Un don comme on en compte peu et dont il fait peu de cas. Il leur suffit d'une simple application pour chasser des corps leurs cauche-mars. Il avait ainsi rendu visite à quelques moribonds comme un médecin qui fait sa ronde, et s'en était allé aussi discrètement qu'il était venu.

~

Ils ont bien dû, Pierrette et oncle To, pulvériser le record de la discrétion, pour avoir ainsi tenu leur liaison, assez agitée merci, dans un si grand secret pendant les quinze ans de querelles inouïes et d'étreintes brûlantes sur lesquels elle s'est étendue. Pierrette n'avait pas perdu la tête au point d'afficher un amant aussi peu présentable et capable de faire couler à jamais sa réputation de femme d'affaires. Cet ivrogne n'était pas un cadeau, ça, Pierrette l'avait compris bien assez tôt ; elle le savait capable de lui bousiller n'importe quel dîner à coups de gros-sièretés dont il semblait posséder une réserve infinie quand il s'agissait d'enterrer vivants les gens dits « convenables ». Il fallait crever de misère, tenir tout juste la tête hors de l'eau, être riche de sa pauvreté, pour se concilier ses bonnes grâces. Au premier signe de confort, il vous envoyait en enfer. On s'étonnera que Pierrette ait trouvé en ce drôle d'animal l'homme de sa vie. C'est qu'elle avait bien vu qu'il cachait un cœur gros comme ça sous ses gros mots. Elle le lui disait des fois : «Tu t'arranges pour qu'on prenne pour de la révolte à outrance ce qui n'est qu'un surplus d'amour.» *Amour*, une «vacherie de mot» que condamnait sans appel oncle To. Pourtant, il ne faisait aucun doute qu'il était beaucoup plus tendre qu'il ne se l'imaginait lui-même, mais il ne le montrait pas, et c'est cela, pensait-elle, la vraie tendresse.

Le plus drôle, c'est qu'oncle To n'était pas plus présentable à jeun. Ses longues plages de jeûne, qui réveillaient en lui un désir d'élévation, le rendaient absolument inaccessible au commun des mortels. Elle avait aimé alors le silence qui s'établissait en lui.

C'est ainsi que personne ne s'était douté de leur relation. Se livrer en douce à cet amour, d'un érotisme torride dont on n'aurait pas cru capable Pierrette (pour sa part, oncle To était un fin cochon au lit quand il avait un verre dans le nez), avait fourni à la vie de Pierrette une épice à laquelle elle avait pris goût.

Les toiles que peignait oncle To par temps de jeûne avaient trouvé en Pierrette une admiratrice passionnée. Il les lui aurait données volontiers, ses toiles – elles n'étaient guère à ses yeux qu'un gribouillis et il s'était étonné qu'elle en fît si grand cas –, si Pierrette n'avait pas insisté pour les lui acheter, et au prix fort de surcroît, de rondelettes sommes dont il remettait en douce une bonne partie à qui lui tendait la main, ces clochards auxquels il se sentait lié.

C'est quelques jours après leur première rencontre qu'ils avaient connu leur première vraie empoignade. Pierrette avait découvert, un matin où elle avait entrepris de ranger sa piaule, une vieille boîte pleine de poèmes qui moisissait au fond d'un placard. Il les avait écrits pendant qu'il roulait sa bosse d'une côte à l'autre du continent. Elle n'avait certes jamais eu de goût particulier pour la poésie, et sa maison d'édition se gardait bien d'en publier, mais elle était tout de même capable de séparer le bon grain de l'ivraie, et ce verger de poèmes l'avait si bien convaincue qu'elle avait été prête à faire une entorse à sa règle et à lui proposer leur publication. Mais oncle To, bien qu'encore alourdi par la beuverie de la veille, s'y était cette fois opposé avec une vigueur qu'elle lui découvrait pour la première fois. Il avait écrit ces poèmes, et cela suffisait à son contentement, avait-il déclaré. Il n'avait nul besoin qu'on vienne y fourrer son nez. Pierrette avait répliqué qu'on écrit toujours pour un lecteur, que la littérature trouve en la lecture sa vraie respiration, et pendant que, nu comme un ver, il se saisissait de ses poèmes avec colère, elle avait poussé plus loin en disant que son refus d'être lu cachait une peur qu'il lui faudrait bien surmonter « si tu veux grandir un peu, quoi merde, tu ne peux pas indéfiniment te tenir à l'écart du regard des autres ! ». Sur quoi il avait bien rigolé, oncle To, parce que « ma jolie, il faut que t'aies sacrément rien compris à la littérature pour faire ta sale job d'éditeur. Le succès, c'est juste un échec raté, et ça, t'es pas près de le comprendre. Le malheur qui t'arrive, pauvre conne, à toi comme à tous ceux qui s'agglutinent autour du Livre comme une nuée d'mouches, c'est d'oublier que le seul but dans la vie, c'est de vivre, et que la vie n'est pas faite pour être lue ! L'écriture, c'est une lanterne qui n'éclaire que celui qui la porte. »

Il y avait eu un lourd silence. De ceux qui font réfléchir les couples les plus épris. Oncle To avait fourré ses poèmes dans la boîte en grommelant des ordures. Pierrette s'était levée, avait enfilé ses vêtements (« Ma sale job d'éditeur, hein ! ») et avait quitté l'appartement en claquant fermement la porte.

Il n'en avait jamais plus été question, entre eux. La boîte, du reste, avait disparu. Si ça se trouve, avait conclu Pierrette, il l'avait détruite.

～

— Tu ne m'as jamais dit que tu écrivais !

Décidément, Flemmar en apprenait long sur son oncle. Mais Oncle To n'était plus d'humeur à s'expliquer. Il y avait une morte dans son cœur, et elle pesait de ce poids qui dépassait un peu la vie. Peut-être pour la première fois, connaissait-il le vrai malheur. Il basculait dans un néant qui avait peu à voir avec ceux dans lesquels il avait coutume de frayer. Il demanda à Flemmar de le ramener chez lui. Il voulait être seul. Seul avec sa Pierrette au fond de lui.

26

Des heures d'attente qui leur paraissent, à Clotilde et à Cédidio, aussi infinies qu'une mer étale. Un seul incident a provoqué un rond de vague dans l'après-midi. Un gobelet de café projeté par la vitre teintée d'une Mercedes noire garée en sens inverse, à plusieurs mètres d'eux. Il n'en faut généralement pas plus pour que Clotilde voie rouge.

— Je reviens, a-t-elle simplement dit en ouvrant la portière.

Elle a traversé la rue en direction de la Mercedes, a ramassé le gobelet qui gisait au pied de la portière, a pris soin de faire le tour du capot, a atteint une boîte à ordures qui était juste là et, main suspendue comme le bras d'une grue, a lâché le gobelet. Puis elle s'en est revenue auprès de Cédidio, sans même décocher un regard vers le pare-brise.

Le conducteur pouvait se considérer comme heureux de s'en tirer à si bon compte. Cédidio avait déjà vu sa Cloclo autrement explosive. Comme la fois où elle avait solidement engueulé cet imbécile qui avait eu le malheur de vider, par l'embrasure de la portière, le cendrier de sa voiture le temps d'un feu rouge. Il avait dû sentir toute la pollution du monde lui tomber dessus, en bloc.

— On fait dans la sobriété maintenant?

— C'est parfois plus efficace.

Cédidio imagine la petite tête de repentant qu'a bien dû faire l'occupant de la Mercedes.

~

En fin d'après-midi, autour de dix-sept heures, une voiture s'immobilise devant le domicile d'Angoulvent. Le type qui en descend et qui avance vers l'entrée est précédé d'un nez qu'on n'oublie plus quand on a eu l'occasion de le mesurer une première fois.

— Je le connais, lui! s'écrie Clotilde.

— Ne me dis pas qu'il enseigne aussi au département.

— C'est le policier qui enquête sur la mort des éditeurs. Il est venu à l'accueil Béjard pas plus tard qu'hier.

— Qu'est-ce qu'il fait chez Angoulvent? Oh là, ça sent mauvais, Cloclo!

Après un bref entretien au cours duquel Angoulvent montre d'évidents signes de contrariété, se prenant d'abord la tête entre les mains puis rejetant les bras comme sous le poids de la fatalité, il fait entrer le lieutenant Lemaître chez lui. Pendant l'heure qui suit persiste cette odeur suspecte que Cédidio s'obstine à renifler. «Angoulvent, un assassin, ben ça alors, qui l'aurait cru?» Il s'attend à tout moment à le voir sortir menottes aux poings, mais le temps passe et l'arrestation n'en finit pas de ne pas avoir lieu.

— Peut-être qu'il résiste, Angoulvent, peut-être même qu'il lui a fait la peau, à ton policier. Ça sent vraiment mauvais, Cloclo, je te le dis, moi.

Mais le lieutenant sort de la maison, avec toute sa peau sur lui, et son nez de Cyrano en éclaireur. Lui et Angoulvent échangent quelques derniers mots avant que la porte ne se referme sur le lieutenant Lemaître.

— M'ouais, grommelle Cédidio, en fait d'arrestation, on a déjà vu mieux.

Le lieutenant Lemaître ne regagne pas immédiatement sa voiture, mais sort un carnet qu'il ouvre pour y consigner une note.

~

Une heure passe.

— Dis, Cloclo, la Mercedes…

— Je sais. Ça doit bien faire quatre heures maintenant qu'elle est là.

— Et personne n'en est sorti, je te le signale.

— Je me demande ce qu'il attend.

— La même chose que nous, pas difficile à deviner !

— Bon, que vas-tu inventer maintenant ?

— Le pire, Cloclo ! Je serais pas autrement surpris de voir deux types en noir à lunettes fumées sortir de la voiture. Deux archétypes du tueur à gages. Deux croquemorts à la *Matrix*. Qui attendent seulement que se pointe leur contrat pour lui faire sa fête. Et la meilleure, c'est qu'en bonus tu leur as offert une jolie leçon de respect environnemental. Comme ça, s'ils ont une minute à tuer, ils viendront t'exprimer leur gratitude.

— Vraiment, avec toi, pas besoin d'aller au cinéma.

— Bah, si ça peut te rassurer, c'est le genre de cliché que la littérature a abandonné depuis longtemps.

~

Histoire de tromper l'ennui, et encouragée par la réticence de Cédidio, Clotilde s'est mise en devoir de procéder à l'inventaire de tout ce qui dormait en pagaille dans la boîte à gants. Une variété d'objets qui a jeté Cédidio dans un étonnement embarrassé, le plus souvent incapable d'expliquer comment avaient pu y aboutir un appareil photographique jetable, une brochure publicitaire sur le Kilimandjaro, la cassette vidéo hors d'usage du second *Terminator*, et un numéro défraîchi d'une revue féminine (encore heureux, a-t-il songé, qu'il n'y ait pas laissé par mégarde une revue « masculine »). En revanche, Clotilde l'a sommé de justifier la présence d'une liste de noms dressée sur une feuille toute fripée et surmontée du titre : « Les plus belles filles du département », se faisant d'autant plus pressante qu'elle ne figurait qu'en troisième position (« Mais tu vois bien, a-t-il protesté, que c'est pas mon écriture, c'est celle de Daniel, c'était un soir où…», le reste n'étant qu'un ravissant patinage). Le tout reposait sur un fond de saletés diverses, de sous noirs, de pièces d'échecs, d'épingles et de boutons, d'où Clotilde a extrait un briquet auquel elle n'aurait prêté aucune attention si Cédidio ne s'était pas écrié :

— Il est donc là !

— Tu le cherchais ?

Il s'agissait d'un briquet en étain au couvercle ciselé, qu'il avait égaré et auquel il vouait un attachement plus grand qu'il ne voulait le laisser paraître.

— Qu'est-ce qu'il a, ce briquet ?

— C'est rien, a-t-il répondu en le reprenant des mains de Clotilde.

— Explique-toi.

— C'est idiot, je te dis. Simplement, j'ai trouvé ce briquet le jour même où tu m'as adressé la parole pour la première fois. Tu te rappelles, il y a deux ans ?

— Oui, et alors ?

—Je l'ai ramassé par terre, au pied de mon casier. Comme s'il m'attendait.

— Et alors ?

— Et alors… Je pensais à toi… Tu m'avais engueulé comme si j'étais le dernier des cons, mais j'étais déjà amoureux. Et alors, ce briquet m'est apparu comme… un signe du destin, disons.

— Un signe du destin… a-t-elle répété d'un ton moqueur.

— Mais oui, j'ai senti que ce briquet était lié à nous. Que je devais le garder, comme s'il représentait…

Il a paru hésiter.

— Je t'aime vraiment, Clotilde.

D'ordinaire, il ne l'appelle pas autrement que Cloclo.

— C'est sérieux. Je suis amoureux. C'est comme ça, j'y peux rien. Et tu y peux rien non plus. Je sais bien que je suis pas ton type. Et je l'ai accepté. J'arrive même à en rire. Je t'aime à ce point-là. Au point de rire de moi.

Pendant un moment de silence, il a observé le briquet qu'il réchauffait dans sa paume.

— Depuis deux ans, il représente un peu tout ça, tu vois. Je le porte ici habituellement (il a désigné la poche gauche de son pantalon). Alors tu imagines bien le choc que ç'a été de l'avoir perdu… J'imagine que c'est un copain qui l'a trouvé sur le siège et qui l'a fourré dans la boîte à gants… C'est bizarre de se découvrir superstitieux… Tiens, il est à toi, maintenant. Tu l'as retrouvé, alors il t'appartient.

Sans attendre sa réponse, il le lui a remis dans la main.

— Garde-le. Tu veux bien ?

— Le garder ?

— Pour te rappeler mon amour, quoi qu'il advienne. Comme l'anneau de Charlemagne.

— D'accord, Cédi.

Il a ajouté, sourire en coin :

— Et puis, si un jour tu te surprends à tomber amoureuse de moi, il te suffira de l'allumer.

~

— Le voilà !

Il est vingt heures quand Angoulvent pénètre enfin dans le champ du rétroviseur de Clotilde. Malgré la pénombre dont l'automne s'est empressé de recouvrir la ville, elle peut le suivre des yeux sans mal, le large cône lumineux d'un lampadaire circonscrit sa marche, comme pour un artiste entrant en scène. Saucissonné dans un imperméable jaune et armé d'un parapluie contre l'orage qui s'annonce à la noirceur des nuages, Angoulvent gagne à pas rapides sa voiture gris argent garée en face de son domicile. Mais il n'a pas introduit la clef dans la serrure que la Mercedes noire vrombit de tous ses cylindres, fonce vers Angoulvent et fait à son tour irruption dans le rétroviseur de Clotilde. En jaillissent deux hommes robustes, complet noir et verres fumées, qui encadrent Angoulvent, rabattent leurs grosses pattes sur ses avant-bras et parlementent avec lui, le temps de dire bonjour, et déjà Angoulvent est fermement guidé vers la banquette arrière de la Mercedes qui repart aussitôt en trombe.

La scène n'a duré que deux secondes, pendant lesquelles Cédidio et Clotilde ont eu pour seul réflexe de ne pas en avoir.

— T'as… t'as vu? bégaie Cédidio.

Il est si pâle que sa peau paraît fluorescente dans la nuit. Et le fait que la voiture noire se dirige vers eux ne lui améliore guère le teint. Ils plongent en bas de leur siège pour que leur voiture ait l'air d'être vide, et après que les ravisseurs les ont dépassés, il leur faut un moment avant de glisser un œil à l'extérieur.

— Mais comment j'ai fait pour deviner ça?

— On en reparlera plus tard. Pour l'instant, démarre!

L'ordre a sur lui l'effet d'un choc électrique. Il tourne la clef de contact, s'ensuivent quelques pétarades qui font craindre que cette relique ne pousse son dernier soupir d'hydrocarbure, puis, dans un ultime effort de survie, le moteur démarre poussivement, et voilà Cédidio entreprenant la filature. Un domaine dans lequel il se révèle assez peu versé.

— Il va nous échapper, Cédi!

— Je fais ce que je peux!

Une fois engagée dans une grande artère, la Mercedes slalome, accélérateur au plancher, entre les voitures.

— Bon sang, c'est à croire qu'ils se savent suivis!

— Un seul feu rouge entre eux et nous, et c'est fichu, prévient Clotilde.

Il faut à Cédidio en griller un ou deux *in extremis* pour ne pas perdre la voiture noire de vue. Et c'est sans parler de celles dont il coupe le chemin, des klaxons qui leur pleuvent dessus, des bras qui les envoient en enfer.

— Si, avec ça, il ne nous a pas repérés… soupire Clotilde.

Cinq ou six voitures maintenant les séparent de la Mercedes. Elles roulent à un train de sénateur.

— Mais tassez-vous, bon Dieu! leur crie Cédidio en gesticulant.

— Ils ont tourné à droite, là, à droite!

Au virage, le boulevard offre une nouvelle course d'obstacles qui creuse un peu plus l'écart.

— Ils ont pris la gauche !

— T'es sûre ?

— À gauche, Cédi !

Voie étroite au bout de laquelle ils ont tout juste le temps de voir la Mercedes tourner à l'angle de la rue.

— Accélère, on va les perdre !

De fait, à l'intersection, elle a disparu.

— Qu'est-ce qu'on fait maintenant ?

— Roule toujours, ils ne peuvent pas être loin.

Cédidio immobilise la voiture à la nouvelle intersection.

— J'ai bien peur qu'ils nous aient échappé, dit-il. Bon, s'empresse-t-il de suggérer, on n'a plus qu'à rentrer.

— Et là, à droite, c'est pas leur voiture ?

Une Mercedes est garée à une vingtaine de mètres.

Ils passent à côté d'elle pour découvrir qu'elle est déjà vide.

— Stationne-toi un peu plus loin.

Cédidio prend une place libre le long du trottoir d'en face et coupe le contact. Dans une contorsion du cou, ils observent la voiture.

Silence, rempli seulement par le vacarme de leurs cœurs. Et de leurs chuchotements.

— T'es sûre que c'est bien celle-là ?

— T'as remarqué, toi, le numéro de la plaque ? demande Clotilde.

— Pardonne-moi, mais je n'avais pas la tête à ce détail.

— Ç'a tout l'air d'être la leur.

— Alors, où sont-ils allés ?

À examiner les environs, on croirait à un couvre-feu. Les triplex aux rideaux tirés côtoient différents commerces que la fermeture a jetés dans la pénombre, épicerie, magasin d'électroménagers, chocolaterie qui laissent deviner un bel achalandage le jour. Leur parvient la lumière du néon qui grésille sur la façade d'un dépanneur.

— Là ! fait Clotilde.

Elle désigne la librairie devant laquelle se trouve la Mercedes. Sur la vitrine, tracé en grosses lettres à demi effacées, on peut lire *LIBRAIRIE SUTTER. ACHAT ET VENTE DE LIVRES ANCIENS.*

— Tu connais? demande Cédidio.

— Non.

— Elle a tout l'air d'être à l'abandon. Bon, qu'est-ce qu'on fait?

— Je reviens.

Et la portière de se refermer derrière Clotilde qui se dirige vers la librairie. En passant devant son entrée, elle ralentit le pas, jette d'abord un coup d'œil rapide à travers la vitrine dont la poussière semble n'être là que pour interdire toute indiscrétion. Elle pousse l'audace jusqu'à s'y coller le nez. Y a pas à dire, elle a des couilles, sa Cloclo, se dit non sans fierté Cédidio qui, pour sa part, grelotte de frayeur de tous ses membres.

Elle réintègre la voiture.

— Rien, pour autant que j'aie pu en juger.

Silence pendant lequel on prend la pleine mesure des événements.

— T'imagines, Cloclo, on vient d'assister à un enlèvement. C'est quand même pas des blagues!

— Une chose est sûre : Angoulvent trempe dans une sale affaire.

— Quand je pense qu'ils étaient là, garés à quelques mètres de nous, à attendre le bon moment en buvant leur café. Et toi qui vas leur donner une leçon d'écologie. Tu peux te compter chanceuse, Cloclo. Pour un gobelet, ils sont bien capables d'abattre le premier venu.

Silence.

— On devrait pas alerter la police?

— Pour lui dire quoi? Qu'est-ce qu'on en sait, s'il s'agit d'un enlèvement? Ils ne l'ont tout de même pas assommé.

— Et là, laisse-moi deviner : on attend?

— On attend.

27

—Vous vous délecterez de cette enquête-ci, mamie.

Bien sûr, on ne peut espérer une grande effusion d'une centenaire en état de coma cérébral. Aussi le lieutenant Lemaître accueille-t-il le bond régulier du trait vert de l'électro-encéphalogramme comme le signe discret d'une joie retenue.

Comme toujours, le lieutenant Lemaître vibre d'émotion au chevet d'Ursula, sa main enveloppant la sienne comme une mince coquille.

— Mieux encore, j'incline à penser que vous auriez été en mesure de me fournir une aide précieuse.

Ursula se serait réjouie à cette perspective. Le lieutenant Lemaître ébauche un sourire tiré du passé. Il revoit Ursula dans la position qu'il ne lui connaissait que trop bien quand, jadis, à la faveur d'une visite par un soir de semaine, il lui rendait compte du lent progrès de l'enquête qui l'occupait alors, un bilan qu'il dressait tout autant pour lui-même. Fixée dans sa chaise berçante paillée qui rivalisait d'âge avec elle, enroulée jusqu'aux joues dans un plaid écossais qui ne la quittait pas plus que sa propre peau, Mandarin le chat bien calé entre ses cuisses, elle lui semblait être du minerai dont sont extraits les métaux les plus rares. Avant toute chose, Ursula exigeait que deux bûches soient mises dans le feu et que le thé au jasmin soit servi. Alors ses yeux pétillaient de gourmandise et, feignant le ton de la haute hiérarchie, elle disait : «Je vous écoute, lieutenant.» Elle adorait ce jeu-là, où elle s'offrait ce délicieux vouvoiement et, l'index levé, ajoutait en guise de mise en garde : «Que je ne vous voie pas glisser sur les détails!» À ce qui était devenu le signal de départ convenu, le lieutenant Lemaître s'enfonçait en territoire sordide, ne reculant devant aucun détail. Le crime fût-il innommable, elle écoutait, imperturbable, secouant doucement sa tête chenue à sa façon concentrée. Elle lui soumettait, de sa voix sans souffle, éraillée, comme vaincue par la vie, mille et une questions parfois d'une futilité absolue auxquelles il répondait avec toute la patience que fournit l'amour filial. Rien ne la mettait en joie comme les enquêtes de son petit-fils, avec leurs indices, filatures et interrogatoires, feuilleton télévisé dont elle faisait ses délices. Non qu'elle eût un goût douteux pour la noirceur morbide des hommes, simplement le jeu de déduction qu'impliquait toute affaire policière éveillait en elle le reste de lucidité dont elle disposait encore. Elle était de ces tempéraments curieux et passionnés qu'un siècle d'existence pleine n'empâte pas.

Aujourd'hui, malgré les eaux lointaines dans lesquelles flotte Ursula, le lieutenant Lemaître tient à lui faire un rapport circonstancié de son enquête.

— Seriez-vous étonnée d'apprendre qu'une vieille connaissance à vous est à l'origine de «l'énigme F. S.»? Oui, mamie, F. S. serait nul autre que Blaise Cendrars.

Il lui avait suffi, pour percer le mystère des initiales, de consulter *Le Petit Robert des noms propres: CENDRARS (Frédéric SAUSER, dit Blaise)*.

— Ne le rencontrâtes-vous pas, à Paris, à la terrasse de la Closerie des Lilas? C'était en 1925, une époque dont vous gardez la nostalgie.

∼

Ursula évoquait les années vingt comme la seule tranche de sa vie à laquelle elle aurait accordé l'éternité. Elle lui avait raconté cette époque-là en long et en large, avec ses boîtes de jazz où se trémoussaient hanches et genoux, avec ses bals musettes de Belleville, de la Bastille ou de la place d'Italie où l'on «faisait la java» des nuits entières, avec ses jupes et cheveux coupés court, ses colliers allongés, ses boas de plumes, ses fume-cigarettes longs comme un bras, ses cocktails multicolores… Bref, une vie d'oisiveté facilitée par la jolie fortune que lui avait laissée abruptement son colonel de père terrassé par une attaque cardiaque, dans les dernières heures de la Première Guerre mondiale.

Oui, Ursula avait fait la rencontre de Cendrars, un après-midi ensoleillé, entourée d'amis qui formaient un aréopage de la peinture moderne : Fernand Léger, le rustique, Soutine, la mine aussi gaie que ses *bœuf écorché* qu'il s'était mis en tête de peindre depuis peu, Modigliani, plus ivre mort que vivant, qui, entre deux bouteilles, traçait le portrait des copains sur les nappes de papier (Ursula avait conservé le sien, jalousement encadré depuis, une tête triangulaire au galbe byzantin). Cendrars, lui, était désormais l'auteur de *L'Or*, le poète au bras unique, un obus l'ayant allégé de son bras droit, le jour même, avait-il confié, où mourut celui qu'il tenait pour son père spirituel, Rémy de Gourmont. Ursula se rappelait cette phrase qu'il avait laissée tomber : « J'ai compris alors qu'il me fallait tout recommencer à zéro. »

On n'oublie pas ce genre de type, disait Ursula, avec sa tête rasée de flibustier, ses yeux de Chinois qui a tout vu, son effronterie qui mène la vie dure aux idées reçues, sa voix nasillarde aux inflexions neuchâteloises, sa dégaine de seigneur clochard. Il était environné de cette aura de globe-trotter qu'il avait rapportée de son séjour brésilien. Et il avait la langue si bien pendue, Cendrars, qu'on l'écoutait débiter ses mensonges avec plus de délice que les histoires vraies racontées par d'autres. Incapable de parler sans mentir, machine à fabuler, il s'enivrait de ses fantasmes jusqu'à ne plus tenir debout et s'inventait une existence qui en valait bien dix. Aucun horizon ne lui était inaccessible. Il vous plantait tantôt là, tantôt ailleurs, dans une pirogue en écorce au milieu d'une jungle émeraude, dans une bijouterie moscovite, dans la soute à charbon d'un navire amarré à Tianjin. Et de s'interrompre : « J'ai bien le temps de fumer encore une cigarette », pendant laquelle il explorait le Kamtchatka, chassait le crocodile sur le Mississippi, convoyait des émigrants de Pologne vers les États-Unis… «La vie est inadmissible, disait-il, si ce n'est pour la réinventer chaque jour.» Une leçon qu'il appliquait avec l'aplomb d'un arracheur de dents.

Cet après-midi-là, la conversation avait bifurqué vers la littérature. À cette époque, le groupe dada n'était plus qu'un souvenir, le surréalisme s'auto-couronnait, et Cendrars, qui ne pouvait encadrer la moindre école littéraire, se payait la gueule du «Seigneur Breton et de ses vassaux». Libre, Cendrars n'adhérait à rien, si ce n'est à la liberté «dont je sais qu'elle n'est pas de ce monde». Connaissant l'amitié qui liait la jeune Ursula aux surréalistes, il s'était livré à une attaque en règle.

— Je préfère croire à la sainteté de ces fous mystiques que l'Église a laissés mûrir dans son giron plutôt que de m'en laisser accroire par la loufoquerie des surréalistes.

Le seul qu'il avait épargné de ses coups de sabre était celui-là même avec lequel, à cette époque, Ursula entretenait un amour discret, Robert Desnos.

— Un joyeux compagnon, Desnos. Ses expériences d'écriture automatique sont une vraie farce, mais il est un grand poète. Un vrai. De la graine de Villon !

Informé du mot par Ursula, Robert Desnos en avait pleuré d'émotion. Elle avait été étonnée de constater que l'estime de Cendrars comptait plus à ses yeux que les louanges du pontifiant Breton.

~

— *Notre pain quotidien*, mamie, tel est le roman de Cendrars dont le mystère vous aurait passionnée.

Déjà, en 1925, des plans de romans, Cendrars en avait plein la tête. Des titres, il en inventait à la pelle. Il y avait ces fameux trente-trois volumes qu'il disait en préparation. Ursula avait entendu parler de ces livres rêvés dont il inscrivait le titre, la dédicace, le nom de l'éditeur, jusqu'à la date de publication. À l'entendre, il ne lui restait guère plus qu'à s'attabler et à les écrire. Vingt-cinq ans plus tard, c'était connu, aucun de ces projets n'avait été seulement entamé. Là-dessus, tous les spécialistes universitaires s'accordaient aujourd'hui. Le lieutenant Lemaître le sait pour avoir consacré une partie de son après-midi à la bibliothèque d'une université, à potasser études littéraires et biographies, à la recherche d'un signe qui eût pu donner vie à ce *Notre pain quotidien*. Il est tombé enfin sur un curieux texte de Cendrars, très bref, deux pages, intitulé « Manuel de la bibliographie des livres jamais publiés ni même écrits », où il propose que l'on dresse la liste de ces romans introuvables d'écrivains, Balzac et quelques autres, parmi lesquels il se range. C'est ainsi que Cendrars y affirme avoir écrit *Novgorode, La Légende de l'or gris et du silence* en 1909, son premier livre dont aucun manuscrit n'a attesté l'existence jusqu'à ce jour, *La Vie et la Mort du soldat inconnu*, dont il dit avoir brûlé les cinq tomes tout prêts pour l'édition, au grand dam de ses éditeurs, *La Carissima*, une vie de Marie-Madeleine à laquelle Cendrars prétend tenir plus que tout. Autant de fantômes qui rôdent autour de ses livres publiés. Et voilà que parmi ses livres manquants figure celui-là même qui a fait couler autant d'encre que de sang cet automne. Le lieutenant en a étouffé un cri de joie. C'est bien là, en toutes lettres : Cendrars prétend être l'auteur d'un roman intitulé *Notre pain quotidien*, dont les dix tomes ont été dispersés par lui dans les coffres-forts de diverses banques en Amérique du Sud. De point en point la version d'Alphonse Delon.

Ainsi, ce que les spécialistes tiennent pour des propos en l'air relève de l'œuvre la moins rêvée qui soit.

Ces tomes-là, Cendrars les a bel et bien écrits.

Et cachés.

Puis on les a retrouvés.

Et publiés.

— N'est-ce pas passionnant, mamie ?

L'horizontalité silencieuse d'Ursula n'en disconvient pas.

Pour y voir plus clair, le lieutenant Lemaître a cru bon de recourir aux lumières d'un spécialiste. Son choix s'est fixé tout naturellement sur le directeur du département de littérature, un certain Samuel Erckmann, qui a volontiers accepté de le recevoir.

~

— Je dois vous confier que cette histoire me laisse des plus perplexes.

Bureau lambrissé de chêne, plafond aux dimensions d'une cathédrale, lieder de Schubert tombant des quatre coins de la pièce, fenêtre géante donnant sur un boisé aménagé, et livres à perte de vue. À quoi s'ajoutait la posture sénatoriale d'Erckmann, dont la courtoisie, plutôt que de rapprocher, tenait autrui à distance. L'impression que faisait sur le lieutenant Lemaître cet intellectuel que l'on tenait pour une sommité dans son domaine le poussait, presque malgré lui, à adopter le profil bas. Et il faut drôlement lui en imposer pour réduire le lieutenant Lemaître à la taille d'un puceron.

— D'autant perplexe, a ajouté Erckmann, que je possède quelques informations fort troublantes qui pourront se révéler utiles à votre enquête, obtenues ce midi même. Brandy?

— Merci, sans façon.

Et cette voix, grave, rocailleuse, qui, dès les premiers mots de sa vie, avait dû en faire un garçon avec qui on prend ses distances, laissé seul au milieu de son intelligence précoce.

— Cette semaine, l'une des excellentes étudiantes de notre département m'a demandé de diriger son mémoire de maîtrise qu'elle désirait consacrer au roman de F. S. L'idée m'a aussitôt séduit, et dans mon enthousiasme, je lui ai fait voir l'avantage qu'elle tirerait de retrouver ce F. S.

— Sauf votre respect, professeur, n'était-ce pas là une proposition imprudente?

— Je dirais, à ma décharge, que c'était avant que ne survienne le second meurtre, après lequel il fut établi par les médias, ce matin même, que les crimes concernaient l'«énigme F. S.». Or, elle m'a confié hier que l'un de mes collègues, le professeur Angoulvent, avait fortement tenté de la dissuader d'entreprendre ses recherches. Cela m'a paru un peu louche, à telle enseigne que je me suis présenté chez lui, aujourd'hui même, pour en savoir plus long.

— Qu'apprîtes-vous ?

— Qu'il est mêlé à toute cette histoire, au point de ne plus savoir comment s'en dépêtrer.

C'est avec une manière de soulagement que le lieutenant a accueilli ce qui se présentait comme la première piste véritable de son enquête.

— Puis-je abuser et vous demander de préciser ?

— Tenez-vous bien : il semble que ce soit à Angoulvent que nous devions la publication du roman de F. S.

— Qu'est-ce à dire ?

— Qu'il a eu en sa possession le manuscrit de *Notre pain quotidien* et a pris sur lui de le publier.

— Vous confia-t-il comment il se l'est procuré ?

— C'est bien là le meilleur de l'affaire : il prétend l'avoir volé.

L'étonnement d'Erckmann lui écarquillait encore les yeux. Il a poursuivi :

— Il ne fait aucun doute aux yeux d'Angoulvent que l'homme à qui il a subtilisé le manuscrit est l'auteur des meurtres. Vous imaginez bien qu'il est mort de peur, le pauvre homme, à l'heure actuelle. Je n'arrive pas à me persuader qu'Angoulvent ait pu se mettre dans un tel pétrin.

— Suis-je trop optimiste en aimant à penser qu'il vous révéla l'identité de l'ancien propriétaire du manuscrit ?

— Il n'a rien voulu m'en dire, malgré mon insistance. Il prétend que si par malheur le meurtrier apprend qu'il est l'auteur du vol et le responsable de la publication du roman, il ne donne plus cher de sa vie. Je n'ai rien pu en tirer d'autre.

— N'eût-il pas été plus simple d'alerter la police ?

— C'est précisément ce dont j'ai voulu le convaincre. Il s'obstine à croire qu'une dénonciation ne ferait que précipiter la vengeance du meurtrier.

Erckmann s'est servi une seconde mesure de brandy.

— Dites-moi, professeur, a demandé le lieutenant Lemaître après un moment de silence, Angoulvent confirma-t-il qu'il s'agit bien d'un roman de Blaise Cendrars?

— Sur ce point, il est affirmatif, une révélation fort surprenante, quand on sait que Cendrars n'a jamais écrit ce livre.

— Pourtant, force est de constater...

— Écoutez : qu'Angoulvent soit convaincu qu'il faille attribuer la paternité de *Notre pain quotidien* à Cendrars est une chose, en fournir la preuve en est une autre. Quant à ce petit texte que vous avez consulté à la bibliothèque, fort connu des spécialistes, il n'est pas à prendre au sérieux. Le mensonge était l'ivrognerie verbale de Cendrars.

Erckmann a désigné la pile de livres sur son bureau :

— Au moment de votre arrivée, je me prêtais à un examen comparatif. Encore préliminaire, je vous le concède. J'ai repris les œuvres de Cendrars, à la recherche de signes qui puissent annoncer F. S. Il apparaît plus que douteux que Cendrars ait écrit *Notre pain quotidien*. Rien n'est plus étranger à Cendrars que le style et le ton qui caractérise le roman de F. S. Cette évidente disparité entre les deux œuvres rend pour le moins discutable l'établissement d'un tel lien.

— Seriez-vous en mesure d'en identifier le véritable auteur?

— Il peut s'agir d'un pur inconnu comme d'un écrivain établi qui se prête au jeu de l'anonymat. Quel qu'il soit, ce F. S. possède un génie indéniable. On n'en compte que quelques-uns par siècle, de cette étoffe-là. Il faut reconnaître à Angoulvent le mérite de l'avoir révélé au monde, fût-ce au péril de sa vie.

— Pour terminer, que pouvez-vous me dire à propos du professeur Angoulvent?

— Je ne veux pas être mauvaise langue, mais disons que nous n'attendons guère plus que sa retraite. Il a interrompu en quelque sorte toute activité intellectuelle, n'a pas de publication à son actif depuis longtemps. Quant à son enseignement, d'après les rumeurs qui me sont parvenues, il se résumerait au récit de ses voyages. Il n'en semble pas moins que les étudiants l'apprécient, en ceci qu'il peut se montrer un très brillant boute-en-train.

— Je vous remercie, professeur Erckmann.

~

Angoulvent n'était plus qu'une source intarissable de sueur, et sa pâleur s'expliquait surtout par le fait qu'il fumait pour la première fois de toute sa vie. Il allumait fébrilement ses cigarettes à même le tison de la précédente, en tirait d'énormes bouffées à lui arracher les poumons.

Il ne devait pas en être, non plus, à son premier verre de bourbon.

— Veuillez vous calmer, professeur.

Il tenait difficilement en place, Angoulvent, arpentant son bureau d'un mur à l'autre comme une auto tamponneuse. Il portait un vieux pyjama autrefois bleu.

Mis au courant de ce qu'il tenait pour une trahison de la part d'Erckmann, il pestait contre lui-même.

— Quelle idée aussi de m'être confié à Samuel! Je lui avais fait jurer de n'en rien dire à personne!

Bien que la maison possédât de nombreuses pièces, Angoulvent n'avait pas cru convenable d'inviter le lieutenant Lemaître au salon et l'avait entraîné plutôt dans sa pièce de travail, bien que rien n'indiquât qu'il y travaillât à outrance. C'est enfermé là qu'il devait se laisser ronger par la tourmente. Étroite et poussiéreuse, la pièce sentait le vieux livre où devaient grouiller des régiments d'acariens. Au point que le lieutenant Lemaître a pu craindre le réveil de son asthme, dont le volcan était depuis si longtemps endormi. Des livres encombraient le parquet, échappés des rayons de la bibliothèque. Dans un coin, un géranium assoiffé, plante pourtant réputée pour sa résistance aux intempéries, tendait ce qui lui restait de feuilles flétries.

— Je n'ai rien à voir avec ces meurtres, lieutenant, je vous supplie de me croire!

— Je n'insinue rien de tel. Ayez donc la grâce de tout me raconter depuis le début.

L'unique fauteuil dans lequel le lieutenant Lemaître pouvait espérer prendre place se trouvait derrière le large bureau en merisier qui dévorait le tiers de la pièce. Le fauteuil servait de tablette à une pile d'ouvrages. Comme Angoulvent semblait déterminé, de son pas désordonné, à parcourir quelques bons kilomètres à l'intérieur des quinze pieds carrés de la pièce, le lieutenant Lemaître s'est résigné à demander, en lui désignant le fauteuil :

— Vous permettez ?

— Et qu'est-ce qui m'assure qu'il ne vous a pas suivi, hein ? s'est écrié Angoulvent, qui décidément ne jugeait pas urgent de le faire asseoir.

En retirant les livres du fauteuil :

— Et par qui eussé-je été suivi ?

— Il sait que vous êtes chargé de l'enquête. Vous faites un pas dans ma direction, il me soupçonne et me tue, vous faites un pas dans *sa* direction, il *vous* tue. Aaah, et ce n'est que maintenant que je prends toute la mesure de sa folie !

Cela dit en gesticulant avec violence et en projetant quelques lourdes flaques de bourbon ici et là sur les murs.

Après s'être assis, le lieutenant Lemaître a dû ménager une ouverture dans le fouillis qui régnait sur le bureau.

— Professeur, auriez-vous enfin l'obligeance de préciser l'identité du meurtrier ?

Pour seule réponse, Angoulvent s'est allumé une cigarette alors qu'il avait à peine entamé la précédente.

— Si vous craignez pour votre vie, je puis vous assurer la protection de mes hommes.

Angoulvent a médité en silence, puis a murmuré, comme si leur entretien s'enfonçait désormais en zone interdite :

— Une seule passion le ronge, lieutenant.

Encore un temps.

— Trouver des manuscrits introuvables.

— Dur métier, je présume.

Angoulvent a relevé l'ironie d'un haussement de sourcils :

— Vous ne devinez peut-être pas combien l'histoire littéraire fourmille de ces œuvres dont seule l'absence est parvenue jusqu'à nous. Les livres disposent de multiples moyens pour disparaître du monde : ruinés par le temps, victimes des accidents de l'Histoire, sacrifiés par l'auteur ou d'autres mains, cachés, portés disparus, détruits, volés, que sais-je encore. Il existe toute une littérature inexistante, lieutenant, oui, une littérature qui n'existe que pour n'avoir jamais été lue.

Angoulvent a paru fort satisfait de la formule. Il avait perdu ce regard traqué qui avait accueilli le lieutenant Lemaître à son arrivée, il cédait maintenant à une jubilation surprenante dont frémissait toute la molle rondeur de son corps que révélait la partie déboutonnée de son pyjama, incluant sa braguette. Il n'en gesticulait que davantage et son verre de bourbon, à force d'être secoué, en est devenu tout sec.

— Il s'agit d'une littérature qui forme, pourrait-on dire, la partie inconsciente de la bibliothèque officielle. Sa partie refoulée, qui conserve peut-être les secrets les plus intimes de l'humanité. Qu'on en ait perdu la trace n'est-il pas à mettre au compte d'une censure qu'exerce le destin ?

« Une censure qu'exerce le destin ? » s'est étonné en lui-même le lieutenant Lemaître.

— Les livres manquants sont un miroir qui renvoie l'homme à ses propres manques. À ses propres limites, à sa vacuité, à son désespoir. On ne soupçonne pas combien les tablettes désertées de nos bibliothèques sont vivantes d'une vérité enfouie, inavouable, une vérité lourde de son propre silence.

Il s'est tu, immobile enfin, laissant un répit au parquet qui grinçait sous ses pieds au moindre déplacement.

Tout compte fait, le lieutenant Lemaître lui trouvait un regard franc, et aussi un air de joyeuse naïveté qui laissait peu deviner qu'une passion violente pût habiter cet homme.

— Des livres fantômes, au demeurant, a proposé le lieutenant Lemaître en guise de conclusion.

— Exactement, des livres fantômes, mais impatients comme des lémures de refaire surface. Qui n'aspirent qu'à la lumière du jour. C'est ainsi que commence la hantise.

— La hantise?

— La hantise du vide. Vous comprenez, l'absence de ces livres introuvables peut rendre inconsolable. La tentation peut venir de la combler.

— Je présume que l'homme dont vous persistez à cacher l'identité s'y emploie.

— De toutes ses forces, lieutenant! Il s'y emploie mieux que personne. Il est passé maître dans l'art de découvrir l'indécouvrable.

Angoulvent s'est avancé d'un seul élan vers le bureau, s'est courbé au-dessus, projetant l'ombre de sa corpulence sur le lieutenant Lemaître, et s'est échappée de sa poitrine découverte une odeur de sueur. Posture et voix grave des plus hautes confidences, en vue de faire impression.

— Si je vous disais tout ce que renferme sa bibliothèque fantôme, lieutenant, vous n'auriez pas assez de crédulité pour le croire.

Il a ajouté de ce ton confidentiel qui vous livre un secret d'État :

— Il est si fort qu'il parvient à mettre la main sur des œuvres que l'on tient pour *inécrites*.

Et Angoulvent d'arquer les sourcils comme s'il était lui-même terrassé par la surprise. Décidément, dans les veines de cet homme bout le sang du comédien, a pensé le lieutenant Lemaître.

Angoulvent a paru vexé de la molle réaction de son interlocuteur. Aussi a-t-il poursuivi, avec une pointe d'irritation dans la voix :

— Mesurez-vous bien la chose, lieutenant? Il est des œuvres simplement évoquées au détour d'une lettre, annoncées sur une page de garde, promises par un premier tome qui est resté sans suite, autant de projets non accomplis, qui n'ont jamais dépassé l'étape du rêve… Et lui les trouve!

Il s'est tu de nouveau. Comme pour donner au lieutenant Lemaître le loisir de *bien mesurer la chose*. Ce dernier s'est contenté de hocher la tête, en signe d'acquiescement, avant de recentrer la conversation.

— Je présume que c'est à ce chasseur de manuscrits que l'on doit la découverte de *Notre pain quotidien*, alors que son existence n'était pas même soupçonnée.

— Un séjour de six mois en Amérique du Sud lui a permis de mettre la main sur les dix tomes. Dix beaux manuscrits en parfait état.

— Professeur Angoulvent, pourriez-vous m'éclairer à la fin sur le lien exact qui vous unit à cet homme ?

L'autre s'est redressé en poussant le soupir du remords. Puis a répondu abruptement :

— Je travaille à son compte… depuis dix ans.

Il a empoigné la bouteille qui occupait le coin du bureau, s'est posté à la fenêtre et s'est servi une rasade de bourbon dont il a pris immédiatement une longue gorgée.

— Moyennant finances, fort généreuses du reste, j'ai effectué des recherches pour lui. J'ai sillonné le monde à la recherche de manuscrits, satisfaisant ma propre passion pour eux. Il me doit certaines acquisitions dont je ne suis pas peu fier. *La Chasse spirituelle*, par exemple.

Le lieutenant Lemaître a remué un nez interrogateur.

— De Rimbaud, a précisé Angoulvent. Un chef-d'œuvre perdu depuis 1872. Qu'il aurait terminé un an avant que fût écrite *Une saison en enfer*.

Il a marqué la pause de la rêverie solitaire.

— *La Chasse spirituelle*… Un si beau titre laissait déjà tout imaginer.

Et d'imprimer un nouveau tour à leur entretien :

— À ce propos, il y a une supercherie fort connue. Laissez-moi vous raconter, vous voulez bien ?

Il avait décidément repris du mieux, Angoulvent : sa nature de conteur s'était soudain éveillée, et cela avait suffi pour le revigorer.

— Faites donc.

— Nous sommes en 1949, à Paris...

~

L'AFFAIRE RIMBAUD

— Nous sommes en 1949, à Paris, et le bruit court qu'on a retrouvé un inédit de Rimbaud, *La Chasse spirituelle*, un obscur manuscrit dont on avait perdu toute trace. C'est Pascal Pia, à qui l'on doit la première édition des œuvres complètes du poète en 1931, qui prétend avoir obtenu le chef-d'œuvre d'un ami qui lui-même tenait la copie d'un collectionneur qui l'aurait à son tour acquise lors d'une vente aux enchères clandestine. C'est le genre de périple que connaissent ces manuscrits-là, lieutenant, quand ils ne sont pas détenus par des collectionneurs maniaques qui les conservent jalousement cachés. Bref, des extraits paraissent dans les pages littéraires du journal *Combat*, qu'on s'arrache jusqu'au dernier exemplaire, puis le texte entier est publié aux éditions fort respectées du Mercure de France. Alors là, je ne vous dis pas, les passions se déchaînent, comme on n'en croyait plus capable le monde des lettres. Il faut comprendre qu'il n'y a rien de sûr, et que ça vient brouiller l'émotion poé-tique des érudits : qui dit qu'il est authentique, ce texte ? Rimbaud *or not* Rimbaud ? C'est bien là toute la question. À la première lecture, ça tient la route rimbaldienne. Quelques grosses pointures ont été ainsi piégées par *La Chasse*, dont Maurice Nadeau et Jean Paulhan, des noms qui ne vous disent peut-être rien, mais François Mauriac, oui, Mauriac lui-même aurait pleuré devant la beauté du texte. Le plus beau jour de sa vie, qu'il aurait dit. Alors, on enfile ses lunettes d'exégète, on épluche le texte, on dissèque, peut-être que oui, sans doute que non, trop Rimbaud pour être Rimbaud pour les uns, pas assez pour les autres. Comme vous le voyez, lieutenant, la critique spécialisée se retrouvait sur le fil du rasoir, pas même capable de reconnaître le vrai du faux, l'original de la copie. Parce que c'est pas simple, pour tout vous dire : faut-il, oui ou non, admirer cette *Chasse spirituelle*? Comment s'en dispenser si elle est du poète? Par contre, si elle est apocryphe, comment s'y laisser prendre? Vous voyez, dans les deux cas, les experts ont bonne mine. Ça vous rappelle peut-être les peintures de Vermeer du musée Boymans, vous savez, elles avaient été authentifiées par les meilleurs spécialistes, puis il a été révélé qu'elles étaient des faux exécutés par Van Meegeren. Ce que ce pauvre Van Meegeren a eu de peine à établir que c'était bien lui qui avait peint les Vermeer! Eh bien, même scénario dans le cas du Rimbaud : la paternité du texte est revendiquée par deux jeunes pasticheurs qui se sentent très tôt dépassés par le scandale. Ils ont beau se dépenser, s'expliquer sur le comment et le pourquoi de cette supercherie, présenter leurs brouillons de travail, il s'en trouve encore qui les accusent d'être de faux faussaires, arguant qu'ils auraient été incapables d'écrire un tel texte. Il est vrai que leur pastiche, pour ne pas être dû au poète, n'en singe pas moins brillamment la griffe. Pour un peu, Rimbaud lui-même s'y tromperait s'il vivait encore. Mais voilà, le rêve s'est éteint et l'on s'est remis à espérer qu'un jour sortirait de sa tanière *La Chasse spirituelle*. Ce jour-là a eu lieu, oui lieutenant, vous pouvez ne pas me croire si ça vous chante, mais je l'ai bel et bien trouvée.

~

— Vraiment?

— Il m'a fallu parcourir toute l'Afrique du Nord pour le dénicher, ce manuscrit. J'y ai consacré trois étés consécutifs.

— Pardonnez ma curiosité, mais où dormait ce manuscrit?

— Pour abréger une longue histoire, je l'ai finalement déniché chez le petit-fils d'une Abyssinienne du Choa avec qui Rimbaud a vécu, au cours de l'année 1884, à Aden, ville portuaire du Yémen. C'était un vieil escogriffe aux affaires plutôt louches. Il m'a fallu le jouer bien serré, mon numéro, pour qu'il finisse par accepter que je la fouille, la grosse malle qu'il possédait, héritée de son père, et dont il ne connaissait que vaguement le contenu. Et le miracle s'est produit. Le manuscrit s'y trouvait, sous pli cacheté, parmi quelques outils rouillés, de vieilles photos, des vêtements élimés. Un beau manuscrit bien conservé. Je ne vous dis pas, lieutenant, l'émotion que j'ai eue. Maintenant, comment cette Abyssinienne l'a eu en sa possession, on ne le saura jamais. Peut-être, par vengeance, le lui a-t-elle volé après que Rimbaud l'eut congédiée. Et pourquoi Rimbaud n'a-t-il pas cherché à le récupérer? Toujours est-il que j'ai pu rapporter le manuscrit, bien que le petit-fils se soit fait plutôt gourmand. Mais j'avais carte blanche, côté finances.

— Et vous remettiez vos trouvailles à ce chasseur de manuscrits?

— Bien sûr. Elles m'apportaient une petite fortune. Au début, ça me contentait. Puis, j'ai fini par me dire que ça n'allait pas du tout. Tous ces manuscrits sans prix, ces textes inouïs qu'il tenait cachés en un lieu secret. Moi-même, je n'ai pas la moindre idée de l'endroit où se trouve sa fameuse bibliothèque. Elle est fermée aux visiteurs comme une tombe. C'est à vous briser le cœur.

— Ainsi, vous dites qu'il récupérait ces manuscrits introuvables pour mieux s'assurer qu'ils le demeurent?

— C'est là que nos vues se sont mises à diverger. Je ne comprenais plus très bien à quoi servaient tous nos efforts, s'il refusait net de faire bénéficier de ces trésors le reste du monde. Rimbaud, qu'il croupisse dans une vieille malle en Afrique du Nord ou dans une collection privée, quelle différence? Et vous voulez que je vous dise? Je ne suis pas même sûr qu'il les lise, ces manuscrits. Sa seule idée est de les soustraire à la lecture, et à jamais. Il a là-dessus une étrange théorie : *une littérature vit des œuvres qu'on ne lit pas.* La belle affaire! Je l'ai entendu me seriner ça pendant des années. Il avait beau broder sur ce thème autant qu'il voulait, je n'arrivais pas à partager ses vues. Évidemment, je me suis bien gardé de le contredire. Puis s'est formé en moi le projet de faire publier ces manuscrits. C'est ainsi que j'ai fini par faire une copie des deux autres textes que j'ai eu la grâce de trouver.

— Que comptiez-vous faire de ces copies?

— Les rendre publiques, un jour ou l'autre. Une idée stupide, vraiment.

— Pourquoi donc?

— Réfléchissez, lieutenant. Faire publier l'un des manuscrits que j'avais moi-même trouvés, l'aurait automatiquement amené à porter ses soupçons sur moi. Une seule solution se présentait alors.

— Vous lui dérobâtes le roman de F. S.

— Je m'étonne encore d'y être parvenu. Je savais qu'il s'apprêtait à revenir de son séjour en Amérique du Sud. Il m'avait écrit pour m'apprendre qu'il avait fait une trouvaille, sans m'en dire davantage. Un employé de l'aéroport, avec lequel j'ai quelque lien privilégié, a pu faire passer pour perdue la malle qu'il rapportait du Brésil et me l'a remise. C'est ainsi que j'ai découvert les dix tomes de *Notre pain quotidien* qu'elle contenait. Évidemment, la perte de sa malle l'a jeté dans un état de colère inouï. Des semaines à maudire le responsable du vol. Car il n'était pas dupe et savait qu'il ne pouvait s'agir que d'un vol commis par quelque rival avide des mêmes manuscrits que lui. Il s'était convaincu qu'on l'avait filé durant son périple sud-américain et qu'on avait attendu le bon moment pour lui subtiliser sa malle. Et pendant qu'il ne me soupçonnait pas, moi, je recopiais à l'ordinateur, mot à mot, tout le roman. Puis, suivant le plan que je m'étais fixé, j'ai envoyé les dix tomes à autant de maisons d'édition, simplement signés des initiales F. S., faible indice, je vous le concède, de Frédéric Sauser, dit Cendrars. Mais je ne pouvais, à ce stade-là, me permettre d'en dévoiler davantage. Quant à moi, l'anonymat était de mise. Vous connaissez la suite. Leur publication a transformé cet homme en un monstre dont la vengeance me terrifie, croyez-moi. Je le savais sans scrupules, mais là, vraiment… Je suis affreusement désolé d'avoir, par mon geste, entraîné la mort de ces deux éditeurs. Voilà, lieutenant, je vous ai absolument tout dit.

Angoulvent, debout dans un équilibre instable, a baissé les yeux sur son verre de bourbon comme pour y surprendre le reflet de sa tête hirsute. Peut-être a-t-il été surpris de la retrouver encore au sommet de son corps fatigué, alors que sa propre mort lui semblait si proche.

Tout n'avait pas été dit.

— Vous omettez l'essentiel, professeur Angoulvent.

— Bien sûr, son nom...

La cigarette se consumait entre ses doigts. Ce n'est pas du désarroi mais une sorte de fatalisme que le lieutenant Lemaître a pu lire dans les yeux opaques d'Angoulvent.

— Cela va vous décevoir, lieutenant, mais je ne connais rien de cet homme, pas plus son adresse que son nom véritable. Le surnom qu'il se donne est Byblos. Aussi étonnant que cela puisse paraître, je ne l'ai jamais rencontré ailleurs que sur un banc de parc, au milieu d'enfants et de flâneurs. C'est là qu'il me donnait ses instructions avant que je me lance à la poursuite d'un manuscrit. Il m'y montrait aussi ses propres trouvailles. Enfin, *montrer* est un grand mot. Je devais me contenter de les admirer par l'entrebâillement de sa vieille gibecière dont il rabattait le dessus au bout de quelques secondes. Il n'a jamais voulu qu'on se voie dans une chambre d'hôtel, histoire d'être à notre aise. La peur des traquenards. Et puis, naturellement, il est jaloux de ses acquisitions.

— De quel moyen disposez-vous pour vous mettre en rapport avec lui?

— Son téléavertisseur. N'espérez pas le retrouver par ce numéro. Son appareil provient du marché noir.

Un plan faisait déjà son chemin dans l'esprit du lieutenant Lemaître.

Tout simple: Angoulvent entre en contact avec ce Byblos, demande à le rencontrer dans les plus brefs délais, demain est parfait. Qu'il prétexte une urgence s'il le faut. Puis Angoulvent refile au lieutenant Lemaître le lieu et l'heure du rendez-vous. Un parc? Fort bien. Le reste n'est plus qu'une formalité: ses hommes se chargent de le cueillir.

Mais Angoulvent a fait la moue.

— Il faut me promettre une chose, lieutenant.

— Je vous écoute.

— Ne manquez pas votre coup, parce que s'il vous échappe, moi, je ne lui échapperai pas. Et vous aurez une troisième victime sur les bras.

Il a fallu compter quelques bonnes minutes pour le rassurer, après quoi Angoulvent a raccompagné le lieutenant Lemaître jusqu'à l'entrée.

Sur le pas de la porte :

— Pour tout vous dire, lieutenant, je ne serais pas étonné si Byblos collectionnait aussi les cadavres. Les manuscrits qui l'obsèdent ne s'obtiennent pas toujours par le marchandage. Vous allez lui découvrir un sale passé, à ce Byblos, je vous l'assure, qui va vous tenir en haleine d'ici votre retraite.

Leur entretien tirait à sa fin, mais une question brûlait les lèvres du lieutenant Lemaître depuis un bon moment :

— Une dernière chose, si vous me le permettez : votre Byblos n'aurait-il pas eu en sa possession un manuscrit de Molière ?

Angoulvent lui a d'abord jeté un regard étonné, avant de se ressaisir, le sourire narquois.

— Je vois bien que ça vous turlupine, sa bibliothèque ! Bon, autant vous le révéler, mais ça reste entre nous.

La révélation a suivi, comme il se doit, dans un murmure d'espion :

— Il les possède tous.

Au tour du lieutenant Lemaître d'y aller d'un étonnement muet.

— Ça secoue, n'est-ce pas ? Peut-être savez-vous qu'officiellement il n'existe aucun manuscrit de…

— Oui…, l'a interrompu le lieutenant Lemaître, j'en ai déjà été informé.

— Je peux savoir d'où vous vient cette curiosité-là ?

— Disons de l'amour du théâtre.

Après qu'Angoulvent eut refermé la porte, le lieutenant Lemaître s'est accordé une pause méditative. Dans son carnet de moleskine, il a écrit une phrase qui, pour l'une des rares fois, ne lui appartenait pas : *Une littérature vit des œuvres qu'on ne lit pas.*

~

Tout au long du récit que le lieutenant Lemaître a fait de sa journée, Ursula a écouté sans broncher, comme il est convenu
quand on est réduit à son état. Certes, en d'autres temps, elle
aurait applaudi de ses petites mains fripées, dans des reniflements de plaisir, son visage se serait allumé dans les plis de
l'excitation. Elle y serait allée de ses remarques : «Un beau
salaud, ce Byblos!» Oui, elle se serait prise d'enthousiasme pour
cette histoire de manuscrits fantômes.

28

La première pensée qui traverse Maria Miloseva quand une main gantée de cuir se referme violemment sur sa bouche, c'est que «pas de doute, ça y est, mon jour est venu». Pas terrorisée outre mesure. Non que ça lui soit égal de mourir, mais la vie s'est chargée jusque-là, à coups d'infortunes diverses, de lui forger des nerfs d'acier qui auraient fait d'elle une espionne fameuse, du même bois dont se chauffait Mata Hari, si les circonstances l'y avaient poussée. Mais voilà, l'assurance de mourir s'accroche à son esprit comme moule au rocher.

Sa seconde pensée est tout entière monopolisée par la voix qui s'engouffre dans le creux de son pavillon :

— On ne crie pas et on se tient tranquille.

À quoi s'ajoute, en guise d'avertissement, la pointe d'une lame qui lui éperonne le bas du dos et la ramène net à sa première pensée. Dehors, la nuit est tourmentée par une pluie féroce qui martèle la fenêtre, avec fracas d'orage et flashs éblouissants.

Elle est arrachée de son lit et traînée hors de la chambre, sans ménagement, si bien qu'elle ne tente pas de se dégager de l'emprise de l'homme. Celui-ci se maintient avec précaution derrière elle, la main la bâillonne ferme, la lame insiste contre sa chair. La maigre description qu'elle pourra, plus tard, fournir de son agresseur à la police est due à la lueur flamboyante d'un éclair alors que sa silhouette se profile sur la glace de sa coiffeuse Louis XV : grand, les épaules puissantes, une peau de mouton sur le dos. Maria ne peut en saisir davantage. De toute façon, le visage est demeuré hors de sa vue.

Presque soulevée, ses pieds frôlant tout juste le sol, Maria est entraînée jusqu'au milieu du salon, puis la voilà clouée sur une chaise qu'elle reconnaît comme provenant de sa cuisine. Qu'il a dû placer là, en prévoyant de l'y attacher. Les gestes sont vifs, qu'elle ne tarde pas à attribuer au doigté d'un pro, des gestes rendus machinaux par la répétition, l'habitude. Il la muselle d'un large scotch, l'aveugle d'un foulard, c'est au tour des poignets, puis des chevilles d'y passer. Ne reste plus que l'ouïe pour lui signaler le sort qui lui sera réservé.

Craquements du plancher sous les pas lourds de l'homme qui, selon son calcul, se trouve maintenant devant elle.

— Tout se passera bien, Maria.

Entendre son nom, voilà une surprise, d'autant qu'elle ne reconnaît pas la voix, une voix cuivrée, pourvue d'un âpre accent de loup de mer.

— Voici le programme. C'est tout simple. Je ferai tout d'abord le tour du propriétaire. Rien ne m'est plus agréable que de le débusquer par moi-même. Je ne connais pas de moment plus délicieux. La sensation brûlante de le sentir à la portée de mes caresses, alors que mes mains fébriles courent à sa rencontre.

Sa voix dégage une telle sensualité perverse que Maria se demande si ce cochon n'est pas en train de se toucher, là, devant elle, alors qu'elle se sait vêtue d'une simple chemise de nuit d'où débordent ses seins.

Mais la voix bifurque soudain vers la menace :

— Mais, dans le cas où tu l'aurais dissimulé avec soin, je devrai te retirer le ruban et compter sur ta coopération, sans quoi tu me verras contraint d'user des grands moyens. Espérons que nous n'en viendrons pas à de telles extrémités.

Elle sent une haleine de tabac et de vin rouge se répandre sur son visage.

— Tu devines bien, murmure-t-il au creux de son oreille, de quoi je parle, Maria, n'est-ce pas ?

Voilà qu'il s'éloigne déjà en sifflotant un air joyeux.

— Je vois, s'écrie-t-il, que tu as un goût pour les vieilleries. Pas mon truc, si tu veux savoir.

Le remue-ménage qui suit lui indique qu'il ne fait pas dans la dentelle. L'avalanche de bibelots, que sa collection compte par dizaines, de livres, de tiroirs renversés permet à Maria de suivre le saccage, de pièce en pièce. À ce rythme, il ne sera pas long à tomber sur le manuscrit. Elle maudit le retard que ses emplettes lui ont fait prendre, hier après-midi. Elle s'est finalement cognée contre les portes fermées de la banque où elle comptait ouvrir un coffre pour y déposer le paquet. Elle s'était dit que ce n'était pas si grave, qu'elle y retournerait le lundi, à la première heure. C'était sans savoir qu'elle était filée par ce type.

Une plainte déchirante qui a tout de l'orgasme lui parvient de la salle à manger. Et pendant qu'il doit se pourlécher les babines en couvrant le manuscrit de caresses (elle l'avait rangé dans le tiroir de l'argenterie, recouvert seulement par des napperons de soie verts à motifs dorés du dix-neuvième siècle portugais), Maria voit la scène terrible que va lui faire Umberto à qui elle devait le remettre. Elle s'inquiète surtout de ce qu'il puisse ne pas accueillir à bras ouverts cette histoire de vol en pleine nuit. Qui sait s'il ne l'accusera pas même de chercher à le rouler, de forger ce scénario en vue de s'emparer du manuscrit. Leur bref passé d'amants n'apaisera en rien la violence de sa rage. Surtout si le manuscrit lui a coûté la peau des fesses.

Elle en est là de sa déprimante réflexion quand des pas résonnent tout près d'elle. Glissement d'une fermeture éclair, et le manuscrit de rejoindre le fond de ce qu'elle imagine être un fourre-tout.

Et tandis qu'il prend le chemin de la sortie tout en sifflotant, il lance :

— Mes salutations à Umberto.

Jour 5

29

C'est tout habillée et couchée en travers de son lit que Clotilde s'éveille. Les couvertures ne sont pas même défaites. Elle se souvient d'être entrée chez elle aux petites heures et de s'être laissée tomber sur le matelas comme une morte. La matinée est maintenant bien installée et elle découvre toute l'étendue des courbatures qui lui brûlent les membres, et le dos et le cou. Voilà à quoi vous réduit une journée pleine à rester enfoncée dans une banquette de voiture.

Et pour résultat ?

Et pour résultat, il n'y en avait pas.

Parce qu'au moment où ça comptait le plus, au moment critique, elle et Cédidio s'étaient laissé vaincre par le sommeil aussi aisément que des nourrissons. Et quand un premier roulement de tonnerre lui avait soudain soulevé la tête, le bord de la portière imprimé bien rouge sur la joue droite, sa montre indiquait deux heures passées, et la nuit n'était plus qu'un déluge à espérer le passage d'une arche. Le coup d'œil qu'elle avait ensuite jeté avec inquiétude par la vitre arrière lui avait révélé que la Mercedes n'était plus là, comme emportée par les eaux.

Ils l'avaient donc laissée filer, aussi bête que ça.

La colère que Clotilde avait piquée… bouillante de rage, tapant sur le tableau de bord et pestant de toute sa salive contre leur amateurisme, à quoi Cédidio avait répliqué que, pour autant qu'il sût, ils étaient bel et bien des amateurs, et que, pour sa part, il ne se sentait aucune fibre particulière pour le contre-espionnage. « Finir en pièces détachées dans un sac de plastique, très peu pour moi, alors si tu veux mon avis, que la Mercedes ait filé est une excellente nouvelle!» Mais tandis qu'ils reprenaient le chemin du retour, les essuie-glaces ramant vainement dans le déferlement des eaux, Clotilde en était déjà à planifier la marche à suivre pour le lendemain. C'est ainsi qu'à son grand malheur Cédidio s'était vu assigner la tâche de se pointer au domicile d'Angoulvent, question de vérifier si la Mercedes l'y avait ramené et dans quel état.

Quant à elle, Clotilde s'était réservé une mission autrement délicate.

～

La voilà déjà sous la douche, puis s'habillant et enfin avalant une bouchée au milieu d'une cuisine en proie au chaos habituel. On ne s'étonnera jamais assez que cette fille qui a l'écologie chevillée à l'âme puisse s'accommoder d'une telle pollution ménagère; de ces piles d'assiettes souillées, de ce champ de verres et d'ustensiles, de ce poisseux carrelage qui retient la plante des pieds, bref de tout ce désastre qui n'attend plus qu'une intervention humanitaire. Son cousin s'en arrange aussi fort bien. Pourvu d'un seul slip et la tête comme sortie d'une sécheuse, Martin a le nez fourré dans un bol crépitant de corn-flakes. L'échange entre eux se réduit à une salutation vague qui s'accompagne tout juste d'un regard.

C'est au moment où elle enfile son manteau que Martin, pour la première fois, fait usage de sa voix :

— Y a un type qui t'a téléphoné, hier.

— Qui ?

— Un drôle de nom, genre nazi.

— Erckmann ? Samuel Erckmann ?

— Ouais, un truc comme ça. Tu devrais surveiller tes fréquentations, cousine.

～

Midi sonne quand Clotilde gagne le trottoir. Destination : la librairie Sutter. Tâcher de savoir ce qui peut bien s'y mijoter, entre la vente de deux vieux bouquins. Il lui reste à fixer la manière de s'y prendre. Bon, il faudra la jouer serrée, user de ruse, manœuvrer avec astuce, endormir la vigilance et tendre des questions pièges avec l'ingénuité d'une soubrette, oui, c'est ça, jouer l'innocente à la gaieté primesautière, celle qu'un vieux vicieux peut s'imaginer pouvoir attirer vers l'arrière-boutique. Clotilde en est déjà à établir son personnage avec l'intériorité rigoureuse d'un comédien frais émoulu de l'Actors Studio.

Elle s'autorise une longue marche dans son quartier, en guise de préparation mentale. Mais la voilà engageant autant de conversations qu'elle croise de clochards, qu'elle connaît bien pour les voir traîner leur ventre creux à l'accueil Béjard. Ils passent le plus clair de leur journée à peupler cette partie de la ville, têtes hérissées comme des rochers à fleur d'eau sur lesquels se brise le flot des passants. À ceux qui pleurent encore sur la mort de Monsieur le Président, elle apporte quelques mots de réconfort. À ceux qui s'inquiètent de ce que Saint-Toqué ait été embarqué par la police, elle bricole une explication rassurante. Quant à ceux qui désespèrent de lui revoir la chevelure rousse à l'accueil Béjard, elle promet d'y être dès ce soir, au service du souper. Oui, c'est juré.

Et, entre ces accolades, Clotilde songe à la librairie Masson dont elle craint l'ampleur des dégâts depuis que le système d'arrosage automatique s'est déclenché sans motif entre ses murs. À la radio, la veille, tandis que Clotilde et Cédidio poireautaient dans la voiture en face de chez Angoulvent, on a mentionné qu'à la suite de l'incident «dont l'origine demeure obscure», la panique avait tourné au pillage systématique. Oui, avant l'arrivée des pompiers, des clients avaient profité du tumulte pour engraisser leur bibliothèque privée de livres fauchés au passage. On avait pu les voir déboucher sur le trottoir les bras bien chargés. Interrogé sur place par une journaliste, un employé de la librairie avait eu ce commentaire pour le moins original : «La seule bonne nouvelle, c'est qu'il est réconfortant qu'à notre époque d'obscurantisme et d'inculture généralisée, il y ait encore un certain nombre de gens pour se laisser emporter par la frénésie de la lecture au point d'enfreindre la législation en vigueur. Bien sûr, avait-il continué le plus sérieusement du monde, ma satisfaction aurait été comblée si on s'était jeté avec plus d'empressement sur les grands classiques. Mais non, vous pensez bien, ils n'en ont eu que pour cette nuée de petits romans à succès, ces avortons forcés de la littérature de masse. Imaginez, personne n'a cru bon de chiper *L'Énéide* de Virgile. J'avais beau prendre soin de le protéger contre l'eau, n'aurait-il pas suffi que l'on m'assomme pour s'en saisir ? C'est un peu triste, au fond, n'est-ce pas, cette désertion par le public de la haute littérature. »

Clotilde n'avait pas été longue à replacer cette voix-là. Un seul commis, à sa connaissance, était capable d'y aller de lamentations pareilles.

— Drôle de type, ton Flemmar, avait dit Cédidio.

Pour tuer le temps, elle lui avait brossé un portrait peu reluisant du drôle de type, rapportant les bruits qui couraient sur lui. C'est que sa mauvaise réputation se chargeait tellement bien de le faire connaître que Clotilde n'avait pas vu la nécessité de faire sa connaissance.

— Ex-professeur de littérature, tu dis ? s'était exclamé Cédidio. Mais je le connais !

Ce Flemmar lui avait enseigné, au collégial, oui, ça lui revenait maintenant. Pourtant, c'était il y a trois ans seulement. Mais sa grandiose monotonie s'était empressée de s'effacer de la mémoire de Cédidio, comme un traumatisme que l'on ensevelit par une sorte de mécanisme de défense.

— Je me rappelle une blague que l'un de nous lui avait faite.

Un garçon était entré en classe le crâne plus luisant qu'une patinoire, alors qu'il arborait la veille encore une épaisse et longue broussaille brune dont il tirait une fierté notoire. Il s'agissait d'une gageure qu'il avait soutenue contre toute attente : un copain l'avait mis au défi de se raser le caillou, en échange de quoi il lui remettait un *walkman*. Pour faire de l'esprit, Flemmar avait lancé à l'étudiant chauve qui prenait place derrière son pupitre : «Ménage du printemps?» À quoi il avait répondu : «Non, chimiothérapie.»

— T'aurais dû voir sa tête. Il a fallu un miracle pour que personne ne pouffe de rire.

∼

La porte de la librairie Sutter.

Devant laquelle Clotilde se sent soudain saisie d'une hésitation.

Le trac qui cloue le comédien dans les coulisses.

D'abord chasser de son esprit les périls dont Cédidio, pressé qu'il est d'envisager le pire, a pris soin, la veille, de lui faire une énumération exhaustive. Se convaincre qu'il n'y a pas de danger... Après tout, pendant ses heures d'ouverture, il ne s'agit là que d'une librairie comme les autres, mal entretenue et peu avenante, c'est vrai, mais où doit bien circuler comme bon lui semble tout client en quête de vieilleries reliées, et ce même si, la nuit tombée, il s'y cuisine des activités illicites et secrètes, comme de servir de lieu de séquestration «pourvu des plus sophistiqués outils de torture»(*dixit* Cédidio).

Ensuite, repasser les détails de son plan.

...

Qui est déjà...?

Trêve de couardise. Elle fait bouffer ses cheveux, avale une double ration d'air et pousse la porte sous le tintement d'une clochette.

L'endroit, que l'opacité jaunâtre de la vitrine soustrait à la lumière du jour, doit se contenter d'une ampoule emprisonnée dans un lustre de fer forgé qui pend du plafond. Les murs sont tapissés d'étagères débordantes de vieux livres qui dispensent une odeur de Moyen Âge. Il y en a sur une table ronde au centre de la pièce, en piles ordonnées, et jusque sur les vieilles chaises en jonc dispersées ici et là. Le tout revêtu d'une épaisseur de poussière dont aucun plumeau n'a stoppé la progression depuis un siècle.

Derrière le comptoir se tient un vieux monsieur, dos voûté sous une chevelure grisâtre mais soyeuse. Un mégot de cigare éteint dort entre ses lèvres qui le mâchouillent à la manière d'un ruminant. C'est après avoir retiré ses lunettes-loupes et levé les yeux sur elle qu'il lui adresse la parole :

— Oui, jeune fille?

Clotilde n'aurait pas imaginé cette antiquité autrement qu'avec cette voix de bois sec.

— Bonjour!

De ce ton si guilleret qu'elle s'en étonne elle-même.

— Je cherche un exemplaire de *Notre pain quotidien*. Pour ma mère. C'est son anniversaire…, ajoute-t-elle en baissant la voix comme pour le mettre dans le secret des dieux.

Elle se sent d'autant plus ridicule à jouer la poupée écervelée qu'il la fixe avec l'intérêt qu'il porterait à une vraie poupée.

— Il n'y en a plus un seul exemplaire dans toute la ville, enchaîne-t-elle en mettant dans sa voix toute la sotte légèreté dont elle est capable (et le plus triste, remarque-t-elle, c'est qu'elle en est capable). C'est curieux, non? Alors, comme je passais par là, je me demandais si par hasard…

Moue fatiguée et soupir d'impatience du vieux libraire, desquels Clotilde déduit qu'il la tient pour la plus parfaite idiote qu'il lui ait été donné de voir.

— Dans la vitrine (qu'il a l'amabilité de désigner d'un doigt tordu), il est écrit : *Achat et vente de livres anciens*. Reviens dans une cinquantaine d'années, petite, peut-être que j'en posséderai alors une première édition encore en bon état.

Sur quoi, ses lunettes retrouvent l'arête de son nez et lui sa lecture.

Pendant le silence qui suit, Clotilde découvre ce qu'elle n'a pas prévu : à jouer si bien l'idiote, on passe pour en être une, et elle avale assez mal qu'on ne la prenne pas pour ce qu'elle est. Petit mouvement d'orgueil blessé, en somme, dont elle ne peut se défendre. Aussi n'est-elle plus très loin d'apostropher ce vieux schnock à sa manière franche et sans réplique, mais le risque de devoir repartir bredouille la pousse à considérer une autre stratégie, qu'elle trouve, faisant mine d'inspecter les lieux, dans les volumes rangés sur un rayon et soigneusement revêtus d'une pellicule protectrice.

— Je vois que vous possédez l'un des mille cinq cents exemplaires de la seconde édition des *Fleurs du mal* de 1861. Savez-vous que Baudelaire avait d'abord rejeté le projet de frontispice du graveur Félix Bracquemond ?

La soudaine assurance de sa voix suffit pour que frémisse la broussaille des sourcils du libraire.

— Peut-être connaissez-vous le dessin, poursuit-elle. D'un macabre… Il représentait un squelette au milieu d'un champ de fleurs maladives et au-dessus de la tête duquel flottait et s'enroulait une sorte de banderole. Ça n'a pas convaincu Baudelaire, Dieu merci, qui a opté plus sobrement pour son portrait gravé par ce même Bracquemond d'après une photographie de Nadar. Encore que ce ne soit pas d'une parfaite ressemblance.

La tête grise du libraire est maintenant bien haute.

— Je vois que mademoiselle a tâté un peu de l'histoire de l'édition.

Elle a surtout rédigé une dissertation sur le thème de la mort dans *Les Fleurs du mal*, la session dernière.

— Oh, si peu ! Mais dites-moi, s'empresse-t-elle de demander avant qu'il ne sonde plus avant ladite passion pour l'édition, vous avez une idée de la raison pour laquelle on a fait retirer tous les exemplaires de *Notre pain quotidien* ?

Il hausse les épaules comme si le sujet ne lui inspirait que la plus totale indifférence.

— Il y a cette histoire de meurtres, enchaîne-t-elle, ces deux éditeurs qu'on a fait sauter dans leur auto. On dit qu'il y aurait une relation avec ce roman. Qu'en pensez-vous ?

— Que voulez-vous que j'en pense ?

— Allons, quand on a des accointances parmi les collectionneurs les plus réputés, les intellectuels les plus brillants, on doit bien recueillir un tas de confidences, avoir accès à toutes les rumeurs, détenir même quelques renseignements secrets et se faire une idée assez précise d'une telle affaire.

— Non, fait-il simplement.

— J'ai un ami, continue Clotilde qui se découvre nageant en pleine improvisation, qui prétend pour sa part que F. S. lui-même serait l'auteur du double meurtre. Il l'aurait commis pour assouvir une vieille vengeance remontant à l'époque où sa mère aurait divorcé de son père pour un amant, éditeur de profession, qu'elle prit pour second époux. F. S. ne lui aurait jamais pardonné ce remariage, aurait conçu une haine viscérale à l'endroit de tous les éditeurs, et planifié leur élimination un par un. Que pensez-vous de cette hypothèse?

— Qu'est-ce que c'est que cette salade?

— Pourtant, mon ami est un homme fort sérieux, il enseigne à l'université. Tenez, je peux bien vous révéler son nom : le professeur Angoulvent.

Là, quand même, il s'est bien un peu raidi. Même le bout de cigare s'est immobilisé.

Croisement de regards.

Il considère Clotilde avec cet air de défiance que mettent invariablement dans leur regard les gens malhonnêtes qui craignent de voir leur malhonnêteté percée à jour. D'un geste lent, il rabat la couverture de son livre qu'il glisse sous le comptoir, puis d'une voix blanche dit :

— Angoulvent? Le nom ne me dit rien.

— Cela est très curieux, fait Clotilde aveuglée par l'assurance de le tenir par les couilles, car il m'a souvent parlé en termes des plus élogieux de votre librairie qu'il tient en haute estime, sachez-le, et qu'il fréquente avec une régularité qui n'a pu vous échapper en cette période de morosité économique où la fidélité des clients est si difficile à conserver. Encore hier, Angoulvent n'est-il pas passé un peu avant la fermeture de votre commerce?

Et d'ajouter d'un air entendu :

— À moins que cela soit après...

«Alors là, bravo, Cloclo, très subtil, oui, vraiment! Il ne fallait surtout pas t'y prendre autrement. Mais, bon sang, tu veux quoi au juste, hein? Éveiller les soupçons et servir de cible à ton tour, c'est ça?» C'est toute la panique de Cédidio qui résonne en elle. «On n'a rien sans rien, lui répond-elle, il fallait bien que je trouve de quoi le faire réagir, ce vieux schnock.» «Fort bien, et l'homme qui avance vers toi maintenant, tu crois qu'il le fait pour tes beaux yeux? Déguerpis, allez Cloclo, déguerpis au plus vite!»

La situation semble en effet lui échapper quand se découpe dans l'encadrement d'une ouverture située derrière le comptoir et simplement recouverte d'un rideau de percale la large silhouette d'un homme. Son complet noir et ses verres fumés ne lui sont pas étrangers, à la différence près qu'elle distingue nettement cette fois un gonflement à la hauteur du cœur qui pourrait avoir, tout compte fait, le volume d'une arme à feu. Clotilde croit opportun de réviser son estimation selon laquelle elle ne court aucun danger en plein jour.

S'ensuit un discret repli à mesure que l'homme s'approche d'elle.

— Bon, je crois que tout a été dit.

Et de déguerpir à toutes jambes. La porte n'a pas cessé de tinter qu'elle a déjà gagné la première intersection avec la célérité que fournit la panique. Un regard jeté au-dessus de son épaule la rassure: l'homme ne s'est pas donné la peine de se lancer à sa poursuite, dissuadé par tous les regards qui lèchent les vitrines de la rue. Il s'est contenté d'esquisser quelques pas. Il y a dans sa pose comme la promesse qu'elle ne s'en tirera pas la prochaine fois.

~

La course de Clotilde s'achève au café où elle a fixé rendez-vous à Cédidio.

Sa tête bourdonne du solo endiablé auquel se livre son cœur.

Un cœur encore effrayé d'avoir frôlé de si près le danger. Parce qu'elle a eu chaud, Clotilde, vraiment! Une chaleur qu'on n'imagine pas tant qu'elle ne vous envahit pas.

Aussi se jette-t-elle au comptoir pour demander, autant que le lui permet son essoufflement, un verre d'eau fraîche, sur quoi le serveur lui remet un gobelet plein de cette soupe chimique qu'émet le robinet. L'arrière-goût de cette eau la convainc que si l'intoxication par le plomb a bien entraîné la chute de l'empire romain, c'est l'empoisonnement par le chlore qui aura un jour raison de notre monde occidental.

Surmontant sa nausée, elle examine les lieux et découvre enfin Cédidio assis à une table, au fond de la salle.

En avançant vers lui, elle découvre sa mine catastrophée et tout emperlée de sueur, dont elle déduit que les nouvelles à propos d'Angoulvent sont des plus mauvaises.

— Ça va, Cédi?

Qui lève sur elle des yeux de condamné.

— Comment une si petite machine peut-elle sortir des coups pareils? grogne-t-il. Mais à quoi sera réduit l'homme, que pourra-t-on espérer de son intelligence, le jour où le plus grand champion du monde aura la taille d'un ongle?

Elle comprend qu'il a apporté son jeu d'échecs miniature, mince plaque électronique qui ne connaît pas la compassion. Histoire de s'occuper en attendant sa Cloclo.

— Ben, dis donc, t'as une de ces mines! s'inquiète Cédidio.

— Je t'expliquerai. Dis-moi d'abord, quelles sont les nouvelles?

— Là, ma chère, on s'est fichu le doigt dans l'œil. Il n'y a pas plus pétant de santé qu'Angoulvent.

— Hein!

— Bon, alors je te raconte.

Cédidio se pointe comme convenu au domicile d'Angoulvent. Il sonne. La porte s'ouvre sur un Angoulvent chez qui rien n'indique l'ouvrage de la torture.

— Remarque, aujourd'hui on a développé des techniques hyper-modernes qui ne laissent pas de traces, que des séquelles.

Mais bon, il est bien là, tout d'une pièce, «un peu nerveux tout de même, comme si je tombais à un mauvais moment». Vêtements fripés, tête ébouriffée et des cernes sous les yeux, le tout hérité d'une nuit mouvementée. Cédidio n'a pas le temps de prononcer un mot qu'il se fait dire «merci, je n'achète rien». «Non, monsieur, je ne vends rien. Je m'appelle Cédidio, peut-être me reconnaissez-vous, j'étais votre étudiant la session dernière.» Angoulvent le considère un moment. «Ah, bon», fait-il, «et que puis-je pour toi?» C'est là que Cédidio lui sert le seul prétexte qu'il ait trouvé pour justifier sa visite. Il dit vouloir réparer un oubli en lui remettant la dissertation qu'il avait eu la négligence de ne pas lui donner au moment opportun, c'est-à-dire… l'hiver dernier. Froncement des sourcils d'Angoulvent à qui Cédidio tend ladite rédaction.

— Recopiée mot à mot d'un ouvrage, ce matin même. Remarque, je m'y prends pas autrement en temps normal.

Cédidio doit rassurer Angoulvent, non, il ne cherche pas à faire effacer l'échec que lui a valu son cours. «Question d'honneur, voyez-vous.» Pas sûr qu'il voie très bien. Cédidio s'explique : «Pour blanchir ma réputation qui tire résolument vers le noir depuis mes premiers pas dans l'impitoyable monde universitaire.» Angoulvent n'en finit pas de dresser les sourcils, mais bon il accepte de recevoir le travail, et ses yeux tombent sur le titre dont Cédidio espère le meilleur effet : «Pour une lecture révolutionnaire de la poésie de Rimbaud». De quoi donner un peu de lustre à la dissertation. Mais Angoulvent fronce tellement les sourcils qu'ils menacent de se décrocher. Et voilà qu'il fait déjà mine de refermer la porte.

— C'est là que tu vas être fière de moi, Cloclo.

Car, là-dessus, il aurait pu s'en retourner avec l'assurance du devoir accompli. À l'inverse de quoi, il pousse l'audace jusqu'à tenter de pénétrer chez lui, dans l'intention secrète de recueillir quelque indice qui puisse faire avancer l'enquête de Clotilde. En guise de prétexte, il argue d'une envie de pipi des plus pressantes. Après un moment d'hésitation, Angoulvent veut bien le laisser entrer et lui indique le chemin des toilettes. En sortant de celles-ci, Cédidio se découvre seul dans le corridor, Angoulvent vaquant à quelque occupation. Il profite du moment pour fouiner aussi loin qu'il peut, c'est-à-dire dans le placard de rangement contigu aux toilettes. Mais la venue rapide d'Angoulvent le force à interrompre ses investigations. Il le reconduit à la sortie en promettant de lire son étude de Rimbaud d'ici sa retraite.

— Bon, fait Clotilde, nous savons au moins qu'Angoulvent est sain et sauf. C'est toujours ça.

— Hop là, chère amie! Tu peux ajouter ceci aux pièces à conviction.

Cédidio tire de sa poche et dépose devant lui un objet caoutchouteux, de forme arrondie.

Après inspection, Clotilde conclut :

— C'est un faux nez.

— Chipé dans le placard où se trouvait un arsenal complet de postiches, des faux cils aux faux ongles en passant par une fausse barbe grisonnante. Pendaient aussi des vêtements noirs, dont la coupe, pour le peu que j'en ai vu, n'est plus trop au goût du jour. À quoi il joue, tu crois, Angoulvent?

— J'ai ma petite idée là-dessus.

30

—N'avez-vous pas reconnûtes la voix de votre agresseur?
— Pardon?

— Je vous demande si vous reconnaissâtes la voix de l'homme qui vous agressa cette nuit.

— Non.

— Pardonnez-moi d'insister, madame. N'y a-t-il pas un détail particulier que vous eûtes relevîtes?

— …

— Ou alors que vous remarquîtes?

— Dites, monsieur l'agent, vous êtes sûre que ça va?

— Oui, pourquoi?

~

Maria Miloseva avait passé la nuit à se débattre sur la chaise à laquelle elle avait été solidement ligotée à l'aide de quelques mètres de scotch. Elle n'était parvenue qu'à se renverser sur le sol, et c'est dans cette fâcheuse posture, assise à l'horizontale et dormant comme une souche, que l'avait surprise le livreur de journaux et amant hebdomadaire venu lui faire sa livraison de caresses dominicales. Sitôt libérée de ses liens, elle avait signalé à la police l'agression dont elle avait été victime et exhorté le livreur à se rhabiller, son humeur n'étant pas aux batifolages sexuels.

Quelques minutes plus tard, la maison fourmillait de policiers à la recherche d'indices. Après un brin de toilette, et remise de sa mésaventure nocturne, Maria s'est assise sur la causeuse du salon pour trouver devant elle ce drôle de grand gaillard qui répondait au nom de Bellechasse et qui s'exprimait en un français si torturé que même les cancres du fond de ses classes n'y seraient pas parvenus avec la plus mauvaise volonté.

En vérité, le sergent Bellechasse, qui avait été dépêché sur les lieux pour recueillir la déposition de la victime, s'était mis en tête de mener l'interrogatoire avec la même fioriture langagière qui roulait si joliment dans la bouche du lieutenant Lemaître. À chaque supplice qu'il infligeait à la langue, Maria ne pouvait réprimer une grimace à laquelle le sergent Bellechasse ne savait quel sens donner.

〜

— Vous avez déclaré qu'un paquet vous fûtes dérobâtes.

— (Grimace.) C'est cela.

— En connâtes-vous le contenu?

— (Grimace.) Il s'agit d'un manuscrit d'une grande valeur.

— Un manuscrit, vous dites? répéta le sergent Bellechasse avec étonnement.

— Oui, le manuscrit inédit d'un écrivain dont je ne connais pas le nom, mais, à en juger par l'intérêt que lui porte mon agresseur, on peut le supposer célèbre.

— L'agresseur?

— Non, l'écrivain.

Il y eut un moment de silence pendant lequel le sergent Bellechasse consulta son calepin. L'abondante sueur qui roulait depuis son front jusqu'à sa nuque signalait une concentration à laquelle il paraissait peu accoutumé. Il maudissait intérieurement celui qui avait inventé le passé simple.

— Comment vous procurîtes-vous ce manuscrit?

— (Grimace.) À la librairie Sutter. Je crois qu'on y effectue le commerce de manuscrits inédits.

— Quelle coïncidence! s'exclama le sergent Bellechasse. Mon supérieur, le lieutenant Lemaître, mène justement une enquête sur des meurtres qui seraient liés à une histoire de manuscrits..., comment a-t-il dit déjà, de manuscrits... imbuvables.

— De manuscrits introuvables peut-être...?

— C'est ça. Quel hasard ça serait si l'homme qui vous rendâtes visite cette nuit soit celui que nous recherchîmes pour meurtre.

— Écoutez, monsieur le sergent, trancha Maria à bout de patience, je crois qu'il conviendrait que nous coupions court à notre entretien et que vous me mettiez en contact avec votre supérieur. Quant à vous, il me semble que vous devriez courir vous inscrire à un cours de français.

— Oui, bien sûr... fit le sergent Bellechasse, sans indiquer à laquelle des deux demandes il acquiesçait. Une dernière question, madame.

— Essayez toujours.

— Ce manuscrit, y a-t-il quelqu'un qui savait que vous le possé... dîtes?

— Possédiez, corrigea Maria sans douceur.

— Ah, bon. C'est du passé simple, *possédiez*?

— Non, simplement de l'imparfait. On n'utilise plus guère le passé simple dans le langage parlé, de nos jours. Et encore faut-il en faire un bon usage.

— Le lieutenant Lemaître, lui, ne s'en prive pas, et je trouve ça très joli.

— Pour répondre à votre question : non, il n'y a personne qui...

Elle s'interrompit. Éclat d'une lueur au fond de ses orbites.

— En effet, se ravisa-t-elle, j'en ai glissé un mot à un ami que j'ai croisé par hasard alors que je m'en allais prendre possession du manuscrit. Il m'a même accompagné jusqu'à la librairie Sutter.

— Son nom, je vous prie.

— Lheureux. Flemmar Lheureux.

— Vous voulez rire?

— Non, pourquoi?

~

Depuis le ventre d'une camionnette banalisée, le lieutenant Lemaître, entouré d'écrans qui ratissent les environs au millimètre près, dirige le bouclage du parc Clément en distribuant ses ordres par *walkie-talkie*. Une vingtaine de ses hommes habillés en civils mais gonflés d'un gilet pare-balles, un petit récepteur lové dans le creux d'une oreille et le cœur alourdi par leur arme de service, sont postés à divers endroits de sorte qu'on ne puisse entrer ou sortir du parc, ni même se pencher pour nouer ses lacets, sans être aussitôt repéré, photographié, filmé, identifié par ordinateur et ciblé par les tireurs d'élite embusqués sur le toit d'un triplex ou dans la frondaison d'un chêne.

Tout ce discret branle-bas s'appuie sur les informations fournies par Angoulvent, la veille au soir, par communication téléphonique, alors que le lieutenant Lemaître quittait la chambre de sa grand-mère Ursula. Angoulvent avait confirmé son rendez-vous avec Byblos, puisqu'il faut le nommer ainsi. Ils se rencontreraient le lendemain, quatorze heures sonnantes, au parc Clément, sur l'un des bancs situés au nord-est, plus précisément celui dont le dossier en bois arborait, tracé à la bombe, un graffiti qui rabâchait des lubies obscènes. Le lieutenant Lemaître avait alors convenu avec Angoulvent qu'une fois que celui-ci et Byblos se retrouveraient sur ledit banc, dont une fente serait pourvue d'un micro clandestin, la meute d'agents ne serait lâchée sur Byblos que lorsque ce dernier aurait décliné, au fil d'une conversation sournoisement dirigée par Angoulvent, un aveu jugé suffisant – l'une de ces preuves que l'on aime dire « en béton » – pour le faire inculper du double meurtre des éditeurs.

C'est ainsi que, dès treize heures, les policiers ont investi le parc, chacun occupant le point d'observation qui lui a été assigné.

Ne reste plus qu'à patienter jusqu'à l'heure J.

Le lieutenant Lemaître trompe l'attente en évaluant ce qu'apportent à son enquête les révélations toutes fraîches sorties d'un entretien téléphonique avec une certaine Maria Miloseva. Pour y mettre bon ordre, il entreprend sur-le-champ de les numéroter dans son carnet de moleskine.

L'affaire se retrouve singulièrement grossie par de nouveaux acteurs :

1. D'abord, cette Maria Miloseva à propos de qui le Fichier central est succinct : née en 1952, Yougoslave d'origine, naturalisée française au début des années soixante-dix, installée ici depuis 1981, férue d'objets anciens et brocanteuse réputée, elle enseigne la littérature dans un collège du nord de la ville et passe ses étés à écumer les marchés d'occasion d'ici et d'ailleurs. Le vol dont elle a été victime a tout pour occuper une place de choix dans l'enquête du lieutenant Lemaître : au téléphone, elle lui a expliqué en effet qu'elle avait eu en main depuis vendredi un manuscrit fort précieux qu'elle aurait déposé en sûreté dans le coffre d'une banque si ses portes fermées ne l'avaient pas prise de court. C'est ainsi que le manuscrit s'est retrouvé fourré au fond d'un tiroir, une négligence qu'elle regrettait maintenant. Bien qu'il lui fût impossible d'en préciser la nature exacte, il s'agissait d'une de ces œuvres d'écrivain de renom, inédites et perdues au gré de mille circonstances, dormant dans quelque repli poussiéreux de ce monde et pour l'obtention desquelles il se trouve des individus qui vendraient leur âme. Parmi eux, l'homme d'hier soir, qui a fait intrusion chez elle au milieu de la nuit pour s'emparer du manuscrit. À l'évidence, il en savait long sur elle et sur ses derniers déplacements. Malheureusement pour l'enquête, elle n'avait pour seule description de l'agresseur que la peau de mouton qu'il portait sur son large dos.

2. Ensuite, une certaine librairie Sutter où, au dire de Maria Miloseva, se trameraient des activités secrètes liées au commerce de manuscrits. S'il faut l'en croire, cette librairie abriterait une sorte de mafia littéraire, organisation souterraine tout occupée à chasser ces œuvres inédites jugées introuvables et dont elle tirerait d'infinis profits grâce à leur vente à de richissimes collectionneurs.

3. Parmi lesquels compte un certain Umberto Lobo. C'est sur ses instances que Maria Miloseva a accepté de prendre

livraison du précieux manuscrit et d'en disposer jusqu'à ce qu'il débarque en ville. Au sujet de ce bibliophile italien, le service de renseignements a communiqué quelques informations : il s'agirait d'un réputé professeur de sémiotique de l'université de Bologne, professeur dont le vernis d'honorabilité aurait été incontestable n'eût été cette tentative de meurtre à la voiture piégée dont il avait été victime, deux ans plus tôt, et qui l'avait cloué à jamais dans un fauteuil roulant.

4. Et pour finir – la surprise du chef –, Flemmar Lheureux. Vers qui soudainement doivent se diriger tous les feux du soupçon, s'il est bien vrai qu'il était le seul au fait de la tâche assignée à Maria Miloseva par Umberto Lobo. Oui, ce même Flemmar Lheureux que le hasard a voulu que le lieutenant Lemaître reçoive si cordialement dans ses bureaux pas plus tard que la veille.

Au vu de quoi, est-il permis d'écarter l'improbable ?

Le lieutenant Lemaître lève les yeux de son carnet de moleskine et ses doigts encore étonnés pénètrent au plus profond de son bouc. Coup d'œil à sa montre qui indique treize heures quarante-cinq. Quelques minutes seulement avant l'entrée en scène d'Angoulvent et de Byblos.

C'est alors qu'il sera fixé.

Parce que, pour l'instant, le lieutenant Lemaître a vraiment peine à y croire.

Il ferme les yeux et fournit l'effort d'imaginer ce bon père de famille aux allures innocentes, et à propos duquel il a eu la faiblesse de concevoir la plus excellente opinion, mêlé à toute cette affaire, agissant, à l'insu même de ses proches, dans la peau criminelle de Byblos, de cet ignoble chasseur de manuscrits inédits, collectionneur fanatique et prédateur au lourd dossier digne d'un *serial killer*, auteur du meurtre de deux éditeurs et de combien d'autres crimes encore semés de par le monde, parmi lesquels cette agression commise sur Maria Miloseva, probablement par l'un de ses sbires, et, pourquoi pas pendant qu'on y est, l'attentat perpétré à l'endroit d'Umberto Lobo.

Non, vraiment, l'image ne tient pas la route.

Autant prétendre que le lieutenant Lemaître joue du subjonctif pour dissimuler son illettrisme.

Bref, rien dans cette hypothèse qui ne lui paraisse le pur produit d'une imagination fantaisiste. Et pourtant il frémit devant la possibilité que ce Flemmar Lheureux, dans quelques minutes, vienne s'asseoir auprès d'Angoulvent sur ce banc.

~

Quand sonnent les quatorze heures fixées par Angoulvent, caméras et revolvers d'ordonnance sont sur le qui-vive. Malgré un ciel chargé de nuages et un vent automnal qui apporte d'une benne à ordures placée aux abords du parc une sale odeur de nourriture en voie de décomposition, le parc demeure achalandé, ce qui ne va pas sans compliquer la surveillance des allées et venues des flâneurs.

Puis les minutes passent.

Jusqu'à remplir une bonne demi-heure.

À ce stade, l'opération aurait dû être achevée, la marchandise remballée et l'affaire classée, à l'inverse de quoi aucun de ses hommes n'a encore signalé au lieutenant Lemaître la présence de Byblos ni même d'Angoulvent à proximité du banc qui doit les accueillir.

Absolument immobile, le lieutenant Lemaître fixe ses écrans qui sillonnent le parc.

Bientôt une heure et peu d'espoir qu'il puisse s'agir d'un bête retard.

Le sentiment douloureux qu'on lui a posé un lapin…

Renforcé par un coup de téléphone.

Qui l'informe qu'un enlèvement a eu lieu au parc McInnis.

31

L e rendez-vous eut lieu comme convenu, à la différence qu'il se déroula à quelques bons kilomètres de l'embuscade dressée par le lieutenant Lemaître avec un soin d'une irréprochable inutilité.

Quand Angoulvent pénétra dans le parc McInnis, il eut la surprise d'y découvrir une manière de fête foraine, avec kiosques divers embaumant la cuisson au gril de saucisses à hot-dogs et de biftecks hachés, à quoi s'ajoutaient d'autres plats exotiques. Le tout était chamarré de ballons gonflés à l'hélium et baignait dans une atmosphère de franche gaieté qu'assurait la marmaille des garderies environnantes. Le principal divertissement se déroulait sur une scène montée sur tréteaux et devant laquelle s'était agglutinée une marée d'enfants qui hurlaient de rire à chaque coup de pied que s'envoyaient au cul, qu'ils avaient large et rebondissant, les deux clowns qui s'y pourchassaient.

Devant cette foule inattendue, Angoulvent eut un mouvement de panique, vrillé par l'incertitude. Allait-on poursuivre comme convenu le plan de match dans lequel ne figuraient pas ces réjouissances et les risques de dérapage qu'elles présentaient ? Si tout pouvait être annulé, Dieu qu'il accueillerait cette nouvelle à bras ouverts ! Il en profiterait même pour décamper vite fait, remplir une valise et fuir vers quelque trou perdu où personne ne songerait à le retrouver, surtout pas Byblos. Ça lui flanquait une frousse du diable, à Angoulvent, l'idée de participer à ce traquenard. Tant que le piège était dressé par le lieutenant Lemaître, Angoulvent avait la conscience tranquille, convaincu que c'était la meilleure chose à faire. Après tout, rien ne paraît plus naturel que le fait qu'un meurtrier finisse par tomber entre les menottes chromées des autorités. Mais voilà que, depuis la nuit dernière, le scénario a subi quelques sérieux remaniements sur lesquels Angoulvent n'a pas eu un mot à dire.

Dans la nouvelle version, *exit* le lieutenant Lemaître.

D'autres se proposaient de tendre leur filet.

~

Cette foule...

Parce que pour un enlèvement, une fête d'enfants n'offre tout de même pas les mêmes commodités qu'une ruelle noire et déserte.

Et il suffit que le coup rate, que Byblos passe entre les mailles du filet, pour qu'Angoulvent ait à payer sa traîtrise au prix fort. Et tel qu'il le connaît, Byblos ne sera plus que l'homme d'une seule obsession : le transformer en chair à pâté.

Angoulvent explora d'un regard fiévreux le terrain, en quête d'un signe qui lui serait adressé et par lequel on lui indiquerait l'arrêt des opérations. En vain. Il dut se résigner à se frayer un chemin à travers tout ce remous d'enfants jusqu'au banc qui a été désigné pour le rendez-vous avec Byblos. Par malheur, il fallait que ledit banc se trouvât à proximité de la scène, au plus compact de la foule, et fût déjà occupé par une grappe de jeunes qui s'en servaient pour se hausser. Voilà qui s'ajoutait si possible au cauchemar d'Angoulvent. Entre-temps, les deux clowns avaient cédé la scène à un prestidigitateur, barbe fleuve et chapeau pyramidal, droit sorti de *Harry Potter*. Son numéro consistait à manipuler des cerceaux de métal qui s'entrelaçaient par mystère.

Angoulvent parvint à se tailler une place sur le banc. Il ne lui restait plus qu'à attendre que Byblos vînt s'asseoir à côté de lui, tout en essayant d'effacer sans grand succès l'agitation qui soulevait son corps entier. La sueur lui coulait depuis la racine des cheveux jusqu'au fond des chaussettes. Il craignit que sa nervosité ne le trahisse aux yeux d'un Byblos rompu à la méfiance.

Le prestidigitateur en était à annoncer son nouveau tour de magie quand un homme s'installa aux côtés d'Angoulvent. Cet homme n'était pas Byblos.

~

Même temps, même lieu : Joachim.

Qui ne s'estimait pas vaincu malgré la déconfiture de la veille. L'intention de conquérir sinon le cœur, du moins l'estime de la jeune fille dont il s'est amouraché était restée aussi intacte que le choc douloureux qu'avait produit sur lui sa beauté la première fois qu'il l'avait vue. Mû par le moteur d'un amour dont il ne saisissait pas, dans la simplicité de son âme, toute la mécanique, le voilà bel et bien décidé, cette fois, à frapper le grand coup. Il n'aurait pu en prédire la nature exacte, parce qu'il comptait se fier à l'inspiration du moment.

Bien sûr, ce parc bondé aurait pu l'épouvanter, amollir sa fermeté, le contraindre au repli et différer son projet. Il y avait tout à craindre de l'effet que Joachim pouvait produire. Il lui suffit de se rappeler la stupeur immobile de son père, une vraie momie, quand il lui a fait le numéro de la brosse à cheveux. Rien de très difficile pourtant, aussi naturel qu'un battement de paupière, mais c'était assez pour mesurer le caractère *anormal* de son don. Joachim avait couru se réfugier dans sa chambre, tout corseté à la fois de honte, de regret et de frayeur.

Mais aujourd'hui, une limite en lui était franchie : il se fichait à tout rompre du regard des autres, il avait les deux pieds plantés dans un de ces territoires où le qu'en-dira-t-on ne pèse d'aucun poids, dans un au-delà des rumeurs où la promesse de l'amour éveille une détermination presque tranquille. Avec la gravité propre à l'enfance, son cœur était tendu vers un seul objectif : remplir d'émerveillement le regard de sa belle. Après elle, le déluge.

Joachim ne tarda pas à la repérer, à la clarté que dispensait sa chevelure d'or qui coulait en masse sur ses épaules. Sa poitrine se dessinait ostensiblement sous son chandail. Il s'octroya un moment pour prendre une bouffée de sa beauté. Il ne lui en fallut pas plus pour que s'accélérât son rythme cardiaque. Du reste, ce n'était pas le seul cœur à défaillir : tous les regards masculins à la ronde, jeunes comme moins jeunes, et sans distinction d'état, obliquaient furtivement vers la déchirante pureté de son visage avant de longer la ligne de ses formes pleines et harmonieuses dans l'épanouissement de ses quinze ans.

Tant de rivalités ne le dissuadèrent pourtant pas. Au contraire, cela eut pour effet de le gonfler à bloc. Il entreprit de s'approcher de telle sorte qu'il se retrouva bientôt au premier rang de la foule. Quelques mètres seulement le séparaient d'elle. À ses hanches s'accrochaient, comme si elle était poursuivie par une malédiction, les deux infâmes morpions dont elle semblait avoir la charge à temps plein, les yeux dilatés par tous ces cerceaux que maniait le prestidigitateur et qui n'en finissaient plus de s'emmêler. Un regard de biais lui indiqua qu'elle n'avait pas remarqué sa présence. «Mais ça ne va pas tarder», se dit-il, sans trop savoir encore comment il comptait s'y prendre.

Il se mit donc en chasse de l'inspiration. Qui finit par lui venir, mais d'un côté qu'il n'avait pas prévu.

Le prestidigitateur au chapeau pointu s'adressait alors à son jeune auditoire dans un style déclamatoire assorti à son costume :

— Pour le prochain numérooo, j'aurais besoin qu'un enfant monte sur scèèène.

Un bond, et voilà Joachim aux côtés du magicien, ce qui déclencha une rafale d'applaudissements.

— Oh, bien, fit ce dernier, pris de court par une telle promptitude. Quel est ton nom ?

— Joachim.

Il avait répondu distraitement, occupé à croiser le regard de sa belle.

Mais ses yeux tombèrent sur son père.

Flemmar était bien là, lui envoyant une main enthousiaste, l'air guilleret, tout en avançant dans la foule. En retrait, là-bas, se tenaient sa mère, sa sœur Louise et, dans sa poussette, Agrippa. Josette lui adressait des signes d'encouragement.

La famille était venue au parc de son côté. Quelle surprise de voir Joachim sauter sur la scène et de le trouver aux côtés du prestidigitateur, sur le point de participer à son prochain numéro. Flemmar s'était empressé de s'approcher davantage. Il avisa le banc occupé par un homme et vint s'y asseoir.

Angoulvent se retourna vers Flemmar, eut un geste brusque inspiré par la peur qu'on le prît pour Byblos.

— Monsieur, vous ne pouvez pas vous asseoir ici.

— C'est mon fils qui est là, répondit simplement Flemmar en désignant Joachim.

Qui dut prendre un moment pour accuser le coup et se mettre dans la tête que sa famille allait assister à une illustration spectaculaire de son don. Entre-temps, le magicien s'était tourné vers la foule :

— Maintenant, un adulte aurait-il l'obligeance de monter à son tour?

Et de désigner, d'un doigt long comme une fatalité, un homme parmi l'assistance.

— Vous, monsieur!

Ce fut d'abord Angoulvent qui se crut dans la mire de ce doigt. Il murmura un «moi?» éteint par la stupeur, l'index replié vers sa poitrine.

— Non, corrigea le magicien, lui!

«Lui» était posté derrière Angoulvent. Quand l'homme comprit ce qu'on attendait de sa personne, il eut un violent mouvement de recul qui se heurta à un barrage de mains – celles, puissantes, de parents soulagés d'échapper aux feux de la rampe –, qui déjà le guidaient fermement vers l'escalier de bois menant à l'estrade, le tout sous l'encouragement des rires et des applaudissements.

Vu la nature familiale de la fête, on aurait pu s'attendre à voir un homme à la dégaine paternelle, tout souriant de la bouche aux yeux. Or, celui qui apparut sur scène n'avait rien du père à la progéniture heureuse, mais tout de l'ermite incurable à qui on ne confierait pas même un biberon. Il en avait la mise défraîchie, peau de mouton usée sur un pull-over flétri et troué, pantalon fripé à braguette déboutonnée, barbe de huit jours et tête lourde à la tignasse cendrée. La solitude du bagnard tout imprimée sur le visage, avec cette glace au fond des orbites et cette mâchoire bouledogue crispée quelques crans au-dessus de la normale. Un air si sinistre qu'il y eut un moment de flottement dans la foule, que quelques enfants lâchèrent un sanglot d'effroi et que le prestidigitateur lui-même eut une seconde d'hésitation, pendant laquelle il maudit cette foutue myopie qui lui jouait ce sale tour chaque fois, pas moyen de cueillir dans le public un individu qui ait de l'allure. Bon, il lui fallait faire avec cette tête d'assassin, portée par un physique assez puissant merci, auquel pendait en bandoulière un sac de cuir. Le prestidigitateur retrouva sa contenance et s'adressa à la foule en ces termes :

— Maintenant, je vais prendre le sac de ce mooonsieur (il ne courut pas le risque de lui demander son nom) et le déposer dans ce coooffre que je fermerai à triple tourrr. Ensuite, j'inviterai ce garçon à se glisser derrière ce rideau. Et grrrâce à ma baguette magiiique, le sac va changer de plaaace et apparaître dans les bras de ce garçooon. Tout le monde a saisiii?

— Nooon! s'écrièrent les enfants.

— Le sac, reprit-il sans enthousiasme, va quitter le coffre pour réapparaître comme par enchantement sur l'épaule de ce garçon. Il va voyager du coffre à l'enfant. Alors, c'est clair, maintenant?

— Nooon! s'écrièrent de nouveau les enfants qui décidément ne comprenaient goutte à son histoire.

— Le sac, hurla le magicien qui en perdait son long chapeau pointu, dans le coffre, va disparaître, paf, comme ça (il claqua des doigts), il va se désintégrer si vous préférez, pour se retrouver dans les bras de ce garçon. Ce garçon, là, va tenir le sac qui était, un instant plus tôt, dans le coffre. Alors, je peux pas être plus clair, me semble! C'est compris, oui ou non?

On murmura, mais sans conviction, que oui, c'était pigé.

— Booon! fit-il avec le soulagement de celui qui a craint une seconde de ne plus répondre de ses gestes.

Puis il se tourna vers l'homme à la figure patibulaire :

— Veuillez, monsieur, me remettre votre sac, qu'on en finisse avec ce satané tour.

La main aplatie sur sa sacoche, le monsieur lui opposa un mauvais sourire qui ne désarçonna pas le magicien, lequel s'approcha de son oreille pour y glisser ceci :

— Écoute, trou du cul, tu vas le récupérer, ton sac, qu'est-ce que tu penses! Alors, joue pas au con, parce que là, si tu l'as pas deviné, je suis de mauvais poil.

L'homme ne l'était pas moins. Le prestidigitateur empoigna la courroie de cuir pour se saisir de la sacoche, mais l'homme la retint d'une main tandis que l'autre se fermait sur le cou du magicien, lequel grognait dans un étouffement :

— Mais c'est qu'il est vraiment con !

La bousculade s'envenima devant l'incompréhension de la foule jusqu'à l'instant où la courroie céda. La sacoche s'écroula sur le bois de l'estrade dans un bruit sourd. Les deux hommes voulurent aussitôt la récupérer, avec la même ardeur que mettent les footballeurs à se jeter sur le ballon, mais, ô surprise! la sacoche de cuir s'échappa dans un glissement latéral, comme tirée par un fil invisible, et soudain monta dans les airs jusqu'à ce qu'elle fût hors d'atteinte, et ce, au plus grand ébahissement du public qui émit un souffle unanime.

S'ensuivit un moment d'immobilité générale, à l'exception faite de cette sacoche qui poursuivait son élévation, dans un silence de bouches bées et d'yeux écarquillés. Le propriétaire de la sacoche en avait perdu sa mauvaise mine. Quant au magicien, qui assistait pour la première fois de sa vie à un tour de magie, mais un vrai cette fois, qui vous scie en deux, il ne trouva rien à dire bien qu'il eût la bouche grande ouverte, quand éclata un tonnerre d'applaudissements qui le rappela à la réalité. Comme ça hurlait d'enthousiasme sur toute l'étendue du parc, il eut le génie de tendre, sans grande conviction pourtant, les deux bras vers le ciel, les doigts en éventail comme chargés de pouvoir.

Il feignait de contrôler la situation, alors qu'il avait toujours peine à éteindre la stupéfaction qui lui flambait le visage.

La sacoche flotta lentement au-dessus des applaudissements, en décrivant une parabole, et vint se poster au-dessus de la tête de Joachim dont l'agacement passait inaperçu. Il comprenait trop bien que cette salve d'enthousiasme ne lui était pas destinée et que l'illusionniste tirait la couverture à lui, anéantissant du coup son effort de séduction. Un œil en coulisse vers la jeune fille de son cœur lui suffit pour s'en convaincre. Mais il n'eut pas le temps de s'appesantir sur son sort qu'un deuxième incident se produisit, auquel ni lui ni personne n'étaient préparés.

Prompts à profiter de ce moment de diversion, trois hommes vêtus de noir des lacets aux lunettes agrippèrent Flemmar aux épaules et l'arrachèrent du banc aussi aisément qu'une mauvaise herbe. Ses cris étouffés n'alertèrent que quelques voisins, dont Angoulvent, que le kidnapping prit de court. Il n'eut pas le temps de signaler aux ravisseurs qu'il y avait erreur sur la personne, devancé qu'il fut par la main secourable d'un père de famille dont l'héroïsme, qu'autorisait sa forte corpulence, fut stoppé net par l'éclat d'un revolver brandi sous son nez. À la vue de quoi, des cris horrifiés de parents éclatèrent, doublés par ceux des enfants, bien qu'ils ne comprissent rien à la situation, jusqu'à ce que la panique s'emparât de toute la foule. Le temps que tout ce beau monde se jette sur l'herbe, Flemmar avait disparu dans le ventre d'une Mercedes noire. Le moteur n'avait pas aussitôt rugi qu'elle tournait à l'angle d'une rue dans un hurlement de pneus.

Tout cela sous les yeux de Joachim.

Dont la terreur, qui eut l'effet de lui faire perdre sa concentration, fut interrompue par la sacoche qui lui tomba dans les bras. Après quoi, il bondit au bas de l'estrade, fendit la turbulence terrifiée de la foule pour s'élancer avec l'énergie du désespoir sur les traces de la Mercedes.

32

L a porte s'ouvre sur une tête rouquine.
— Vous voilà, Clotilde! s'exclame Samuel Erckmann. Je cherchais à vous joindre. Entrez.

En apparaît une seconde, d'un brun frisotté celle-là, juchée au sommet d'un long corps de perchiste, et dont les jambes grêles semblent hésiter sur le seuil.

— Tiens, n'est-ce pas là notre ami Cédidio? s'étonne Erckmann. On ne vous voit plus guère ces temps-ci. Doit-on compter désormais sans vous?

Peut-être Cédidio doit-il s'y résigner, tout compte fait. À fuir ses études, il en a perdu de vue le département. À preuve, la veille seulement, il n'a pas été fichu de reconnaître son directeur.

Cédidio improvise une explication qui tient du parfait bredouillage.

Samuel Erckmann coupe court :

— Nous examinerons votre cas une prochaine fois. Entrez donc.

Il entre, à la suite de Clotilde, dans un vestibule qui fait deux fois sa chambre.

— Professeur Erckmann, pardonnez-nous cette intrusion, mais je dois vous parler, s'empresse de dire Clotilde.

— Moi aussi, chère amie, mais auparavant, venez au salon, que je vous présente.

Debout à l'ombre d'une cheminée de marbre, la femme de Samuel Erckmann est de celles que, d'instinct, on salue bien bas. Est-ce la majesté de son maintien, la cambrure naturelle de ses reins, cette cinquantaine d'années portée comme si elle en pesait trente ou alors, tout simplement, la netteté de ses yeux qui ne prennent aucun détour?

Clotilde n'imaginait pas le professeur Erckmann autrement qu'avec une splendeur pareille. Historienne d'art, en plus, dont le curriculum a l'épaisseur d'un roman. «Un couple d'enfer, s'extasie en elle-même Clotilde, qui embrasse la moitié du savoir du monde à lui seul.»

Quant à Cédidio, il est surtout occupé à se fabriquer un air pas trop abruti.

— Marthe, je te présente Clotilde.

— Enchantée, Clotilde. Samuel n'a que de bons mots pour vous.

— J'ai peur que certains de ses collègues ne puissent en dire autant.

— C'est qu'ils ont, peut-être, peu à dire.

«Tiens, se dit Clotilde, en voilà une à qui la fatuité universitaire ne doit pas en imposer.»

Puis tournant son sourire vers le second invité :

— À qui ai-je l'honneur?

Le moment qu'il déteste le plus au monde : révéler son nom aux oreilles vierges.

— Cédidio.

— Pardon?

— Cédidio.

— C'est idiot, dites-vous? On ne reçoit pas toujours le nom que l'on désire. N'ayez crainte, j'ai passé l'âge de formuler des sobriquets.

Malheureusement, c'est déjà fait. Une enfance entière passée sous une pluie de «Cédidio est idiot» dont résonnait la cour d'école.

C'est Clotilde qui prend en main l'éclaircissement.

— Mon ami s'appelle Cé-di-dio.

— Oh! Désolée, vous me voyez confuse.

La suite de la conversation a lieu dans le cuir moelleux des canapés, entre le plateau à café et le crépitement du foyer. Il y a d'abord un moment de silence dont profite le décor pour s'imposer : la profondeur méditative du salon, l'ébène sombre de la bibliothèque, l'immense glace sertie dans du cuivre, la végétation qui s'étire jusqu'au plafond, les gouttelettes du lustre, le doux va-et-vient de la pendule… De quoi remplir d'éternité les yeux de nos deux jeunes gens.

Mais Samuel Erckmann juge le temps pressant et entre dans le vif du sujet :

— Écoutez-moi, Clotilde, il faut cesser vos recherches à propos de F. S. Je ne me pardonnerai jamais de vous avoir lancée sur cette affaire. Elle s'avère beaucoup plus périlleuse que je ne le croyais.

— Je sais, fait-elle, le meurtre des deux éditeurs…

— En effet, commis par une espèce de fou qui aurait mis la main sur le manuscrit de *Notre pain quotidien* et qui a dans sa ligne de mire tous ceux qui auraient contribué à sa publication. Je comprends mieux pourquoi Angoulvent a voulu vous mettre en garde. Il n'est pas étranger à toute cette histoire.

— Justement, à son propos…

Et Clotilde de faire un résumé de la journée d'hier, au fil duquel blêmissent les Erckmann. L'épisode de la librairie Sutter achève d'écarquiller les deux paires d'yeux.

Feu croisé de leurs réprimandes :

— Dieu du ciel, Clotilde, vous avez joué avec le feu !

— Mais où aviez-vous donc la tête ! Êtes-vous consciente du danger que vous avez couru ?

— Il s'en est fallu d'un cheveu que vous y laissiez votre peau !

— Maintenant, tranche Samuel Erckmann de sa voix la plus rocailleuse, vous allez me faire le plaisir de mettre un terme immédiatement à votre folle témérité. Je ne veux plus que la moindre initiative vous effleure l'esprit. L'affaire est désormais entre les mains de la police, et d'elle seule. Me fais-je bien comprendre ?

Clotilde, toute penaude, fait signe que oui.

Tandis que Cédidio cherche sur le parquet une fissure par où disparaître.

— Du reste, ajoute Marthe Erckmann, nous avons éprouvé notre large part d'émotions aujourd'hui.

Clotilde lève un regard interrogateur.

— Oui, confirme Samuel Erckmann. N'êtes-vous donc pas au fait des nouveaux développements ? Le parc McInnis a été le théâtre, il y a moins d'une heure, d'un enlèvement à main armée, sous les yeux d'une foule. En pleine fête pour enfants, vous imaginez ! Et notre fille Noémie qui se trouvait sur les lieux…

— Grâce à Dieu, elle n'a rien, précise la mère dans un soupir de soulagement.

— Et remercions le ciel qu'aucun blessé n'ait été signalé. Noémie, parmi plusieurs témoins, a été interrogée par des policiers. J'ai moi-même eu un bref entretien avec le lieutenant Lemaître chargé de l'enquête. Si vous n'êtes pas encore convaincue du danger de l'affaire F. S., écoutez ceci, Clotilde.

Lueur dense dans les yeux de Samuel Erckmann, tout à coup.

— C'est le meurtrier des éditeurs lui-même qui aurait été l'objet du kidnapping. Et l'homme que l'on soupçonne d'en être le sombre auteur ? Tenez-vous bien : Angoulvent !

« Angoulvent ! »

Clotilde et Cédidio en ont le souffle coupé.

Sans parler des idées qui s'embrouillent : le « kidnappé » qui se fait kidnappeur…

— Alors, vous vous tenez tranquille, Clotilde, suis-je bien clair ?

On ne peut l'être davantage.

— Et pour m'assurer que vous resterez bien en dehors de tout ça, ajoute-t-il, je me charge de transmettre au lieutenant Lemaître ce que vous savez, l'enlèvement d'Angoulvent, la librairie Sutter… Contentez-vous de vaquer à vos occupations.

Les prières de Cédidio pour devenir invisible n'ont pas dû émouvoir la moindre oreille, car s'abat sur lui la voix caverneuse de Zeus lui-même.

— Et quant à vous, jeune homme, plutôt que de vous prêter aux mêmes imprudences que votre amie, envisagez donc de vous donner davantage à l'étude.

Cédidio n'a jamais si bien senti le poids son nom.

La visite aurait pris fin, n'eût été un dernier détail.

— J'oubliais! J'ai la réponse à l'une de vos questions, professeur Erckmann, déclare Clotilde.

Quelle était-elle déjà? Sa mémoire demande à être rafraîchie.

— Homère, le ménestrel de la librairie Masson, la mémoire retrouvée d'un Büchner perdu. J'ai ici de quoi lui mettre un nom.

Elle extrait de sa poche le faux nez. Elle ajoute :

— Celui-là même qu'arborait notre conteur.

— Où l'avez-vous pris?

— À votre tour de bien vous tenir : chez Angoulvent.

La surprise de Samuel Erckmann s'offre une légère pause.

— Tout bien pesé, conclut-il, peut-être était-ce le seul rôle taillé à la mesure d'Angoulvent.

~

Sur le trajet du retour, dans le ferraillement presque apaisant de la bagnole, à côté d'un Cédidio qui se sent vaguement abandonné, Clotilde se retranche dans le silence. Visage fermé, regard lointain, bras étendus comme deux tiges de plomb le long des jambes, le tout dans la fixité d'une honte qui se veut discrète.

Ainsi meurent les illusions.

La réprimande du professeur Erckmann a touché Clotilde au plus vif.

Non qu'elle conteste son imprudence.

Mais paraître si idiote aux yeux du professeur Erckmann, elle ne se le pardonne pas.

Tous les imbéciles de la terre peuvent bien la déclarer folle, se payer sa tête et la tourner en dérision, elle s'en moque comme du sort de tous les imbéciles. Mais que le professeur Erckmann, cette gloire de l'érudition, la plus haute sommité d'entre les sommets, qui l'estimait au point de lui offrir l'insigne honneur de superviser son mémoire de maîtrise, que cet homme-là

puisse concevoir l'once d'un doute quant à la valeur de son jugement, ça la tue aussi net que si on lui avait tranché la tête.

— Cloclo?

— Oui, Cédi.

Il accueille sa voix avec soulagement.

— Je t'invite chez moi et on décompresse autour d'une
bière?

— Dépose-moi à l'accueil Béjard.

Elle ajoute :

— Je dois vaquer à mes occupations.

33

Fin d'après-midi, dans l'antre feutré du bureau du lieutenant Lemaître. Autour d'un thé et sur fond de Brahms.

— Cette affaire prend un tour fort inattendu, mon petit.

— Un sale tour, oui, lieutenant, convient le sergent Bellechasse.

Silence.

Ce sera le premier d'une longue série, à croire la pièce au milieu d'une intense circulation d'anges.

— Comment se porte votre petite famille?

— Bien, lieutenant.

— Je crois me souvenir que vous êtes le père d'une petite fille.

— Élisabeth. Elle va sur ses huit mois. Les nuits sont encore courtes.

— C'est le prix du bonheur d'être parent.

— À ce prix-là, c'est une aubaine, lieutenant.

— Je veux bien vous croire.

Silence.

— Je peux vous poser une question indiscrète, lieutenant?

— Faites, mon petit. Je ne me rappelle pas vous avoir épargné ma propre indiscrétion.

— Vous avez jamais songé à fonder une famille?

— Voilà une question, en vérité, plus complexe qu'indiscrète, et dont la réponse risque fort de vous étonner.

Silence.

— Sachez que je ne fus jamais amoureux.

— Vous plaisantez, lieutenant?

— Je crains que non.

— Vous êtes jamais tombé en amour?

— En effet, bien que, par purisme linguistique, j'évite l'usage de cet anglicisme.

— Est-ce vraiment possible, lieutenant? Je veux dire…

— Il faut croire que oui, enfin, autant qu'il est possible de ne pas ouvrir un roman de sa vie.

Ici, le silence a la durée d'un très sérieux embouteillage d'anges, pare-chocs contre pare-chocs.

Finalement :

— Sommes-nous toujours sans nouvelles du professeur Angoulvent?

— Il s'est envolé, répond le sergent Bellechasse. Mais pas de doute qu'il se trouvait au parc McInnis. Des témoins ont donné son signalement. D'après nos informations, l'enlèvement aurait eu lieu à côté de lui, sur le banc même où il était assis. Depuis, il s'est volatilisé. Quant à la voiture des ravisseurs, ce serait une Mercedes, mais tout s'est passé si vite que le numéro d'immatriculation n'a été relevé par personne.

Silence.

— Me pardonnerai-je jamais d'avoir cordialement reçu à mon bureau l'homme que nous recherchons? Et cela sans que m'effleurât le moindre soupçon?

— Vous ne pouviez pas savoir, lieutenant.

— Bien sûr…

Silence.

— Vous avouerai-je que ce Flemmar Lheureux, avec sa tête d'adolescent perpétuel, m'inspira de la sympathie? Si peu que je causasse avec lui, je lui trouvai, comment dire? une sorte de fragilité qui m'alla droit au cœur. Et pour tout vous dire, j'ai peine à admettre que ce père de famille et cet ignoble Byblos puissent loger sous la même identité.

— Je vous rappelle, lieutenant, que toutes les apparences militent contre lui. Vous savez bien qu'il était le seul à savoir que Maria Miloseva disposait de ce manuscrit. Vu la petite taille de

Byblos, on peut supposer qu'il a envoyé chez elle un de ses hommes de main pour le récupérer. Ensuite, tout indique que votre Angoulvent a fixé rendez-vous à Byblos au parc McInnis, plutôt qu'au parc Clément, question de procéder à son enlèvement. Angoulvent aurait voulu régler cette affaire par lui-même. Tout s'explique, vous voyez.

— Oui, bien sûr…

Silence.

— Dites-moi, à propos de cette histoire de sacoche volante, nous savons de quoi il retourne?

— Le magicien a finalement avoué qu'il n'y était pour rien. Tous les témoins sont formels : ils ont bien vu le sac s'élever dans les airs, comme ça, tout seul. Quant à moi, je ne suis pas très loin de les croire, lieutenant : pas plus tard qu'hier, un type devant moi a joué à la montgolfière.

— Et le propriétaire?

— De la sacoche? Il a filé et n'a plus donné signe de vie. Personne n'a pu l'identifier. Quant au garçon sur la scène, c'est le fils de Flemmar Lheureux. Oui, lieutenant, le fils de Byblos lui-même.

— Nous avons des nouvelles de ce garçon?

— Aucune, lieutenant. Il a déguerpi. Faut dire qu'il a assisté à l'enlèvement de son père. Doit être dans un drôle d'état. On fait des recherches.

Silence et dégustation du thé.

— Vous plaît-il?

— Euh… bien sûr, lieutenant.

— À la mode afghane : parfumé de capsules de cardamome écrasées. Permettez que je vous resserve.

— Merci, lieutenant.

— La cardamome est prisée pour ses vertus digestives. Je tiens cette information de la femme de Flemmar L'heureux. Vous saviez peut-être qu'elle est spécialiste de botanique?

— Elle anime une émission à la télévision. Ma femme ne manque jamais de la regarder.

Silence.

— Quel choc cela a dû être pour elle, dit le lieutenant Lemaître.

Silence.

— Que dis-je, un double choc : elle n'a pas aussitôt appris l'enlèvement de son mari qu'on lui révèle que le père de ses enfants n'est autre qu'un assassin. Vous ai-je décrit sa réaction ?

— Non, lieutenant.

— Elle m'a fourni une recette de thé afghan à la crème.

Silence.

— Il s'agit d'ajouter du *gymaq*, une crème très épaisse prélevée à la surface du lait longuement bouilli, puis qu'on a laissée reposer pendant plusieurs heures.

Silence.

— Un cas patent de forclusion, dirait un psychanalyste.

Silence.

— Elle refuse de reconnaître la réalité dont la perception est pour elle traumatisante.

Silence.

— La mère et ses deux enfants ont-ils été raccompagnés chez eux ?

— L'agent Roy s'en est chargé.

— Et quels sont les résultats de la perquisition ?

— On a fouillé partout, mais pas un seul indice d'activités suspectes.

On frappe à la porte. Derrière la baie vitrée, on peut deviner à qui appartient la ronde silhouette.

— Veuillez entrer, sergent Tremblay.

Qui dévoile sans tarder la maigreur de ses informations.

— Le sous-sol de l'accueil Béjard a été fouillé, lieutenant, selon vos instructions. Rien à signaler. Un sous-sol poussiéreux, encombré de meubles brisés, de vieux matelas fendus... Le relevé d'empreintes n'a rien donné. Et j'ai ici une liste de collectionneurs privés. Je vous avertis, elle est incomplète. Pas faciles à dénicher, ces gens-là.

— Merci, sergent Tremblay, mais elle ne sera désormais d'aucune utilité.

— Ah, bon, fait le sergent en voyant quelques heures de boulot s'envoler en fumée. Quant aux résultats du médecin légiste, enchaîne-t-il, le clochard a bien succombé à une surdose d'héroïne. Une sacrée giclée : 1,52 mg par litre de sang.

Pour la forme, le lieutenant Lemaître demande :

— Est-ce tout?

La lueur dans les yeux qui accompagne la réponse annonce un rebondissement :

— L'autopsie a trouvé ça.

Et de déposer «ça» devant le lieutenant Lemaître : une petite boîte chirurgicale au fond de laquelle repose un médaillon argenté, de la taille d'une phalangette et privé de sa chaîne. Le lieutenant Lemaître en actionne l'ouverture, ce qui libère la photo d'une femme.

— Plaît-il?

— Trouvé dans son œsophage, lieutenant.

Au tour du sergent Bellechasse d'examiner le portrait qu'il manipule du bout de ses doigts noueux.

— On sait qui c'est?

— Pas encore, répond le sergent Tremblay. Selon le médecin, le bijou a été avalé quelques instants avant le décès, une quinzaine de minutes tout au plus.

Dans le bureau, il s'en déroule presque autant dans un silence soumis à la cogitation du lieutenant Lemaître dont les doigts délicats se fixent au bouc qui lui prolonge le menton.

Les deux sergents n'osent respirer par crainte de gêner la méditation de leur supérieur. Échange de regards qui engagent un pari : trouvera, trouvera pas.

Au terme de quoi, le lieutenant Lemaître demande :

— Alors, messieurs, des hypothèses?

Ah, bon, c'est à eux de trouver.

Le sergent Bellechasse est le premier à s'aventurer :

— Le portrait représente son ex-femme. Il s'envoie dans le gosier son médaillon avant de s'enlever la vie. Une façon d'emporter son amour avec lui dans l'au-delà.

— Impossible, objecte le sergent Tremblay. On a déjà vérifié : le portrait ne lui correspond pas.

— Bon, reprend le sergent Bellechasse qui ne s'avoue pas
vaincu, alors il l'a trouvé dans la rue, le trimballe sur lui depuis
longtemps au point que cette femme inconnue est devenue pour
lui une sorte d'idéal qui a fini par le hanter.

— M'ouais, facile à vérifier auprès de ses compagnons de
trottoir, dit le sergent Tremblay, mais à condition qu'on
retienne l'hypothèse du suicide. Là-dessus, rien n'est sûr.

— Dans ce cas, je donne ma langue au chat.

C'est le moment que le lieutenant Lemaître choisit pour
délier la sienne.

— C'est le dernier message d'un mort.

Dit avec l'aplomb d'un Sherlock Holmes parvenu à l'heure
du dénouement.

À cette différence que le lieutenant Lemaître, plutôt que d'y
aller d'une définitive explication, se contente de nouvelles direc-
tives :

— Il faut identifier cette femme au plus vite, sergent
Tremblay. Je soupçonne ce pauvre clochard d'avoir voulu nous
livrer le nom de son meurtrier. Celui qui portait ce médaillon
n'est nul autre que Byblos. À l'évidence, il ne digéra pas qu'on
lui prît un Molière.

— Bien, lieutenant.

Au moment où la porte va se refermer sur la rondeur du
sergent Tremblay, le lieutenant Lemaître dit :

— Attendez-moi à votre voiture, sergent, je vais vous
accompagner.

De nouveau l'un de ces silences pendant lequel s'étire l'éternité. La théière a bien dû y passer au complet.

Enfin, le nez du lieutenant Lemaître se dresse vers le sergent
Bellechasse qui, à son tour, détache ses yeux de ses chaussures.

— Voyez-vous, mon petit, sans que je puisse me l'expliquer, tout se passa dans ma vie comme si le sentiment amoureux m'était resté étranger.

C'est donc une confession qui occupait l'espace de ce silence. La suite n'est plus qu'un monologue.

— Qu'est-ce qu'aimer, sinon un moyen de trouver hors de soi sa propre richesse? Sans doute vous paraîtrai-je présomptueux en vous disant que mon cœur a dû se suffire à lui-même. Un esprit tordu s'empresserait de m'attribuer une homosexualité latente, la misogynie d'un phallocrate ou quelque effroi devant la sexualité. Mais il vous suffit de savoir que la vie amoureuse n'est pas une réponse obligée à la vie.

— …

— Au fond, j'incline à croire…

— …

— … que mon besoin d'aimer s'est contenté de ma grand-mère.

— …

— Ursula.

— …

— Elle me fournit tout l'amour auquel je pus rêver. Dès le jour où elle me prit sous son aile, à mes seize ans, après le décès de mes parents, rien en ce monde ne me convainquit de la nécessité de vivre éloigné d'elle. Un lien puissant nous unit depuis trente-quatre années. En définitive, peut-être ai-je connu le plus profond sentiment amoureux qu'un homme puisse ressentir.

— …

— Et alors qu'elle s'éloigne en des eaux lointaines, il me semble assister à ma propre dérive.

— …

— …

— …

— Pardonnez-moi. Il m'arrive de me laisser aller à la volupté des larmes.

— …

— Mon petit!

— Oui, lieutenant?

Dont le regard ne porte plus une trace d'émotion.

— Renseignez-vous à propos de cette librairie Sutter. Appelez-moi à mon numéro de portable dès que vous aurez quelque chose.

34

Comme tous les jours, le moment qui précède le repas met l'accueil Béjard en effervescence. La grande salle accueille une quinzaine de tables alignées auxquelles s'accrochent par grappes des loqueteux de tous les horizons. Une belle brochette de têtes calamiteuse : toxicomanes, alcooliques, schizophrènes, diabétiques, dépressifs… chacun perdu dans son gouffre, mais tous se reconnaissant pour ce qu'ils sont, les enfants maudits du destin.

Regroupés à l'heure de la soupe, ils produisent un fameux tapage : ici le ton monte et les certitudes passionnées s'empoignent, là les éclats de rire déferlent sous l'impulsion des blagues de tous poils, ailleurs les confidences s'enflent en des récits épiques. Et surtout, au fond de ce tohu-bohu, le désir inentamé de mener cette vie mortelle jusqu'au bout.

Dans la plus silencieuse discrétion, la porte d'entrée s'ouvre.

— Ah, c'est pas trop tôt, Clotilde !

Si loin que se tienne Jacqueline Framboise dans la grande salle, sa grosse voix couvre le brouhaha.

Au retentissement de ce nom, toutes les conversations se suspendent et les cœurs se mettent en branle comme au premier battement. C'est la joie elle-même qui se tourne vers la porte pour trouver, dans son encadrement, Clotilde.

Leur *belle Clotilde.*

Sur qui tombent tous les yeux en une pluie fine. C'est autant d'éclaboussures d'affection qu'elle reçoit.

Elle ne s'y habituera jamais et devra se souvenir longtemps de ces moments-là, quand, sitôt le seuil de l'accueil Béjard franchi, elle se voit remplir tous les regards. Ça lui fait, à tout coup, l'effet d'être un joyau sous les projecteurs, le bouchon de champagne qui déclenche la fête.

Chaque table qu'elle croise est une escale où les questions se font la lutte pour s'enquérir d'elle. Comme si c'était Clotilde qui traînait une vie de misère.

— Ça va, Clotilde?

— Ça va, le Frisé.

À chacun son surnom taillé à sa mesure.

— On s'inquiétait...

— C'est gentil, Picasso.

— Tout va comme tu veux? insiste la Grimace.

— Tu sais, on ne veut bien que ce qu'on peut.

— C'est bien vrai, ça, Clotilde.

— Dis, tu prends soin d'toi, hein? demande le Moustique.

— Toujours. Et toi, comment se porte ta main? lui demande-t-elle en retour.

— Comme une aile brisée. J'fais du rase-mottes.

— C'que t'es belle, Clotilde, se pâme une voix.

Qui résume l'extase générale des clochards entre lesquels elle navigue, dans un festin d'amour aussi gratuit que le repas qu'ils attendent.

Clotilde pénètre dans les cuisines et parvient à la hauteur de Jacqueline qui, la louche pleine et fumante portée aux lèvres, en est à s'aiguiser le palais.

— Ciboulette... menthe...

— Et... et...?

Les yeux levés au ciel, elle ajoute :

— Une pincée de coriandre.

Un sourire de satisfaction file sous la toque blanche du cuisinier.

Qu'interrompt l'ironie de Jacqueline.

— Pas mal, Ramiz, ton potage.

— Pas mal? s'écrie-t-il. Sacrée Jacqueline! Tu vas devoir me supplier pour goûter au plat principal : satay de poulet réduction orange et gigembre.

— Ah, c'est ça qui explique cette drôle d'odeur dans les cuisines !

Jamais ne s'autorise-t-elle autant d'ironie qu'au détriment de Ramiz.

— Tu vas me tuer, Jacqueline. Tiens, bonjour, Clotilde.

Très noir des sourcils comme de la moustache, sourire franc sur fond de porcelaine immaculée, Ramiz, Albanais mâtiné de grec, est un chef cuisinier au sommet de son art comme de sa carrière. Il officie dans l'un de ces restaurants, rue Chenel, qui exhibent leurs cinq étoiles et rivalisent de rutilance. Mais il surprend parfois une fissure dans son horaire, par où il se glisse jusqu'aux fourneaux de l'accueil Béjard pour y mitonner l'un de ses secrets gastronomiques. C'est moins son amitié pour Jacqueline qui le motive qu'une réelle compassion pour ces bouches en deuil qui n'imaginent pas d'autres saveurs que celle du bitume.

Clotilde, qui a goûté à son tour :

— Mmmm, ils vont se régaler, chef !

— C'est au regard qu'on juge le ventre. N'est-ce pas Jacqueline ? Ces flammèches dans les yeux quand une douce explosion leur monte du palais. Il n'y a qu'ici que j'assiste à ça. Ce ne sont pas les snobinards de la rue Chenel qui vous gratifient de ces lueurs-là. Je pourrais aussi bien nourrir un troupeau de vaches.

C'est vrai. Les habitués de l'accueil Béjard reçoivent les plats de Ramiz dans un émerveillement de nourrisson. Et plutôt que d'engloutir leur portion à la vitesse stupéfiante qu'on attend d'eux, ils usent de leur fourchette avec la minutie d'un démineur. Et quand ça finit par leur exploser dans la voûte palatine, les pupilles s'embrasent.

— Bon, au boulot, Clotilde ! fait Jacqueline.

Quelques instants plus tard, c'est les bras chargés de plats et les narines enivrées de leur vapeur qu'elle fait la navette entre les cuisines et les tables. Distribution sur fond de grondements ventraux et de salives d'anticipation.

Le dernier groupe à recevoir son ravitaillement de potage se démarque singulièrement des autres. Cinq paires d'yeux silencieux qui n'ont d'oreilles que pour une seule voix. À laquelle même les tablées avoisinantes prêtent attention. Une voix de basson qui trône seule au milieu d'une assemblée d'apôtres. Une tête qui n'a du prophète que le déclin aviné de ses oracles.

Saint-Toqué.

Passablement éméché.

Qui se tient assis au bout de la table, égal à lui-même, avec sa bouille impayable de Ramsès II échappé de son sarcophage, crâne cuivré sur barbe filamenteuse, droit dans son squelette qui menace de percer, les yeux vitreux rivés aux souvenirs qu'il égrène pour le ravissement de son auditoire.

C'est qu'en dehors de ses lévitations, Saint-Toqué, dans sa version alcoolique qui le ramène à hauteur d'homme, aime à faire dans les mémoires. Enfin, de ceux qui relèvent moins de la sincérité de l'âme que de l'étalage de soi. Une enfilade d'anecdotes toutes plus loufoques les unes que les autres. À en juger par la quantité de fortunes qu'il a connues, l'horaire de sa jeunesse a dû être plutôt chargé.

Son public de l'accueil Béjard raffole de ses récits, et ne s'applique pas trop à démêler les bulles de vérité de l'ébullition romanesque. Même Clotilde a pris quelquefois plaisir à ses histoires d'ivrogne.

Et la voilà qui se laisse tenter et prend place parmi les disciples aux yeux ronds qui l'accueillent d'une moue complice.

Saint-Toqué en est à épaissir sa légende de bourlingueur. Récit d'un lointain séjour en Amérique du Sud dont il aurait écumé tous les bouges d'un littoral à l'autre. Quatre ans de nuits parmi les plus blanches de sa vie, la java continue, sans accalmie, un feu roulant de débauche, à ne plus savoir à quoi se rapporter, des chaudes étreintes de femmes aux lèvres offertes ou des concours de beuverie entre foies coriaces. Dans l'exercice de l'un comme de l'autre, Saint-Toqué s'était fait un nom.

— Et… comment t'as gagné ta vie ? se hasarde à demander l'un des clochards pour lesquels cette question est toute l'histoire de leur vie.

Saint-Toqué lève le sourcil du mystère tout en embrassant son public d'un regard philosophique :

— En m'élevant jusqu'à elle.

Dans ces régions humides où le cœur des latinos règle ses battements sur celui du Christ, dans son éternel tempo, un type qui lévite, et ce, le plus simplement du monde, n'est pas sans provoquer une syncope cardiaque généralisée. Il aurait fait le coup de la marche sur les flots qu'on n'aurait pas été autrement étonnés. Une fois qu'on avait récupéré son souffle, c'était invariablement pour le dépenser en cris : *milagro, milagro!* C'était la main de Dieu qui hissait cet homme vers Lui. La Vierge pouvait aller se rhabiller, ses promesses d'apparitions n'émouvaient plus personne. La cote de popularité allait désormais à Saint-Toqué. Où qu'il passât, des villages reculés aux tôles entassées des favelas, sa tête en broussaille se coiffait d'une auréole aussi dorée que dans une fresque de Giotto. On n'était pas loin de vouloir lui élever des autels quand se répandit le prodige de ses mains. Pas plus que la loi de la gravité, les maladies n'étaient de taille à lui résister. Des mains touchées par la grâce, prolongement de la bienveillance divine. Jeunes et vieux se dressèrent sur leurs pieds comme autant de Lazare.

Dans ces conditions-là, *gagner sa vie* ne présentait pas vraiment de difficulté. Mais Saint-Toqué, déjà dans sa jeune vingtaine, n'était pas homme à tirer fortune de sa gloire. Il tenait trop à sa pauvreté. Aux dons d'argent qui affluaient à ses pieds, et qu'il redistribuait en large partie d'une escale à l'autre, il préférait le simple gîte. On s'étonnait aussi qu'il repoussât les repas qu'on lui offrait. Saint-Toqué jeûnait.

Mais toute divinité a une faim.

Ou une soif, pour mieux dire.

Quand sonnait l'heure de lever le coude, Saint-Toqué ne valait pas plus qu'un homme.

Un peu moins, peut-être.

Et toute l'Amérique du Sud de s'installer dans la patience de sa prochaine saison de jeûne.

— Et les journaux?

— C'est vrai! On a dû parler d'toi, non?

— Le rouleau compresseur des médias…

— La récupération politique…

— L'œil intéressé de l'armée…

Autant de questions dont Clotilde n'a pas le loisir de connaître les réponses, car au loin la main de Jacqueline l'interpelle.

— Le four vient de tomber en panne, lui annonce-t-elle. Un fusible, sans doute. Tu serais un amour si tu descendais au sous-sol pour vérifier.

35

— Croyez-moi, mon cher, ma surprise est totale.

Flemmar aussi manifesterait volontiers la sienne, pas moins entière, si ce n'était ce chiffon qui lui obstrue la bouche.

— En fait de rebondissement, c'en est un.

Avis qu'il partage. Quand on est soulevé par le collet comme un chat, projeté dans une voiture la tête la première, emmené on ne sait où, les yeux bandés et la bouche froide d'une arme enfoncée dans les côtes, puis bâillonné et ficelé à une chaise, oui, on peut, sans craindre de se tromper, parler d'un rebondissement.

— Jamais j'aurais imaginé que vous étiez lui.

« Que j'étais qui ? »

— Quel comédien vous faites ! Il faudra me dire d'où vous est venue l'idée de ce personnage ridicule. Je vous revois me jouant le numéro de l'écrivain raté et jaloux de la grandeur des autres.

Ce qui n'est pas sans présenter quelque ressemblance avec lui-même, à dire vrai.

— Cruel destin, en effet, que celui de ne pas se sentir à la hauteur de ses rêves. L'est-on jamais, d'ailleurs ? À force de se voir plus haut que soi-même, on se retrouve forcément dans un état de vertige.

Pour l'heure, le vertige lui vient plutôt de la puissance d'une lampe qu'on lui braque dans les yeux. Impossible de distinguer la pièce. De l'obscurité aveuglante tombe cette voix sans écho comme un caillou dans une nappe phréatique. Comme si l'endroit était pourvu de murs de béton au seuil desquels le monde s'est dissout. Seule cette voix occupe tout l'espace de son crâne, à croire qu'il se parle à lui-même.

— Peut-être est-ce cela qui le rendait si touchant... Oui, je vous le dis franchement, je m'étais attaché à lui. Je regrette presque d'apprendre qu'il n'existe pas, qu'il n'est guère plus qu'une fiction.

Si on veut l'avis de la « fiction », elle se sent un peu dépassée par la réalité.

— Un beau rôle de composition, continue la voix de ce ton admiratif qu'adopte le critique théâtral. Un tueur se donnant le profil de la dernière des andouilles... Notez, vous avez le physique de l'emploi. D'ailleurs...

La voix s'interrompt. Flemmar sent nettement que ses mensurations font l'objet d'un examen.

— Pour tout vous dire, je vous avais imaginé tout autrement. Le genre type solide, vous voyez? Un poitrail de taureau sous une tête de lion... Qui tient du roc massif avec de l'incendie dans le regard... Enfin, d'un aspect plus... menaçant, à tout le moins.

La menace semble plutôt provenir du type posté derrière le dos de Flemmar, s'il en juge par les jointures qu'il fait craquer comme on pince les cordes d'une harpe. Si sa partition vise à lui flanquer une peur bleue, c'est assez réussi; il est à deux doigts de pisser dans son pantalon.

— Et vous avez encore le front de tenir votre personnage. Cessez donc cette comédie et éteignez-moi cette lueur imbécile dans vos yeux! Le rideau est tombé, *monsieur Byblos*.

« Byblos? » Il ne connaît pas de Byblos, n'en a jamais entendu parler. Ce qui, tout compte fait, le rassure. Qu'on le prenne pour un autre lui laisse une chance. Il entend le type se confondre en excuses, arguer qu'il y a eu erreur sur la personne. Flemmar se voit déjà rentrant chez lui en sifflotant d'un air dégagé.

L'autre doit lire dans ses pensées, car il trouve le moyen de couper court à son optimisme :

— À moins que vous préfériez que je vous appelle Flemmar Lheureux.

« …! »

— Dois-je vous dire l'immense satisfaction que j'éprouve à vous avoir enfin devant moi. Il y a longtemps que j'attends ce moment. Vingt ans, pour faire le compte exact.

Ses oreilles hallucinent-elles ou quelque chose de pondéré dans cette voix lui est-il vraiment familier ? Flemmar croit d'abord à un effet de son agitation intérieure.

— Nous sommes devenus, vous et moi, des espèces de vieilles connaissances, sans qu'il n'y paraisse.

Et voilà que ses narines s'interrogent à leur tour. Ce parfum, ces effluves de pommade… Non, cela ne lui est pas non plus étranger.

La vague impression qu'il connaît ce type.

Quant à lui coller un visage…

Sa cervelle se tord sous l'empire d'une telle frayeur que Flemmar ne serait pas même fichu de se reconnaître dans une glace.

Et l'autre qui joue l'ami de longue date.

Une amitié qu'il exprime tout en nuances, du reste.

— Plus justement il faudrait parler de « vieux ennemis ». Comme on dit, le monde n'est pas assez vaste pour nous deux. Une même passion, certes, mais deux enjeux.

Il ajoute, le ton rêveur :

— Il m'arrive encore de regretter la sacrée équipe que nous aurions pu former, vous et moi. Que d'accomplissements, si nous avions seulement uni nos forces. Mais on ne dompte pas un caractère comme le vôtre. Ça, je l'ai compris dès le premier jour. D'ailleurs, ce jour-là est resté le souvenir le plus pénible de ma vie. Me permettez-vous que je vous rafraîchisse la mémoire ?

Les geignements étouffés de Flemmar doivent passer pour un feu vert puisque le type embraie aussitôt sur ledit souvenir.

Où il est question de Stevenson. Robert Louis Stevenson, l'auteur du célèbre *Dr Jekyll et M. Hyde* et auquel le cinéma a bien dû consacrer quelques kilomètres de pellicule.

— Vous connaissez comme moi, cher Byblos, les circonstances qui ont entouré la conception de ce roman.

Tout Byblos qu'il n'est pas, Flemmar connaît, oui. Mais le type juge nécessaire d'en retracer les grandes lignes.

En 1885, Stevenson crache du sang dans sa maison de Bournemouth, au sud de l'Angleterre; contraint de garder la chambre, il n'en finit plus de cauchemarder la nuit. On dit que c'est inspiré par l'un de ses rêves que Stevenson entrevoit son Dr *Jekyll et M. Hyde,* l'histoire d'un type très soucieux de sa respectabilité qui s'invente un double pour se livrer à ses fantasmes. Il aurait suffi à Stevenson de trois jours de rédaction pour soumettre une première mouture à l'approbation de son entourage. Le roman emballe le beau-fils, mais écorche les prudes oreilles de sa femme, Fanny Osbourne, une mégère qui n'a guère servi qu'à éponger le front de son mari tuberculeux quand elle ne s'occupait pas à châtrer ses fictions. Et celle-ci, elle la juge, décidément, trop fiévreuse, vraiment scabreuse, absolument immorale. D'où l'engueulade homérique qu'elle lui passe : mais faut-il qu'il ait perdu la tête, Ciel! pour s'être permis des allusions sexuelles aussi explicites! Cherche-t-il donc à blesser les convenances anglo-saxonnes? à entacher de scandales sa réputation d'écrivain? Cette femme-là a toute l'étoffe d'une commission de censure. Si bien que, de guerre lasse, Stevenson finit par plier l'échine et s'attaque à une autre version, cette fois nettoyée de tout ce que sa crudité a inscrit de personnel dans la première. Bref, un Dr *Jekyll et M. Hyde* propret, auquel Fanny donne son aval. Dès la publication, en janvier 1886, c'est le succès monstre d'une côte à l'autre de l'Angleterre.

— Bien sûr, dit la voix, vous et moi nous soucions très peu de cette dernière version.

« Très peu, vraiment, oui. »

— C'est l'autre qui nous intéresse, n'est-ce pas ?

« Bof. »

— La primitive, celle qui a échappé aux rayons de la bibliothèque officielle. C'est là, cher Byblos, que notre passion est commune.

« Mais nom de Dieu, je ne suis pas votre Byblos à la noix! » gémit intérieurement Flemmar à qui la force manque pour vaincre le bâillon. Il peut tout juste combattre le désespoir en se disant que le type devant lui finira bien par s'essouffler et par lui accorder un droit de parole.

Mais ce type semble avoir l'appareil cardiovasculaire d'un marathonien.

— Comment prêter foi à la légende qui veut que Stevenson ait jeté au feu cette première version de Dr *Jekyll et M. Hyde?* Quand un texte exprime la part la plus crue de soi, on ne se trahit pas jusqu'à le détruire. Non, on le cache, tout au pire, on l'enterre bien au fond du monde comme on le ferait d'un secret intime. Car un écrivain tient à ses vérités les plus inavouables, même s'il s'engage à mentir pour le bien public. Et peut-être même souhaite-t-il qu'un jour elles remontent à la surface, en guise de révélations posthumes. C'est ici que vous et moi entrons en scène.

Froissement d'une veste que l'on retire. C'est de mauvais augure. Tout indique que le type se met à son aise avant d'attaquer la suite.

— En 1985, je me suis donc mis en devoir de retrouver ce manuscrit de Stevenson, convaincu qu'il occupait, quelque part, le fond d'un vieux coffre oublié. À cette époque, je dirigeais une équipe fort réduite qui a peu à voir, bien évidemment, avec celle dont je dispose aujourd'hui.

À l'entendre, celle dont il dispose, aujourd'hui, tient de la grosse entreprise. Ou, mieux, d'une manière de mafia si souterraine que son existence n'a jamais été portée à l'attention de quiconque. Une organisation secrète, avec tout ce qu'il faut d'embranchements tentaculaires pour relier deux ou trois continents, quelques paliers hiérarchiques, tout un réseau d'acheteurs et, à la clef, pas mal de gros sous, le tout axé sur le trafic clandestin de manuscrits.

C'est ici que se produit un déclic en Flemmar. Lui revient à la mémoire, à vitesse accélérée, l'intégralité de la conversation qu'il a eue, deux jours plus tôt, avec Maria Miloseva, laquelle conversation avait eu pour menu le même sujet. Il s'attarderait volontiers sur cette coïncidence si le type ne redirigeait pas son monologue vers Stevenson.

Que sa complexion maladive, raconte-t-il, a obligé à courir le monde à la recherche d'un paradis climatique favorable à ses poumons. Cela va de la Provence aux îles Samoa, en passant par New York, Saranac Lake, Sydney… Autant de trajets que le type prétend avoir parcourus pendant les deux longues années qu'il a mises à essayer de découvrir ce manuscrit fantôme, à fouiller le moindre recoin où Stevenson a craché son sang. Tout y est passé, des chambrettes les plus reculées aux goélettes à bord desquelles l'écrivain a traversé les mers du Sud.

— Mais chaque jour me rapprochait du désespoir. Au point que je n'étais plus très loin de grimper au sommet du mont Vaea, de déterrer sa dépouille et de lui secouer ce qui lui restait d'os jusqu'à ce qu'il lâche son secret. C'est vous dire l'état dans lequel je me trouvais.

C'est alors qu'il tourne son découragement du côté de Henry James, lié à Stevenson par une solide amitié. Il s'enfonce dans leur correspondance, écume les universités américaines et britanniques, y épluche des milliers de lettres conservées pêle-mêle, dans l'espoir de tomber sur une allusion. Et voilà qu'à la Houghton Library, à Harvard, il découvre la moitié d'une lettre de James qu'il suppose écrite, par recoupements, au cours de l'été 1896, alors que deux ans avaient passé depuis la mort de Stevenson. Le correspondant n'était pas identifié, mais James lui confiait l'«embarras» dans lequel le jetait le *Docteur Jekyll*.

Son cœur bondit.

Car il ne pouvait s'agir du texte officiel, publié dix ans plus tôt, et pour lequel James avait maintes fois exprimé son admiration. Non, c'est un autre *Docteur Jekyll* qui embarrassait l'écrivain. Pour des raisons qui devaient figurer dans l'autre moitié de la lettre, celle-là égarée, peut-être détruite.

Mais c'était bien suffisant pour que ce passage prenne, dans son esprit, la forme d'une excitante hypothèse : et si Stevenson avait confié à son dévoué ami James son manuscrit? Des raisons, on peut lui en trouver. Soumettre cette version à son jugement, ou encore, par prudence, l'éloigner de la main destructrice de sa femme.

Dans tous les cas, James semblait s'interroger sur le sort à réserver à ce second *Docteur Jekyll.*

C'est ainsi qu'il gagne illico l'ancienne demeure de Henry James, dans le Sussex, transformée en lieu touristique pour la gloire de la région, l'un de ces musées d'écrivain où les visiteurs s'offrent l'illusion de goûter à l'intimité du génie. Sans trop de difficulté, il soudoie le guide, attend la nuit, pénètre à l'intérieur et fouille pendant des heures les deux étages rangés comme une maison de poupée.

— Jusqu'à ce que je découvre qu'un secrétaire à tambour possède un tiroir à double fond. Le genre de cache qui insuffle un vent d'espoir dans le cœur des traqueurs de manuscrits que nous sommes. Avec un peu de chance, me dis-je, elle aura échappé aux organisateurs de ce musée. Je retire donc le premier fond. Et ce que j'y trouve me traverse le crâne comme une lame de feu. La stupéfaction totale. Agrémentée de la soudaine sensation d'être le roi des empotés. Car l'enveloppe que je dégage du tiroir... m'est adressée. Oui, mon nom y est inscrit en toutes lettres. Neil Armstrong n'aurait pas été autrement étonné s'il avait trouvé sous un caillou lunaire une lettre personnalisée. Et je sentais se pointer le pire en décachetant l'enveloppe. De fait, le pire se résume à trois mots qui figurent sur une feuille volante : *Trop tard!* Signé : *Byblos.*

Nouvelle pause. Le temps à sa rage de lui étreindre la gorge.

— J'ai pleuré. Oui, agenouillé, à geindre comme un chien blessé. Et je vous ai maudit, Byblos, autant qu'on peut maudire ce qu'il y a de plus odieux au monde. J'avais beau comprendre ce qui m'était arrivé, je me refusais à y croire : je me découvrais un rival qui s'était joué de moi comme d'un enfant, m'avait damé le pion et en profitait pour me déclarer la guerre.

Silence en guise d'ellipse.

— Voilà, c'était il y a vingt ans. Combien de fois, depuis, suis-je arrivé *trop tard*? Trois fois, peut-être quatre? C'est beaucoup, quand on pense qu'il faut parfois des années avant de débusquer l'un de ces manuscrits. Alors, que faut-il penser du reste de votre récolte? N'est-ce pas qu'elle doit être abondante? Elle doit même dépasser largement ce que je peux imaginer.

La voix baisse d'une octave pour s'offrir un accent de confidence :

— Comment pourrait-il en être autrement? Je dois le reconnaître, il n'existe pas de plus redoutable chercheur de manuscrits que vous. Eh oui, vous voyez, l'admiration peut survivre à la jalousie, et je sais m'incliner devant plus fort que moi. Allais-je pour autant m'avouer vaincu? J'ai toujours conservé l'espoir de gagner cette course folle que nous menions, et cela, malgré l'avance que vous preniez sur moi. D'autant que j'eus tôt fait de comprendre l'enjeu exact qui était le vôtre : aucun commerce de votre part, vous ne mangiez pas de ce pain-là. Il ne m'en fallut pas plus pour tirer une conclusion. Vous devinez, bien sûr, laquelle.

« Franchement, non. »

Mais Flemmar devine que ladite conclusion doit être passionnante, à l'excitation qui perce soudain dans le murmure de la voix.

— Il faut bien qu'il existe une caverne où vous entassez votre fabuleux butin. Une sorte d'Eldorado rempli de manuscrits. Le sanctuaire des livres perdus. Et, dès lors, je n'ai plus eu qu'une seule obsession : avoir, un jour ou l'autre, non pas votre peau, je ne possède pas votre cruauté, mais votre bibliothèque.

Doit-il se réjouir de la nuance? Flemmar voit déjà le moment où on lui cherchera cet Eldorado sous les ongles et à coups d'électrocutions. Cela suffit pour qu'il se mette à s'agiter convulsivement sur sa chaise.

— Allons, allons, calmez-vous, Byblos. Pensiez-vous vraiment m'échapper indéfiniment? Ne jamais sous-estimer son rival, telle est la règle que vous avez enfreinte avec une insolence qui me laisse encore pantois. Je vous revois, assis dans mon bureau, me jouant votre petit numéro de professeur repenti et me chantant les louanges du métier de libraire. Comment disiez-vous déjà? Ah oui! «Je suis le sauveur qu'il faut au livre.» Venant de vous, le mot est très amusant, quand on y pense.

Cette fois, l'oreille de Flemmar se dresse net. Car, s'il ne s'abuse, c'est bien lui-même qui a prononcé cette bêtise-là.

— Et non seulement a-t-il fallu que je vous engage, mais vous avez eu le toupet d'affecter la plus royale incompétence. Vous ne manquez pas d'air, Byblos. Et comme vous deviez rire dans votre barbe tandis que je vous sermonnais, il n'y a pas encore trois jours. Vraiment, vous ne m'aurez épargné aucune honte.

Soudain, tout se bouscule dans l'esprit de Flemmar. Et le visage qui sort de la cohue de ses neurones lui flanque un choc terrible. Ses pupilles accusent le coup et gagnent la largeur d'immenses soucoupes. Il en tomberait de sa chaise s'il n'y était pas si bien fixé.

Cette voix de tiroir-caisse, et cette vague odeur de brillantine comme si ses cheveux s'échappaient tout juste des mains du coiffeur…

~

— Édouard Masson, dit le sergent Bellechasse.

— Celui-là même qui possède la librairie Masson?

— Oui, lieutenant. Il a repris les affaires de la librairie Sutter lorsque son propriétaire a déclaré faillite, en 1992. Joseph Sutter en est demeuré le gérant. Quant à Masson, il a pris tous les moyens pour garder discrète cette acquisition. D'ailleurs, rien n'indique que les affaires de la librairie aient pris du mieux depuis. Aucune mesure de redressement financier proprement dite. Toutes les apparences d'une couverture, lieutenant, si vous voulez mon avis.

— Eh bien, il semble que ce monsieur Masson n'ait pas assez du commerce des livres. Il fait aussi dans le trafic des manuscrits.

— Donc Masson est Byblos, lieutenant?

— Rectification, mon petit : Masson veut Byblos. Prenez deux hommes avec vous et rendez-vous à cette librairie Sutter pour voir de plus près ce qu'on y intrigue.

~

Édouard Masson!

Le nom explose en Flemmar, mais sans laisser de traces. Aucune traînée de sens. Une révélation dont il n'y a rien à tirer qui puisse le réconforter. Voilà : Édouard Masson, ce type voué à l'habit noir comme s'il avait élu domicile dans un corbillard alors qu'il dirige la plus imposante librairie de la ville, occuperait son temps libre à courir de par le monde les manuscrits rares.

Et alors?

Et alors, il n'y a là pas même un peu d'espoir par lequel Flemmar pourrait se laisser porter un moment.

Parce que la certitude qui s'est logée dans l'esprit d'Édouard Masson semble faite d'un tel acier que toutes les protestations de Flemmar s'y briseront en miettes.

Flemmar est Byblos.

Et cette certitude-là n'a pas fini de régler ses comptes.

— Mais quel but poursuiviez-vous à narguer ainsi le danger? Pur goût de la provocation? Malin plaisir de vous agiter sous mes yeux aveugles? Ou n'est-ce pas plutôt que vous tramiez contre moi quelque surprise définitive?

Ce qui semble enchanter Édouard Masson.

— Étais-je à ce point un obstacle à vos projets? Notre rivalité vous aurait-elle poussé à bout? C'est donc que vous me supposiez menaçant. Je m'en vois très honoré. En vérité, je brûle d'entendre votre version, Byblos. Oui, je vous donnerai la chance de la présenter, n'ayez crainte, mais seulement après que j'aurai fini de rapporter la mienne.

Laquelle en est au moment où, au début de l'été dernier, un type tout en rondeur avait glissé sa tête moutonnée dans la porte entrouverte du bureau d'Édouard Masson, pour lui soumettre une drôle d'offre : conteur, ne voudrait-il pas d'un conteur? Masson lui avait répondu par un regard d'agacement. «Oui, avait repris le type qui ne s'était pas laissé effaroucher, vous savez, le genre qui raconte des histoires. Moi, je vous propose celles des plus grands romans. Ma main au feu que vos clients en raffoleraient. » Ce n'était pas l'avis d'Édouard Masson qui déjà faisait mine de retourner à ses papiers. Mais le type y avait mis tant de feu que ses arguments, tous axés sur le coup de marketing dont sa librairie pouvait bénéficier, avaient fini par prendre corps dans le portefeuille de Masson. D'autant que le conteur n'avait pas exigé un rond en retour. « Pour l'amour de la littérature ! » tel était l'étendard sous lequel il prétendait combattre. « Si cette cause-là lui suffit », avait ricané en lui-même Masson. À l'entendre, il possédait un don oratoire à détrôner Cicéron et que vingt-cinq ans d'enseignement avaient porté à la perfection. « Vous ne serez pas déçu, j'ai le sens de la foule. » Les voilà tous deux réglant les détails de ce qu'ils avaient baptisé la « soirée Homère ». Parmi lesquels le déguisement dont le type voulait se vêtir, à mi-chemin entre le troubadour et le vagabond, et cette tête de lépreux qu'il voulait se fabriquer. Masson avait désapprouvé. Mais devant son refus carré d'en démordre, Masson avait fini par lui laisser carte blanche. De même qu'il avait dû se plier à une dernière condition : garder secrète sa véritable identité.

Non seulement ses prestations furent-elle aussi relevées qu'il le lui avait promis – cette bête de scène était capable de vous rendre Apulée, Dostoïevski ou Melville aussi racoleurs que le dernier *blockbuster* –, mais elles émoustillèrent la fibre consommatoire de son public qui ressortait de la librairie avec sous le bras tantôt *L'Âne d'or*, tantôt *Les Frères Karamazov*, tantôt *Moby Dick*.

Tout était allé pour le mieux jusqu'au troisième vendredi du mois de septembre, où il avait servi, contre toute attente, cette suite, pourtant inexistante, des *Âmes mortes* de Gogol.

— Sur le coup, j'ai bien été un peu tracassé, sans savoir ce que je devais en penser, de déclarer Édouard Masson.

Ses doutes avaient tourné en certitude dès la semaine suivante, alors qu'Homère s'apprêtait à offrir à son auditoire une pièce, tout aussi inexistante, de Büchner ; mais l'éveil des gicleurs avait interrompu la soirée et laissé la librairie dans un sale état.

Point sur lequel passe Édouard Masson.

— Cette fois, j'étais fixé. Cet abruti en savait beaucoup plus qu'il ne voulait le laisser croire. Je ne savais pas d'où il sortait ni où il voulait en venir, mais il n'allait pas tarder à me présenter son meilleur numéro de conteur.

~

— J'ai tout déballé ! Ils ne m'ont laissé aucun choix… ma fille… ils ont menacé de s'en prendre à elle, vous comprenez ! Il faut alerter la police française, je vous en prie ! Et le type qu'ils ont enlevé, mon Dieu…

— Allons, allons, prenez sur vous, professeur Angoulvent, et veuillez recommencer depuis le début, dit le lieutenant Lemaître.

Et, à l'autre bout du fil, la voix d'Angoulvent de dévaler la pente du résumé.

— Ça s'est passé après votre visite. En début de soirée. Deux hommes en noir m'ont cueilli devant chez moi, ils étaient armés. Une fois à l'intérieur de leur voiture, une Mercedes noire, ils m'ont bandé les yeux. Impossible de reconnaître l'endroit où j'ai été emmené. Je sais seulement que nous avons roulé pendant une quinzaine de minutes, qu'il m'ont introduit dans une maison et que nous avons descendu un long escalier, jusqu'à une cave. C'est là, les yeux éblouis par une lampe, que j'ai été interrogé. Ils voulaient Byblos, lieutenant. Rien d'autre que Byblos. D'où leur est venue l'intuition que je le connaissais, je me le demande encore. Toujours est-il qu'ils m'ont cuisiné là-dessus pendant un moment. Je n'avais pas plus tôt joué la carte de l'innocence qu'ils ont sorti la leur, où figurait ma fille. Ma fille unique, lieutenant, ma petite Thérèse ! Qui étudie à Paris depuis deux ans. Ils savaient tout d'elle, photos à l'appui. Vous comprenez, ils menaçaient de lui faire porter le poids de mon silence.

~

— Cela a suffi pour lui rappeler son talent d'orateur, dit Édouard Masson.

Flemmar ne doute pas qu'il se rappellera le sien quand on lui ôtera ce damné bâillon. Ce sont toutes les victimes de la Grande Méprise universelle qui vont se joindre à lui en une explosion d'innocence que ses poumons ne contiennent plus. Le plus immense tollé général à jamais s'élever d'un seul homme. «Oh, Josette, Josette, ma douce chérie, si tu voyais dans quel pétrin se trouve ton Flimou. Ramasse les enfants et fuis la maison, je t'en conjure, prends tes jambes à ton cou, mêle-toi à la foule et disparais dans la nature, efface les traces derrière toi, détruis jusqu'aux preuves de ton existence, coule-toi dans une nouvelle identité, méfie-toi des types en noir, et terrez-vous au plus profond du monde, là où la civilisation n'a pas semé sa graine d'injustice. Parce que si l'envie lui prend, à ce dingue d'Édouard Masson, de jouer les maîtres chanteurs, à quels aveux pourrais-je bien passer qui sauront le contenter, sinon que JE NE SUIS PAS CE CON DE BYBLOS!»

La voix d'Édouard Masson déroule, quant à elle, son doux filet de satisfaction. Comme on déguste un plaisir à lentes gorgées.

— Vous imaginez mon ravissement de me découvrir devant nul autre que le collaborateur de Byblos! C'était vraiment mon jour de chance. Le vent tournait, enfin. Après toutes ces années où je m'étais fait l'effet de courir après mon ombre, voilà que j'étais sur le point de vous attraper. Je vous tenais. Ainsi donc vous n'agissiez pas seul depuis tout ce temps. Je dois vous confier que j'en ai conçu une sorte de déception. Je m'étais forgé de vous l'image romantique du chasseur solitaire… Bref, ma rencontre hier, ici même, avec Angoulvent, a été des plus instructives. J'ai appris que vous ne reculiez devant aucun crime pour vous saisir d'un manuscrit. Même la vulnérabilité d'une très vieille dame n'a su retenir votre bras. Sans doute savez-vous qu'elle croupit dans le coma, au moment où je vous parle, et que ses chances de s'en sortir sont inexistantes. Ce n'est pas le genre de choses à vous émouvoir, je le sais. Que vous importe la vie humaine quand il s'agit de sauver la littérature. Mais, je me le demande, que cherchiez-vous donc chez cette dame? Quel secret la soupçonniez-vous de posséder? Quel trésor renfermait sa demeure? Angoulvent m'a dit que vous en étiez revenu bredouille. Je vois que je devrais donner suite à vos recherches, puisque vous voilà hors jeu, ne vous en déplaise.

Le souvenir qu'a Flemmar de cette agression dont les médias s'étaient indignés est vite chassé par l'enthousiasme d'Édouard Masson.

— De la longue collaboration entre Angoulvent et vous, tout y est passé, dans le plus menu détail. Mon attention s'est tout naturellement portée sur le catalogue de vos acquisitions. Angoulvent a eu l'amabilité de m'en dresser la liste. Mon cher Byblos, vous me voyez très impressionné. Je vous tire mon chapeau. Vous dépassez, et de loin, toutes mes attentes.

Flemmar devine une franche admiration s'épanouissant sur les lèvres de Masson.

— Les trésors dont regorge votre bibliothèque n'ont d'égal que mes rêves les plus fous.

Si fous qu'ils butent contre un léger doute.

— Mais, pour être tout à fait franc, j'ai peine à me persuader de l'énormité de vos trouvailles. Si cela s'avère aussi juste que me l'assure votre complice… eh bien, vous aurez plus fait pour le genre humain que tous les archéologues de notre siècle.

À quoi il ajoute :

— Bien sûr, à condition que tous ces joyaux soient publiés.

Un temps.

— Ce dont je doute.

Un temps.

— La passion des collectionneurs avec lesquels je fais affaire se fonde sur un bon coffre-fort. Elle est peu encline à livrer ses secrets. Curieuse lubie, si vous voulez mon avis. Enfin… que m'importe.

La voix gagne tout soudain les hautes sphères de la rêverie.

— Ah, j'éprouve déjà le vertige… toute cette valse de millions autour de ces manuscrits… Les enchères cesseront-elles seulement de monter?

Puis, de passer à l'actualité littéraire.

— Et il y a toute cette affaire autour du roman de F. S. dont on a fait grand bruit. Aussi bien vous le confier, elle n'a plus de secret pour moi. Les manuscrits que vous rapportiez de l'Amérique du Sud, la malle volée à l'aéroport à votre insu et la publication du roman par Angoulvent…

Subite interruption d'Édouard Masson qui, décidément, s'en donne à cœur joie :

— Suis-je bête! Est-il possible que vous ne le sachiez pas? Je suis im-par-don-nable. Vous avez été trahi, mon pauvre ami, aussi triste que ce soit. Que voulez-vous, la loyauté est un luxe dont se lasse tout complice. Je tiens à vous dire que je n'ai pris aucune part à cette traîtrise. Mon seul rôle a été celui que l'on me connaît : le grand marchand du Livre qui ne donne la bénédiction qu'aux best-sellers. Et *Notre pain quotidien* n'a jamais été pour moi qu'un succès de librairie parfumé d'un mystère dont les médias se sont largement délectés. Tout au plus ai-je encouragé l'une des employées de ma librairie à enquêter sur la fameuse identité de ce F. S.

Un temps.

Puis il ajoute :

— Autant vous imaginez la surprise qu'a été la mienne d'apprendre que l'on doit ce roman à Blaise Cendrars, autant je suppose aisément la vôtre de le voir distribuer aux quatre coins du pays. Rien pour vous remonter le moral, n'est-ce pas?

Flemmar en reste interdit.

Est-ce bien ce qu'il a entendu?

Blaise Cendrars, l'auteur de *Notre pain quotidien*!

Et voilà que Flemmar bascule dans la honte.

Oui, honte sur la tête de Flemmar, qui revoit tout le fiel qu'il a déversé sur ce roman, l'écrivain raté y allant de ce mépris absolu que lui inspirent invariablement les modes du jour, tandis que le libraire œuvrait de tout son cœur à en détourner les lecteurs pour les aiguiller sur le droit chemin littéraire. Pardonnez-lui, ô Cendrars, il ne savait pas ce qu'il faisait. Apprenez, à sa décharge, qu'il n'a pas lu une ligne ni seulement ouvert les pages de votre chef-d'œuvre. N'a agi en lui que la condamnation machinale, comme seuls en infligent les lettrés bardés de principes supérieurs.

Puis, voilà qu'autre chose prend racine dans l'esprit de Flemmar. Certaines révélations ont fini par traverser sa terreur, pour s'installer dans son cerveau. Tous ces manuscrits improbables s'accumulant, mine de rien. Stevenson, puis Cendrars, et combien d'autres noms encore à venir, une pleine bibliothèque de ces textes fantômes, s'il faut en croire Masson, sur fond de mafia littéraire, de vieille rivalité, de rapts... Bref, de quoi faire bouillir l'imagination de Flemmar et fournir ce qu'il faut de péripéties à un roman.

Dont la semence n'est pas sans germer dans son cœur qui se sent déjà pousser les pétales de la gloire.

Car il tient peut-être, là, le roman dont rêve son ambition éternelle.

Cette fiction en perspective le rend soudainement à lui-même et baisse momentanément le niveau de son angoisse.

Cher Flemmar...

Lui qui, un moment plus tôt, était transi de peur, qui désespérait de hurler son innocence, qui voyait toute sa famille périr sous le feu de quelques mafieux à lunettes noires, voilà qu'il est saisi d'une brusque inspiration et qu'en son crâne s'entrelacent les fils d'une intrigue, se bousculent des personnages et se trament des rebondissements. Ne manque plus, conclut-il, qu'un meurtre ou deux.

Ce qu'Édouard Masson se charge de lui fournir.

— Votre fureur meurtrière étonne, Byblos. Non que je vous tienne pour un enfant de chœur, mais, entre nous, que pouviez-vous espérer en éliminant ces pauvres diables d'éditeurs ? Leur mort n'allait tout de même pas ramener le manuscrit à la vie. Vous le savez mieux que moi : un manuscrit fantôme, une fois publié, est définitivement mort.

~

Angoulvent n'a pas repris son souffle depuis le début de son résumé.

— J'ai tout révélé du plan dont vous et moi avions convenu, la rencontre avec Byblos, le traquenard… Ils m'ont ordonné de contacter Byblos comme prévu, de fixer le rendez-vous selon les règles fixées, puis de vous refiler de faux renseignements. Ça leur laissait le champ libre pour mettre le grappin sur Byblos. Quand je vous ai appelé hier soir, il y avait l'ombre des molosses sur moi, et la photo de ma fille qu'ils agitaient sous mes yeux. Comprenez, lieutenant, je n'avais d'autre choix que…

— Vous n'avez rien à vous reprocher, professeur, dit le lieutenant Lemaître pour le rassurer. Mais dites-moi, cet homme qu'ils ont kidnappé…

— Rien ne s'est déroulé comme prévu, lieutenant. Byblos et moi nous étions fixé rendez-vous au même endroit du parc McInnis où nous avions coutume de nous retrouver. Je devais l'y attendre à quatorze heures. Mais cette fête d'enfants a tout compliqué, et tandis qu'il tardait à se pointer, il y a eu ce petit homme qui s'est assis à côté de moi. Vous pensez bien que les types l'ont immédiatement pris pour Byblos.

— Il s'agit d'un certain Flemmar Lheureux. Le connaissez-vous?

— Jamais vu! Le malheureux… À l'heure actuelle, on doit le passer à tabac.

— Dois-je conclure que votre Byblos ne se présenta pas au rendez-vous?

— Il s'y trouvait, lieutenant.

Il y a un silence.

— Tout le monde l'a vu, lieutenant! Il est monté sur l'estrade, aux côtés du magicien.

Le silence dans une conversation téléphonique, c'est comme un morceau de vide suspendu au milieu du néant.

Enfin, le lieutenant Lemaître retrouve l'usage de son passé simple.

— Alors, si je vous suis bien, professeur, Byblos assista, pour ainsi dire, à son propre enlèvement.

— Et moi, j'assisterai bientôt à mon propre assassinat, si jamais il me coince, fait observer Angoulvent dans un tremblement de voix.

∽

Édouard Masson en est à la fin de son monologue :

— Voilà.

Un « voilà » qui n'a rien d'un accord final, mais sonne plutôt comme le prélude à autre chose dont Flemmar craint de devoir écrire la partition.

Ce que la suite lui confirme :

— Il ne me reste plus qu'à vous céder la parole, mon cher Byblos.

Flemmar ne peut contenir un sursaut intérieur qui doit lui chavirer les yeux.

— Allons, allons, ne faites pas cette tête. C'est tout au plus l'affaire de quelques mots. Rien qui puisse vous mettre à bout de souffle. Une seule information et hop là ! le tour est joué.

Sur quoi, une main fait basculer le puissant faisceau lumineux qui s'abat sur la blancheur de la table à laquelle est fixée la lampe. Ce qui accorde enfin un répit à Flemmar, qui cligne des yeux sous la tombée soudaine de la pénombre.

D'où se détachent, à la manière d'une photo polaroïd, d'abord la tête lustrée d'Édouard Masson, avec sa moustache à pointes ondulées qui chevauche l'émail victorieux d'un sourire, puis sa mince silhouette, droite dans son costume cintré en taffetas noir. Ensuite naît le décor dont il n'y a rien à souligner, sinon qu'en lieu et place d'un mobilier qui aurait apporté quelque chaleur à l'endroit, se tiennent, en retrait, carrures noires sur fond de ciment gris, deux types dont les arrière-pensées donnent froid dans le dos.

Et derrière Flemmar, il y a l'autre qui se remet à jouer des jointures.

Édouard Masson avance, tire la chaise de sous la table, s'y assied avec une élégance irréprochable. Il regarde maintenant son Byblos bien en face.

— Je vous énonce les règles du jeu. Vous verrez, c'est tout simple. Je ne poserai qu'une question, à vous d'y répondre. Aucune hésitation ne sera tolérée, pas plus que les jurons et les insultes, ni l'ombre d'un faux-fuyant. Sous peine d'une pénalité.

Sourire malicieux.

— Dont je m'empresse de vous indiquer la nature.

Édouard Masson retire de la poche de poitrine de son veston un portable qu'il fait danser entre ses doigts avant de le déposer en vol plané au milieu de la table, son métal argenté offert au cône de la lampe.

— La magie technologique étant ce qu'elle est, cet appareil me permet de joindre mes hommes postés à l'autre extrémité de la ville. Plus exactement, en face de votre domicile.

Des gémissements montent en tumulte du bâillon. Même les yeux exorbités de Flemmar hurlent.

— Vous, à la tête d'une marmaille, Byblos! Je vous supposais plus volontiers célibataire endurci avec un cœur de granit. Comme quoi, le pire n'exclut pas le meilleur. J'en profite donc pour vous donner des nouvelles de votre petit monde. Après l'enlèvement dont vous avez été l'objet, votre femme a été interrogée puis relâchée par les autorités. Ce qui n'étonne guère. Sans doute n'en sait-elle pas plus sur vos activités secrètes que sur votre âme en général. Je vous annonce aussi qu'entre-temps votre domicile a été discrètement fouillé par ces messieurs de la police, qui s'en sont retournés les mains vides. À l'heure actuelle, toute votre famille se porte à merveille, encore qu'il serait excessif de la croire à l'abri du danger.

Non, ce n'est plus la terreur qui exerce son empire sur Flemmar, c'est le néant lui-même qui est en train de l'engloutir tout rond. Un néant embrouillé de larmes et traversé de convulsions.

— Heureux de vous savoir attaché à votre famille. Son futur n'en est que plus assuré. À bien y penser, je dois raviser mon jugement. Sans doute suis-je aussi cruel que vous, Byblos, à ceci près que je ne supporte pas la vue du sang. Aussi je confie à d'autres le soin de le faire couler.

La main d'Édouard Masson se dépose sur le portable.

— Une seule hésitation de votre part, Byblos, et mes hommes n'en auront aucune.

Puis, brusquement, en se frottant les mains :

— Bon, je crois que la table est mise.

Mais c'est le moment que choisit Mozart pour y aller de son fameux mouvement final de la *Sonate K 331*.

Au milieu de la table, sous les feux de la lampe, le portable émet son récital strident.

Sourcils circonflexes d'Édouard Masson qui s'empare de l'appareil.

— Oui ! Ah, monsieur Lobo !

Murmure à l'adresse de Flemmar :

— Umberto Lobo, vous connaissez, je crois. Ses jambes ne vous ont pas oublié, pour leur part.

Retour à son interlocuteur.

— Vous disiez ?... Vous êtes en ville, fort bien... Pardon ?... (Sa mine se rembrunit soudain.) Mais le colis a été remis, comme convenu, à votre amie, Maria Milos... Quand est-ce arrivé ?... Oui, je vois... Calmez-vous... Écoutez-moi... Écoutez-moi, monsieur Lobo, vous n'avez plus aucun souci à vous faire, tout est sur le point de rentrer dans l'ordre... Oui... J'ai la situation en main... Rassurez-vous, vous aurez tout le loisir de caresser votre *Tristan* dès demain. Je m'en porte garant.

Le téléphone portable retrouve sa place initiale.

Et deux yeux métalliques se posent sur Flemmar.

Dans un long silence qui déroule sa fureur.

Enfin, Édouard Masson trouve ses mots :

— Décidément, Byblos, vous n'avez pas chômé ces derniers jours. Derrière cet air inoffensif et cette allure ingrate, s'agite une véritable bête de somme. Ne vous arrêtez-vous donc jamais ? Ainsi, je ne vous apprendrai rien en vous disant que notre ami Umberto Lobo est catastrophé par ce qu'il vient de porter à ma connaissance : le vol du *Tristan*. Qu'il faut vous attribuer, il va de soi.

Le silence qui suit se couvre de sombres nuages.

— Je vois que quand vous n'essayez plus de me devancer, c'est pour mieux préparer votre bond. Pourquoi vous donner le mal de chercher le *Tristan*, alors qu'il vous suffit d'attendre que je le trouve pour mieux vous en saisir ?

Coudes sur table. Deux mains en un seul poing. Mouvement de tête vers l'avant. Et l'éclat d'un orage dans les yeux.

— Croyez-en mes méthodes, Byblos, je finirai bien par savoir d'où vous tenez vos informations sur mes activités. J'exterminerai jusqu'à la dernière branche de votre cousinage et, s'il le faut, je ressusciterai vos ancêtres et leur en ferai baver sous vos yeux. Ensuite, je veillerai à ce que votre propre supplice vaille mille morts.

Il se ressaisit.

— Bon…

Il replace une mèche huileuse qui s'est rebellée tandis qu'il s'emportait.

— Ceci étant…

Son sourire réapparaît.

— Comme le disait Rabelais, revenons à nos moutons.

Il se lève et, dans un geste lent, s'arc-boute des poings à la table.

— Une seule chose m'importe : votre bibliothèque. Alors vous allez me dire gentiment où je la trouverai. Dois-je vous rappeler les consignes de notre jeu ?

Puis, à l'un de ses sbires, il désigne le bâillon.

36

— **B**ien, patron.

Puis, désactivant son téléphone portable :

— Un coriace, ce Byblos.

Air navré de celui qui mesure l'imprudence du « coriace ».

— Au boulot.

Silencieux fixé à leur arme, portières refermées, verres fumés ajustés et démarche synchrone en une inflexible verticalité, ce sont deux clones d'une parfaite noirceur qui avancent côte à côte, deux purs produits de la matrice sicilienne, deux merveilles de froideur inoxydable et d'efficacité brutale, deux répliques d'une même détermination.

Pas de vie qui tienne à leur passage, non.

Même la rue qu'ils traversent semble pâlir sous leurs semelles de cuir.

Au seuil de la porte, l'un des deux rappelle la consigne de sa voix monocorde :

— D'abord le bambin.

Tel est le plan. Exécution progressive et par ordre de croissance. À chacun de ses refus de se mettre à table, Byblos sacrifiera l'un des siens. Jusqu'à extinction de sa race.

Une main gantée saisit la poignée qui tourne sans résistance.

∼

Rien dans la maison des Lheureux n'indique qu'un père a disparu.

Dans la cuisine, Josette est en train de dresser le couvert sous les yeux souriants d'Agrippa, silencieux dans sa douceur angélique, tandis que Louise, à l'autre bout de la table, met la dernière main à son dessin au feutre tout en fredonnant.

Seul Joachim ne tient pas en place.

— Mais, maman…!

— Oui, mon amour? Louise, serre tes crayons et va te laver les mains!

— Maaamaaannn…

— On peut pas rester comme ça sans rien faire, s'écrie Joachim qui doit hurler pour vaincre la crise de sa sœur.

— Mais si, on peut.

Sur le ton naturel de l'évidence.

À quoi le fils reconnaît bien là sa mère.

Cette façon de ne rien tourner au drame. Cette inaptitude absolue à l'anxiété. Les pires tuiles lui tombent-elles dessus qu'elles se répandent à ses pieds en une volée de pétales. Un calme de félin en toutes circonstances, auquel seul peut prétendre oncle To, au plus fort de ses jeûnes. Et encore s'agit-il moins d'un détachement, à la sauce zen, que d'une sorte de don naturel qu'elle a, Josette. À croire qu'il s'agit d'une malformation génétique. Ou comme si un ange s'était glissé dans ce beau corps de femme.

— Écoute, Joachim, les ravisseurs de ton père ne tarderont pas à constater qu'il n'y a rien à en tirer.

Elle ajoute, d'un ton mutin :

— Je suis bien la seule à trouver quelque intérêt à mon Flimou.

Cela dit sur fond de braillements. Louise s'en donne à pleins poumons.

Puis, soudain, le silence abrupt.

Regards soulagés vers Louise.

Le sien est figé en une expression inédite au-dessus d'une bouche ouverte.

C'est alors que Josette et Joachim se retournent pour faire face, dans l'encadrement de la porte, à deux hommes en noir brandissant leur arme.

Deux canons pointés vers eux.

Scène d'une absolue immobilité, comme fixée sur l'éternité d'une photo.

C'est Josette qui remet l'horloge en marche en avançant d'un pas vers l'un des revolvers.

— Messieurs?

Qui n'imaginent pas que les choses puissent se compliquer. Encore que...

Le regard de cette femme a de quoi les dérouter.

Une lueur de certitude, comme si c'était elle qui les mettait en joue.

— Pas un geste. Ou gare à vous.

C'est leur tirade habituelle.

Pourtant, ni l'un ni l'autre n'ont ouvert la bouche.

C'est cette femme qui a dit ça.

— ...

Et comme pour justifier la menace, derrière la mère, au sommet d'une chaise haute, comme embusqué, le bambin a les yeux impitoyables du tireur d'élite.

Mais il faut leur en servir davantage pour les intimider.

Ce qui a dû être entendu, quelque part, là-haut.

Car jamais ils n'auraient cru être si bien servis.

Si bien, justement, qu'au-dessus de leurs lunettes s'arquent soudainement des sourcils terrifiés.

Les corps ont même un réflexe vers l'arrière.

Une terreur qui leur écarquille jusqu'aux verres fumés.

Lesquels verres fumés en perdent leur teint. En fait, c'est tout leur costume qui blêmit.

Josette doit jeter un regard derrière son épaule pour saisir la cause de toute cette décoloration.

Et ce qu'elle saisit, c'est que les deux types n'ont jamais dû voir quitter leur fourreau de bois, s'élever dans les airs et pivoter sur eux-mêmes une demi-douzaine de couteaux tranchants qui se mettent en escadrille triangulaire, lames en avant, tout fré-missants du raid à venir.

Ni Josette, du reste.

Mais eux ne disposent pas de son calme génétique.

En revanche, ils ont d'excellentes jambes. Qu'ils prennent à leur cou. Quelques secondes plus tard, leur voiture les avale avant de hurler de ses quatre pneus.

On les imagine se promettant de vénérer à jamais la vie jusque dans ses plus fragiles expressions, comme ces ivrognes, dans les mauvais films, qui renoncent à la boisson à la vue de quelque spectre.

— Bon, Joachim, ordonne Josette, remets ces couteaux en place, tu vas finir par blesser quelqu'un.

37

Ce n'est pas sans peine que Clotilde s'enfonce dans la jungle du sous-sol, entre toutes ces carcasses de meubles boiteux, de châlits disloqués, de matelas crasseux et de frigos épuisés. Les entrailles de l'accueil Béjard en sont toujours à digérer ces vestiges d'une époque où les subventions de l'État tenaient davantage de la forme que des fonds. Les choses avaient heureusement changé quand les largesses providentielles d'un donateur avaient permis une remise à neuf de l'édifice et de son matériel. La peau morte de l'accueil était alors tout naturellement retombée dans le sous-sol.

Où règne une noirceur à trancher au couteau. De l'unique ampoule accrochée au plafond ne tombe qu'une maigre lumière qui n'éclaire pas trois mètres à la ronde, dans une cave qui fait toute la superficie de l'accueil.

Aussi ne s'y aventure-t-on que motivé par l'urgence. Le décès d'un fusible, par exemple.

Ou encore poussé par l'insomnie, car il était bien connu que Monsieur le Président se glissait nuitamment à l'intérieur du ventre de l'accueil, car il préférait sa silencieuse humidité au raffut nocturne du dortoir.

Monsieur le Président...

Qui profite de l'obscurité pour s'offrir une escapade dans le souvenir de Clotilde. Tandis qu'elle progresse dans le sous-sol, torche à la main, elle l'imagine quelque part, roulé en boule comme un chat sur un matelas, la tête étoilée. Il rêve aux poches pleines de sa vie passée, pendant que ses pieds retrouvent haleine.

La douleur de ses pieds, une plainte récurrente chez lui, dont il rebattait les oreilles à ses frères du bitume. Le fait était que ses pieds ne portaient qu'avec peine son corps, pourtant mince mais que les gifles du sort avaient voûté et alourdi. Lui, l'ex-roi de la chaussure, le P.d.g. déchu, lui qui se faisait une gloire de son empire défunt, ne supportait plus le port du soulier. On n'avait pas manqué de plaisanter là-dessus, et le déshonneur s'était abattu sur sa tête. L'an dernier, il ne s'était pas présenté à l'accueil Béjard pendant un mois. Sans doute à lécher sa honte, à l'écart des railleries. Puis il était réapparu, la tête basse, et traînant la jambe plus que jamais. Le soir même, honte et douleur s'étaient évaporées sous la chaleur brûlante des mains de Saint-Toqué, alors à son vingtième jour de jeûne. Cela avait été l'affaire de quelques passes, sous les yeux fascinés d'un troupeau de clochards. Les jours suivants avaient vu Monsieur le Président danser la polka en poussant des cris de victoire.

C'est alors que Clotilde lui avait offert une jolie paire de chaussures flambant neuves.

Plus que des souliers, c'était le manteau de la dignité retrouvée qu'elle avait ainsi déposé sur ses épaules.

Monsieur le Président...

Bon, trêve de deuil. Pour l'heure, c'est un fusible qui a rendu l'âme, et le soufflé aux pommes de Ramiz qui menace de ne pas lever si Clotilde tarde trop.

Selon les indications de Jacqueline, le panneau qui abrite les fusibles se situe, par un caprice de l'électricien qui a conçu le système, à l'extrémité opposée de l'escalier qui débouche sur le sous-sol.

Ce qui oblige à une longue et laborieuse traversée dans la nuit de ce chantier.

Au terme de quoi elle repère enfin le panneau de distribution et rétablit le courant électrique.

Et la voilà regagnant l'escalier quand un cliquetis métallique lui dresse l'oreille. On a soulevé la gâche de la porte qui communique avec le terrain extérieur contigu à l'accueil Béjard, et qu'elle croyait condamnée. Par l'embrasure, la lumière du jour tombant pénètre du dehors en un doux filet, sur lequel se profile une silhouette.

Sitôt la porte refermée, la pénombre est rétablie.

Quelqu'un a pénétré dans le sous-sol.

Par un passage qui ne sert habituellement pas.

La première réaction de Clotilde est de se glisser derrière un vieux frigo tout en éteignant sa lampe de poche. Un mouvement instinctif dont le ridicule ne lui échappe pas. Décidément, ces derniers jours lui ont mis les nerfs à vif et lui font voir du danger partout.

Elle suit le trajet d'une ombre qui se faufile en silence entre les nombreux obstacles, aussi aisément que si elle avait cent fois parcouru ce labyrinthe. Elle s'immobilise à la hauteur d'une vieille armoire-penderie dressée contre le mur du fond.

Le peu que Clotilde arrive à distinguer du type ressemble à une charpente de poids lourd dominée par une tête massive. Rien qui rappelle les vieux tout démolis qui promènent leur peau de misère à l'accueil Béjard, ni même les plus jeunes qui font leurs premiers pas vers un avenir sans débouché.

«Un intrus», diagnostique Clotilde, tout en constatant l'effet que produit la nervosité sur son rythme cardiaque.

Tapie dans l'obscurité, elle est bien décidée à y rester.

D'autant que l'intrus a un geste inattendu : il ouvre la porte de l'armoire et la referme sur lui après s'être glissé à l'intérieur.

Il faut quelques instants à Clotilde pour bien enregistrer ce que la pénombre lui a permis de voir. Pas de doute, ce type s'est engouffré dans l'armoire.

Dont la taille s'ajuste à la sienne à un poil près.

«Pas claustrophobe pour un sou, le bonhomme», remarque en elle-même Clotilde.

Les secondes s'écoulent jusqu'à remplir une minute pleine.

«Mais qu'est-ce qu'il peut bien tramer dans ce cercueil?»

Une autre minute passe, sans le moindre signe de vie.

La chose apparaît à Clotilde si curieuse, sinon franchement louche, que le désir d'aller y voir de plus près fait son nid en elle.

Désir qu'agrippe au vol la voix du professeur Erckmann :

« Vous allez me faire le plaisir de mettre un terme immédiatement à votre folle témérité. »

Elle résonne avec une belle fermeté :

« Je ne veux plus que la moindre initiative vous effleure l'esprit. »

Mais le projet de s'approcher de l'armoire s'est si bien enraciné en Clotilde qu'elle est déjà en chemin, qu'elle avance sur la pointe des pieds.

La voilà l'oreille collée au bois de la porte.

Rien, pas même la vague d'une respiration.

À croire que le type y est mort.

Dominée par la curiosité et dominant son agitation (elle doit chasser de son esprit spectres, squelettes et autres zombies à la Wes Craven), elle saisit la poignée ouvragée et tire brusquement vers elle.

Sourcils arqués de surprise.

Même sa torche n'en croit pas son œil lumineux.

Le ventre de l'armoire est vide !

De louche, la situation devient résolument mystérieuse. Et Clotilde, qui n'y comprend rien, reste là, immobile et silencieuse, à se ronger les méninges comme devant le tour d'escamotage d'un illusionniste.

Rejetant l'idée que l'intérieur de l'armoire soit sans issue, et que le type se soit tiré par téléportation, elle prend elle-même place dans le meuble, promène ses mains sur les parois, torche entre les dents, à la recherche de ce qui pourrait se révéler un mécanisme quelconque.

Lequel mécanisme est actionné quand Clotilde rabat vers elle la seule étagère du haut et sent sous ses pieds le sol s'ébranler. Un mouvement d'ascenseur s'ensuit. Et la voilà, réprimant un cri de stupeur, entraînée vers le bas, sur une hauteur de trois mètres, dans un chuintement à peine perceptible, pour se découvrir devant une galerie étroite et humide, ménagée à même le roc, qui s'étire en droite ligne sous la cave de l'accueil Béjard jusqu'à se dissoudre dans l'obscurité.

Clotilde n'en revient pas. Deux heures plus tôt, elle se jurait de regagner une vie calme et sans histoire, et voilà qu'elle tombe sur un passage secret.

Après examen de la situation, Clotilde constate l'impossibilité de remonter au sous-sol sans remettre en branle cet ascenseur, et Dieu seul sait comment y arriver ; il ne lui reste plus qu'à s'enfoncer dans ce caverneux orifice.

La prudence conseille à Clotilde d'éteindre sa lampe pour ne pas attirer sur elle l'attention de l'homme. C'est ainsi qu'elle avance à l'aveuglette, en tâtant les murs de pierre, jusqu'à parvenir à une fourche. Sur sa gauche, au bout de la galerie, une phosphorescence verdâtre lui fait deviner qu'au tournant la voie débouche sur une pièce. Le froissement de papier remué ainsi que le murmure d'une voix âpre dénoncent la présence du type. Dont l'humeur est mauvaise, à en juger par les jurons qu'il décline. Mieux vaut opter pour la voie opposée dont la pleine obscurité lui paraît, tout compte fait, plus sûre. Au bout de quelques pas, elle tourne l'angle du couloir et découvre que la surface qu'elle foule n'offre plus d'aspérités : un sol métallique, dur et ferme. Même la température s'est modifiée, comme si l'humidité était vaincue par quelque système de climatisation. La nette impression d'avoir franchi une porte et de pénétrer dans une salle aménagée. Ce que lui confirme sa torche qui n'a pas le loisir de pousser plus avant ses investigations, elle-même éblouie par les feux dont s'illumine tout soudain la pièce.

Dans l'éclatement de lumière, Clotilde se retourne d'un bloc et tout son sang se glace à la vue de ce qui se dresse devant elle et remplit l'encadrement de l'entrée.

Une carrure monumentale, couverte d'une vieille peau de mouton sous laquelle se gonfle un thorax qui n'a pas souvent dû, depuis le berceau, être secoué par des fous rires, à considérer le rictus de bête carnassière qui le surmonte. Pas le genre jovial.

Une mâchoire de molosse que Clotilde n'a pas l'honneur de connaître.

L'épaisse auréole de ses cheveux cendrés et la brousse hirsute de sa barbe encadrent sa mauvaise tête d'écumeur des mers.

Le front large brille d'une sueur abondante et accuse plus de soucis qu'il n'en faut pour une seule vie. Clotilde peut sentir la chaleur moite de ce corps et la tension des muscles. À croire qu'il revient à l'instant des flots de quelque océan houleux.

Une respiration à pomper tout l'oxygène ambiant.

Tandis que les poumons de Clotilde ont peine à s'offrir un peu d'air.

Silence étouffant, donc, où se croisent les regards.

Cela semble durer une éternité dont l'homme bat le rythme par un lent hochement de tête désapprobateur, dans le métal luisant de ses yeux.

Il a enfin une voix dans laquelle grondent les orages d'avant le monde.

— On n'entre jamais ici.

Pour peu qu'elle ait le cœur à s'attarder au décor, elle découvre qu'*ici* n'est rien de moins qu'une véritable chambre forte de bonne dimension, comme en témoigne le ferraillage intérieur de l'épaisse porte blindée dans l'embrasure de laquelle a surgi l'homme. Une banque centrale n'aurait pas souhaité meilleur verrouillage.

Ce qui donne un poids certain à ce qu'il dit ensuite, en martelant les mots entre ses dents serrées :

— Et on en sort encore moins.

Bon, voilà qui a le mérite de régler le problème de la fuite. Auquel, du reste, Clotilde n'entrevoyait pas vraiment de solution. Et s'il n'est pas armé, c'est qu'il doit avoir toute confiance en ses seules mains, des pattes de bûcheron à vous pulvériser d'une simple demi-torsion.

Bon.

Rester calme.

Ce qui est moins commode à faire qu'à penser.

Fabriquer un mot d'excuse, au risque de patauger dans mille explications, transformer son indiscrétion en simple étourderie, trouver n'importe quoi... Mais tout le corps de Clotilde s'y refuse. La panne sèche. Le cortex tétanisé. Pas la plus petite cellule en état de fonctionner.

C'est donc ça la peur, la vraie peur humaine. Une certitude de mourir débranchant jusqu'au dernier tube ce qui vous maintient en vie. Comme si la mort s'immisçait déjà en vous avant même qu'on vous livre à elle.

Et la livraison est garantie.

En tout cas, c'est ce qu'il semble vouloir dire, dans toute la sécheresse de sa voix.

— Il y en a un autre avant toi qui s'est aventuré par ici. Ce vieux con est passé bien près de m'échapper. Avec toute la saloperie que je lui ai refilée dans les veines, ça lui a offert une belle mort lumineuse.

Monsieur le Président... Comme elle, il était tombé sur ce repaire de brigands.

Et comme lui, elle ne voit pas trop comment elle pourra s'en tirer.

— Va falloir trouver autre chose dans ton cas, déclare l'homme. Tu es Clotilde, hein, la petite bénévole d'en haut? T'es pas le genre de fille à te *shooter*.

— Mon truc, c'est plutôt l'ecstasy. Si ça peut vous inspirer.

Clotilde s'étonne de se découvrir encore une telle réserve de munitions. Comme si en elle, sous l'effet de la terreur, une division de neurones, plus intrépides que les autres, avaient décidé de livrer bataille.

Elle trouve même l'aplomb de soutenir le regard de glace qu'il lui lance.

Son rictus fait mine de s'épanouir.

— Pas à dire, t'as des couilles.

Mais c'est pour redevenir aussi mauvais que le reste de la tête :

— Ne t'avise pas de jouer ce jeu-là avec moi, fillette. J'ai eu une sale journée. Ce qui me rend de très mauvais poil. Alors n'écourte pas les précieuses minutes qui te restent en me grattant les nerfs. Contente-toi d'ouvrir les oreilles. Et prends ça pour un privilège. C'est rare que je parle. La vérité, c'est qu'il n'y a que ceux que j'élimine à qui je peux me confier. Ça m'assure leur discrétion. En retour, je leur fournis de quoi meubler la conversation durant toute l'éternité qui les attend.

Un sourire presque sincère brise ses lèvres.

— Je vais te dire où tu as mis les pieds.

Ses yeux errent dans la pièce, avec au fond des pupilles une flamme soudaine, qui fait craindre à Clotilde qu'une réelle folie soit en fusion dans le crâne de ce flibustier.

Il lève les bras, à la façon d'un maître de cérémonie :

— Le musée des introuvables !

Lancé sur le ton de celui qui retire le rideau des grands dévoilements.

Clotilde regarde autour d'elle en fronçant les sourcils, pour enfin découvrir au milieu de quoi elle se trouve. Une salle plus grande que le salon de son appartement et qui a la blancheur glacée d'une morgue sous l'éclairage au néon que déverse le plafond. Outre les quelques coffres en acier de bonne taille reposant sur de solides supports d'aluminium, les trois murs sont garnis d'étagères à panneaux vitrés sur lesquelles s'empilent des liasses et des liasses de papiers de dimensions variées. Leur allure défraîchie, leurs bords souvent gondolés, portent à croire qu'ils sont tombés d'une autre époque. Oui, Clotilde a l'impression de cadavres dormant dans leur casier métallique.

Défier les fous, c'est souffler sur la braise de leur folie. Même sachant cela, elle ne retient pas l'ironie du commentaire qu'elle émet d'une voix faussement lasse.

— Oui, bon, très bien. Et tous ces vieux papiers, ça vaut vraiment la peine qu'on en meure ?

Mais l'homme ne s'en émeut pas.

— Ces vieux papiers, comme tu dis, valent mille fois ce que contiennent toutes les bibliothèques du monde réunies.

— Vraiment ?

Au manque d'enthousiasme de Clotilde répond un bras tendu, puissant comme un câble de traction.

— Tu vois ces coffres ?

Elle les voit et en fait, cette fois, le compte exact : ils sont quatre à offrir l'image même de l'étanchéité.

— Des papyrus égyptiens ! Des dizaines de rouleaux.

(«Bon, je vois, ce type se prend pour le portier de la bibliothèque d'Alexandrie dans ses beaux jours.»)

L'exaltation, à mesure qu'il passe en revue le contenu des coffres, gagne du terrain dans sa voix.

— Dans celui-là, six des quatre-vingt-trois tragédies d'Eschyle qui sont portées disparues. Puis, là, trois Sophocle, c'est peu, je te le concède, quand on sait qu'il a écrit cent vingt-trois pièces, dont sept seulement nous sont officiellement parvenues. Ajoute maintenant huit des soixante-quatorze pièces attribuées à Euripide et considérées comme perdues. Huit rouleaux de papyrus que j'ai arrachés de justesse, pour le prix d'un pain d'encens, à des *fellahin* qui en avaient excavé par accident à Gizeh plus de quarante! Ces ignares, ils les brûlaient pour s'enivrer de leur odeur!

Et comme pour chasser un mauvais souvenir, il passe vite au troisième coffre :

— Il contient l'une de mes prises préférées : *Le Catalogue des femmes*, un poème d'Hésiode en vingt-quatre rouleaux de papyrus. Cette fois, on parle, fillette, d'un manuscrit contemporain de *L'Iliade*, âgé de vingt-huit siècles, écrit de la main même de son auteur! Et plusieurs de ces manuscrits sont à peu près lisibles. À côté de ça, la Library of Congress n'est plus qu'une bouquinerie de quartier.

Là, tout de même, stupéfaction et incrédulité se partagent la pensée de Clotilde. Au point qu'elle en perd de vue sa mort promise.

Tandis que l'autre désigne de son regard allumé par l'excitation le dernier coffre.

— Et s'il faut la puérile rouerie d'un romancier pour déterrer un exemplaire du deuxième livre de la *Poétique* d'Aristote, moi, je le déniche pour vrai!

— …

— *La Comédie* d'Aristote! Oui, l'exemplaire que tout le monde croit perdu ou jamais écrit. Il est là, dans le quatrième coffre! Dix-neuf rouleaux!

(«Non, non, il se paie ma tête. Ou, alors, il croit dur comme fer à ses divagations.»)

— Vous… fait-elle, vous prétendez que tous ces coffres contiennent des textes authentiques de l'Antiquité grecque?

— Et latine! s'écrie-t-il. Trois pièces de Plaute, quelques centaines de vers de Cicéron et de Horace…, et ce n'est là que ma collection des Anciens. Il y a aussi les murs!

Bien fournis en manuscrits à l'abri derrière des parois vitrées, et dont il se met en devoir d'énumérer les richesses sur le ton passionné du bibliomane aveuglé par sa collection.

Cette fois, cela va des sonnets que Dante échangeait avec un certain Cecco Angelieri aux trente manuscrits de Molière dont on avait perdu la trace, en passant par la première version de *L'Idiot* que l'on disait détruite aussitôt achevée par Dostoïevski, la version originale du *Docteur Jekyll* que Stevenson aurait jetée au feu, quinze pièces de théâtre du Marquis de Sade supposément détruites par la police de Napoléon. Et la liste n'en finit pas de s'allonger autant que sa voix qui s'enfle de ferveur d'un titre à l'autre : ici *La Chasse spirituelle* de Rimbaud «dont seuls les idiots soutiennent qu'elle n'a jamais été écrite», là *Les Moissonneurs* de Philippe Soupault dont le manuscrit avait été confisqué par la police de Vichy, puis cette épaisseur de papier ne serait rien d'autre que le deuxième tome de *Bouvard et Pécuchet* «que Flaubert a bien écrit contrairement à ce que pensent tous ces universitaires à la con… »

Clotilde, suivant la trajectoire du doigt qui lui désigne fièrement l'emplacement de chaque titre, en a le souffle coupé et les yeux arrondis.

— … le deuxième tome des *Âmes mortes* de Gogol…

— *Les Âmes mortes!*

Elle a laissé échapper son étonnement. Vision fulgurante d'Homère, le conteur de Masson, flottant dans son long pardessus de drap noir et déployant ses récits de romans devant un auditoire conquis.

— Oui, *Les Âmes mortes* que ce traître infâme d'Angoulvent a récité sur la place publique!

Bouillonnement de rage au fond des orbites.

«Il connaît Angoulvent!» En tout cas, Clotilde croit comprendre que ses prestations lui sont restées coincées dans la gorge.

— Et si je n'étais pas intervenu à temps, cet imbécile aurait fait pareil avec Büchner!

«Le coup des gicleurs à la librairie, c'est lui!»

La surprise de Clotilde est de courte durée, suspendue qu'elle est par l'irruption de rage que déclenche en l'homme le souvenir du traître. D'ailleurs, c'est directement à Angoulvent qu'il s'adresse maintenant. Le poing levé en direction de Clotilde, c'est sur lui, comprend-elle, qu'il déverse sa fureur. Comme ces esprits en folie qui beuglent seuls au milieu des foules.

— Tu as cru pouvoir me rouler impunément, hein! Espèce de salaud! Moi, Byblos, moi qui ai mis toute ma confiance en toi, qui t'ai appris les moindres ficelles du métier, moi qui t'ai montré des merveilles qu'aucun regard humain n'a effleurées depuis des siècles! Tu as osé me trahir! Me trahir, moi! Mais que serais-tu devenu sans Byblos? Qu'un minable universitaire mort-né, croupissant au fond d'une bibliothèque à rabais! Ne t'ai-je pas donné la vie? N'as-tu pas vraiment vécu, grâce à moi, «pour la gloire des belles-lettres»? N'est-ce pas ce que tu souhaitais? Ne m'as-tu pas supplié de travailler pour moi? Dis-moi que je me trompe, dis-moi seulement que tu ne me dois rien! Mais aujourd'hui a été le jour de la vérité et je te vois tel que tu es! Traître, tu n'es qu'un traître!

C'est tout le corps, sous la noirceur éclatante du regard, qui hurle contre la traîtrise, les muscles et les veines gonflés d'une colère à l'état pur. Le doigt qu'il braque sur une Clotilde terrifiée a toute la puissance d'une ogive.

— Ainsi, tu mijotais ton coup depuis longtemps, hein! Toutes ces années à attendre le bon moment pour me frapper dans le dos. Tu n'as pas pu te retenir, il a fallu que tu cèdes à tes stupides idées, que tu mettes en actes ce qui te démangeait trop. Je t'ai expliqué pourtant, non? Ne t'ai-je pas bien expliqué?

Et tu as tout de même fait à ta tête ! Ne vois-tu pas qu'à travers moi, c'est la littérature que tu as trahie ? Tu as commis un sacrilège, Angoulvent, oui, un sacrilège !

Tout roule un peu vite pour Clotilde qui aurait souhaité un moment de répit afin de mettre de l'ordre dans ce charabia et de calmer ce cœur effrayé qui bondit dans sa poitrine.

Mais l'autre n'est pas d'humeur à marquer une pause.

— Et toi, peux-tu comprendre ?

Quelque chose lui dit, à Clotilde, que c'est à elle, cette fois, qu'il lance la question.

— Peux-tu comprendre qu'on ne doit pas lire les œuvres manquantes ? qu'il est interdit d'en rapporter les mots mystérieux ? qu'il y a une littérature si proche de l'absolu que son seul destin est de rester inaccessible ? Si des manuscrits disparaissent dans le temps et l'espace, ce n'est pas en vertu de quelque hasard, c'est qu'ils contiennent des mots qui ne peuvent être entendus par l'homme. Des mots trop significatifs, trop intenses pour le monde ! Est-ce si dur à comprendre ?

Sa voix s'enflamme comme celle d'un prédicateur que la parole divine aurait rendu fou.

— Un écrivain ne dit jamais la vérité qu'en la cachant. Il sait que les œuvres les plus pures périssent par la lecture, qu'elles s'éteignent dès que se dépose sur elles le regard du lecteur. Tu connais le mythe d'Orphée ? Il perd Eurydice pour l'avoir regardée, il enfreint l'interdiction et voit celle qu'il désirait disparaître sous ses yeux. Il en va ainsi des œuvres manquantes. Ce n'est que dans le mystère de leur existence qu'elles diffusent leur lumière. C'est dans l'absence qu'elles hantent les hommes. Le crime majeur contre l'esprit n'est pas la destruction des livres, bêtise ! mais la publication de ceux qui vivent de l'obscurité.

Il fait une brève pause qui prépare à la conclusion :

— Leur perte devient une sorte de nécessité divine.

Le volcan aurait-il épuisé sa lave ? C'est ce que semble annoncer la douceur soudaine avec laquelle il a prononcé cette dernière phrase. Ses yeux ont soudain la fixité du chat au repos.

Silence après la tempête.

Que Clotilde trouve en elle le courage de rompre :

— Mais… qui êtes-vous donc ?

Il a un demi-sourire. Il parle d'une voix traînante, comme si une soudaine fatigue s'était abattue sur lui.

— Je ne suis pas un collectionneur, fillette, je n'ai pas jalousement amassé tout ce trésor de mots par orgueil d'en être l'unique lecteur, par simple enflure de vanité. Je suis encore moins l'un de ces trafiquants de manuscrits, ces mercenaires qui n'ont d'autre but que de s'emplir les poches, comme cet ignoble Édouard Masson.

« Quoi ! Masson, un trafiquant de… ! »

— Il y a une grandeur, une noblesse, il y a une pureté dans la mission dont je m'acquitte.

Et dont la seule évocation suffit à lui rallumer le regard de cette passion qui le tient prisonnier.

— Un manuscrit introuvable n'est jamais vraiment perdu. Il ne le devient que si quelqu'un s'assure qu'il le soit. Tu veux savoir qui je suis ? Je suis celui par qui l'introuvable devient définitif. Entre mes mains, les œuvres manquantes sont assurées de rester à l'abri du monde. Grâce à moi, elles conservent, intacte, leur vérité secrète et obscure.

— Mais vous, vous ne les lisez pas ?

Il y a une fierté dans la réponse qu'il murmure.

— Pas une ligne. Tu es ici, fillette, dans une bibliothèque sans lecteur.

~

— Auriez-vous l'amabilité d'examiner ceci ?

Les bras chargés d'assiettes dont elle vient de débarrasser une table, essoufflée par l'effort qu'exige son immensité qu'elle doit trimballer d'un bout à l'autre de la salle, Jacqueline Framboise jette un coup d'œil distrait sur le minuscule portrait enchâssé dans un médaillon que lui tend le lieutenant Lemaître. Derrière lui se détache la silhouette ventrue du sergent Tremblay, dont l'attention est happée par le drôle de contraste qu'il surprend entre les bouches barbouillées de cette faune de la rue et les mets de gastronomie royale qu'elles achèvent avec cette lente dégustation aux yeux clos que l'on voit souvent chez les fins goûteurs.

Jacqueline n'a pas le temps de pousser plus loin l'examen de la photo qu'un clochard aux yeux bouffis la tire par la manche.

— Qu'asse qu'a fait, Clotilde, Jacqueline? On la voit pus depuis vingt minutes.

— Et j'aurais bien besoin d'elle! rétorque-t-elle. Mais qu'est-ce qu'elle fiche en bas?

— Madame, pardonnez-moi d'abuser de votre temps... commence le lieutenant Lemaître.

Sans lui porter le moindre intérêt, elle se tourne en direction des cuisines, situées à l'autre bout de la salle, et crie d'une voix à ameuter tout un quartier :

— Dis, Ramiz, les fourneaux, ça va toujours, oui?

— Tout est rentré dans l'ordre depuis un bon moment, mais il ne faut plus compter sur le soufflé aux pommes.

Puis au lieutenant Lemaître heureux enfin de retrouver sa visibilité :

— Vous pourriez peut-être me rendre un petit service...

— Écoutez, madame, une enquête pressante...

Elle lui coupe la parole comme si elle était la supérieure de toutes les hiérarchies.

— Alors, allez enquêter au sous-sol, mon ami, j'ai une bénévole qui aurait dû en remonter depuis un moment. C'est pas assez pressant pour vous, ça?

C'est le sergent Tremblay qui remercie le dieu des flics de ne pas servir sous cette autorité-là.

Le lieutenant Lemaître est demeuré imperturbable.

— Très bien, fait-il, nous descendrons vérifier, mais avant toute chose, je vous prie d'examiner cette photo.

Elle dépose ses assiettes sur le coin d'une table, saisit le médaillon et lève les sourcils.

— Mais... c'est Hélène Béjard! Où avez-vous pris ça?

— Nous vous expliquerons. Que devrions-nous connaître de cette Hélène Béjard?

— C'est elle qui a fondé l'accueil Béjard. Oh, elle est décédée maintenant, ça doit bien faire sept ou huit ans! Un malheureux accident de voiture.

— Vous avez une idée de la personne à qui pourrait appartenir ce médaillon?

— À son mari. Je vois pas qui d'autre. Raymond Béjard. C'est à son fric maintenant que l'on doit la survie de l'accueil.

— Veuillez nous dire un mot sur lui. Je présume que vous le rencontrez régulièrement?

— Jamais revu depuis les rénovations d'il y a cinq ans. Pas plus discret philanthrope que lui. Il verse tous les mois à l'accueil ce qu'il faut pour nourrir chaque soir une légion de diplomates. C'est vous dire. Quant à savoir ce qu'il advient de ce bon Raymond…

Rien ne brise autant le cœur du lieutenant Lemaître que de briser les illusions dont se bercent les cœurs.

— Je crains, madame, que votre philanthrope ne mérite pas la bonté que vous lui attribuez.

— Que voulez-vous dire?

— Je veux dire, madame, que Raymond Béjard est sans nul doute le criminel le plus dangereux qu'il m'ait été donné de connaître tout au long de mes trente ans de métier.

~

Ils n'ont toujours pas bougé. Lui en un bloc massif dressé dans l'ouverture de la porte d'acier, elle, vacillante, au milieu d'une bibliothèque interdite.

En position de duel.

Quelques enjambées seulement les séparent.

— Il ne fallait pas entrer ici, fillette.

— Vous devriez accrocher sur l'armoire un écriteau disant «Attention, chien méchant».

— Très amusant.

— Si je vous jure que je ne soufflerai mot à personne de cette bibliothèque?

— Foutaise.

— Hum. Vous avez raison. Moi-même, je ne me croirais pas.

— Heureux que nous nous comprenions.

Sur quoi, il avance d'un pas. Tressaillement dans tout le corps de Clotilde qui doit fournir un effort inouï pour conserver son calme.

— J'ai droit à une ou deux questions avant?

— Bon. Que veux-tu savoir?

— Le meurtre des éditeurs, c'est vous, n'est-ce pas?

— Oui.

— Pourquoi?

— C'est mon affaire.

— *Notre pain quotidien* n'aurait pas dû être publié?

— Non.

— Alors, F. S., qui est-ce?

— Je peux bien te le dire : Blaise Cendrars.

— Mais comment le manuscrit est-il tombé entre…?

— Bon, coupe-t-il sèchement. Cela suffit maintenant.

Mais la suite se déroule à une rapidité que Byblos ne prévoyait pas.

En même temps qu'il fait un second pas vers Clotilde, elle s'élance vers le mur le plus proche, ouvre un panneau mobile et enfonce sa main à l'intérieur.

Byblos comprend aussitôt la nature du danger.

Et se fige net.

À la vue du briquet qu'elle menace d'allumer.

Clotilde peut suivre l'effroi glissant sur le visage de Byblos comme l'ombre d'un nuage.

— Heureux que nous nous comprenions, dit-elle.

— Ne fais pas ça.

C'est une supplication davantage qu'un avertissement.

— Je vais me gêner peut-être.

Le genre de réplique frondeuse qu'on entend dans les films.

De sa main libre, lentement, elle retire au hasard un manuscrit de sa niche, en prenant soin de maintenir le briquet sous ses pages.

— Quel auteur avons-nous ici?

— Musil.

— Robert Musil?

— Vous tenez les trois derniers chapitres de *L'Homme sans qualité.*

— Vraiment? Je croyais le roman inachevé.

— Non, fait-il simplement.

Sa voix, tantôt si orageuse, n'est plus maintenant qu'un faible souffle.

— Vous n'ignorez pas que les bibliothèques sont mortelles, fait-elle observer.

Il n'a même plus la force de parler.

— Il est toujours tragique de voir une bibliothèque brûler. Mais il m'apparaît naturel que la vôtre disparaisse puisqu'elle se voue à la disparition des textes. Que dites-vous de cette logique?

— Qu'elle n'offre aucune issue.

— Écoutez, vous me laissez partir et…

— Non. Cette bibliothèque ne doit exister pour personne.

— Alors vous ne me laissez guère le choix.

Au mouvement sec de son pouce, une longue flamme bleue jaillit du briquet et s'enfle aussitôt au contact de Musil.

— NOOON!

Bondit Byblos, dont une main veut s'emparer du manuscrit et l'autre de Clotilde. Mais ni l'une ni l'autre ne se referment sur leur proie. Tout en projetant vers l'étagère les pages en flammes pour y répandre le feu, Clotilde esquive la main de Byblos, profite de son hésitation entre l'incendie et l'incendiaire pour s'échapper vers la sortie et c'est de justesse qu'elle parvient à tirer la porte d'acier jusqu'à ce que le verrouillage automatique éteigne d'un coup brusque le hurlement de Byblos.

La soudaine profondeur du silence est telle que Clotilde en éprouve un vertige. Pas un bruit ne lui parvient de la chambre forte, et Dieu sait qu'il y a là une colère qui doit se vider les poumons.

Silence et obscurité enveloppent Clotilde qui reste immobile, adossée contre le métal de la porte, à tenter de regagner une respiration normale.

L'une de ses mains s'ouvre pour libérer le briquet providentiel.

Troisième partie
L'affaire Byblos

38

Une semaine plus tard, on sable le champagne. La fête a lieu dans les bureaux des éditions Darrieq. On veut célébrer l'heureux dénouement de ce que les gros titres des journaux ont présenté ces derniers jours comme «l'affaire Byblos», prolongement inopiné de «l'énigme F. S.». C'est Yvon Carrière, le directeur littéraire qui dirige par intérim la boîte depuis l'assassinat de sa directrice, Pierrette Darrieq, qui a eu l'idée de cette réunion. L'initiative a été aussitôt appuyée par les huit éditeurs dont le cœur a repris un rythme juste depuis que leur voiture ne risque plus de leur sauter en plein visage. On voulait non seulement réunir l'ensemble des acteurs de «l'affaire Byblos», mais surtout offrir sa gratitude à celle dont se délectent les médias depuis une semaine, l'héroïne du jour, la «petite rousse aux nerfs d'acier» : Clotilde.

C'est ainsi qu'autour d'une immense table de conférences bien fournie en canapés et en médaillons de foie gras, sont réunis une quinzaine de sourires et de flûtes levées.

— Mes amis, buvons au courage d'une jeune femme. À Clotilde.

On emboîte le toast.

— À Clotilde!

Tous ces yeux dans les siens… toute cette reconnaissance tendue vers elle… le pétillement du champagne dans les cœurs… Vraiment, il est difficile pour Clotilde de contenir son trouble. D'autant que la plupart des têtes qui entourent la longue table lui sont étrangères. Au nombre des inconnus, ces propriétaires de maisons d'édition qui déclarent lui devoir la vie.

Se penchant vers elle, la fierté au fond des pupilles, Cédidio pose une main caressante sur son bras.

— Je suppose que t'aurais préféré mettre sous les verrous le P.d.g. d'une usine hyper-pollueuse… Ce sera pour le prochain album de tes aventures.

Clotilde tire d'une poche le briquet en étain qu'il lui avait offert. La flamme qui en jaillit suggère à Cédidio qu'il pourrait s'agir plutôt d'un album d'amour.

Samuel Erckmann, se redressant légèrement sur son siège, s'adresse à la tablée tout en fixant Clotilde dans les yeux.

— Certes, nous devons saluer son courage, dit-il en mettant dans son regard une nuance de complicité, mais il s'en est fallu de très peu que nous regrettions sa témérité. Se substituer ainsi aux enquêteurs…

— Pourtant, fait remarquer Angoulvent avec malice, je crois savoir que c'est vous-même qui l'avez lancée sur les traces de F. S.

— Oui, je m'en confesse, admet Erckmann, une colossale erreur de jugement.

— Allons, allons, ne chipotons pas sur ce détail. Tout est bien qui finit bien, tranche Albert Toussaint dont l'accent est pétri des terres chaudes de son Haïti natale.

Guylaine Tangay, se tournant vers l'extrémité de la table, se charge d'aiguiller la conversation vers une nouvelle voie.

— Dites, lieutenant, est-ce bien de suicide qu'il faut parler?

C'est en effet la conclusion de l'enquête dont les médias se sont fait l'écho.

— Il n'y a guère d'autre explication, chère madame, répond le lieutenant Lemaître en déposant sa flûte. Raymond Béjard, alias Byblos, a jugé la mort préférable à la prison. Et, pour tout vous dire, je n'ai jamais vu d'inconvénient à ce que les assassins se condamnassent eux-mêmes.

— Mais tel que j'ai connu l'homme, objecte Angoulvent, c'est bien moins le tribunal qu'il craignait que les bibliothèques.

Pour rien au monde, Byblos n'aurait consenti à leur livrer ses manuscrits.

— Attendez un peu! Qui nous dit que cette chambre secrète renfermait autant de ces manuscrits, puisqu'on les prétend introuvables? lance Didier Leroux avec son sens infaillible de la suspicion.

— Moi, je le dis, rétorque sèchement Angoulvent.

— Écoutez, ce n'est pas que je veuille mettre en doute votre parole. Vous affirmez avoir été son collaborateur dans cette chasse aux manuscrits, fort bien, mais, tout de même, Sophocle, Hésiode, ça paraît si... improbable. Vous les avez vus, de vos yeux, ces papyrus?

— Les quelques instants où j'ai pu les admirer constituent les moments les plus émouvants de ma vie.

— Et il en avait accumulé beaucoup, de ces chefs-d'œuvre?

— Leur quantité n'a rien d'étourdissant : autour d'une trentaine, que je sache, mais autant de volumes, autant de merveilles. Sa bibliothèque était sans prix. Et elle entrera, maintenant, dans la légende.

S'ensuit un silence rêveur autour de la table.

Dont profite Edgar Muno pour faire une sieste assez bruyante.

— Et tout est vraiment détruit? demande avec incrédulité Didier Leroux en élevant la voix. Rien n'a subsisté?

— Mais puisqu'on vous dit que pas un manuscrit n'en a réchappé! s'impatiente Paul Rognon.

— Si j'ai bien compris, résume Yvon Carrière, après que Clotilde a mis le feu à quelques manuscrits, Byblos, quand il s'est vu prisonnier dans sa propre chambre forte, n'a pas cru bon d'éteindre l'incendie. La seule perspective que sa bibliothèque puisse tomber entre les mains des autorités l'a convaincu de tout brûler et de se laisser mourir par asphyxie. Il aura finalement tout emporté avec lui dans sa tombe.

— Il ne serait pas le premier, fait remarquer Samuel Erckmann. L'histoire littéraire ne manque pas de ces bibliophiles, je pense notamment à Houzhu, le dernier empereur chinois de la dynastie des Tang du Sud, qui, devant l'imminence de la défaite militaire, a volontairement détruit son impressionnante collection, dix mille ouvrages, pour que ses ennemis ne puissent pas en profiter. Me revient aussi cette légende qui veut qu'Avicenne ait lui-même mis le feu à sa propre bibliothèque : les mauvaises langues ont prétendu qu'il craignait qu'elle rende son prochain propriétaire aussi savant que lui.

Au tour d'Angoulvent d'y aller de sa réflexion :

— Byblos aimait de ses livres leur inaccessibilité, donc il ne les aimait pas assez.

C'est au chalumeau qu'on était venu à bout de la porte blindée. Le temps de la découper, l'autodafé avait tout dévoré. On avait découvert le corps de Byblos, mort depuis une trentaine de minutes déjà, selon ce qu'avait révélé l'autopsie. Le corps, émergeant du brouillard, était étendu près d'un monticule de cendres encore chaudes, d'où s'échappait une vive odeur de papier carbonisé qui piquait les yeux. De petits papillons noirs, résidus de Sophocle, d'Aristote, de Dostoïevski, de Rimbaud… flottaient au-dessus de lui. On aurait dit un ballet de fantômes.

— Quand on y pense, c'est là une véritable catastrophe littéraire ! soupire Danièla Fallaci. Tout ce trésor de mots parti en fumée.

Une perte qui n'empêche pas quelques bas-ventres de rester sensibles à la voix de la belle Toscane.

— À un manuscrit près, annonce le lieutenant Lemaître.

Les yeux passent, non sans déplaisir, d'une émoustillante chevelure à un nez busqué.

— Que voulez-vous dire ?

Le lieutenant Lemaître rappelle alors à tous quelques détails de l'enquête.

Les médias ont rendu publique la véritable identité de Byblos : Raymond Béjard, né en 1949 et issu d'une famille cousue d'or, est condamné par son paternel à lui emboîter le pas sur le chemin de la spéculation boursière ; ledit paternel lui inculque très tôt les rudiments du magouillage financier, ce qui suffit à le pousser vers la littérature. À dix-neuf ans, le voilà unique légataire d'une colossale fortune familiale. Depuis, outre qu'il ne sait comment dilapider tous ses comptes bancaires éparpillés un peu partout dans le monde, il ne semble avoir aucune activité particulière, sinon qu'il est l'époux d'Hélène Béjard, réputée pour avoir voué son existence à secourir le tiers-monde urbain en lui ouvrant les portes d'une institution de bienfaisance. Elle décède des suites d'un accident de la route.

Se tournant vers sa droite, Guylaine Tangay, la main sur le cœur, dit :

— C'est tout à votre honneur, Jacqueline, d'avoir pris sur vos épaules la direction de l'accueil Béjard. Vous êtes une âme sainte, si, si.

Jacqueline Framboise reçoit le compliment d'un geste modeste tandis que d'un autre elle déleste un plateau de son dernier canapé au saumon.

— Puis Raymond Béjard disparaît de la circulation, dit Paul Rognon, empressé de connaître la suite.

— Oui, pendant plus de sept ans, confirme Jacqueline Framboise entre deux mastications. Il m'a expliqué plus tard qu'il avait effectué le tour du monde pour tromper sa déprime…

— Mais la vérité est tout autre, corrige le lieutenant Lemaître. Nous sommes maintenant assurés qu'entre 1993 et 2000 il se livra exclusivement à la seule et secrète passion qui le dévorait : les manuscrits inédits. Même sa femme n'en sut jamais rien. Tout porte à croire que, durant ce « tour du monde », il fit bonne chasse et que sa collection personnelle s'en trouva fabuleusement enrichie.

Et le lieutenant Lemaître d'expliquer, à la manière d'un Hercule Poirot parvenu à l'heure de toutes les vérités, qu'à son retour, Raymond Béjard avait entrepris, sous le prétexte philan-thropique de prolonger l'œuvre humanitaire de sa défunte femme, la rénovation complète de l'accueil Béjard. Le fait est qu'il ne visait qu'à creuser et aménager, le plus discrètement possible, une pièce souterraine, véritable chambre forte où il escomptait mettre en sécurité ses précieux manuscrits. Le sous-sol laissé à l'abandon lui assurait de pouvoir y circuler, nuitamment, sans trop craindre d'être surpris.

— Aussi n'est-ce pas céder à des spéculations extravagantes que d'élaborer le scénario suivant : la manie de descendre au sous-sol pour y dormir plus à sa guise aurait permis à Monsieur le Président, vieux clochard abonné à l'accueil Béjard, de surprendre le dénommé Byblos, une nuit de la semaine dernière.

Cette ombre se glissant derrière la porte d'une armoire avait dû piquer sa curiosité. Il se serait avisé, la nuit suivante, d'y voir de plus près.

— Certes, il eût mieux valu pour sa sécurité qu'il en touchât d'abord un mot à Jacqueline Framboise, juge bon de préciser le lieutenant Lemaître qui ne manque jamais l'occasion d'un subjonctif imparfait, fût-il discret.

La suite, tout hypothétique soit-elle, exerce sur l'auditoire l'attrait exclusif d'un suspense : Monsieur le Président pénètre dans l'armoire, en découvre à force de tâtonnements le mécanisme, s'enfonce dans la galerie souterraine, choisit, rendu à la fourche, de prendre à sa droite, vers l'obscurité (à gauche, un éclairage révèle une présence), pour découvrir, comme le fera exactement Clotilde cinq jours plus tard, un local dont Byblos a laissé la porte grande ouverte, habitude prise quand il s'affaire dans la pièce d'à côté. Les doigts noirs du vieux clochard rampent vers le mur, rencontrent des tablettes, fourragent dans des papiers et s'emparent d'un tas de feuilles aussitôt glissé dans son sac à dos. C'est après avoir regagné le sous-sol qu'il est empoigné par Byblos. Une bagarre s'ensuit au cours de laquelle le sac à dos s'égare, à l'insu de Byblos. Désespéré, Monsieur le Président a alors ce geste étonnant : dans le chaos de l'empoignade, il arrache et avale le petit médaillon porté en pendentif par Byblos.

— Curieuse idée, fait observer Albert Toussaint.

— Moins qu'il n'y paraît, rétorque le lieutenant Lemaître. Par cet ultime geste, il s'appliquait à nous fournir l'identité de son agresseur. Certes, le fait est unique dans nos annales. Jusqu'ici, rares furent les victimes qui prirent soin de livrer elles-mêmes leur assassin aux autorités.

— Je savais bien, moi, intervient Jacqueline Framboise, qu'il n'était pas homme à se suicider. Il n'aurait pas eu assez de trois vies pour nous ressasser ses souvenirs de P.d.g.

Pour la suite : évanouissement par strangulation, puis injection d'une forte dose d'héroïne. Après quoi, à la faveur de la nuit, Byblos dépose le corps de Monsieur le Président sur le banc d'un parc.

— Et le sac à dos, il a été retrouvé ?

Quatre jours plus tard. Descendue dans le sous-sol pour en remonter quelques couvertures, Jacqueline Framboise trouve le sac à dos dans un carton d'emballage à moitié éventré, regorgeant d'écharpes et d'autres chiffons dans lesquels il se fondait. C'est alors qu'on a découvert son contenu.

— Le *Dom Juan* de Molière ! précise le sergent Tremblay. À l'heure actuelle, un bon nombre d'experts doivent s'extasier sur le manuscrit.

On s'étonne surtout qu'aucun manuscrit du «premier farceur de France» ne soit parvenu jusqu'à aujourd'hui. Sur ce propos, le sergent Tremblay se fait une joie de fournir quelques éclaircissements, avec, en prime, la légende de la charrette fantôme pleine de Molière.

— Mais, attendez ! s'écrie soudain Didier Leroux qui admire déjà sa vivacité d'esprit. N'y a-t-il pas cet autre manuscrit, vous savez (il braque des yeux quasi accusateurs sur Maria Miloseva), celui qui vous a été volé ?

— Oui, c'est vrai, renchérit Paul Rognon (non sans grimacer à l'idée de soutenir la même opinion que cet imbécile de Leroux), la nuit où Byblos a pénétré chez vous par effraction… le manuscrit, qu'en est-il advenu ?

— Et pour commencer, de quel texte s'agissait-il ?

Autour de la table, la curiosité atteint un degré supérieur de densité.

Sourcil dressé de Maria Miloseva, sur qui convergent tous les regards.

— Ne m'en parlez pas ! J'ai rencontré mon ami Umberto Lobo, cette semaine. Il était fou de rage ! Il ne digère pas du tout le vol du manuscrit. Et moi-même, je suis morte de honte. Comment pourrais-je me faire pardonner ma maladresse ? Il m'avait chargée de récupérer un manuscrit pour lequel il avait consenti une jolie fortune. Et moi, pauvre sotte, je suis allée me frapper le nez contre la porte fermée de la banque où je devais déposer en sûreté le colis. Il est bien évident que c'est en le trimballant chez moi que j'ai été filée par ce Byblos. Non, vraiment, inutile d'espérer qu'Umberto me pardonne un jour...

— Soyez assurée de notre compassion, madame Miloseva, mais, de grâce, venez-en au fait, presse Angoulvent d'une voix toute vibrante de sa passion, encore entière, pour les textes fantômes.

— J'y arrive, mon ami. C'est sans doute pour augmenter le poids de ma culpabilité qu'Umberto a tenu à me révéler le nom de l'auteur du manuscrit. Il s'agit, accrochez-vous bien, de...

Elle observe une pause préparatoire pendant laquelle les souffles restent suspendus (sauf celui d'Edgar Muno tout à ses ronflements). C'est comme si le sort de la littérature entière se jouait entre ses lèvres.

Qui enfin laissent tomber le nom de...

— Chrétien de Troyes.

— Chrétien de Troyes ? répète-t-on en écho.

— Oui, Chrétien de Troyes.

— Chrétien de Troyes...

Le nom s'offre un tour de table. Jusqu'à ce qu'il trébuche contre...

— Euh... qui est... Chrétien Detrois ? demande la voix lointaine – discrète comme une honte – du sergent Bellechasse.

Sur qui on lève des yeux sidérés.

Une fois l'effet de surprise dissipé, on s'empresse de colmater la brèche en se passant le relais :

— Chrétien de Troyes ? Rien de moins que le premier vrai romancier médiéval.

— Douzième siècle !

— Célèbre pour ses romans d'amour et de chevalerie !

— Mais oui, vous savez bien, la légende du roi Arthur, les chevaliers de la Table ronde !

— Lancelot et Guenièvre…

— Perceval et la quête du Graal…

Le visage du sergent Bellechasse s'éclaire d'une faible lueur.

— Eh bien, il est en quelque sorte le grand diffuseur des légendes bretonnes !

— On lui doit six romans, écrits en vers octosyllabiques.

— En fait, sept, rectifie Angoulvent, s'il faut considérer celui dont nous parle Maria. N'est-ce pas, Maria ?

Les mains d'Angoulvent ont le tremblement du toxicomane en sevrage.

— Je frémis, parvient-il à prononcer, à l'idée qu'il s'agisse du *Tristan*.

Maria Miloseva fait signe que oui, il s'agit bien du *Tristan*.

C'est comme si la stupeur s'était jetée sur le visage d'Angoulvent. Samuel Erckmann lui-même ne peut contenir son émotion. Et tandis que ces deux érudits s'élèvent en altitude, portés par un mélange d'ébahissement et d'euphorie, le reste de la table voudrait bien comprendre.

— Expliquez-nous !

— Chrétien de Troyes, commence Maria Miloseva, a prétendu avoir écrit l'histoire…

— «L'histoire du roi Marc et d'Yseut la blonde», complète de sa voix germanique Samuel Erckmann. On en retrouve l'affirmation dans le prologue de son *Cligès*.

Mais encore ? interrogent les regards.

— Sans doute n'êtes-vous pas sans savoir, enchaîne Samuel Erckmann qui ne doit pas s'adresser autrement à une classe d'étudiants, qu'aucun texte complet ne nous est parvenu de la légende de Tristan et Iseut. Nous ne disposons que d'un tas de fragments dispersés en Europe, écrits en ancien français, en vieil irlandais, en tchèque, en italien… autant de variantes de la légende par des poètes répertoriés ou totalement anonymes. C'est sur la base de cette mosaïque de manuscrits que les médiévistes ont essayé de reconstituer la légende.

— Êtes-vous en train de nous dire, demande Yvon Carrière, que Chrétien de Troyes aurait écrit sa propre version du mythe de Tristan et Iseut?

— Nous en sommes assurés, répond hâtivement Angoulvent. Or, jusqu'à ce jour, nul n'a pu découvrir le fameux *Tristan* de Chrétien de Troyes. Un autre célèbre cas qui figure dans la longue liste des textes fantômes.

— Et c'est ce manuscrit-là que Byblos est allé voler chez Maria? s'exclame Didier Leroux. Mais alors, doit-on en conclure que...

— Oui, hélas, il a dû périr avec tous les autres manuscrits.

Angoulvent n'aurait pas été autrement dévasté s'il avait eu à annoncer la mort de sa propre fille. D'ailleurs, toute la tablée semble maintenant endeuillée.

Soudain :

— Non.

La voix provient de celui qui s'est signalé jusqu'alors par une hautaine discrétion : Alphonse Delon.

Bien connu de ses pairs, il l'est moins des autres convives qui se contentaient depuis le début de la soirée de glisser dans sa direction un bref regard en coin, interloqués surtout par sa fantaisie vestimentaire, à elle seule un festival de la couleur.

— Pourquoi faut-il que vous ouvriez votre grande gueule! soupire Albert Toussaint, la voix empreinte de dégoût.

Delon-Toussaint, un mélange chimique dont la réaction est éminemment explosive. Et à les voir se regarder en chiens de faïence, que le hasard a placés l'un vis-à-vis de l'autre, on peut aussi bien dire adieu à la soirée et regagner sa chaumière.

— Plaît-il? fait le lieutenant Lemaître en se tournant vers Alphonse Delon.

— Non, le *Tristan* de Chrétien de Troyes n'est pas détruit, déclare celui-ci, de ce ton calme qui devient le sien dès que l'au-delà lui dicte ses révélations.

— Un courriel de Chrétien de Troyes lui-même, je suppose? persifle Toussaint.

— Mieux encore. Il est parmi nous, dans cette pièce.

La plupart d'entre eux ont beau déclarer ne pas croire aux fantômes, l'annonce d'une visite surnaturelle déclenche de discrets regards circulaires.

Du doigt, Alphonse Delon désigne un coin de la salle.

— Là, juste derrière vous, Toussaint.

Qui réprime mal un sursaut, avant de récupérer son aplomb en une grimace pleine de mépris.

— Ça vous plaît, ce petit jeu, hein? Répandre le mensonge et flatter la crédulité des gens. Vous n'avez donc pas de scrupules?

Pour l'heure, le seul à bien vouloir accorder crédit aux entrées qu'Alphonse Delon prétend avoir dans l'autre monde, c'est le lieutenant Lemaître.

— Nous est-il permis d'espérer de monsieur Chrétien de Troyes plus de précisions quant au sort réservé à son manuscrit?

— C'est qu'il est peu loquace, lieutenant.

— C'est l'âge, forcément, rétorque Albert Toussaint.

Après avoir acquiescé d'un signe de tête à l'endroit d'un interlocuteur invisible, Alphonse Delon dit :

— Il répète que son manuscrit est bien en sécurité.

— Mais j'y pense, que faites-vous de la barrière des langues? raisonne soudain Albert Toussaint. Chrétien de Troyes, que je sache, parlait le francien, parfaitement incompréhensible aujourd'hui. Ne nous dites pas que vous maîtrisez ce vieux dialecte du douzième siècle.

— Apprenez que dans l'au-delà, aucune frontière linguistique ne tient.

— Je vais vous dire, moi, ce qui ne tient pas, ce sont toutes vos salades de charlatan.

— Vraiment?

— Oui, un discours fumeux dont se satisfont de pauvres gens pour combler le vide de leur existence.

Parmi lesquels doit compter Angoulvent; il n'est pas sans avoir formé un faible espoir :

— Heu… dites, ce Chrétien de Troyes, lui demande-t-il à l'oreille, il accepterait d'indiquer le lieu où actuellement le manuscrit…

— Désolé, cher ami, répond Alphonse Delon. Il nous a déjà quittés.

— Ah, bon. Déjà?

— Que pensez-vous! beugle Albert Toussaint. Ils ont de ces horaires, les morts! C'est dingue comme ils se tuent à l'ouvrage!

— Dites-moi, Toussaint?

— Quoi donc, Delon?

— Vous ne croyez pas un mot de ce que je dis, n'est-ce pas?

— Pas une virgule. Je m'étonne d'ailleurs de ne vous avoir pas encore foutu mon poing sur la gueule.

— Et quelle *gueule* feriez-vous si je dévoilais à tous votre petit secret?

— Mon petit secret?

— Oui, vous savez bien. Le petit jeu auquel vous vous livrez, le soir…

— Qu'est-ce…

— … dans votre sous-sol, en l'absence de votre femme…

— …

— … alors que vous vous croyez à l'abri de tous les regards?

— …

— Car s'il est une chose sur votre compte que personne en ce monde ne connaît, c'est bien cela. N'est-ce pas, Toussaint?

Dont on peut nettement voir blêmir le rond visage d'encre noire à mesure que s'accumulent les points de suspension.

— Alors comment expliquez-vous que je vous voie, aussi nettement que maintenant, en train de vous adonner à votre secrète perversité?

— …

— Au terme de quoi, d'une fois à l'autre, la honte vous dévore. Il n'est pas rare que vous éclatiez en sanglots.

— Je… je ne vois vraiment pas…, parvient à bredouiller Toussaint d'une voix faible, le visage congestionné comme par une longue course, le front ruisselant et la bouche tremblante.

— Ah, c'est vrai, poursuit Delon, vous vous piquez de science, aussi les preuves doivent-elles être irréfutables. Bon, c'est comme vous voulez. Il y a d'abord cette trappe sous laquelle vous dissimulez tout l'attirail dont...

— Taisez-vous !

Un cri affreux sur une mâchoire crispée et un regard halluciné. Albert Toussaint n'est plus qu'un câble sous haute tension. Personne ne se risquerait seulement à le frôler du doigt.

Silence, donc. De cette lourdeur qui envoie en l'air une soirée entière.

Et où chacun est curieux de connaître la mystérieuse perversité du scientifique, tout en craignant que ce sorcier d'Alphonse Delon devine la leur au prochain détour.

Aussi trompe-t-on son malaise, qui en remplissant sa flûte de champagne, qui en examinant plus près que jamais le détail de ses ongles. Tandis que Clotilde et Cédidio échangent un regard voulant dire : « Ils sont fous, ces éditeurs. »

Finalement, la bouée prend la forme de la main qu'agite André Boileau. André Boileau, dont la petite maison d'édition privilégie la poésie, contre les vents et marées du bon sens commercial. André Boileau, réputé pour ne jamais prendre la parole dans les réunions, n'affichant pour seul signe de son existence qu'une main fermement dressée, relent d'une discipline académique où l'on demandait la parole plutôt que de la prendre. André Boileau, dont l'index est levé depuis un bon quart d'heure maintenant, sans que personne n'y ait prêté la moindre attention. André Boileau, certes discret mais obstiné, pliant sans rompre sous l'indifférence générale. On eût dit la poésie faite homme.

Et si en cet homme gisait, depuis toutes ces années à mendier la parole, une vérité poétique dont cette main aux doigts agités serait la flamme obscure ?

Tous ont dû se poser une question semblable, car les voilà qui se tournent vers cette main frétillante qui surplombe leur silence à tous.

— Oui, monsieur Boileau ? fait le lieutenant Lemaître, pas moins curieux que les autres.

— Pardon. Les toilettes, c'est par où ?

Le fou rire général a le mérite de sauver la soirée et de remettre la conversation sur les rails.

Aussi, quelques bouchées plus tard :

— Dites, lieutenant, il y a un point qui demeure irrésolu, il me semble, dit Paul Rognon. On ne sait toujours pas pourquoi ce Byblos s'acharnait sur les éditeurs. Une fois publié, le manuscrit de *Notre pain quotidien* ne devait plus rien représenter pour lui. Le mal était fait, en quelque sorte. Alors, que pouvait-il attendre de la mort de Pierrette Darrieq et de Robert Bouillon ? C'est à croire qu'il agissait sans raison.

— Vous désirez une raison ? La voici.

Le lieutenant Lemaître extrait de sa sacoche, reposant à ses pieds, un énorme manuscrit qui s'écrase sur la table.

— Et qu'est-ce que c'est, maintenant ? demande en blague Didier Leroux. Attendez que je devine : la version originale de *L'Iliade* !

— Plus simplement, un roman en lequel son auteur, naguère, a mis tous ses espoirs. L'échec n'en fut que plus grand.

— Doit-on comprendre que Byblos…

— Raymond Béjard a écrit un roman qui n'a pas trouvé son lecteur, si l'on en juge par la dizaine de refus d'éditeurs qu'il a essuyé et que nous avons retrouvés joints au manuscrit. Cette rebuffade, qui remonte à 1980, le cachet de la poste faisant foi, a imprimé en lui un profond traumatisme. Peut-être ne serez-vous pas étonnés d'apprendre que parmi les éditeurs qui lui signifièrent leur désintérêt figurent, alors au début de leur métier, Pierrette Darrieq et Robert Bouillon.

S'ensuit l'un de ces silences où la surprise creuse son nid.

— Une vengeance…

— J'incline à croire que cet élément fut pour beaucoup dans sa folie meurtrière. Mieux, il n'est pas interdit de supposer que cette violente rancœur contre les éditeurs ait servi de mise à feu à son obsession bibliophilique.

Des sourcils l'interrogent.

— Oui, enchaîne le lieutenant Lemaître, en privant à jamais les lecteurs des grands manuscrits inédits, n'a-t-il pas voulu répéter le sort réservé au sien?

— Au fond, ce que vous dites, conclut Samuel Erckmann, se résume à ceci : Byblos n'a jamais été qu'un écrivain raté et revanchard.

C'est le moment que choisit un autre écrivain, pas moins raté et un brin revanchard, pour se joindre au groupe.

— Pardonnez mon retard, bredouille-t-il.

— Ah! s'exclame le lieutenant Lemaître, nous désespérions de vous voir jamais parmi nous. Mesdames et messieurs, permettez que je vous présente celui qui occupa l'autre versant, pas moins escarpé, de toute cette malheureuse affaire : Flemmar Lheureux.

Que la table entière salue d'une seule tête.

— Ne nous dis pas, Flemmar, qu'on a encore voulu te kidnapper?

— Euh… non, Maria…

— Ne le taquinez donc pas. Veuillez prendre place, dit le lieutenant Lemaître en lui désignant une chaise de son bouc.

Flemmar, donc, sain et sauf, sans la moindre égratignure. Le teint frais. De bonne humeur même. Bref, pas une trace de la séquestration. Il reviendrait du Sud qu'il n'aurait pas meilleure mine.

Son cas aussi a fait les manchettes. Toute la ville connaît par le menu les circonstances de sa libération. Le sergent Bellechasse, flanqué de deux agents, faisant irruption dans la librairie Sutter et pressant de questions la tête grise derrière le comptoir. Est-ce la conjugaison douteuse de ce représentant de la loi? Toujours est-il que la réaction du vieux Sutter n'a plus été qu'une interminable hésitation, son cigare éteint n'a jamais dû autant s'agiter entre ses lèvres. Les trois policiers se sont décidés à passer dans l'arrière-boutique. Le long escalier, qu'ils ont descendu avec la précaution d'un commando de la S.W.A.T.T., débouchait sur une pièce. Le spectacle qui les y attendait était éloquent : Flemmar amarré à une chaise par de fortes cordes, trois colosses aux jointures nerveuses et à la veste gonflée par leur arme, et le maître de cérémonie hurlant dans un téléphone portable : « Mais qu'est-ce que c'est que cette histoire de couteaux volants ! Vous allez immédiatement retourner dans cette maison et me buter toute la famille ! Suis-je clair ? »

Tellement clair que l'arrestation de tout ce monde ne fut qu'un jeu d'enfant.

Seul le vieux Sutter en a profité pour filer en douce. Les recherches lancées contre lui n'ont encore rien donné.

— Pour ma part, déclare Albert Toussaint, ma plus grande surprise a été d'apprendre qu'Édouard Masson était le chef d'une sorte de mafia littéraire. Et dire que ce salaud a toujours refusé de m'accorder la moindre faveur... Oui, oui, aussi bien vous en faire l'aveu, je lui ai déjà offert une rondelette somme pour le convaincre d'apposer un « coup de pouce » sur l'un de mes livres...

— Bah, pas un de nous n'a dû résister à cette tentation, moi-même... laisse tomber Paul Rognon.

Les « coup de pouce » de la librairie Masson assuraient aux éditeurs de jolis chiffres de vente. L'étiquette attisait leur convoitise parce qu'elle représentait aux yeux des clients une consécration plus persuasive encore que le prestige d'un prix. Les critiques pouvaient bien se liguer contre un roman, sortir la batterie lourde et pilonner ses pages, si le succès populaire se pointait à l'horizon, alors Édouard Masson gratifiait sa couverture d'un « coup de pouce », ce qui lançait de façon automatique le roman au zénith de sa gloire. Les éditeurs lui auraient mangé dans la main pour qu'il daigne sacrer l'une de leurs parutions. Mais l'incorruptibilité d'Édouard Masson avait fini par épuiser leur espoir.

— Comment ! s'exclame Didier Leroux. Vous avez tous deux essayé de soudoyer...

— Ne joue pas à la pucelle outragée, Didier ! coupe Paul Rognon. C'est pour ses beaux yeux peut-être que tu lui as offert une semaine dans une villa cubaine ?

— Môôaa...?

Ce qui reste de son indignation se coince de travers dans son gosier. Et clôt le sujet.

— Dites-moi, monsieur Lheureux, demande Guylaine Tangay, toujours prête à calmer les esprits. Vous étiez donc un employé d'Édouard Masson?

— En effet, j'étais sur le point d'être nommé préposé au comptoir des grands classiques de la littérature universelle.

Cela dit non sans gonfler un peu la poitrine.

— Et maintenant, quelles sont vos intentions?

— Eh bien...

C'est l'inquiétude de Maria Miloseva qui prend les devants :

— Dis-moi, Flemmar, que tu ne nous prépares pas un retour à l'enseignement. Dis-le-moi en me fixant droit dans les yeux.

— Mais non, Maria, soupire Flemmar, rassure-toi.

Se tournant de nouveau vers Guylaine Tangay :

— J'avoue que l'idée de posséder ma propre librairie ne me déplairait pas...

~

En vérité, les choses sont beaucoup plus avancées qu'il ne veut le laisser voir.

Au parloir de la prison, séparés par une vitre, chacun pendu à son combiné, Flemmar et Édouard Masson ont eu, plus tôt cette semaine, une conversation d'un poids si décisif qu'il est permis d'espérer que, peut-être pour la première fois de ce qui a été jusqu'ici une vaste erreur existentielle et qu'il appelle, par euphémisme, sa « vie », que Flemmar donc trouve enfin le chemin de son destin.

— Je vous remercie d'être venu, monsieur Lheureux, avait commencé Édouard Masson, rendu méconnaissable pour avoir troqué son complet de croquemort, qui, aussi loin que remontassent les souvenirs, le définissait de pied en cap, contre la tenue anonyme du taulard.

Édouard Masson avait plaidé coupable, dès la première instruction devant le juge, aux accusations d'avoir séquestré Flemmar et d'avoir commandité quatre tentatives d'assassinat contre sa famille. Ses chances étaient nulles, d'autant que ses sbires, moins durs qu'ils n'y paraissaient, s'étaient mis à table, vaincus par l'épuisante préciosité de leur interrogateur, le lieutenant Lemaître. Édouard Masson n'attendait plus que sa sentence.

— Je comprends que vous ne me portiez pas dans votre cœur, monsieur Lheureux, mais sachez que je n'ai guère plus d'estime pour moi-même. Si j'ai demandé à vous rencontrer, c'est d'abord pour vous dire combien je me repens de ma faute.

Cette sincérité aussi rendait Édouard Masson méconnaissable : plus rien de cette froide sévérité qui le faisait craindre des commis, à la librairie, plus rien de son insolente élégance, de cet éclat cruel des yeux dans lequel Flemmar avait cru, une semaine plus tôt, voir sa propre fin, non, plus rien de tout cela ne subsistait sur son visage, pas même le lustre de sa moustache qui semblait agoniser dans toute sa longueur.

Pétri de honte, Masson était un homme éteint.

Mais digne, encore et malgré tout.

— Je vous prenais pour un autre, et à l'égard de cet autre, vous l'avez compris, une très violente haine m'aveuglait. Ce malentendu va me coûter cher, aujourd'hui, et quelle qu'elle soit, je fais mienne la décision du juge. Il n'y a pas plus grand criminel que celui qui se trompe de victime.

Flemmar avait écouté Édouard Masson. Il avait été, curieusement, dépourvu de rancœur, n'avait été assailli d'aucune image définitive, le corps de Masson gigotant au bout d'une corde, électrocuté sur une chaise ou livré à la vindicte populaire… Cet homme avait ordonné le massacre de sa famille, et pourtant il ne lui inspirait au plus qu'une vague pitié. Flemmar s'était découvert incapable de haïr Masson. Il en avait été lui-même étonné et avait trouvé à s'enorgueillir d'une telle sérénité : peut-être était-il parvenu à cette plénitude intérieure dont parle oncle To (« Écoute bien, p'tit Flem, le bonheur

n'existe qu'en un seul point infime de l'éternité, le présent »),
oui, c'était cela, il était si bien planté dans l'« ici et maintenant »
que le passé n'était plus qu'une terre stérile dans laquelle ne
germait aucun ressentiment. À croire qu'il allait bientôt s'élever
du sol…

À défaut de quoi, il devait bondir de joie.

— Je voulais vous rencontrer, avait poursuivi Édouard
Masson, pour vous faire une proposition des plus avantageuses,
non seulement en vue de réparer mes torts, mais aussi au nom
de l'amitié, oui, de l'amitié par laquelle je me sentais, et me sens
toujour, lié à vous. Il y a chez vous un authentique amour de la
littérature et une idée noble du métier de libraire. C'est pourquoi j'ai pensé faire de vous le nouveau propriétaire de la
librairie Sutter.

— …

— Elle est votre propriété. Je vous cède et le commerce et
l'immeuble.

— …

— Il ne tient plus qu'à vous d'en faire ce que vous voudrez :
une librairie à votre image. Qu'en dites-vous ?

— …

— Mon avocat est déjà avisé et attend seulement que vous
lui fixiez un rendez-vous pour signer quelques documents. Une
simple formalité.

— …

— Monsieur Lheureux ?

~

Lui ?

Propriétaire d'une librairie ?

Et sans même débourser un sou ?

Sa librairie ?

À lui ?

Qu'on le pince !

Il croyait rêver.

Les papiers dûment signés, deux jours plus tard, il lui semblait encore avancer au milieu d'un songe, flottant dans l'euphorique apesanteur du «trop beau pour être vrai».

Et la veille au matin, accompagné de Josette, resplendissante de sourire, et des enfants, avertis de l'importance du moment, il se dirigeait vers la librairie sous la rougeur de l'automne. L'air respirait les feuilles humides. C'était une heure calme, début de journée, bientôt la rue allait se noircir de monde. Chaque pas rapprochait Flemmar de ce qu'il ressentait comme une seconde naissance. À la vue de la devanture, son ventre s'est noué. Monter la marche d'entrée, tourner la clef dans la serrure, saisir la poignée et pousser doucement la porte sous la caresse de la clochette, des gestes faits comme s'il s'était agi d'ouvrir l'écrin dans lequel battait son propre cœur. Quand il a pénétré dans l'obscurité du local, dans le silence des livres, dans ce refuge des mots devenu le sien, il n'a pas pu retenir des larmes de joie. Josette s'est collée contre son Flimou, tandis que Joachim, Louise et Agrippa ont bien dû battre un record de silence.

Comme il ne faut pas compter sur Josette pour allonger la sauce sentimentale, elle s'est exclamée au bout d'un moment :

— Bon, on époussette ?

~

Des îlots de conversation se sont maintenant formés autour de la longue table de chêne.

Ainsi peut-on voir :

Angoulvent, penché vers Alphonse Delon, lui demander à voix basse, main en coupe, s'il ne pourrait pas lui arranger une toute petite entrevue avec Shakespeare ;

le sergent Bellechasse s'appliquer à conjuguer le verbe *aimer* à tous les modes, sous la supervision attendrie de Maria Miloseva qu'aucune déclaration d'amour ne lasse ;

Paul Rognon, jouant de son sourire le plus conquérant, roucouler à l'oreille de la belle Danièla Fallaci quelques promesses sexuelles qui lui valent une gifle sonore ;

Albert Toussaint et Yvon Carrière suspendus aux lèvres d'un Samuel Erckmann inspiré, en qui se forme déjà le projet de consacrer un ouvrage aux « manuscrits fantômes », où, déclare-t-il de sa voix érudite, il soutiendrait « que les livres manquants, non seulement permettent de voir se révéler les interdits ou les impasses qui menacent toute création, mais nous indiquent que l'écrivain nourrit peut-être l'espoir obscur de voir son œuvre disparaître, souhaitant ainsi pour ses propres écrits l'immortalité que des générations de lecteurs ont attribuée aux volumes brûlés dans la bibliothèque d'Alexandrie... » ;

le lieutenant Lemaître raconter à ses voisins, le sergent Tremblay et Guylaine Tangay, la fois où Yvon Carrière, dans cette même salle, l'a pris pour un écrivain, « je me surpris à souhaiter, je vous le confesse, que cette méprise se prolongeât, tant elle me ramenait à mes premières velléités d'écriture » ;

Jacqueline Framboise se mettre en devoir de convaincre Cédidio de s'engager dans le bénévolat, parce que « dans ce monde, il faut donner avant de tout perdre » ;

Flemmar faire les frais de la conversation devant un Edgar Muno plus ronflant que jamais, « ... et c'est alors que j'ai découvert tout le mensonge qu'était ma vie, et cette soudaine authenticité... » ;

Didier Leroux tendre l'oreille à toutes les conversations, scruter les uns et les autres de ses petits yeux méfiants, guettant la première occasion de soulever une objection ;

et, enfin, André Boileau, de retour des toilettes, agitant déjà une main dans le plus grand isolement.

Bref, règne là une belle humeur en retrait de laquelle se tient, pour mieux la goûter, Clotilde.

Elle laisse son regard errer dans la salle, entre toutes ces têtes dont aucune ne retient sa pensée. Une flânerie qui apaise le cerveau. Une marche sur la plage du dénouement. Elle s'abandonnerait volontiers à ce moment infiniment paisible, bercée par la rumeur des voix, si, soudain, ses yeux, quittant les convives, ne bifurquaient naturellement vers le mur, couvert par ce qui surplombe la salle dans toute sa longueur.

La toile.

D'une immensité…

D'une splendeur…

Dont la vue vous saisit sur le coup.

D'ailleurs, personne ne s'y était trompé : aussitôt avait-on pénétré dans la salle de conférences des éditions Darrieq, deux heures plus tôt, qu'on s'était pâmés devant la toile, qu'on avait poussé sa petite extase, louant, tour à tour, « la violence des couleurs », « l'exubérance des contours », « la vigueur du geste », « la force émotionnelle qui rappelle Van Gogh », « la puissance d'imagination à la Dali », « mais une réserve qui fait penser à Mondrian », etc.

Le tout peut tenir du collage surréaliste. S'y côtoient les objets les plus disparates en d'insolites mariages qui font sourciller. Un fouillis d'éléments figuratifs noyés dans un paysage abstrait. Un tourbillon où les yeux de Clotilde entreprennent de s'enfoncer, au gré des images dont ils font l'inventaire. Combien ils s'étonnent de leur étrange combinaison : là, l'union amoureuse d'un grille-pain, d'une croix, d'une serrure et d'un lampadaire. Ailleurs, une enfilade de doigts formant les touches d'un clavier. Une dalle funéraire émergeant de la frondaison d'un saule. L'apparence d'une imagination hors de contrôle, dont Clotilde aurait condamné la gratuité si un sens ne se laissait deviner. Une cohérence obscure qui, farouche comme le sont les grandes œuvres, résiste à l'invasion de l'analyse. À mesure que se composent et s'additionnent les formes monte en Clotilde une sensation étrange de familiarité. Un sentiment de déjà-vu qu'elle ne s'explique pas.

Jusqu'à ce que ses yeux tombent sur cette autre incongruité : le front d'un homme ceinturé d'un rosaire à gros grains.

— Regardez !

L'exclamation de Clotilde éteint brutalement les conversations et fait lever les têtes.

On regarde vers la direction indiquée par sa main.

— Regardez, répète-t-elle. Là, sur le tableau, à l'extrême droite, le front avec cette drôle de couronne.

Oui, bon, on a repéré, et alors? demande-t-on.

— Cela ne vous rappelle rien?

Comme ça, à brûle-pourpoint, non, pas vraiment…

— Dans l'un des tomes de *Notre pain quotidien*…

Ah, bon. On remonte dans son souvenir, on passe en revue les épisodes, on survole les dix tomes, trois mille pages de narration, dans un effort de concentration qui plisse les fronts.

— Attendez…, fait Samuel Erckmann en se redressant. Je crois que vous voyez juste, Clotilde.

On exige des éclaircissements.

— Je me rappelle un passage, explique Clotilde, où le narrateur décrit le front de son père. J'avais été frappée par la métaphore. Il y est question de vertèbres qui transparaissent sur le front comme les grains d'un rosaire.

— Voilà un bel exemple d'absurdité anatomique, commente Didier Leroux.

— Tiens, dit Danièla Fallaci, ce cœur percé d'un poignard, il semble évoquer la mort du vieux Lusignan, non?

— Et là, le soleil moustachu, n'est-ce pas le dessin retrouvé au fond de la malle?

— Quelle malle?

— Ah oui! s'écrie une autre voix. Dans le grenier, alors que le narrateur est sur le point de…

Les voilà tous, debout maintenant, désignant l'un ou l'autre des éléments de la toile, à établir un lien avec tantôt une métaphore, tantôt un épisode du roman, se bousculant presque pour prendre les autres de vitesse, gagnés par une sorte d'excitation comme devant un problème d'algèbre qui s'avère plus facile que prévu. Même Samuel Erckmann, du haut de son calme universitaire, signale quelques correspondances parmi les plus pénétrantes. Il n'est pas jusqu'au sergent Bellechasse qui n'y va de ses timides suggestions.

Puis, à l'épuisement de l'analyse, se forme un silence de stupéfaction dans le groupe.

Aucun doute possible, ils ont devant eux une toile qui porte en elle tout le roman de Blaise Cendrars.

La chose apparaît si inouïe qu'on tarde à s'en convaincre.

Puis :

— Dites, monsieur Carrière, demande Angoulvent, de qui est ce tableau ?

— Je ne saurais malheureusement pas vous le dire, répond-il d'un air désolé. C'est Pierrette Darrieq qui en a fait la commande pour décorer la salle de conférences. Le peintre venait ici même travailler la nuit. Cela a duré deux semaines. Ni moi ni personne ne l'avons vu. Seule Pierrette était en contact avec lui. Je me rappelle l'avoir entendue raconter qu'il est demeuré immobile devant la toile vide pendant les sept premières nuits, comme s'il cherchait à résoudre le problème que lui posait l'immensité de la toile. Celle-ci aurait été peinte pendant les sept nuits suivantes.

— Vous ne connaissez pas même son nom ?

— Je regrette.

— Mais c'est bien cet automne que cette œuvre a été produite, n'est-ce pas ? insiste Angoulvent, dont la voix est soudainement empreinte de nervosité.

— Oh non ! répond vivement Yvon Carrière. Cette acquisition doit bien remonter à quelques années, six ans, peut-être sept.

Angoulvent bondit d'étonnement :

— Mais cela est impossible ! Allons, comment ce tableau pourrait-il avoir été peint *avant* la publication de *Notre pain quotidien*? Ou alors, je n'y comprends plus rien !

La rumeur qui suit atteste que l'incompréhension est générale.

— À moins que le peintre et l'écrivain ne formassent la même personne.

Les yeux de tout le groupe se tournent vers le très subjonctif lieutenant Lemaître.

Après un moment :

— Sauf votre respect, lieutenant, cette hypothèse est farfelue, fait remarquer Alphonse Delon depuis le fond de la salle, en retrait du groupe, la main appuyée sur sa canne gainée de peau de serpent à l'imitation d'un monarque de France. Nous savons tous maintenant que Blaise Cendrars est l'auteur du roman. Et comme il est décédé en 1961, je ne vois guère comment il aurait pu peindre un tableau à la demande de la petite fille de cinq ans qu'était alors Pierrette Darrieq.

Le lieutenant Lemaître a un sourire à la fois espiègle et tranquille.

— Peut-être devriez-vous vous faire à l'idée, monsieur Delon, que Blaise Cendrars n'est pas l'auteur de *Notre pain quotidien*.

— Allons, proteste Angoulvent, vous délirez, lieutenant!

— D'autant, se presse d'ajouter Alphonse Delon, que Blaise Cendrars lui-même s'en est ouvert à moi. Dois-je vous le rappeler?

Personne n'ose cette fois railler ce sorcier dont les relations dans l'au-delà paraissent moins incertaines. En tout cas, Albert Toussaint n'est plus que l'ombre de lui-même depuis un moment.

Se laissant aller contre le dos de son fauteuil et soutenant le regard impassible d'Alphonse Delon, le lieutenant Lemaître rétorque :

— Ignoreriez-vous que Blaise Cendrars était un solide mythomane? Toutes les biographies le confirment. Il mentait autant qu'il parlait. Il fabulait avec une malice incorrigible. Doit-on se supposer différent après notre mort? Permettez-moi d'en douter. Je crains, cela dit sans chercher à vous offusquer, qu'il se soit payé votre tête. Il vous a ri au nez, mon pauvre Delon. Cendrars, tout fantomatique qu'il fût, vous a machiné une histoire dont vous avez été dupe. Oui, même les morts inventent leur vie pour mieux la raconter.

Devant les grands airs indignés d'Alphonse Delon, le lieutenant Lemaître lève les mains :

— De plus... je tiens du professeur Erckmann qu'il serait sinon fantaisiste, du moins imprudent d'attribuer la paternité du roman à Blaise Cendrars.

— En effet, l'hypothèse ne peut être soutenue, confirme l'universitaire.

Qui s'adresse au groupe en ces termes :

— La supposition selon laquelle Cendrars et F. S. formeraient un seul écrivain apparaît aberrante si l'on compare seulement le style et le ton de chacun. Et voilà que tout récemment un élément nouveau est venu anéantir à jamais pareille théorie. Il y a quelques jours, le professeur Angoulvent a bien voulu mettre à ma disposition une page du manuscrit de F. S., pour que je puisse en faire l'examen. Puis, j'ai demandé à un ami parisien de m'expédier par télécopieur quelques pages des différents manuscrits de Blaise Cendrars. Je suis désolé de vous l'apprendre, cher collègue, mais l'étude graphologique sommaire ne laisse planer aucun doute : tout oppose l'écriture épaisse, irrégulière, souvent illisible d'un Cendrars condamné, dès 1915, à manier le stylo de la seule main dont il dispose, la guerre l'ayant amputé de sa main droite, celle de son métier, à l'écriture vive et alerte, fortement inclinée vers la gauche, de l'auteur de *Notre pain quotidien*. Que Byblos, dans son enthousiasme, ait cru avoir mis la main sur un roman de Cendrars n'excuse pas votre négligence, professeur Angoulvent. La plus élémentaire des prudences voulait que vous procédiez à une vérification avant de publier le manuscrit ! Cela vous aurait épargné de le signer des initiales F. S., pour Frédéric Sauser, mieux connu sous le nom de plume de Blaise Cendrars.

Pendant le silence, on peut voir nettement une certitude s'effondrer sur le visage d'Angoulvent. Si bien qu'il doit prendre appui sur le bord de la table. La mine que fait Alphonse Delon témoigne du même ébranlement.

— Quoi ! s'écrie Didier Leroux comme s'il émergeait soudain du sommeil, alors *Notre pain quotidien* n'est pas de Cendrars ?

— Bravo, Leroux, vous avez tout compris, fait en ricanant Paul Rognon.

Une question finit par se tailler un chemin jusqu'aux lèvres d'Angoulvent.

— Mais alors, enfin, qui l'a écrit, ce roman ?

Tous les regards suivent déjà le bras du lieutenant Lemaître, dressé en direction du mur où domine la toile.

~

— Alors là, Josette, tu n'en croiras pas tes oreilles.

— Mais si.

Flemmar, debout au pied du lit, retire ses vêtements pour autant que le lui permette l'excitation où l'a jeté son récit. Auquel Josette, glissée sous l'édredon, la tête abandonnée à l'épaisseur de deux oreillers, un livre ouvert entre les mains, n'accorde qu'une attention distraite.

— Devine qui a peint la toile.

— Picasso.

— Sois sérieuse, je t'en prie.

— Bon, bon. Qui est-ce?

— Tiens-toi bien : oncle To.

Silence d'une page tournée.

Et perplexité du conteur déçu de son effet.

— Chérie, tu as entendu ce que je viens de te dire?

— Hum?

— Mais laisse ton roman! Je te dis que c'est oncle To qui a peint la toile.

— Oui, oui, je t'ai entendu. C'est très bien, ça.

— Comment, *très bien!* Mais ne comprends-tu pas ce que ça signifie?

— Qu'il a du talent, ton oncle.

— Tu parles, oui, qu'il a du talent! C'est lui qui aurait écrit *Notre pain quotidien.* Tu vois maintenant?

— Oh, dis, tu as songé à sortir les déchets?

— Mais, Josette, comment peux-tu...? Te rends-tu compte seulement...?

— Mais si, ton oncle peint, écrit, il vole même... et, qui sait, peut-être est-il un excellent cuisinier.

— Je te rappelle que tous les critiques ont crié au génie! On ne parle pas ici d'une œuvrette, Josette, mais d'un roman colossal. De celui qui domine son époque et fait le malheur de cent générations d'écoliers.

Sans quitter son roman des yeux :

— Je me trompe ou tu as passé le mois à casser du sucre sur le dos de ce F. S. ? À t'entendre, son roman ne valait guère plus que...

— Mais c'est différent !

— Bon, si tu le dis.

— Et puis là n'est pas la question. Je te parle d'oncle To !

— Et ton pyjama, à ce train, tu crois parvenir à l'enfiler d'ici demain matin ?

— Comment peux-tu rester indifférente à... Nous avons dans la famille un écrivain de génie !

— Ne crie pas, Flimou, tu vas réveiller les enfants. Écoute, je suis d'accord, cela est une excellente nouvelle.

— Mais non, justement ! Ça me tue !

Là, tout de même, Josette hausse un sourcil. Abaissant son livre :

— Voyons, Flimou, qu'est-ce qu'il y a ?

Il est soudain si abattu, Flemmar, qu'il se laisse choir sur le bord du lit, le pantalon baissé jusqu'aux chevilles. Sanglots et reniflements accompagnent son lamento.

— C'est moi qui rêve d'être écrivain, et c'est lui qui écrit un chef-d'œuvre. C'est moi qui ai l'obsession de la gloire, et lui planque son roman à l'autre bout du monde. Je souffre de n'être rien, et lui n'aspire qu'au néant.

Les trémolos progressent dans sa voix.

— Je n'arrive même pas à être fier d'oncle To. Je meurs d'envie. Son talent me brûle le cœur. Oh, Josette, comme je suis un homme infect et indigne de toi.

Et dans un dernier cri avant d'être englouti par les sables mouvants :

— Je ne suis qu'un pauvre raté.

À sa rescousse s'élance une main. Elle gravit le dos de Flemmar jusqu'à ce qu'elle trouve la nuque et pénètre dans les cheveux, pour y répandre son réconfort.

— Mais non, juste un peu désespérant.

Et le visage de Flemmar d'être avalé par les sables. Ne reste plus que les doigts crispés de détresse qui s'enfoncent lentement…

— Oh, Josette, moi qui ne suis rien, que serais-je sans toi?

— Un moins que rien?

Avec le sourire taquin de celle qui envisage de recourir à un nouveau remède si monsieur veut bien se couler sous les couvertures.

Mais Flemmar, d'un bond soudain, se dresse de toute sa petite taille, nouvelle idée en tête et pantalon aux genoux.

Josette ne s'étonne plus des vertigineuses sautes d'humeur de son Flimou. Comme s'il empruntait un couloir interstellaire pour passer, le temps de le dire, du marasme complet à l'enthousiasme total.

— Et pourquoi ne m'a-t-il rien dit, cet imbécile? Pas un mot, rien! Tu imagines toutes les années qu'il a bien dû y consacrer, à ce roman! Et lui fallait-il vraiment l'enterrer en Amérique du Sud? Quel idiot! Bon Dieu, c'est qu'on aurait pu s'entendre, lui et moi, non? Je l'aurais bien endossé, moi, l'habit de l'écrivain, s'il lui répugne tant que ça! On aurait fait une fameuse équipe. Tu vois ça d'ici, Josette?

— Bon, calme-toi, Flimou.

— Lui dans sa brume et moi sur les plateaux, assailli de micros et de caméras, à prendre des airs de génie, à commenter mon œuvre et à récolter les prix.

— Je t'ai dit de te calmer, Flimou.

— Tu crois qu'il est trop tard? Si je lui en glissais un mot? Tel que je le connais, il n'y verrait pas d'objection.

Son regard est déjà perdu dans l'échafaudage d'un plan qui lui fait porter un doigt songeur à ses lèvres.

— Bon, évidemment, il y a tous ces éditeurs qui connaissent maintenant la réelle identité de F. S. Mais il suffirait de les convaincre de… Et puis, ils auraient tout à gagner à…

— Flimou!

De ce ton sec dont Josette n'a pas l'habitude d'abuser. Sur quoi, toute cette joyeuse perspective se fige net. Une lueur de réalisme succède à ce qui embrasait les yeux de Flemmar.

Baissant les épaules :

— Oui... T'as raison. C'est ridicule. Et puis personne ne serait dupe. Je ne suis même pas fichu d'avoir une tête d'écrivain.

— Tu es le nouveau propriétaire d'une librairie. Dois-je te le rappeler ?

L'air pensif, il s'assied auprès de Josette qui est dressée sur son séant, la brune chevelure dénouée, les épaules offertes sous un visage d'ange où loge toute la douceur du monde.

— Tu sais combien je t'aime ? dit Flemmar.

— Et si tu me le rappelais...

Épilogue

Il a été dit que le docteur Capet assisterait à son premier miracle. Parole de lieutenant Lemaître.

— Suivez-moi !

— Holà !

— Immédiatement !

Cela faisait une bonne heure que le lieutenant Lemaître ratissait tout l'hôpital, avec à sa suite une cohorte d'infirmières chargées de dossiers à faire signer. Quelque chose leur disait que ce type au nez effilé finirait par épingler l'insaisissable docteur Capet.

Que le lieutenant Lemaître a retrouvé auscultant au stéthoscope deux patients à la fois.

— Mais lâchez-moi !

C'est tiré par la manche que le docteur gravit les escaliers de service de trois étages. La course s'achève au bout du couloir qui mène à la chambre où sommeille Ursula.

Reprenant son souffle, ajustant son sarrau et tout en hochant la tête d'un air faussement navré :

— Écoutez, lieutenant, je veux bien comprendre votre désarroi, mais comme je me rappelle vous l'avoir déjà dit…

Tout en parlant, il repère ce qui doit être deux connaissances du lieutenant, postées près de la porte, un grand type en uniforme et une jeune fille à la tignasse rousse.

— … votre vieille grand-mère est fichue, il n'y a aucun espoir qu'elle revienne parmi nous, aussi je vous conseille…

Entre lesquels il aperçoit un drôle de personnage, affalé sur une chaise, contre le dos de laquelle est appuyée, endormie, une tête de déterré, au-dessus de haillons qui empestent le tabac.

Le premier réflexe du docteur Capet est tout professionnel : s'interrompant, il se précipite vers cette portion d'homme pour lui tâter ce qu'il lui reste de pouls.

— Vous m'amenez des moribonds, maintenant ? Et tirés de la rue ?

Le lieutenant Lemaître le retient d'un geste.

— Laissez, docteur. Il va bien, je vous assure.

Le docteur Capet n'en est pas trop sûr, lui, à voir le temps qu'il faut à la jeune fille pour arracher le bonhomme de sa torpeur. Qui finit par soulever les paupières, par se redresser, par s'extirper de la chaise en s'appuyant sur le bras du sergent. Il titube, se passe les mains sur la figure, une drôle de bouille à la peau cuivrée qui semble droit sortie de l'Égypte ancienne et prolongée par une longue barbe filamenteuse. Il cligne des yeux qui prennent vie à mesure qu'ils étudient les lieux. Puis, de sa voix caverneuse :

— Où est-elle ?

Le lieutenant Lemaître fait un pas en avant.

— Permettez d'abord que je vous présente. Docteur Capet, voici monsieur Thomas, mieux connu sous le nom de Saint-Toqué. Cette charmante jeune fille est Clotilde et voici mon adjoint, le sergent Bellechasse. Maintenant, si vous voulez bien me suivre.

Dans son lit les attend la vieille Ursula, imperturbable, sous une ramure de tentacules diaphanes, au rythme monotone de l'électro-encéphalogramme. De la fenêtre tombe la pénombre tranquille de ce moment exact où le jour s'achève et naît le crépuscule. Un temps incertain plutôt bien adapté à Ursula qui elle-même végète dans le clair-obscur de la vie et de la mort, là, si menue sous le drap blanc, fragile comme une amphore antique, et pourtant, qui semble à son petit-fils, encore et toujours, habitée par cette opiniâtreté à laquelle elle doit plus d'un siècle de vie, aussi bien dire une éternité. Suffit d'observer ce visage tout buriné, sous le cône caressant de la lampe, pour découvrir que deux mois de coma ne l'ont pas entamé, pas une ride de plus. Et que l'immortalité n'est peut-être pas hors de sa portée.

C'est du moins ce dont se convainc le lieutenant Lemaître tandis qu'il dirige le docteur Capet vers le pied du lit où les rejoignent le sergent Bellechasse et Clotilde. Saint-Toqué, pour sa part, s'achemine à petits pas vers Ursula. Le voilà à sa droite, remuant du nez, se grattant le derrière avant de se frotter les mains.

— Mais à quoi joue-t-on ici? aboie le docteur Capet comme s'il cherchait à effrayer les anges.

— Calmez-vous, docteur, murmure le lieutenant Lemaître. Et regardez plutôt, si vous voulez en croire vos yeux. Il est si rare que nous puissions compter sur un miracle.

— Mon pauvre ami, que me racontez-vous là?

— Certes, je vous l'accorde, ce n'est pas gagné. Il ne s'est remis à jeûner qu'il y a cinq jours. Ce qui est peu quand on songe à la tâche qui l'attend.

— Surtout peu recommandable, si vous voulez l'avis d'un médecin, tranche le docteur.

Vers lequel se tourne la grosse tête du sergent Bellechasse.

— Et juste avant, il a englouti en quatre jours ce que je m'autorise en deux mois.

— Boissons fortes diverses, précise Clotilde. Il est très accommodant, à ce sujet.

— Ce qui explique qu'en ce moment, il ne soit pas au sommet de sa forme, conclut le lieutenant Lemaître.

— Faut savoir qu'il a encaissé une terrible nouvelle, la semaine dernière seulement : la mort de la femme qu'il aime, vous imaginez…, ajoute le sergent Bellechasse.

— Enfin, ceci est une autre histoire, dit le lieutenant Lemaître.

— Mais, c'est quoi toutes ces foutaises? demande le docteur Capet, qui se surprend à chuchoter à son tour.

— Ce qu'il faut retenir est ceci, commence le lieutenant Lemaître. Comme il achevait, justement la semaine dernière, un jeûne de quarante jours…

— Hein, quarante jours de…! Ce type a voulu se tuer ou quoi?

— Il se croit en mesure d'y parvenir, précise Clotilde.

— Mais de parvenir à quoi?

— Vous avez une âme, docteur? demande de but en blanc le sergent Bellechasse.

— Pardon?

— Parce que là est toute la question, vous savez. Vous devriez faire l'exercice de fermer les yeux. La première fois, c'est vrai, je n'ai rien remarqué de particulier, puis, maintenant, il semble bien que je sente…

— Nous y reviendrons, mon petit, le coupe le lieutenant Lemaître.

Dont le nez se hisse jusqu'à l'oreille du docteur :

— Voyez-vous, cet homme a eu l'amabilité d'accepter de libérer ma grand-mère de son coma.

Sur quoi le docteur ne cherche pas à réprimer un ricanement.

— Allons, lieutenant, c'est grotesque! Êtes-vous naïf au point de…

Ce que le regard du docteur intercepte l'interrompt net. Il se projetterait sur Saint-Toqué si la poigne du sergent Bellechasse ne le retenait.

— Mais il est fou, vous voyez bien qu'il…!

Qu'il en est maintenant à débrancher Ursula, tranquillement, tube par tube, aussi simplement que s'il délaçait une chaussure. À mesure que progresse l'opération, dans le remous du drap, la peau d'Ursula est exposée aux regards, une peau de fruit sec, mouchetée de brun.

— C'est donc ça, s'écrie le docteur, vous voulez mettre fin à ses…

La suite s'éteint sous la paume ferme du sergent Bellechasse, à quoi le lieutenant Lemaître joint un ordre :

— Veuillez vous taire, docteur, je vous en prie, et regardez !

Et ce qu'il voit est un vieux machin penché sur une comateuse, imposant les mains, l'une sur l'épigastre, l'autre sur le front, posture qu'il conserve pendant de longues secondes, jusqu'à une minute pleine pendant laquelle tous les cœurs sont en arrêt, comme si le miracle exigeait que le monde retienne son souffle pour s'accomplir.

S'il est vrai que voir la vie sortir du ventre maternel bouleverse, que dire alors quand elle émerge des limbes. C'est pétrifiant, à en juger par la statue de sel en laquelle s'est transformé le docteur Capet, au moment où l'on a nettement senti courir le long du corps, à fleur de peau, un doux frémissement qui s'est épanoui dans la lente éclosion des paupières.

Seul le lieutenant Lemaître a retrouvé l'usage de son cœur puis de ses jambes, de sorte que le quai où Ursula accoste, au terme de sa longue dérive, est le visage de son petit-fils dont la main, comme pour fixer les amarres, se referme sur la sienne et la presse en douceur.

— Je reconnais ce nez.

La voix d'Ursula n'est qu'un souffle.

— Charles…

Elle veut encore ajouter un mot. Le lieutenant Lemaître, au bord des larmes, approche son visage du sien. Ce qui sort cette fois de la bouche aux lèvres sèches et craquelées est comme une vague provenant du lointain :

— Je vous écoute, lieutenant.

Une voix où palpitent déjà les étoiles de jadis.

— Que je ne vous voie pas glisser sur les détails !

Oui, le lieutenant Lemaître se promet bien de lui faire un rapport circonstancié de sa dernière enquête.

～

Une fois traversées les portes coulissantes de l'hôpital, le sergent Bellechasse prend congé de ses deux compagnons, Saint-Toqué et Clotilde. À la poignée de main succède vite l'accolade chaleu-

reuse, sur quoi il tourne les talons et s'éloigne en sifflotant avec
cette légèreté que lui inspire son regard nouveau sur les choses
de l'âme.

Clotilde et Saint-Toqué conviennent de s'asseoir sur l'un
des bancs qui forment un demi-cercle devant l'entrée. La soirée
est fraîche et oblige à relever les cols.

Ils s'étaient retirés de la chambre en catimini, question de
respecter l'intimité des retrouvailles, toutes miraculeuses
qu'elles fussent. Dans le couloir, il leur avait fallu secouer puis
consoler le pauvre docteur Capet, qui n'était plus que l'ombre
de lui-même depuis que, d'un coup sec, ses convictions médi-
cales s'en étaient allées en lambeaux. L'œil hagard, il avait chan-
celé, comme affecté d'un vertige, on avait dû lui donner le bras
pour qu'il avance. Sérieusement déboussolé. Un vrai direct à la
mâchoire. Il fixait son stéthoscope comme s'il se fut agi du plus
curieux engin qu'il lui ait été donné de tenir entre ses mains.
Brusquement, il s'était même prosterné aux pieds de Saint-
Toqué, parlant déjà de tout abandonner, scalpel et pilules,
femme et enfants, et d'appareiller pour l'Inde, s'il le lui demandait, ou n'importe où ailleurs, peu lui importait. On avait dû le
hisser à bout de bras, lui expliquer que rien ne justifiait qu'il se
portât à de tels extrêmes, que sa médecine n'était pas mauvaise,
bien sûr que non, un peu obtuse, certes, qu'il lui manquait le
sens du merveilleux, peut-être, mais qu'à sa manière, oui, elle
accomplissait aussi, à l'occasion, quelques miracles. Ils n'avaient
pris le chemin de la sortie qu'une fois le docteur Capet livré aux
bons soins du premier infirmier venu.

Maintenant, un long silence règne sur le banc entre Clotilde
et Saint-Toqué.

Elle, fixant ses chaussures.

Lui, fixant quelque point infime du fond de son âme.

Autant l'alcool lui délie la langue, autant la sobriété fait du
silence sa seule véritable compagne. À ce moment précis où
leurs bras se frôlent, Clotilde peut témoigner du silence de
Saint-Toqué. Un silence de granit, massif. Un silence d'obscurité. Comme si le silence éternel des espaces infinis dont s'ef-

frayait tant Pascal s'était fait homme, avait trouvé un cœur où battre. Comment Pierrette Darrieq avait-elle pu supporter de partager sa vie avec un numéro pareil qui fait la navette entre la beuverie suicidaire et l'état divin, invivable d'un côté comme de l'autre?

— Vous avez écrit un roman...

Elle ne s'est pas penchée vers lui, n'a pas cherché son regard. Il lui a fallu vaincre une sorte de timidité avant de briser le silence. Sans doute redoute-t-elle un peu la réaction d'un homme dont la plus enfouie des vérités secrètes va monter à la surface de mots qui ne seront pas les siens.

— N'est-ce pas?

Si la douceur de Clotilde a rompu le silence, rien n'indique qu'elle ait seulement éraflé celui où gît Saint-Toqué :

— Vous avez écrit un roman, poursuit-elle. Il y a long-temps, sans doute. Un long roman, très long. Quelque part égaré en Amérique, vous aviez peut-être mon âge. Je vous ima-gine penché sur un tas de feuilles, la plume dévalant la page à une vitesse folle. Je vous vois écrire presque avec l'énergie du désespoir, comme s'il vous fallait en finir, à tout prix, avec une part de vous-même. N'est-ce pas que vous aviez conscience de votre talent, d'un don pour lequel vous ne vous sentiez aucune vocation? Comme vous détestiez cet écrivain en vous, qui vous obligeait à être un homme! Votre talent, ce fardeau d'existence, ce poids d'humanité, vous le maudissiez. Vivre dans le monde, comme le monde, c'est cela que vous avez toujours fui, au fond, n'est-ce pas? Alors, vous avez écrit ce roman pour vous débar-rasser de l'écrivain, pour vous libérer de lui, pour l'achever, comme sous la dictée de la mort, comme s'il s'agissait de vous vider jusqu'au dernier mot. Vous avez voulu tuer l'écrivain avec la seule arme qui puisse en venir à bout : l'écriture.

Du coin de l'œil, elle ne surprend pas le moindre signe chez Saint-Toqué qui puisse dénoncer une réaction.

— Pour être franche, je n'ai jamais cru que l'on pouvait écrire sans vouloir être lu. Inventer une histoire pour la vouer aux flammes, cela, je n'y crois pas. Pas plus que je ne vous crois capable d'avoir écrit trois mille pages avec pour seule intention qu'elles emportent avec elles votre talent. Bien sûr, leur publication ne vous importait pas. La seule idée d'être regardé comme un écrivain vous répugne encore aujourd'hui. Mais être lu, un jour, dans le plus lointain des jours, bien au-delà de votre vie, oui, ce désir-là, malgré tout, subsistait en vous. Comment pourrait-il en être autrement ? L'écrivain qui affirmerait n'écrire que pour lui-même brûlerait chacune de ses pages une fois noircie. Or ce n'est pas ce que vous avez fait.

Pour seule réponse, cet air absent, impénétrable, que doit braver Clotilde.

— Peut-être en hommage à Blaise Cendrars... – n'est-ce pas que vous admirez cet écrivain ? –, vous avez donné à votre roman le titre qu'il avait imaginé pour l'un de ceux qu'il projetait d'écrire. Plus encore, vous avez poussé l'admiration jusqu'à réaliser ce qui n'était chez lui qu'une boutade, en cachant chaque tome de votre roman, en les enfermant dans les coffres de diverses banques, pour l'enregistrement desquels peut-être même êtes-vous allé jusqu'à fournir le nom de Blaise Cendrars. Moins pour le simple jeu que pour vous assurer qu'une fois votre œuvre découverte, personne ne remonte jusqu'à vous. Vous préfériez qu'elle soit attribuée à un autre écrivain. Et c'est ainsi que votre roman a sommeillé, à l'autre bout du continent, pendant de longues années.

Même un microscope n'arriverait pas à enregistrer sur son visage le plus minuscule frémissement.

— Maintenant, il y a une chose que vous devez savoir : un homme a retrouvé votre manuscrit, vous m'entendez ? Votre roman a été publié, cet automne. Peut-être serez-vous heureux d'apprendre que beaucoup le lisent...

Elle s'interrompt au mouvement de tête de Saint-Toqué et doit étouffer sa surprise tant elle ne s'attendait plus à ce que cette statue prenne vie. Sans remuer un cil, il lève vers Clotilde l'un de ces regards qui vous immobilisent. Un regard dont on craint de ne pas réchapper.

— Peut-être dis-tu la vérité...

Il lui semble que sa voix n'est jamais descendue si bas dans les graves.

— Mais il y a longtemps que je ne crois plus en elle.

Il se dresse sur ses jambes, perdu dans une veste ample et fatiguée, et voilà qu'il s'éloigne sans le moindre salut à l'adresse de Clotilde, à petits pas, jusqu'à ce que l'obscurité se referme sur lui.

~

— Conclusion?

— Eh bien...

Le tableau est touchant : ici, le fils emmitouflé jusqu'au menton, dans la nuit de ses premières angoisses, au seuil des grandes épreuves de ce monde et si désarmé pour leur faire face ; et là, le père, assis au bord du lit, riche de ses expériences, assagi par ses erreurs et ô combien détenteur des phrases les plus consolatrices. Le tout feutré par une lumière de circonstance.

— Écoute, Joachim... balbutie Flemmar.

Qui patauge, depuis un moment, dans le marasme de son fils dont les faibles sanglots n'atténuent pas le bredouillement paternel.

— Vois-tu... l'amour...

Cela doit bien faire cinq grosses minutes qu'il prépare, peaufine et fignole sa définition de l'amour, si bien que Joachim désespère de l'entendre.

— Oui, papa... Conclusion?

Sur ce ton qui rappelle à Flemmar l'ironie que lui sert trop souvent sa femme.

— L'amour est comme...

L'amour... car il vient un moment où un père doit entretenir son fils de ce sujet-là, moins délicat que le sexe, dira-t-on, mais tellement plus brûlant si ledit fils prétend déjà ne plus rien attendre des relations amoureuses tant l'avant-goût qu'il en a eu ne présage rien de bon. La première peine de cœur peut vous remplir d'une amertume aussi douloureuse que si vous traîniez une longue existence criblée de défaites amoureuses.

C'est ainsi que depuis l'épisode du parc, alors que Joachim avait espéré tirer le meilleur effet de ce sac qu'il avait hissé dans les airs, tout s'était écroulé – le mot ne peut être plus juste – avec le kidnapping de son père et l'affolement général qui s'en était suivi. Le déversement d'un seau d'eau glacée n'aurait pas mieux interrompu la déclaration d'amour d'un amant transi. Dès le lendemain, une fois cette parenthèse fermée avec le retour au giron de Flemmar, la jeune fille s'était remise à prendre ses aises dans la cervelle de Joachim et à accaparer son cœur, sans pour autant réapparaître sous ses yeux. Il avait eu beau sillonner le parc autant que le lui permettait son temps libre, elle était demeurée introuvable. Ses espoirs de la revoir s'étaient définitivement envolés quand il avait repéré les deux petits morveux dont elle avait la charge : ils étaient maintenant suspendus à la poigne d'une dame, strictement vêtue d'un manteau sombre, qui n'entendait pas à gambader avec eux. Leur air morose n'avait été pour Joachim qu'un mince élément de réconfort. Avait disparu à jamais cette chevelure léonine et chatoyante que soulèverait seul désormais le vent de ses rêves.

Les jours suivants, Joachim n'avait plus été lui-même. On l'avait surpris à errer dans la maison comme une âme en peine, à fixer immobile les ténèbres nocturnes depuis la fenêtre de sa chambre, à écouter au casque les chansons les plus noires de Léo Ferré. Nourriture, regard, conversation, il avait tout repoussé.

Du Flemmar tout craché.

Puis ce soir, alors que Flemmar, enfermé dans son bureau, penché sur un amas de papiers et perché dans quelque rêve à la Rockefeller, en était déjà à considérer de futurs agrandissements pour sa librairie, Josette est entrée en catimini et lui a glissé au creux de l'oreille :

— Allez, Flimou, va lui parler.

— Pourquoi moi ?

— Parce que ce sont les paroles d'un père dont il a besoin. Allez !

Et tandis qu'il prenait le chemin de la chambre de Joachim :

— Et ne va pas lui débiter des sornettes, Flimou! Tâche de trouver les mots justes!

Josette aurait voulu trancher la langue de son mari qu'elle ne s'y serait pas prise autrement.

Depuis, il ne fait que ça, Flemmar, chercher ses mots.

— Il faut comprendre que l'amour...

Au point que Joachim, à bout de patience, en perd son chagrin.

— Oui, bon, et alors?

— Attends un peu, bon sang, tu crois qu'il est facile d'expliquer des choses d'adulte à un petit garçon? proteste Flemmar en s'épongeant le front.

— Mais il y a bien de la magie dans l'amour, non? C'est maman qui...

— Oui, bien sûr, mais on ne gagne pas pour autant l'amour par la magie.

— ...

— ...

La lueur que Flemmar surprend dans les yeux de son fils lui dit que la phrase a fait mouche. En réalité, il s'étonne lui-même de sa «justesse». Il n'en faut pas davantage pour le ravigoter.

— Tu as mal interprété ce que ta mère t'a dit. Je t'explique. Tu as pris le mot *magie* à la lettre, dans son sens littéral, tu vois? Mais ta mère l'utilisait dans son sens figuré: l'amour est magique, c'est-à-dire qu'il est dû à une influence inexplicable, qu'il ne repose sur aucun fondement rationnel. Tu comprends?

— Hum... je crois... Comme toi et maman?

— Eh bien... oui... c'est cela, nous nous aimons d'un amour qui ne s'explique pas, et, pour tout dire, admet-il, que personne ne comprend. Le fait qu'elle aime un crétin comme moi, ça restera toujours un mystère total.

— T'es pas un crétin, papa.

— Tu es gentil, Joachim. Mais tu sais, parfois ton père...

À bien y penser, autant ne pas s'étendre sur ce sujet et laisser intactes les illusions d'un fils qui ne se privera pas, l'adolescence venue, de les abattre une à une.

— Bon, se reprend Flemmar, mais tu dois surtout retenir ceci : l'amour n'a rien à devoir aux miracles dont tu es capable.

— Mais alors, comment on fait pour plaire aux filles ?

— …

— Alors, papa ?

Il y a des jours où Flemmar doute que la paternité soit vraiment son truc.

Dans son cas, l'art d'éduquer se fonde sur un principe fondamental : gagner du temps…

— C'est la leçon de demain, d'accord ?

— *Wow*, une leçon par soir ! C'est super, papa !

Lequel papa se relève autant que le lui permet le poids écrasant des enseignements à venir. C'est cela aussi, être parent, avoir à porter plus que sa propre vie.

Mais quel réconfort d'avoir réconforté cet enfant de dix ans qui déjà fait mine de sommeiller quand Flemmar se penche pour déposer un baiser sur son front de blanche innocence.

Dernier regard sur l'enfant avant de refermer la porte.

C'est alors que…

— Joachim ?

— M'oui…

— Qu'est-ce que ce sac, sous ton lit ?

En effet, la veilleuse bleue, entre le lit et la table de chevet, lui permet de distinguer la courroie d'un sac que l'on devine dans l'ombre.

— Ah oui ! C'est le sac, tu sais, que j'ai rapporté du parc…

Flemmar est déjà accroupi, tirant vers lui ce qui se révèle une sorte de gibecière de cuir si usée qu'on lui prêterait deux tours du monde.

— Tu as vérifié ce qu'il contenait, Joachim ?

— Pas pensé, avec la semaine qu'on a eue…

— C'est bien. Tu peux dormir, maintenant.

À Josette qui, dans le salon, examine en quête de parasites les fleurs rouges de son hibiscus :

— Je me retire quelques instants.

Elle n'a pas aussitôt tourné la tête qu'elle entend la porte du bureau se refermer sur lui.

D'un geste prompt, Flemmar dégage la surface de sa table de travail, y dépose la sacoche, ses doigts, aux prises avec une tremblante nervosité, entreprennent de desserrer les sangles, de libérer les boucles et, dans une lenteur presque cérémoniale, dégage la partie supérieure.

Une sorte d'intuition, comme il en est d'ordinaire, et désespérément, si dépourvu, a fait retentir en lui un signal équivalent à celui que devait lancer le marin, juché dans son mât, à la vue d'une terre lointaine et inconnue. De fait, ce que sa main retire de la sacoche et expose à ses yeux lui fait l'impression de fouler un continent vierge.

L'ouvrage est relié en cuir, et dans un état que Flemmar juge vraiment remarquable. Les nerfs, sur lesquels sont cousus les cahiers de feuilles, sont encore – et jamais l'adverbe *encore* n'a autant suspendu le temps – solidement attachés à la couverture. Et plus étonnante est la santé du papier, sa résistance relative, et dont le grenu semble se soulever au contact du doigt. Surmonté d'un titre de chapitre tracé au rouge, le texte à l'encre noire est disposé en une colonne centrale, et agrémenté d'une lettrine dont le motif est floral. Mais quand vient le moment de déchiffrer l'écriture, on découvre un gribouillis de lettres étroites, grossièrement dessinées, anguleuses, pressées les unes contre les autres. Un enfer de décodage. D'autant plus qu'aucun blanc ne sépare les mots, qu'aucune ponctuation, ni point ni virgule, n'indique les pauses, qu'aucun retour à la ligne ne signale les différents paragraphes. Comme s'il avait fallu rendre le texte hermétiquement obscur. Alors qu'en vérité il n'avait été question, pour le scribe professionnel, que de répondre à la nécessité d'économiser le papier.

Le scribe. Flemmar le voit confectionnant ce livre, copiant un manuscrit sur la commande, qui sait? de son auteur même, s'appliquant à l'orner simplement, sans enluminures, comme s'il s'agissait d'un travail de moindre importance. Flemmar le voit se crevant les yeux sous la maigre lumière des chandelles, au fond d'une abbaye ou d'une de ces *scriptoria* monastiques, maniant la plume d'oie avec la minutie d'un chirurgien, dans la solitude de sa tâche artisanale. Ce copiste de fond n'imaginait pas que son ouvrage allait traverser un long coma de six siècles bien comptés, oublié dans le secret d'un abri, déjouant les assauts de l'humidité, protégé contre la vieillesse et les meurtrissures, figé comme au-dehors du temps, pour ainsi s'élever dans le ciel des légendes et remplir le rêve des hommes. Il en fut ainsi jusqu'à ce qu'un rai de lumière tombe de nouveau sur lui. Et le voilà passant d'une main à l'autre avant de planer dans les airs, de tomber dans les bras d'un garçon pour se glisser finalement sous les yeux d'un père de famille dans la tête duquel l'agitation des neurones a tout d'une tornade équatoriale.

Oui, là, devant lui, sur son bureau, repose, comme un fantôme qui aurait retrouvé le chemin de la chair, le légendaire *Tristan et Iseut* de Chrétien de Troyes.

Et comme on ne peut indéfiniment vivre le souffle coupé, Flemmar doit songer à reprendre sa respiration.

Après quoi il saisit que cette apparition s'accompagne d'un détail digne de remarque : sauf erreur, personne ne peut soupçonner que ce manuscrit a abouti chez lui, dans la mesure où tous, aussi bien le lieutenant Lemaître et Maria Miloseva que les professeurs Angoulvent et Erckmann, tous le supposent anéanti dans l'autodafé dressé par Byblos.

Alors qu'à l'évidence la vérité est tout autre…

Et ressemble plutôt à ceci : la semaine dernière, Byblos s'est rendu au parc McInnis, croyant y retrouver son collaborateur Angoulvent, et il a poussé la témérité jusqu'à traîner dans sa vieille gibecière noire un manuscrit du douzième siècle, arraché pas plus tôt que la veille, au cours de la nuit, des mains de Maria Miloseva. Une entente entre lui et Angoulvent : à chacune de ses trouvailles, avant d'en priver à jamais le monde, avant de l'ensevelir dans le tombeau de sa bibliothèque, Byblos accorde à Angoulvent l'insigne privilège d'y jeter un coup d'œil. Moment de pur ravissement. Qui a lieu, invariablement, sur le banc d'un parc. Mais les yeux d'Angoulvent n'en ont pas aussitôt caressé une page, saisi un mot, deviné la splendeur, que Byblos, d'un geste ferme et cruel, rabat le dessus de sa sacoche.

Flemmar en est là de ses hypothèses quand la voix de Josette traverse la porte derrière lui :

— Flimou, que fais-tu là encore? Tu viens te coucher?

— Euh… oui, chérie, j'arrive.

Et pendant que décroît dans le couloir le son des pas de sa femme, voilà déjà notre Flemmar, mû par une force irrépressible qu'il ne connaît que trop bien, calculant ses chances de tirer parti de ce manuscrit.

Financièrement? Que non. Et cela, même si ce qu'il pourrait en obtenir dépasserait largement ce dont trois vies entières peuvent se suffire.

Non, ce qu'il reluque est plutôt… littéraire!

Vous pensez bien.

Le rêve d'un homme à la portée de la main.

Car on ne refait pas les hommes, et encore moins Flemmar.

Qui se voit déjà traduisant, dans le plus grand secret, nuitamment, dans une opération clandestine de déchiffrement, les vers octosyllabiques de Chrétien de Troyes. Il se voit penché sur ce vieux manuscrit, à débrouiller, page après page, l'écheveau de cette écriture de scribouillard, à décrypter cette langue qui n'est pas la sienne alors qu'elle en est l'ancêtre (le francien, l'affaire d'une année ou deux d'études, estime-t-il), et le tout transféré en une prose évocatrice.

Il voit déjà les extraits d'articles dont usera la publicité pleine page :

«La légende de Tristan et Iseut, revue et corrigée!» (*Le Devoir*)

«L'auteur restitue l'esprit médiéval comme s'il en était droit sorti!» (*Libération*)

«Un étonnant défi relevé avec maestria!» (*The New York Times*)

«Plus qu'un roman historique, un roman magique qui a la redoutable efficacité d'une machine à voyager dans le temps!» (*La Pravda*)

«Retenez ce nom : Flemmar Lheureux !» (*New Delhi Journal*)

L'heure est venue de quitter Flemmar. Laissons-le s'embourber dans ses marécages, retirons-nous en douce tandis qu'il glisse le Chrétien de Troyes au fond de l'un de ses quatre classeurs métalliques, échappons-nous par la fenêtre, descendons le long du mur extérieur jusqu'à la pelouse, survolons le terrain puis la rue en rase-mottes, nous voilà déjà parvenu au trottoir d'en face, au pied d'un réverbère que la nuit découvre défectueux, d'où s'étend l'îlot d'une obscurité silencieuse, et nous nous immobilisons sur des chaussures de cuir fauve, c'est alors, guidé par le sentiment qu'une menace couve, que nous grimpons le long d'une jambe, distinguant les plis du pantalon en lycra, pour aussitôt escalader la laine d'un pardessus, suivant la pince de taille jusqu'à la poche de poitrine, et une fois franchi le revers du col, apparaît le visage d'un vieil homme. Il regarde en direction de la fenêtre, attentif au moindre mouvement de Flemmar, à son ombre qui lèche les murs. Ses rides creuses nous sont familières, le gris et la soie des cheveux aussi, mais nous avons seulement l'assurance de le reconnaître au mégot de cigare éteint qui danse entre ses lèvres, bercé par le mouvement de la mâchoire.

Nous terminerons sur ses yeux, des yeux de félin sous l'arbuste des sourcils, qui ne laissent pas croire qu'ils ont recours à des lunettes hublots pour la lecture, des yeux noirs de convoitise, brillant d'une ardeur guerrière retrouvée, rendus fixes par la proie qu'ils ont repérée.